U0948270

# 商道大拿

# BUSINESS GURU

俞　越◎著

**图书在版编目(CIP)数据**

商道大拿/俞越著.—成都:西南财经大学出版社,2015.10
ISBN 978-7-5504-2164-6

Ⅰ.①商… Ⅱ.①俞… Ⅲ.①长篇小说—中国—当代 Ⅳ.①I247.5

中国版本图书馆 CIP 数据核字(2015)第 224593 号

**商道大拿**
俞越 著

责任编辑:林 伶
助理编辑:唐一丹
特别编辑:苏明谷
封面设计:李尘工作室
责任印制:封俊川

| | |
|---|---|
| 出版发行 | 西南财经大学出版社(四川省成都市光华村街 55 号) |
| 网　　址 | http://www.bookcj.com |
| 电子邮件 | bookcj@foxmail.com |
| 邮政编码 | 610074 |
| 电　　话 | 028-87353785　87352368 |
| 照　　排 | 四川胜翔数码印务设计有限公司 |
| 印　　刷 | 郫县犀浦印刷厂 |
| 成品尺寸 | 165mm×230mm |
| 印　　张 | 19.25 |
| 字　　数 | 325 千字 |
| 版　　次 | 2015 年 10 月第 1 版 |
| 印　　次 | 2015 年 10 月第 1 次印刷 |
| 书　　号 | ISBN 978-7-5504-2164-6 |
| 定　　价 | 45.00 元 |

# 目　录

# 一卷：仙人指路，共谋财富

做尽职调查需要的是“大智慧”，投资方的思路是“站在未来看现在”，他们在买卖企业，而不是经营单一业务，信奉的是“不谋全局者，不足谋一域”。投资方必须要有通观全局的大视角，通过尽职调查把企业的“奇经八脉”搞清楚。

所谓商道即经商之道，也就是在商业活动中需要遵循的法理和规则。概括商道，无非就是天理人欲，亦即人道，自然道。商人的最基本守则为诚实守信，不取不义之财，财自众生来，回馈众生去。道通则途通，则利至，则业顺。符合人性天理就是最大的商道。

——瑞景地产执行董事　孙勇飞

## 【1】

第一片微绿泛黄的梧桐树叶，盘旋而下，宛如变了色的蝴蝶一样缓缓地飞舞，悄悄地停在米香的脚上。那双磨了边的公主鞋上面，一只黑色的蝴蝶跃然跳出，米香弯腰捡起那片梧桐树叶，盯着它，树叶身上的纹路清晰可见。米香张开左手，那掌纹与树纹纵横交错。米香嘴角露出浅浅的微笑，然后抬头望向远方。一阵风吹走了米香手中的梧桐叶，米香还来不及反应，叶子早已追逐着风消失在转弯的街角，只留下阵阵深秋的凉意。原来是冬天快要来临了，城市里人们的爱情也要冬眠了。

沿着曲曲折折的万航渡路走到这里，米香的视线一下子开阔起来。这里是万航渡路上的一个重要节点，是上海换新颜的时尚之地。它昔日是百乐门，外观华丽，内部富丽堂皇、灯光璀璨，是名流们社交应酬的首选之地。

一路走下来，米香仿佛是穿越了一条长长的历史隧道，走到这里，展现在眼前的，是另一幅现代都市的繁华。米香从风衣口袋里掏出纸条展开，仔细看着上面的每个字，没错，就是这里。米香毫不犹疑地走进百乐门斜对面那幢超级写字楼，电梯在28楼停下。米香正视了一下自己，走出电梯。

米香习惯往右边看，这次也不例外，右边转弯，迎面墙上赫然写着“前程远投资”。就是这里了，今天运气不错哦，转对了！米香拍了拍自己的胸口，告诉自己要淡定。

推门而入，前台热情地引她进入一间大会议室，米香转头望向窗外，28楼外的风景简直太震撼了，米香的心里已经暗暗地告诉自己，一定要在这里上班，这里应该就是自己理想能实现的地方。

窗外的秋风呼啸着吻过玻璃的脸颊，云在变幻着不同的姿态拥抱着舞伴，米香开始沉醉了。一位50岁左右的男子拿着几张纸推门而入，脸上露出酸辣的表情，仿佛在考验米香的每一根神经。

“你好，我叫高正奇，是前程远投资的项目经理，因为董事长这几天不在上海，所以，先叫你过来进行初试。你能介绍一下你自己吗？”

他的声音很好听。米香心里想笑，这个高经理的声音和外表完全是两码事哦。从前老师就告诉她，看人不能光看外表，这个道理是对的。

“高经理，你好！”米香礼貌地称呼对方，“我是今年年初从南京回上海的，这是我第一次在上海找工作，我曾经在南京的传媒行业工作，学的是财务，喜欢写作。”米香真诚的眼睛里面流露出渴望这份工作的感觉，或许就被高正奇给捕捉到了。

高正奇双手拿着米香的简历，仿佛想要从上面找到更加深刻的线索一样。“你叫米香？这是你的真名吗？还有，你曾经在传媒行业有两年的工作经验，这个很不错。”

“这是我父亲给我取的名字，希望我到哪里都有米饭吃，都能吃得香。”米香不好意思地低着头解释父亲给她这个名字所赋予的含义。

“这个名字很好听呀，我也喜欢。”高正奇赞扬的到底是米香，还是米香的父亲？总之，米香听出了高正奇的言外之意。高正奇放下手中的简历，他没从简历里面发现更深层次的问题。于是，他接着说：“你的工作简历与专业都很符合我们公司的要求，这样吧，你再等一个星期，下周一再来一次我们公司，我让陈董事长再复试，你看这样可以吗？”

可以呀！米香从心底里面笑了，自己真是撞了狗屎运了，第一次面试就能成功，对于一个大专生来讲，要找一个金融行业投资分析师的职位，简直比登天还难。

“那我下周再来好了，谢谢你，高经理。”米香很想握住高正奇的双手，感谢他，可是她现在不能表现出“很三八”的样子，她一定要淡定，维持自己端庄、淑女的外表。高正奇目送米香消失在了电梯口，米香那闪着亮片的黑色小西服深深吸引着他，多年来的经验告诉他，这是个很有才气的女子。

“进去与出来”竟然是两种心境，米香终于明白了那句话，“叶子的离开不是风的追求，而是树的舍弃”。米香离开南京，不是因为她不喜欢南京，而是她被南京给彻底抛弃了，从今以后，南京只能封存在自己的记忆里面。

从进去时的渴望，到出来后的兴奋，让米香对即将开始的这段未知的人生历练，充满了从未有过的激动与感想，有一个声音告诉米香，未来属于你，只属于你，米香，要加油哦。

## 【2】

米香回到自己的小窝，舒服地躺在席梦思上，“十里情怀，十里烟云”，唯有梦中才会与金陵相会，可是在梦中，一个沧桑的影子却再次出现了，他？米香追逐着这个男人，在谜一样的石头城里面，寻找着属于自己的幸福。弯弯秦淮河、繁华夫子庙、巍巍中山陵，面对斑斑的史迹，自会思绪万千，恍若进入了遥远的历史海洋。

是他，真的就是他，米香看到他转身，那张熟悉的脸庞露出了刚毅的微笑，盖克朋，这个令米香又爱又恨的男人。“你好吗？米香，我真的抛下一切来与你私奔了！”

米香笑了，但这灿烂的笑分明有些冷漠。“你会放下一切，与我私奔？不会的，即使我低到尘埃里面，你也不会放下你所拥有的一切，因为你根本不懂什么是爱情！”

盖克朋想要上前拉住米香的双手，米香往后退了退，盖克朋绝望地说：“你这样对我公平吗？你让我找得好辛苦呀！我找遍了整个金陵都没有你的影子，你知道我有多么绝望？”

米香冷笑着：“公平！你认为什么是公平？历史上不公平的爱情条约还少吗！”盖克朋不管米香说些什么，上前就要抓住她，米香一惊，睁开眼，一阵风吹起了窗帘，原来是梦一场。

霓虹在夜空中挥舞着长袖，米香起身拉开了窗帘，窗前有两棵树，一棵是玉兰树，另一棵也是玉兰树。和着这座城市里每家每户的灯光，往昔那葱翠的树叶在夜色里，不仅有些泛黄，而且像着了色的五彩糖衣，发出瑟瑟的声响。米香向往明年的春季，玉兰花开，一树的春天，一定美极了。

米香当初租下这套房子的时候，就是看中了它窗前那两棵高大的白玉兰树。初到上海时，米香完全没有安全感，这套房子位于二楼，窗前两棵玉兰树宛如两位守护者，饱满的纯白色花朵，盛放在天空中，宛如一幅古老而又文明的画，给予她的是心灵的短暂宁静。

盖克朋，为何我躲在这里了，你还不放过我，阴魂不散地跟随着我，米香从心底里在呐喊。我离开你，离开那座城市也一定会过得好好的，我一定要在投融资这个领域做出成就来，不会输给盖克朋，你这个混蛋的。

米香对于自己今天的面试场景，依然记忆犹新，但直觉告诉她，有戏，高正奇眼睛里流露出的欣赏，也被米香识别了出来。原来，自己在南京两年地狱般的历练不是没有任何价值的，至少能让米香看出他那酸辣的表情背后所要传达的信号。

为了在下周的复试给对方留下更好的印象，米香决定花一大笔钱，为自己添加一套行头，这也是她从职场的前辈那里偷偷学来的，第一印象确实很重要。

在Naivee品牌店里，米香看中了那套藏青色的真丝连衣裙，胸前大片的宝石更能增添米香的气场，米香拿起吊牌一看，乖乖，2000出头，想要放回去，服务员微笑着说："小姐，你的眼光真好，这套衣服很适合你，要不你试一试，现在正在搞促销。"

服务员的最后一句话打动了米香，本来放回去的手，又缩了回来，米香反复翻看着衣服，生怕漏了点什么！"多少钱？"米香狠狠心，告诉自己，如果对方说5折，她就买了。

"嗯，这件衣服现在打4折，你可以试一下，再决定购买。"服务员真诚的态度让米香觉得很不好意思。米香一听比自己预期的还要低，心里一阵窃喜，今天赚了。

那就试一试吧，米香拿起衣服来到试衣间，等到她从里面出来的时候，外面已经有两位顾客在等待试衣服了。看到米香身上的衣服，其中一人不禁多看了她两眼，米香一看这位女士30多岁，很有品位的样子。

"你看，这衣服太能体现你的气质了，简直就是为你量身定做的。"服务员夸奖道。“嗯，这衣服确实很适合你。”刚才那个女士也这样说。米香不好意思地说：“那就买了吧，我去换一下。”

“你是现金还是刷卡？”服务员问道。米香说：“现金吧。”摸了半天，米香从包里面拿出了皮夹子，开始点钱，旁边那位女士递给服务员一张卡，签个字，一会儿工夫就好了。米香的钱还没点好呢，米香惊讶地看着她拎着袋子扬长而去。

服务员用一张纸包好衣服，放进那个精致的口袋，递给米香：“谢谢你，欢迎下次光临。”米香小心翼翼地接过袋子，心里美美地像捡了钱包一样。

## 【3】

走出Naivee，米香的肚子一阵咕咕叫，饿死了，米香朝着二楼的肯德基望去，摸了摸口袋内仅有的20块钱，正好可以填饱肚子。

推开肯德基大门，里面有很多人在就餐，米香来到服务台，点了一杯可乐、一小袋薯条还有一个汉堡，这下既可以填饱肚子，还能在这里消磨一下时光。

米香一手端着盘子，一手小心翼翼地拎着衣服，看到靠窗的那个角落里，有一对男女已经起身了。米香急切地想要找到一个座位，急急忙忙地赶过去，可是位置上面的那个年轻的女孩子看到米香过来，又坐了下来。

米香和那个中年男子照了一个正面，他的眼睛炯炯有神，约莫40岁出头，身材中等，沧桑的表情透露出他是个有故事的男人。

米香看到那个女孩子本来想起身离开的，却又坐下，没有想要离开的样子。米香转身朝着其他的方向望去，所有的位置上面都有人，没有空位怎么办？米香热切地望着他们两个人，男人对着女孩子说：“我们走吧，吃得也差不多了。”女孩子斜着眼睛瞄了瞄米香，坚定地说：“不行，我要再坐一会儿，你要陪我。”

中年男人无奈地朝着米香望了一眼，米香尴尬地站在他们旁边，一时之间不知道怎么办才好。5分钟过去了，还是没有位置，女孩子看到米香一直望着他们两个，脸上的表情开始变了。

女孩子突然站了起来，指着米香的鼻子说：“你能不能不要站在这里，你站在这里我们怎么吃东西!”中年男人拉住她说：“拉菲，别这样，我们还是走吧，你不是说要去逛街吗？”中年男人哄着她。米香怎么看，这两个人都不像是父女，但也不像是情侣。那个女孩子看起来像个小三。但是，那个男人却不像是包二奶的人。米香一听那个女孩叫拉菲，就想着1982年，看样子女孩子是80后，骄纵，蛮横，无理，肯定是被宠坏了。

米香有些愕然，这么野蛮的女孩子让米香有些不舒服，但是她还是站在那里没有离开，女孩子突然端起手中的可乐，往米香的脸上泼去。

一阵透彻心底的冷意，米香惊叫起来。女孩子头也不回，拎起包，就朝着大门外走去。周边的人都看着他们三人，米香难受死了。

米香装新衣服的包被完全浸透了，米香赶紧把衣服掏出来，一看，完了，衣服上面全部都是可乐，这可怎么办才好？自己花了1000元刚买的。

米香哭了，眼泪顺着脸颊流淌了下来，中年男人本想追着女孩子离开，看到米香哭了，他反而走过来，从口袋里面拿出纸巾递给了米香。

他柔声安慰米香道："实在对不起，请你原谅。"中年男人拿起桌子上面的那张单子，看了看，从口袋里面拿出一沓现金，数也没数递到米香的手中，"如果有什么问题，你打我的电话好吗？实在对不起了。"说着把自己的名片放在了桌子上面。

米香含着泪眼抬头，中年男人正转身离去，眼神中满是无奈与歉意，米香拿起他留下的名片，上面赫然写着"简凡律师事务所首席大律师，简凡"。

尽管刚才的可乐有些冷，但是米香心里还是有些暖暖的，这个大律师还不算太坏。手中的钱让米香有些无措，米香把肯德基打包后，想想还是回家吧，得先把这衣服用清水洗干净了再说。

回到家里，米香把衣服放进了清水之中，拿出了名片，反复端详着，遐想着这个叫简凡的中年男人的一切。

米香突然之间想起了什么，拿出包里面刚才简凡递给她的一叠钱，数了起来，乖乖，这么多。米香惊呼！这里面的钱足足可以买3件高档衣服了，真是因祸得福呀！

米香有些犹疑，是不是应该把钱还给他，可是这钱也来得太容易了，米香小心翼翼地把这叠钱用信封装好，锁进了抽屉。

肯德基有些凉了，米香的肚子又开始咕咕叫了，米香拿起汉堡包咬了一大口，真好吃。有钱真好，米香发现其实真的什么都不重要了，只要有钱就好了。

三天后，米香再次接到了前程远投资公司的电话，还是高正奇打给她的。"米香吗？你方便明天来公司面试吗？我们的陈董事长已经回上海了。"

米香听到这句话，一阵雀跃，激动得不禁手舞足蹈，还有些语无伦次，一个劲地只知道说："好的，好的，好的……"

## 【4】

入夜，一个身影再次进入米香的梦境，竟然还是他，阴魂不散。秋风刮起了漫天的树叶，沙沙的声响惊醒了米香，满身是汗，米香不知道自己何时才能从这个噩梦中醒过来。

静安寺的早晨格外摩登，这里有久光的繁花似锦、百乐门的流光溢彩、静安寺的肃穆庄严，这里的人群很好地诠释了“大隐隐于市”的道理。

“浅隐辄止，三分余。”张弛有度，掌控人生，既没有刻板地否定环境，又能够从容地享受现有的一切，同时适度展现优雅的气质，实属上乘境界，这种平衡并非苦苦求来的刻意为之，却是阅尽繁华后的一份从容。

这种境界让米香想起了周国平的一段话，他说：“人生最好的境界是丰富的安静。安静，是因为摆脱了外界的虚名浮利的诱惑。丰富，是因为拥有了内在精神世界的宝藏。一面彻悟人生的实质，一面满怀生命的热情。我们称作为适世，与世俗的竞争拉开距离，借此保存真性情赢得适当空间，退得一步，即为稳实。在一个安静的位置上，去看世界的热闹，去看热闹背后的无限广袤的世界，这也许是最适合他们的性情的一种活法吧。”

米香着一身深蓝色长裙，晨风吹起了她垂直的裙摆，米香冷静地转身走进百乐门斜对面的那幢高楼。

高正奇看到米香推门而入，上上下下瞧了半天，米香有些不好意思了。“高经理，我今天没有迟到吧！”

高正奇客气地说：“没有，正好踩到了时点，陈董就在隔壁，我带你去吧。”米香跟在高正奇的身后，出了大门，原来这家公司有两个办公地点，竟然就在隔壁，米香顺着朝里面一看，这个房间比刚才那个更宽敞，360度圆形的弧度，是观赏南京西路和静安寺的最佳位置。

“这位就是陈远董事长。”高正奇朝着陈董点头道，米香进门，柔声说道：“陈董好，我是来复试的。”

陈远，50开外，个子不高，1.63米的样子，但看上去贼精明，眼睛里面透露出一抹色色的光彩，看得米香有些心慌慌。他的额头有几道年轮一样的纹路，这是个经历过大风大浪的男人。米香看出了陈远有些许的不自然，但不知道是为什么？

“坐吧。”陈远示意米香坐下，他拿起刚才高正奇递给他的几张纸，低着头认真地看着，米香的心里很紧张，不知道陈远会问她什么问题。

“你叫米香，这是你的真名吗？”陈远抬头遇上米香有些惊慌的神色。“嗯，是呀，是我的真名。”米香对于陈远的问题有些出乎意料。“你对我们公司感兴趣吗？”陈远充满期待的眼睛里面露出了一束威严的光。米香想了想说：“是的，我对投资公司非常感兴趣，我大学修的也是财经这个专业，我在南京做过两年的传媒行业。”

“哦，那如果你对我们的待遇还满意的话，你明天就来正式上岗，可以吗？”米香还没反应过来，就这么简单，原以为会有更多深奥的专业术语问题向她发难，可是，陈远就这么轻松地告诉她可以来上班了。

米香起身说：“明天几点，是明天吗？”望着陈远的眼睛有些迷惑。“哈哈，是呀，明天9点，有什么问题吗？”陈远温和地回答。

“哦，没有。”米香道谢出门，难道是高正奇在陈远面前说了些什么？米香心里一阵嘀咕，看样子高正奇在这个公司很有影响力。

在电梯口，米香竟然又遇到了前几天在Naivee店里面看到的那个很有气质的贵妇，她朝米香点点头并露出和善的微笑。米香一愣，怎么会在这里遇上她呢？莫非她也是前程远公司的？带着疑惑米香走进电梯，回头看到那个女人的背影凝固成了一道风景。

米香侧身看到电梯里面镜子中曲线分明的背影，今天的深蓝色真丝连衣裙衬托着自己白皙的肌肤，显得格外柔美，天秤座女子最美丽的就是腰部了，不需要回头，背影就会让人记住一辈子。

记得在金陵的时候，盖克朋就这样形容她：“望着你的背影，眩晕了我一辈子。亲爱的，能否转身呢？”米香当时开玩笑讲：“不是我不让你看正面，而是你不看我的时候，我一直在望着你。”电梯门开，一道白光打乱了米香的思绪，外面拥进很多人，米香好不容易挤出来。

中午时分，静安寺异常热闹，白领忙碌地蹬着属于自己的舞步，摩登的南京西路两旁高楼林立，米香不仅想起了名片上面那个叫简凡的律师，好像办公地点也在静安寺附近，米香犹豫着要不要去拜访他，转念一想，去见他，一定要把上次他给自己的钱带上，不然自己去干吗？米香在心里肯定地对自己说，还是不要去见他了。

经过久光的门口，深秋的太阳没有了温度，米香低头望着自己脚下的影子，飘逸的真丝长裙下面，那个灵动的影子跟随着自己的脚步绽放着曲线美，突然另一个影子加入了进来，两个影子在地面上交织追逐，米香怎么也逃不掉，总是被如影随形地纠缠着。

米香惊慌地抬头，竟然是他，那个上次在肯德基里面遇到的律师，简凡微笑地望着米香："你好，上次的事情真是不好意思，给你添了很多麻烦。"简凡说着，指着前面的一家私房菜餐厅说道："如果你方便的话，让我请你吃个便饭，就当作对你的赔罪。"

## 【5】

米香有些腼腆，害羞地说道："没事了，你别放在心上。"不过米香确实饿了，已经12点多了，还没吃午饭。米香对着自己说，不吃白不吃，先吃了再说。

不说话，就表示同意了，简凡没有时间让米香犹疑，拉起米香的手，朝着那家私房菜馆走去。被拉着的米香羞涩地低着头，觉得有股温暖的电流瞬间沁入心脾，那深秋的风再也不彻骨了。

米香坐下却始终不敢抬头看简凡的眼睛，低着头摆弄着桌子上面的杯子，简凡点菜的时候问道："你喜欢吃什么？"

"没有什么特别不喜欢的东西，随便吧。"米香侧脸望着窗外，假装欣赏风景。突然她想起一个问题："律师是好人还是坏人？"米香看着简凡露出惊讶的表情。

"好人，还是坏人？"简凡的喉咙好像被卡住了一样，咽下去一口水，眼睛盯着米香精致的小脸。其实他自己也很难回答，律师这个职业到底是好还是坏，这种界限很难用好与坏来区别。在金钱、正义、权势与公平公正面前，有时候我们很难把握住自己的那颗心。

"大部分的时候可以算是好人吧。"简凡不经意间摸着自己右手腕上的一串佛珠。这个举动被米香收入眼帘："你的珠子真好玩，这么大呀，哪儿有的买呀。"

简凡苦笑着说："好玩？这可一点都不好玩，这串佛珠的背后隐藏着很多的秘密呢。"

"秘密，真的吗？能告诉我吗？"米香喜欢有故事的男人，面对简凡也不例外。简凡两鬓露出的浓密的白发，让他的外形显得更加成熟与沧桑。

米香抬头盯着他的白发，看了许久才缓缓地说："你这白头发是故意染的吗？真好看呀！你一定有很多特别的故事吧。”

“你想听我的过去？”简凡有些惊讶，面前这位小姑娘竟然喜欢听他讲故事。“这是我年轻的经历，那个时候年轻气盛，这桩案子经过我的辩护之后，这位犯罪嫌疑人最后被判处了死刑。”简凡轻松地描述着当年的案子。

“这么厉害，律师真的是好厉害哦，能让坏人得到应有的惩罚。”米香露出十分崇拜的眼神，伸手摸了摸那串佛珠，“那是不是你每当经历这种案例的时候，你的佛珠就多一颗吗？”

简凡一听浑身颤抖，眼神变得阴沉恐怖，他知道自己的某根神经又被触动了。他迅速从口袋里面掏出一包烟，点燃，吹起的烟圈在空气中弥漫开来。

米香并没有注意到简凡不自然的表情，继续说道：“那你有没有与黑帮合作过，我看电视里面很多律师都是帮坏人的。”

简凡笑着说：“你看多了电视剧吧，哪有那么多黑帮呀。小女孩子一天到晚没事净瞎想。你今天在这里逛街吗？还是找人约会呀？”

“哦，我是来百乐门对面那幢写字楼里面的一家公司复试的。”米香一边吃着服务员端上来的一块小牛排，一边解释道。

“哪家公司呀？”简凡没有动筷子，还在抽着烟。服务员走过来轻声说道：“先生，我们这里是无烟餐厅，请你到吸烟室去吸好吗？”

“哦，对不起呀。”听到服务员的提醒，简凡把手上还剩的半根烟给掐灭了。“好吃吗？”看着米香吃得津津有味，简凡也动起了筷子。

“是前程远投资公司，就在28楼，看上去很大，不仅办公环境好，而且能看到这么美的风景。”米香眉飞色舞，完全沉浸在刚才面试成功的喜悦之中。

“前程远？他们的老板是陈远？”简凡说，“我跟陈远刚签订了战略合作协议，怎么这么巧合，你竟然也去了。哈哈，莫非这就是所谓的缘分？”简凡意犹未尽地看着米香把半块牛肉塞到嘴巴口，惊讶地看着他的样子。

天下竟然有这样巧合的事情，米香越来越喜欢简凡了。“那以后我们会不会经常见面呀？”米香突然之间渴望见到他了。她发现简凡并不是如他的外表那样严肃，也有可爱、温和的一面。

“那简律师，你对前程远这家公司很看好吗？”米香试探也是为了进去后工作能更加如鱼得水。“那你们合作的主要业务范围是什么？”穷追不舍令简凡有些尴尬，他和陈远之间的合作涉及很多行业机密，这个女孩子才刚进去，能告诉她吗？

简凡指着米香盘子里面的牛排说："好吃吗？"米香直点头说："好好吃哦。从来没吃过这么好吃的猪肉。"

简凡刚喝的那口饮料差点给喷出来，"这是牛肉好吧，牛排呀！你怎么能吃出猪肉的味道呀？好吃，还堵不上你的嘴巴。"

## 【6】

看着米香吃得如此带劲，简凡把自己盘子里面的一大块牛排也夹给了米香，他想多欣赏一下这样一位秀色可餐的女子。

"怎么都给我了？你不吃吗？"米香迷茫地盯着他花白的两鬓。

"早饭吃得太晚了，还不饿，你多吃点，你怎么那么瘦，太'萧条'的女孩子摸上去可不舒服哦。等下要我送你回家吗？"简凡期待地问，等待着米香许可的眼神，他很想知道她是一位什么样的女孩子。"当然不用啦！你那么忙，怎么能占用你宝贵的时间呢？"米香的回答显然令简凡非常失望，明亮的眼神一下子暗淡了起来。

"服务员，买单。"简凡看米香吃得差不多了，招呼服务员。"先生，一共是480元。""谢谢。"简凡从皮夹里面摸出信用卡。

这么贵，米香看着眼前的几块牛排，惊讶得说不出话来。"哦，对了，简律师，上次你陪我衣服的钱，其实不用了，你看我的衣服不是好好的吗？我今天没有带钱，下次一定给你亲自送过来。"

米香站起身来，在原地转了一圈，然后看着简凡呆呆地盯着她。"怎么了？我哪里不对吗？"

"没有，你穿这衣服太漂亮了，真的很完美哦！"简凡由衷地夸奖她。"钱不用还我了，我一般不接受送出去的东西，你要是觉得可以的话，下次请我吃碗面就好了。"

米香还想继续辩解，简凡拉着她出了餐厅的大门，扬手招了一辆出租车，顺手递给司机一张100元，跟司机打招呼说："剩下的给这位小姐。"

米香忧伤地望着渐渐离他远去的简凡，心里有些舍不得，这个男人太好了，可惜他不属于自己。刚才想要听他讲过去，可惜被自己的话痨给岔开了，说不定能听到更加精彩的故事呢。

在前程远的大会议室里面，陈远召开了一次非常紧急的公司大会，这是米香进这家公司的第一天。陈远两眼瞄了瞄米香，仿佛想起了什么事情。“这位是新来的同事，叫米香。”米香向大家点头问好。陈远指着坐在他旁边的女人说：“这位是周琳，目前任职前程远的财务经理。”米香看着眼前这个女人，她的脸上显现出傲慢，根本就没有朝米香望一眼。

“哦，这位是李月楼，原来是行业协会的主席。”米香看着李月楼，李月楼朝她点点头表示友善。“这位我就不用介绍了吧，面试你的高正奇，是前程远的项目经理。”高正奇两眼放光，看着米香微红的脸颊。

陈远介绍了前程远公司的业务范围，包括为国内外的投资公司开展尽职调查、做可行性报告、翻译、财务咨询等，米香边听边环顾着会议桌上每个人的一举一动。

陈远没有太多的脸部表情，只是他的眼神高深莫测。陈远继续道：“前程远公司拥有雄厚的社会资源背景，我们与银行、很多专业的咨询公司、专家团队都有着良好的合作关系。虽然，我们目前的业务重点是尽职调查，但未来正准备筹建担保公司和属于自己的中介机构，我们要利用现有的社会资源，联合其他的社会中介机构，成立统一的战略联盟，扩大现有的业务来源，在3至5年内成为集团化经营模式的管理型金融服务中心。”

米香听着这么宏伟的蓝图，压抑着兴奋的表情，她知道如果这个公司规模壮大，那么在座的这些人将来可都是功勋赫赫的元老了。米香抬头，看到李月楼也正在望着她，李月楼的表情像是要看透她，看清楚米香的实力与能力。

陈远讲完了，环顾了一下四周，对着李月楼说道：“来，李经理，讲讲你的意见，补充一下。”李月楼原本窝着的腰挺了挺，一下子显得他本就高挑的身材，更加高了。“刚才陈总已经讲了我们公司的业务与未来战略规划，那么我现在就分解一下陈总的这个宏伟蓝图。”

李月楼一边用手点着桌面，一边富有激情地讲道：“前程远公司未来的发展战略必须要以现有的业务为发展基础，并努力成长为专业的国际金融服务机构。”

李月楼看到大家没有提出异议，又侧头瞄了一眼陈远，发现陈远听得津津有味，顿了顿继续道：“实施的方式是：第一步，成立投融资服务中心；第二步，组建担保公司；第三步，成立中介机构；第四步，联合社会中介，形成战略联盟，实现集团化经营。”米香不禁从心底里面佩服李月楼的思维模式与战略眼光。

## 【7】

李月楼思路如此清晰，一旁的陈远听着直点头，李月楼最后说道："那么整个计划进程我们将要利用三年的时间来完成前程远公司的角色转变。"陈远一边拍手，一边对着李月楼说道："李经理不愧是行业专家，看问题就是一针见血。""哈哈，英雄所见略同。"陈远兴奋地说："在座的每个人都是前程远的元老，都有机会实现双赢。"

"米香呀，你以后要多跟李老师学习，他能教会你很多东西的。"陈远一边夸奖李月楼，还不时地推荐米香。陈远心里清楚，李月楼背后的关系网错综复杂，自己很想利用李月楼这个人物。米香急忙点头，心里一阵感动。"好的，陈总，我一定多多向李老师请教。"

米香从几个人面部的变化表情，仿佛能看到这几个人在前程远的位置与未来。从陈远对李月楼的态度，米香就知道李月楼这个人背后肯定是有关系网的。至于那个高正奇，米香觉得他肯定是个会拍马屁的小人；财务经理周琳肯定是与陈远有着千丝万缕的联系。

会议结束后，米香从李月楼那里拿到很多有关尽职调查的资料，开始慢慢消化。李月楼说："可能这周就会有业务，要准备好随时出差。"米香默默地点头。

米香把资料放在自己的办公桌上面，她的脑海里面浮现出简凡的影子，那个有着白色华发的男人是那么深深牵动着米香的神经，为何简凡今天没有来呢？既然简凡和陈远之间是合作关系，那么为何没有看到他来公司呢？

"你叫米香，名字怎么这么俗！把你的身份证和简历拿来，要备人事档案。"没等米香反应过来，周琳就随手把简历扔到了米香的桌子上。米香抬头看到周琳不耐烦地鄙视着她，米香满不在乎地说："好吧，等下填好就给你。"

米香看着李月楼给她的那叠厚厚的尽职调查底稿，开始填她的简历，看样子这两天要加班了。米香把填好的简历与身份证复印件递给周琳，周琳说："银行卡号也给我。"米香不解地问："要银行卡号干吗呀？"

"你不要工资吗？"周琳没好气地说着。"哦，那我明天给你吧，我今天没有带卡，"米香小心翼翼地回答，生怕得罪了眼前这个女人。米香的大学老师告诉过她，社会很复杂，特别是以后上班了，千万不能得罪三个人，财务、人事，还有就是老板。所以不管周琳如何为难她，米香总是忍气吞声。

交完简历准备出来的时候，米香看到陈远的办公室门开了，简凡从里面走了出来，米香的心里一阵惊慌，简凡也看到米香了，朝她笑了笑，两个人一前一后来到走廊上，简凡叫住了米香。

“今天第一天上班，你还习惯吗？”简凡的眼睛放出的电流让米香浑身不舒服，她不知所措地点头。“晚上有空一起吃饭吗？”简凡镇定地继续邀请面前的这位女子。吃饭？听到这两个字的米香一惊，她想起了上次分开的时候自己答应过简凡要请他吃饭的，可是手上这么多的资料还没有看呢。转念一想，说不定能从简凡身上打听出陈远对她的看法。“好吧，那下班后，还去上次那家餐厅吗？”米香微笑地望着简凡。

“对，还是上次那家吧，我想你也喜欢。”简凡露出坏坏的笑脸，盯着米香深蓝色的低领裙装上露出的修长脖子，心里想，如果再配上一条项链就更完美了。

华幕降临的时候，米香捧着厚厚的一叠资料，来到了这家叫memory的私房菜餐厅，刚进门，米香就看到简凡在一个角落里面向她招手。“让你久等了。”米香以为自己来晚了，向简凡道歉。

“不晚，我也刚到。”看到米香手上捧着一大堆的资料，简凡帮她把资料放好，指着那堆资料说：“你带这些东西干吗呢？”

“这是今天李月楼给我的，要我先看完，说都是以后出差能用到的，那个李经理貌似人还不错哦，不像那个周琳阴阳怪气的，我一看她就讨厌。”米香对简凡说着今天开完会对这几个人的初步印象。

“哈哈，简凡笑了，你还真会识人呀，看样子小丫头你也是阅人无数呀，周琳那是因为看到你比她年轻漂亮，所以妒忌你吧。李月楼这个人有点背景的，你要跟着他混，说不定你的未来还是会有作为的。”简凡在给米香分析前程远公司的每个人物。“至于那个高正奇，你要小心点，是个好色之徒。还有那个陈远，看似君子，实则是个小人。”

## 【8】

“陈总看上去和蔼可亲，很好讲话的呀。”米香瞪着眼睛，诧异简凡对陈远这个人的评价何以如此偏激。

简凡指了指自己的头发。“你看这是什么？”米香说：“白头发呀。”“那你说我还能看错人吗？陈远是个什么样子的角色，我还能看歪了？想搞什么鬼，逃不出我的眼睛。”米香看到简凡的眼睛里面有股阴气在往外冒，这是米香第一次看到简凡露出异样的神色，米香有些害怕，但是她心里清楚简凡绝对是个有阅历的男人，不会轻易得罪人。

米香心里想，陈远与简凡之间一定达成了某种合作，而这样的合作只能是暗地里进行的，不可能明朗地拿到桌面上来。

“你今天来我公司是和陈总谈合作的事情吗？有什么好消息呀，能不能讲讲呀。”米香天真地试探让简凡觉得好笑，看着她纯净的眼睛，满脸假装的迷惑，这样一个没有心计的女子为何误入这个深不可测的金融行业。

“就是谈怎么开展尽职调查，你要好好做功课哦，以后说不定经常要跟我出差呢，我对工作的要求可是非常高。简凡言不由衷地说话还是让米香一阵惊慌。“你是说以后你和我会经常一起出差，是真的还是假的了？”

“当然是真的，尽职调查就是要团队出差的，一个项目经理、一个主笔、一个会计师、一个律师，就组成了一个尽职调查的团队。”简凡这么比画着。“一般出差的时间在3天左右。你以后要惨了，要天天写报告了，不知道你文笔怎么样？而且不仅要文笔好，还要有一双猎鹰一般的眼睛、敏感的推理性分析和超强的逻辑思维，你行吗？”简凡的眉毛扬了扬，看着米香紧张的神情暗暗好笑。

简凡收回了刚才阴暗的眼神。“你想听我讲故事吗？”借着餐厅柔和的灯光，简凡开始回忆起了一段往事，米香双手托着下巴，倾心地望着他。

“其实我是个失败的男人，我这一生结过三次婚，离过三次婚，有三个孩子。”米香一阵诧异，眼前这个男人不像是被爱情沧桑过的，他应该是个众多女人倾心追求的成功人士，何以显得如此的受伤呢？

“为什么？”米香一开始就被吸引了，结三次，离三次，还有三个孩子，这也太神奇了吧。米香说：“你的故事也只有在电视剧里面才能听到。”简凡有些不好意思地笑了笑，“是呀，如果能把我的故事拍成电视剧，一定是一部如《血色浪漫》一般的好片呀。”

“为何是血色浪漫？”米香不解。浪漫一般都是温馨的，用血色两个字来形容太残酷了吧。简凡说道：“现实就是残酷的，我和我的第一位妻子是自由恋爱，可是她家人不同意呀，最后她和我私奔了，可是没过多久，她就被父母抓回去了，别离呀，我们两地遥望呀。”简凡说着两眼含泪，显然是已经情到深处了。

“后来呢？”米香的好奇心被诱发了。“后来她的父母逼着她嫁给了她现在的老公，一个政府领导，可是那个领导曾经在参加战争的时候受了伤，不能生育。所以他们没法要孩子，但她从上海回去后就怀孕了。她没有告诉我，如果当初我知道的话，绝对不会放她回去的。”

“你是后来才知道的？”米香觉得这个故事越来越精彩了。“是的，孩子很大以后，我才知道的，我们有个十年之约，那天她来上海的时候是带着孩子一起来的。”

“后来孩子也知道这件事情了，我才是他的亲爸爸。这次遭遇以后，我就再也不相信爱情了，我觉得自己的初恋如此地失败，相爱的人无法相守，我绝望过很长时间。”

米香其实也被感动了，自己的初恋也好不到哪里去，盖克朋一直在和她的梦境纠缠。“那后来你是怎么认识你的第二任妻子的呢？”米香继续追问道。

“这个吗？下回分解，吃菜吧。菜上来了，开动啦。”简凡适时结束了话题，他不知道自己在这个时间讲这样的事情是不是能吸引住这个女子，如果能把她当成自己在陈远身边的一个眼线，应该是一个不错的选择。

米香嘟囔着小嘴巴，不高兴了。“你怎么竟吊人胃口呀，这么精彩的故事不一下子讲完，等下我睡不着觉了。”简凡夹了一大块羊排给米香，说：“天气冷了，吃羊肉补补元气。”米香望向窗外，树叶沙沙作响，感觉好冷哦。

## 【9】

“那下回一定要记得分解呀，不然我跟你没完。”米香嘴巴嚼着一块羊排，“嗯，这个羊排味道好好哦，太好吃了。”米香接着又把一块羊排放进嘴巴里。“哦，对了，你刚才问我会不会写报告，是吧。”

“是呀，你会吗？”简凡怀疑地看着她，这种报告非常专业的，需要法律知识、财务知识，还有行业知识，关键的是得有经验。你知道那个李月楼吧，他就是这个行业的老法师了，他看问题可准了，这也是陈远邀请他的原因之一。”

“别小瞧我，不就是写报告吗？我以前在南京的时候，也做过行业分析报告，没啥难度，只要给我一点时间，磨合一下，我就能写出精彩的报告。”米香毫不示弱。

“大小姐，这可不是什么创意报告，它比咨询报告、可行性分析更难，你首先要做好储存大量知识的准备了。”简凡吓唬她，米香好像真的被简凡给吓倒了。她坐在那里不吱声了，一言不发。“当然，你也不要害怕，毕竟它也有规律可循，记住一点，你一定要抓住这个项目的风险，风险点越多，你的这份报告越精彩，投资商看了越开心，你拿的提成就越多。”

“还有提成拿？”米香想起陈远和高正奇跟她谈工资的时候，没有说到这一点，米香有些后悔当初自己太草率了。但是转念一想，自己做得好，领导肯定能看到的。“真有提成拿吗？”米香又问了一遍。简凡说：“当然有啦，你知道一个尽职调查报告要多少钱吗？”

“多少？几千元吧，顶多了。”米香笑着说，“难道会有几十万呀？”简凡顿了顿，没有直接回答：“你知道一个项目的投资额度是多少？”“每个行业都不一样，我怎么知道？”

“所以说呀，每个行业的项目投资额度都是不一样的，从几百万到上千万，甚至是上亿的投资项目，当然它的尽职调查费用也是分等级的。一般是6万到50万之间，当然也有更高的，达到上百万。”

“这么多，一个项目，三天时间，加上写报告也就2天吧，最高就能有50万的收入，这谁愿意出呀？那一个月如果能做5个项目就发财了呀。”米香扳着手指开始算多少收入。“哦是250万呀！”米香很不相信简凡说的。

“当然是融资方出了。”简凡轻描淡写地说道，“你只要做好尽职调查报告，就有你赚的了，不要知道太多，知道太多对你没啥好处的。”简凡拍了拍桌上那叠厚厚的尽职调查底稿，“把这些都弄懂了，就能跟我‘混’了。”

“真能跟你混？”米香不可思议地看着简凡，心里在琢磨简凡刚才说的那番话，自己现在缺的就是金钱，既然这个公司捞钱这么快，那自己肯定要多花点时间熟悉这个业务，好多捞点钱赶紧在上海安个家。

“好吃吗？”简凡把盆子里面的小羊排统统夹给了米香，“多吃点，你需要补充营养。”他摸了摸米香消瘦的手腕，说道：“看哦，这么瘦，以后怎能出差哦，养胖一点吧。”

“没人养呀。”米香苦笑着低头，酸酸的眼泪在眼眶里面打转，米香强忍住没有让它们流下来。“吃完我送你回去吧，你是不是还要加班看这些资料呢？”

“是呀，”米香无奈地说，“看样子要开夜车了，不然万一这周要出差的话，我什么都不懂，那样子岂不是惨了。你知道我们平常做的尽职调查项目都是什么行业的，是不是局限于某些行业？”

“怎么会呢？不局限，包括食品、医疗、教育、房地产、酒店、包装、电站等，反正投资商看中哪些行业，我们就要做这个行业的基础资料收集。”简凡扼要地说：“其实这些行业除了你们那块需要了解的话，法律与财务都是具有共通性的。”

“被你这么一说，我怎么感觉好复杂呀，我一个大专毕业生能行吗？”米香开始怀疑起自己来了。这样的项目是不是需要研究生来完成呢，自己能行吗？米香不停地问自己，如果完不成那该怎么办？

“吃饱了吗？我送你回去吧。”简凡拿起桌子上面的那叠资料，拉着米香往外走。车子穿梭在璀璨的夜色之中，米香看着窗外迷离的风景，心里在想，自己何时能在这个城市有一个属于自己的小窝呀。

## 【10】

“是这里吗？”简凡的车子在曹杨小区的一幢楼下面停了下来。“要我送你上去吗？”简凡担心地问米香，性感的声调让米香真的不想离开这车子，米香不敢抬头，低声说：“不用了。”“那我在这里看着你上去，等你屋子里面的灯亮了，我再离开，是几楼呀？”

“二楼，你看这两棵白玉兰树后面的那扇窗，就是我的家。”推开车门，米香逃也似的跑上了楼。

5分钟过去了，二楼的灯还没有亮起来，简凡觉得很是奇怪，他抬手看了看手表，又是5分钟过去了，简凡急忙打开车门，朝着二楼奔去。

一个身影在门口转身，夜色中那个眼神满是落寞，当米香看到简凡那焦急的眼神的那一刻，她彻底爱上了这个中年男人。“为什么不进门，钥匙丢了吗？你可急死我了。”简凡小声说着，眼泪在米香的眼眶里面颤动，她扑进了简凡宽厚的怀中，分明也感觉到简凡对自己的拥抱。“你刚刚真的就在那里一直看着这扇窗户。”米香傻笑着。简凡觉得自己失态了，人到中年竟然还会如此冲动。“进去吧，很晚了。”简凡擦去了米香眼角的泪水，“乖，快进去。”米香打开门，她知道简凡不会进来的，微笑是唯一也是最好的表情。

门后，泪水再次如泉般涌出，米香颤抖的身体倚着门框，她知道自己与简凡是同类，渴望真诚的感情又害怕受伤。

看完李月楼给她的那沓尽职调查底稿，已经快凌晨了，米香进入了梦乡。梦中米香乘坐着飞机到处去考察项目，那么多的山川美景，米香幸福地笑了。这一夜，米香的心里落差加剧了，醒来，她还沉浸在梦境之中。

“米香，明天我们要去出差了。”第二天一大早，高正奇兴高采烈地对着刚进门的米香嚷嚷道。“去哪里呀？”米香急切地问道。

“三清山，云雾之乡，这是我梦想中的神圣之地呀！”高正奇闭着眼睛摇着头说：“览胜遍五岳，绝景在三清呀。”

米香对这些都不感兴趣：“那我要准备什么东西呀？”“喏，把这些文件打印一下，然后装好档案袋，明天出差要用的。”周琳从后面大声说道，吓了米香一大跳。米香接过U盘，来到自己的座位上面，打开了电脑。

第一次出差，米香的心里好紧张哦。李月楼走到米香的桌前，米香说：“李老师，昨天你给我的资料，昨晚我都看完了，对这个尽职调查的流程有了初步的了解。”

“好的。”李月楼说：“出差就当是旅游，没什么事情的，主要是看项目方财务与法律方面的问题，报告也是要等出差回来后再写的，所以你不用紧张。”米香感激地看着李月楼直点头：“谢谢李老师。”

三清山距离玉山县50千米，米香、周琳和高正奇三个人从上海坐了一路的慢车才到达这个小小的火车站。一路上，高正奇介绍说：“这个项目是个酒店扩建项目，是加拿大JCC投资集团北京办事处委托前程远公司来做这项第三方项目尽职调查。米香，这个项目的报告你来写。”米香辩解道：“我才刚来，我不会呀。”高正奇的腿碰了碰米香，眼神暧昧地看着她，米香往后缩了缩，这个动作被周琳看在眼里面。

周琳在一旁冷言冷语道：“现在的大学生咋什么都不会，真不知道大学里面学的是什么，怎么拿到这张毕业证书的哦？高经理，你这是在出差呢，还是在旅游呀，怎么一点没有领导的威严。”

米香听着有些难受，高正奇倒是没觉得什么，继续说道：“没有关系，你总要上手的吧，权当拿这个小项目练练手而已，最后的报告我会给你把关的，这下你放心了吧。”

米香笑着说：“那好吧，谢谢高老师了。”下了火车，三个人找了一辆黄包车，一路颠簸着朝着玉山县城驶去。“怎么这个玉山县到处都是农家乐酒店，一路上家家户户全部开的都是酒店？”米香奇怪了。周琳说：“你少见多怪，肯定是距离这里不远有旅游区啦，客人多呀，没有酒店怎么住呢。”高正奇说：“从这些酒店的外观来看，没有一家是上档次的，全部都是家庭作坊的，你觉得国外的投资机构会看中这样的项目吗？”

米香说：“应该不会吧，不然他们的投资眼光也太差了吧。”“就是。”高正奇充满信心地说：“这就是我们此行来的目的，告诉投资商这个项目不能投资，风险太大。”

“既然风险大，为啥投资商还要跟这个酒店签订战略投资协议呢？”米香反问道。

周琳可是看不下去了。“我说你傻不傻呀，不签订协议，我们怎么来做尽职调查，怎么赚钱呀。”高正奇摇摇头：“孺子不可教也。”米香还是没有想明白，可是她发现竟然到目的地了。

## 【11】

“就是这里吧。”米香眼尖喊道：“这不就是华美大酒店吗？我在尽职调查合同上面看到的就是这个。”“那没有错了。”高正奇说：“下车吧。”周琳付了钱，三个人推门进去了。

酒店的前台让他们稍等，然后从后面引荐了一位50多岁的男子：“这位就是章总，这三位都是从上海来的。”

章总热情地招呼三位从上海来的贵宾：“先吃饭吧，咱们边吃边聊吧。”在一个包间里面，高正奇三个人落座了。

“我们这个酒店现在就是太小了，你们一路上也应该看到了吧，马路两旁最多的就是这种农家乐型的酒店了，但是一到旅游的黄金季节，这里的酒店都是客满，很多客人都没有地方住，所以呢，我们想在这后面扩建一个五星级酒店。”章总兴奋地说着自己的未来规划。

高正奇打断他说：“你的这个项目是不是已经是在建工程了，那么目前建设到什么程度了？当初做过整个工程的预算吗？怎么会突然之间资金不够呢？”

高正奇一针见血的问题，让章总有些尴尬，他含糊地说道：“是呀，这个项目建筑面积是6万平方米左右，当初建的时候没有做工程预算，现在基础建设的主体工程已经完工，因为我们前面向银行借的钱还没还清，所以现在这里的银行不给我们贷款了。我也是没有办法呀，才想到融资的。”章总无奈地低下了头。

“你打算借多少？”高正奇问道。“总的资金缺口是31800万元，现在我这边自筹资金是11800万元，还缺20000万元。”章总小心翼翼地说：“你是没看到哦，现在虽然是冷冷清清，但是到旅游旺季的时候，这里真的是人山人海哦。”

“明天我找人带你们去离这里不远的三清山，你们一看就知道了，这里的风景真的是绝伦。”章总继续忽悠着。

高正奇的心里其实已经有底了，一边吃一边说：“好好，我们要去看看三清山，你这个项目与旅游区的人流量有着非常密切的关系哦。”

“等下我们看看你们公司的财务报表，还有公司章程，以及你们曾经的借款合同等，这些是我们这次来必须要看到的。”周琳在一旁冷冷地说道。

“这个你们放心，我都给你们准备好了。”章总边说边拿出了他们准备好的资料，周琳使唤米香：“把尽职调查的底稿拿出来，让对方在宣言、问询记录等文件上面签字。”

高正奇一边看着华美大酒店的资料，一边直摇头，“这个公司就是典型的家庭作坊，一点规范都没有，什么劳动合同、养老保险等都没有。”周琳说：“你看，高经理，他们连账都没有做，这可怎么办才好？”

高正奇向着周琳使了个眼色说：“这些都没有关系的。明天去三清山看看就知道了。米香你带相机了吗？到时拍点相片回去哦。”

米香说：“没带呢，你也没说要拍相片呀。”高正奇笑着说：“等下你去了三清山，就后悔了，没带相机可惜了。三清山兼具泰山之雄伟，黄山之奇秀，华山之险峻，衡山之烟云，青城之清幽，被国际风景名家誉为‘精神玉境’。”

第二天，一行四人朝着三清山奔去，风景真的是太美了，左边是林立的高山，右边是云雾缭绕的三清湖，这样的路，米香坐在车上看着有些头晕。景区经过前段时间暴风雨的洗礼，水位特别高，所以没有办法进去，四个人在景区门口转了一圈，没有什么人，可能现在是旅游的淡季。高正奇在一旁接电话，米香看着远处峻拔巍峨的山岚，心里觉得有些迷茫，想到回家还要写报告，心里一点底都没有了。

高正奇看着米香说：“你今天不能跟我们一起回上海了，要去湖南，李月楼指名要你去。”高正奇看着米香的脸色，心里暗暗发笑。

“去湖南，哪里呀？”米香心里紧张死了，让自己一个人去那么遥远的地方，米香害怕哦。

高正奇说道：“他们已经从上海出发了，正在火车上面，你买和他们同一列次的火车，等下在车上面就能见到李经理了。我会叫章总送你到玉山县的火车站的，不过你要比我们晚点出发了，我刚才问了下，可能是下半夜2点左右的火车，你行吗？”

米香不情愿地说：“不行也得行呀。”周琳阴阳怪气地说：“这么大的人了，有啥不行的呀！高经理，你要是不放心，你跟着她一起去好了。”

“那我的这个报告可以不用写吗？”米香高兴地问。如果自己答应去湖南，是不是就意味着不用写这个报告了。

## 【12】

“当然还是要你写，难道我们来写吗？”周琳始终对米香充满了鄙视。“等你从湖南回来一起写吧，这个报告应该不用很复杂的，他们连最基本的财务报告都没有的。而且从目前的公司规模来看，顶多是个小作坊，未开展任何经营活动，随便整几条风险告知，投资商就pass掉这个项目了。”周琳看到章总从远处走过来，示意高正奇可以闭嘴了。

“对了，是湖南一个叫衡阳的小地方哦。”高正奇缓和了现场的气氛。再回到华美大酒店的时候，已经是晚餐时间了，吃完这顿晚饭，三个人就要分道扬镳了。

高正奇说道：“刚才李月楼说这次跟他一起去的除了简凡，还有一位叫普沅的会计师，估计这应该是个大项目哦。”

周琳对着高正奇说：“怎么没叫我们两个去，这么大的项目，提成费用很高的呀。”高正奇说：“是呀，我也很想去，可是李月楼不让呀，我有什么办法。最近李月楼总是压着我，当初还是我介绍他给陈远的，没想到这人真不是东西，典型的过河拆桥，卸磨杀驴。”

周琳哼了一声道：“是你没本事吧，还怪人家，你看李月楼最近在陈远面前要风得风，要雨得雨，不仅风光得很，我还听说陈远可能要去北京开设前程远的分公司了，到时候分公司的宝座可能就是李月楼的了，你高正奇再不显示点能耐，就只能一边儿凉快去了。”

高正奇叹了口气说：“谁叫我以前也只是一个小小的银行业务员呢，他爬得比我快呀，从银行业务员，到银行行长，后来是金融行业协会的秘书长，我没他那个本事哦。”周琳鄙视地看了高正奇怪一眼说：“你也不向我多请教请教，我有的是办法。怎么样？咱俩合作，把北京分公司的老总这个职位拿下来，到时候吃香的喝辣的，随你挑！”

周琳的建议让高正奇心里特别的痒痒，有钱就能搞定一切，到时候美女入怀，真是幸福死了哦。“行，一切听你周妹妹安排。”周琳比高正奇小几岁，但是鬼主意却比高正奇多，高正奇除了好色以外，没啥优点了。

一旁的米香听在心里，她已经知道眼前这两个人狼狈为奸的全部故事细节了。周琳也根本没有拿米香放在眼里，一是米香刚进公司，不敢乱嚼舌根；二是米香还不熟悉公司的人，不敢对别人乱讲；三是自己与陈远的关系特别铁，讲了也不敢拿她怎么办！

晚饭后，没过多久，周琳与高正奇坐上了章总安排的车子，送到火车站，回上海了。米香看着他们得意扬扬地上了车，心里非常难受。这个公司如果上面没有人罩着，也是很难混的，拉帮结派这么多，想到自己黯淡的前途，米香的心开始纠结了。

临走的时候，高正奇倒是一再叮嘱章总，一定要把米香送到火车站，让米香的心里有了一丝丝的温暖。米香根本睡不着，时间在一点点流逝，外面开始下起了雨，空气中的寒气更加重了，米香觉得好冷，裹紧了被子，无聊地看着电视。

10点半，米香整理好一切行李，来到楼下大厅，看到章总在那里等着她，米香的心里真的有些不忍心，这个尽职调查报告是由她来主笔，到时候肯定是否定的，这一场投融资的骗局到时候怎么收场呢？

“米香，我们现在出发吧，高经理反复交代我一定要把你安全送到火车站，哈哈，我可不敢怠慢了。”米香笑着说：“那实在太麻烦您了，这么晚了，还让您亲自来送我。”章总笑着说：“希望你写报告的时候高抬贵手哦。”米香嘴上说没有问题，心里却在想，其实这就是一个投资陷阱呀，可反过来一想，如果项目方不贪婪的话，怎么会自己掉进这个陷阱里面呢？想到这里，米香的心里释然了。

一路上，米香与章总聊着家常，一个小时候后，米香到达了玉山县火车站，米香知道章总是不会帮她买火车票的，于是自己赶紧来到售票口，买了7321列次火车。来到候车厅，里面稀稀落落坐着40多个人，都是在这里半夜等车的过客，米香看到此心里放心了，转身对着章总说：“章总，谢谢你，你请先回吧，我在这里等车，没事的。”

## 【13】

章总看到候车室里面有这么多人，想想应该也没事，就答应先走，两个人礼貌地握手道别，米香的心一阵放松。米香喜欢孤独，一个人的自由，可以不用看别人的脸色。

想到刚才高正奇说，这次简凡也会去的，米香的心里一阵悸动，终于可以见到简凡了，这应该是一次不错的出差旅行吧。

米香开始想着华美大酒店的尽职调查报告到底应该怎么写呢？高正奇这个人很是狡猾，他应该不会给米香具体的思路的，所有的关键事项都需要米香自己来搞定。一股浓烈的劣质烟味传了过来，米香捂着鼻子看，是一个外地民工，在大口大口地抽着烟，候车室因为天冷了，所以窗户都关上了，米香被呛得难受死了，她起身来到一个角落的位置重新坐下。米香看看手机上面的时间，快了，马上就要见到简凡了，米香心里暖洋洋的。

候车室里面开始广播了，米香朝着检票口走去，上了列车来到自己的卧铺的位置，米香开始发短消息给李月楼，告诉他自己所在的车厢与座位。车子启动了，10分钟过去了，米香还没有看到李月楼，米香的心里一阵焦急，难道自己买错了车票，这下要完蛋了，自己身上买完车票就没剩下几个钱了，如果见不到李月楼，自己就要流落异乡了。想到这里，米香更加焦急地四处张望，卧铺里面静悄悄的，这趟列车人不多，很多位置都是空的。

“米香，你在这里呀。”李月楼稳重的男人腔调，让当时濒临绝望的米香，想要上去拥抱他一下。米香假装镇定，露出微笑道：“是呀，我在这里等你呢！”

“我先稍等一下哦，我去看看我那里的铺位人家走了没有，等下叫你过来，好吧。”李月楼看了看米香温柔地说道。

“好呀，我在这里等你。”3分钟后，李月楼过来，拿起米香的行李说道：“走吧，那个上铺没有人了。大家在一起好有个照应。”米香乖乖地跟在李月楼的后面，她看到了一个中年女人。“哦，对了，米香，这位是普沉会计师，跟我们一起参加这次衡阳项目的尽职调查。”

米香高兴地说：“你好。”张望四周，米香没有看到简凡，她心里特别地纳闷。“你是不是在找简律师呀？”李月楼问：“这个家伙要求太高，要乘飞机，所以他自己一个人坐飞机去了，我们两个坐火车。”

“哦。”米香失望地坐下。李月楼说：“这趟火车要明天上午10点多才能到衡阳呢，你赶紧上去睡一觉吧。”

颠簸的火车让米香难以入眠，但由于太累最终还是进入了梦乡。醒来已经是白天了，这一觉睡得可真沉哦。米香坐起身，看到普沉与李月楼已经起身了，赶紧下来梳洗完毕。普沉拿出早点来招呼大家：“吃点吧，不知道啥时候才能到站呢，填填肚子吧。”

“好，谢谢。”米香拿起一块蛋糕开始啃起来。李月楼问道：“你那个项目怎么样？”米香说：“我还正想向你请教呢，李老师。这个项目我觉得不可行，华美大酒店就是个家庭作坊，而且三清山旅游有旺季和淡季，淡季根本没有人，所以投资回报很难保证。”

“你把资料拿给我看看。”李月楼说。米香拿出资料递给李月楼，翻了一番后，李月楼说道：“这个项目最关键的有以下五点。”一旁的普沉对着米香说：“赶紧拿笔记下来呀，老法师的建议非常重要的。”

米香放下蛋糕，拿出笔开始记了。李月楼缓缓地说道：“这个项目主要投资风险有五点。第一，华美大酒店监事会尚未真正设立，与公司章程规定不符。第二，拟对外融资是公司重大事项，应有公司股东会决议，但未见相关资料。第三，华美大酒店缺乏必要的概预算材料，本次融资的用途不清晰。第四，根据询证，在建设工程发包过程中，未按照《中华人民共和国招投标法》进行招投标活动。第五，华美定位地方五星级，根据酒店行业的一般规律，项目建成初期经营时的入住率不会很理想。因此，经营性现金流入在开始经营的两年内不会很理想，除经营成本外，公司每年还需要支付合资方要求本金和利息2 600万元及其他短期借款利息，酒店存在一定的经营风险。”

李月楼一口气说完，又补充道为：“哦，对了，最后再加上这句话，以上调查结果、风险告知等非鉴证性咨询意见仅供参考。其实最关键点是最后一点，米香，你记住了，没有利益的项目，投资方是绝对不会碰的。”

## 【14】

米香抬起迷惑的眼睛，问道：“既然一开始就觉得这个项目不可行，为什么还要折腾这么多道程序呢？”米香问这样的问题，其实是想要证实自己心中的那团迷雾，想要从眼前这两个人的嘴巴里面得到真实的答案。

普沉笑着说："这是投资商的事情，和我们第三方没有关系的，我们只要按照尽职调查的合同履行我们的职责和义务就可以了，至于最终他们是否投资，跟我们是没有任何关系的。"

李月楼叹了一口气，打断普沉的话，"米香呀，这个社会复杂得很，不是所有的投资商都是好人呀，即使他想做好人，人家也不干呀。现在国内融资途径太少了，融资成本也太高了，很多项目方更是贪婪呀，以小博大，空手套白狼到处都是，这我们也不能怪投资商呀。擦亮眼睛才能找到好项目，一年顶多做一两个项目，那么其他的怎么办？只要不违法法律，打打擦边球也没什么问题，顺便捞点外快，何乐而不为呢？"

米香仿佛明白了李月楼的精彩解释，只要不违法，至于道德问题那就一边儿凉快去吧。"李老师，我们这次去做的是个什么项目？"米香好奇是因为高正奇说这个项目很大，有提成拿，所以米香很想知道，她能否赚到钱呢。

李月楼介绍说："我们去的这个项目是衡阳当地的一家叫恒峯的房地产开发公司，想要融资的是旗下一个农业科技生态园项目。这个项目确实蛮大的，听说是个模拟自然环境养天鹅的。"

米香其实很想把高正奇与周琳之间的谈话告诉李月楼，但是又怕自己多事，话到嘴边又咽了下去。

普沉问道："三清山好玩吗？有什么好吃的呀？"米香说："我们三个就在那个景区门口转了一圈，时间太紧了，没有进去好好看看，也没什么好吃的，好像都是土家菜。"

"李老师，我听高正奇说前程远要去北京设立分公司，这是真的吗？你到时候会去吗？"李月楼看了看米香说道："这是高正奇告诉你的？别听他瞎讲，他吃饱了没事做，我不去北京，我觉得上海挺好的。"

"北京设立前程远的分公司倒是真的，昨天陈远就去北京了，开始招兵买马了。因为与我们合作的投资商加拿大JCC集团的中国总部就在北京，那个叫石森的家伙已经忽悠陈远去北京设立分公司好久了。"

"陈远也是，明明知道这种商业模式不会长久，还是相信了对方，竟然真的去了。"普沉说："老李呀，你管人家陈远那么多事情干吗，他又不发你奖金，再说了，他有钱那也是烧他的，说不定就能把业务做大呢。"

李月楼哼了一声道，"这种业务你说做大我相信，但是做长久我是绝对不会相信的，趁机捞几笔那是绝对没有问题的，但是时间长了早晚会出事的。”

“你是没有看到简凡，他最近也是整天盯着陈远呢，陈远最近接了好几单这种生意，有个标的上亿的，尽职调查费用最起码要50万以上。”普沉笑着说：“他盯着陈远干吗呀，有本事自己开公司呀。”

李月楼说：“他是嫌弃陈远给他的咨询费价格太低了。”普沉说：“难道比我们的会计报告价格还低，陈远这个人也真黑，自己一个项目赚那么多，给我们的这么少，太缺德了。”

李月楼突然意识到自己说漏嘴了，解释道：“普会计师，还有一点你没有意识到，你知道一个项目投资公司会拿走多少？”米香问道：“这尽职调查费用还要分给投资公司吗？”

李月楼说：“当然，人家投资公司凭什么把业务分给你做，就是想分钱吧。”普沉问道：“能分多少呀？是三七开，还是五五平分？”

“你想的美。”李月楼鄙夷地看着普沉，“是二八，他们八，我们拿二。你想想呀，就知道陈远为什么给你们这么低的价格了。他也不容易哦。”李月楼替陈远辩解道。

“那还干个屁呀，这么少，凭什么投资商拿八成呀！”普沉高声责问，李月楼小声说道：“凭什么，哼，凭他们能给你业务做，不然，你算什么，你什么都不是哦。”

“那陈远为何还愿意去北京设立分公司呢？这么低的分成比例，太吃亏了。”普沉不解，米香也相当困惑。

“有原因的。”李月楼说：“是因为投资公司愿意提高分成比例，而且北京的办公场地等费用都不需要陈远来出，全部由投资公司来给。这样陈远才愿意去。陈总这个人也是狡猾的，典型的空手套白狼，他也喜欢跟那帮投资界的人玩心眼。”

## 【15】

“还不是石森这个家伙愿意带着陈远玩，不然陈远一个人怎么玩得起来呢？不过简凡的胃口可能会更大，这也就是简凡为何最近这段时间老是盯着陈远不放的原因。”李月楼说道。普沉反问：“简凡不就是和人合伙开的律师事务所吗？还能牛到什么地方去呀？”

米香说："不见得哦，简律师是个有故事的人哦。"李月楼会心地笑了，"你看，连米香都能看得出来简凡不简单呀。"

米香羞涩地低下了头，她与简凡的事情可不想让别人知道哦，更何况她与简凡本身也没有什么关系，她只是偷偷地崇拜着简凡。

"米香呀，我看你的简历上面说，你曾经做过几个策划案，如果你能在前程远策划一个投融资服务中心的话，那上海这边的业务可能会稳定下来，陈远最终才有可能走出这样一个怪圈。"米香不知道李月楼指的是什么，仅仅是做一个方案，还是需要系统的执行。米香没有吭声，但是她暗暗地记下了李月楼刚才所讲的一切。

"李老师，三清山那个华美大酒店的尽职调查费用真的是18万吗？"米香好奇地问道："那这个对方会付清吗？"

李月楼说："当然，不给钱，报告不给他，他还不急死了，这个你放心好了，先付30%的费用，等报告写完再付剩下的费用，这不就完结了。"

"这钱也太好赚了呀。"米香心里挺高兴的，这个18万的案子，米香能拿多少提成呢？米香心里暗暗打着小算盘。前晚听高正奇和周琳聊天的时候，好像是说总额的1‰~5‰，看样子是根据级别来定的，职位越高，拿到的提成越多。如果一个月能做4个调查项目的话，每个项目是2000元提成，也有8000多了，比自己的工资还高出很多倍哦，米香优哉地分析着自己的小金库。

李月楼说道："虽然你看到陈远设计的那张尽职调查宣言，叫项目方不能贿赂尽职调查人员，但是每次去项目方，多多少少总是会有惊喜的。"米香高兴地说："真的吗？"

普沉说道："当然是真的了，难道你在三清山那里，对方没给你好处吗？"米香说："真的没有呀，火车票都是我自己买的呢？"

李月楼说："这怎么可能呢？火车票你怎么自己买了？高正奇这个家伙，把你扔下自己就走了，我当时跟他千叮咛万嘱咐地一定要把你送到火车上，他倒好，自己拍拍屁股就溜了，把你一个小姑娘家深更半夜扔在那个鸟不拉屎的地方。"

米香说："没事的，我这不是好好的吗？"普沉说："高正奇难道拿了对方的红包也不分给你，和周琳两个人独吞了？李老师呀，这也太欺负新人了吧。"李月楼说："我估计是的，高正奇这个坏蛋，就喜欢干这种事。"

"以前跟他在一家银行，有一次我不小心弄丢了客户的一张现金支票，后来我赶紧去银行挂失，虽然没有损失，但是我真的是虚惊一场呀。没想到被高正奇这个家伙知道了，他去行长那里打了我的小报告，行长把我给严重处分了。这个坏人，他以为打我小报告他就能往上爬，没想到最后老行长退休以后，还是我接班。”

米香说：“那你当了行长后，干吗不把他开除掉呀。”李月楼无奈地说：“那还不是因为他老婆来求我呀，他老婆是我初恋，后来因为被他勾引了，才嫁给他，我这是不忍心看他老婆受委屈呀。”

普沉哈哈大笑道：“李老师，你可真逗，你老婆都被他抢走了，你还真能忍。”李月楼说：“那时候还不是我老婆，好吧，是初恋，又没有结婚，人家也有公平追求的权利的。”

米香就更好奇了，问“那后来呢？高正奇的老婆现在怎么样呢？是不是觉得很幸福呢？”

李月楼低声道：“怎么可能幸福呢？高正奇是个变态狂，他整天折磨他老婆，不管是心理还是身体，可怜了，她很多次找我，可是我那个时候已经结婚了，我也没有办法呀。”李月楼说着有些哽咽，看样子他的心里还是有初恋的影子。

三个人聊着，火车竟然到了衡阳站了。李月楼还想继续说，可是火车已经停下来了，米香开始整理行李，准备下车。

普沉伸了一个懒腰：“终于到了，坐这种慢车真是累死人了，下次跟陈远讲，出差一定要坐飞机，现在想想，简凡那个家伙真是聪明呀。”

“哈哈，”李月楼笑起来了，“我也想坐飞机呀，可是也得让我坐呀，这都是羊毛出在羊身上，为啥不让呀，陈远真是有毛病哦。”三个人说笑着出了火车站，远远看到有个人举着牌子，上面写着“上海前程远公司接站”。

## 【16】

李月楼指着那个牌子说道：“接我们的，走吧。”“三位是从上海来的吧，我是恒峯地产的开发主任，我姓福，谢总安排我来接三位去我们的公司。”

“哦，福主任您好，辛苦您了，大老远来接我们。”福主任接过李月楼手上的大箱子，放进了后备厢，加上司机一行五人坐着大奔朝衡阳下面的一个小镇驶去。一路先是田野风光，米香感觉这里和自己的家乡没有什么区别呀，大片的原野一眼望不到尽头。半个小时过去了，马路两边的景致变得幽深了，两旁是参天大树，马路上很少有车，这风景竟然有些类似于普罗旺斯的景色了。

大奔开了将近一个小时，远远望去是一座山，近了看似一个岛，岛的三面是护城河，只有一面是通向外界的，穿过那座大桥，就来到了这个叫衡阳的小地方，但是里面的风景却是另外一番天地。

李月楼问道："福主任，我们还有一位大律师是坐飞机过去的，不知道你们有没有派人去接。"福主任转头说道："已经接到了，我刚才问过谢总了，可能比你们先到吧。"

"哦，简凡比我们先到了呀。"普沉说："老李呀，没脚的还是比有脚的快哦。"米香在一旁听到简凡已经先到，心里非常渴望能见到他。

车子在一幢高楼前面停下，门两旁挂着衡阳恒峯地产开发公司、恒峯生态农业科技园两块牌子。谢总从里面走了出来，后面跟着的是简凡。米香跟在李月楼和普沉的后面，看到简凡也看到了自己。李月楼和谢总握手后在前面开路，米香故意走在最后。普沉说："简大律师你起得比我们晚，但是比我们还早到，真是有先见之明呀。"

简凡笑着说："下次你也可以要求只坐飞机，火车的不去。"普沉大笑说："好，我们保持一条阵线哦。"简凡握住了米香的小手，紧紧地捏了一下，米香一惊，侧头望着简凡若无其事的样子。普沉说："这次最辛苦的就是米香啦，深更半夜的被高正奇他们扔在一个小火车站，半夜两点呀，在那个小火车站等车，然后跟大部队会合，一个小姑娘家家的，多不容易呀，我都替她担心哦。"

"真的吗？"简凡担心地问。米香反而不好意思地说："普老师，我没事的，人家送我去的火车站。"简凡一把拉过米香的胳膊说道："我看看，嗯，好像憔悴了很多呀。等下记得多休息一下，女人不注意保养很容易衰老的。"

那握紧的双手早已让米香没有了夜半时分的恐惧了，温暖的感觉包裹着米香。李月楼落座后问谢总："我们等下能否看一下你们开发的项目，这次融资的项目是不是农业生态科技园？"

谢总说："可以呀，没有问题的，等下安排专人带你们去视察一下，不过晚上我们这里的市长与市委领导班子可能会过来一起吃个饭。"

李月楼说："哦，你们和政府领导关系搞得很好吗？"谢总笑着说："做我们这行的，不搞好关系，那还怎么混呢？"

简凡问："房地产商不都是滚动开发的吗？你们现在为何出现资金紧张呢？项目既然是已经建好的，卖掉不就可以回款了吗？"

谢总说道："是因为我们把开发的总建筑面积1455.48平方米的房产抵押给了这里的银行，所以房子没法卖呀，而且我们曾经向这里银行借的1000多万还没还清，现在银行不让借款了，农业生态科技园项目刚拿下2800亩的土地，所以资金缺口非常大。"

普沉道："等下看完项目，麻烦你们让会计把账本拿过来，我这里要出一个审计报告。"谢总笑眯眯地说："没问题，等下福主任会把你们要的资料都给准备齐全的。"

"福主任，带这几位专家先去看一下我们开发的楼盘吧。"李月楼走在前面，米香跟在简凡的后面，上了车，在市区拐了两条马路，就看到前面有点中式风格的一个楼盘，就剩下园林没有规划了，其他都已经建设完毕了。

"这楼盘体量还挺大的。"米香说："这全部抵押给了银行了呀，多可惜呀。"福主任说："我们也是没有办法呀，想拿生态园哪里的那块地，那块地便宜，但是这里有好几个开发商想拿，所以只能把这个在建项目拿去银行做了抵押，现在产权没有了，就没法销售了，谢总也是干着急呀。"

李月楼说："我实话实说哦，你们这样的项目其实不用跟外资合作的，找个过桥资金或者拆借，解个套就可以缓过来了，外资现在黑得很，要求的回报都是在20%以上了，你这么个小项目能否承受住外资的压榨呀。"

# 二卷：“黑色天使”JCC的圣经

前程远正是依托现有的资源体系，针对现有的投融资审查上的不足，制定出一套完善的尽职调查规范，并组建以律师事务所、会计师事务所、行业专家为团队的“尽职调查三维立体”的学术研究联盟，得到了“黑色天使”加拿大JCC投资商的青睐。

当你还没有强大的经商之道时，请以真诚之心对待每一位合作伙伴，凡事要讲究利益平衡，平衡之下人脉才能越来越广，商场之路也就越走越通！

——南北智地、蓝峻基金总裁　张铭皓

## 【17】

福主任说道：“其实我们也多方了解过，过桥资金确实挺黑的，找外资主要原因是想把那个农业生态科技园项目给搞起来，不光是借钱那么简单。”

听他这么一说，李月楼没有话说了，他或许明白了加拿大JCC那帮人惯用的伎俩了。看完这个楼盘，李月楼差不多已经清楚了这个项目的问题在哪里了，恒峯就是家空手套白狼的开发商，晚上听听政府官员是怎么说的。

晚宴选在当地的一家豪华酒店的包厢里面，中式风格，亭台楼阁，分外雅致。这就是当今的开发商，没有什么文化，但是装出来的都是些附庸风雅的感觉。米香一看，乖乖，这一桌子是什么菜，自己见都没有见过，那个蛋比鹅蛋还大好多。谢总殷勤地介绍李月楼给当地的市长与规划等部门的领导。

李月楼绝对是个涉世很深的老狐狸，表面话讲得特好听，谢总听了心里特舒服，直呼：“老李呀，你们看，这桌天鹅宴可是我们恒峯农业生态科技园的杰作呀，我们可是运用了世界上最先进的模拟自然环境来养天鹅的。”

“什么类型的天鹅呀？”李月楼好奇地问道。一旁的福主任说道：“黑天鹅、白天鹅，还有其他各种类型的都有，绝对的是纯天然、野生的，没有污染的哦。”

李月楼的酒量深不可测，几杯白酒下肚，没有丝毫反应，对方几个政府部门的领导不敢上了，转而对着米香说：“来，这位漂亮妹妹来干一杯。”米香可是滴酒不沾呀，看到对方领导这么举杯，早就不知所措了。一旁的简凡拿起酒杯就说：“既然局长这么有酒兴，那么来，我先敬您一杯，我先干为敬。”还没等对方反应过来，一杯酒咕咚下了喉咙口。

“这可是几千元一瓶的茅台呀。”李月楼赶紧说道：“慢慢喝，不急。”一轮酒敬过之后，政府领导退席了，借口是因为还有场子要赶。

李月楼知道，这几个政府领导今天出席纯粹是为了给开发商面子，谁都知道拿地需要多少道关口，也是做给李月楼他们看的。米香感激地望了简凡一眼，心里不知道说什么好了。简凡喝完刚才那杯茅台，脸色开始发红，普沉问道：“简律师，你是不是不能喝酒还是对酒精过敏呀？”

简凡说：“一般洋酒喝了没事，这国酒一般很少喝。”李月楼趁着对方的人都去欢送政府领导的时机对着普沉与简凡说道：“你们等下最主要的是看这个生态园土地的取得的途径、土地出让金是否已经付清、是否有银行其他借款，还有就是股东的组织架构里面，有没有关联性质。”

简凡说道：“这个等下查他们的公司章程就能看出来了，我去一下当地的政府部门，一查就知道了。”李月楼小声说道：“我怀疑农业生态园这块地有问题，不是从正规途径取得的，还有我估计他们的借款也肯定很多，这个地方看上去像是有黑社会势力的，你们刚才没有看到吗？路边都是那种娱乐场所，涉黄势力估计蛮大的。”

普沉笑着说：“老李，你可以当侦探了，这都能看出来呀，这也太火眼金睛了吧。”

简凡说：“老法师，毕竟就是老法师呀。”谢总笑着说：“谁是老法师呀？”普沉问：“谢总，你们这里娱乐行业是不是很发达呀？”

福主任问道：“等下带几位去放松一下吧，男的去桑拿，女的去美容。”简凡大声笑道：“不用了，我们一般不玩这一套的。”

天鹅宴终于结束了，米香觉得特别困，可能昨晚没有睡好，好想睡觉呀。“各位，我们去娱乐一下？”福主任不死心地问道。李月楼笑着拒绝了：“我们几个太累了，昨晚火车一夜没睡好，现在就想和周公约会呀。”

米香看到简凡摇摇晃晃地站起来，赶紧在一旁扶住他，简凡侧头用迷离的眼神望着她："怎么？你以为我喝醉了，会摔跤吗？我没事的。"米香微笑却不说话，因为她知道这个时候的男人需要的只是一个倾听者。

第二天，在恒峯地产的办公室里面，普沉在认真审核着恒峯地产的每一项财务记录，李月楼正在看他们做的可行性报告。"福主任，你们这份农业科技生态园项目的可行性报告做得挺好的吗？"李月楼问。

福主任尴尬地笑了："是呀，花了20万做的报告，还是委托加拿大JCC投资集团指定的一家咨询公司做的。"

"难怪了。"李月楼说："挺专业的，不过我们审核中发现，你这个项目的2800亩的土地问题尚未落实呀，而且你这个项目的土地是以租赁方式取得的，前15年的土地租赁费达到600多万元。"

## 【18】

福主任辩解道说："这你也懂的呀，农村的集体土地是不能卖的，所以只能签订集体土地开发入伙分红协议。"

李月楼说道："这我知道的，所以你这个土地的取得方式上存在不确定因素哦。"

福主任笑哈哈地说："没事的，这些外资方不会查得那么严实的，只要有签订的合同在。我们是做农业生态科技园，这个和土地的取得方式没有什么关系吧。"

李月楼笑而不答，"福主任，这个项目我们调查得也差不多了，今天我们要回上海了，麻烦你帮我们订四张机票吧。"

"哦，好的。"福主任一口答应。四个人在福主任的欢送下，进入候机厅。这里没有别人了，米香问道："李老师，你刚才和福主任的谈话真的很奇怪呀，既然这个项目的土地取得有问题，那加拿大JCC投资集团肯定不会这么傻呀。他们开发的项目又抵押给了银行，还有一屁股债没有还清，外资怎么会跟他们签订这样的战略合作协议呢？"

李月楼笑着说："米香看问题准确，这就是融资的窍门所在了，现在这些打着外资旗号的投资商并非是我们想象的天使，他们是一群披着羊皮的狼，而且是凶残的恶狼。"

普沉说："老法师在上课了。"李月楼指了指简凡说："不信你们问简大律师，他经常做这类案子，清楚其中的奥妙所在。”

简凡苦笑说：“老李呀，你就别再挖苦我了，我哪有您老经验丰富哦。”李月楼说道：“我给你们打个比喻吧。这个融资就跟泡妞一样，像加拿大JCC等属于真正的高手，他们一般讲究围而不追，重在勾引，他们会整天出现在你面前展现魅力，就是从来不说我爱你，更不追求你。就是亲嘴，也是靠近美女的嘴，完成90%的距离，最后那10%得让美女自己亲上来。我亲你了吗？没有吧，我只是在近距离脉脉含情看着你。”李月楼眉飞色舞地讲完，最先爆笑的是简凡：“老法师，你这个比喻真的是太经典了呀。”

李月楼正色道：“我说的没错吧，你看我们这段时间所做的这几个项目，都是这样，明明知道都不符合融资条件，可是这些投资商就是在勾引你，让项目方自己送上门来，心甘情愿地把钱送给投资商。这些项目方真傻，以为空手就能套住白狼了，谁又知道魔高一尺、道高一丈。这样的融资骗局每天都会上演很多出的，那些吃了哑巴亏的项目方最后只能打掉牙齿往肚子里面咽。”

简凡叹了口气说：“中国的人口这么多，每人骗一次就可成首富了。老李呀，陈远想让我跟他去北京组建前程远的分公司，你觉得怎么样？”

李月楼说：“这虽然是一次机会，但是我怕你进去容易，退出难呀！”

“怎么说？”简凡一脸迷惑。

“我听说高正奇也在活动，去北京，如果他去担任北京分公司经理，那你会很被动的，陈远的目的是空手套白狼，他的分公司的所有一切都是投资商掏的钱，你觉得陈远会真心跟你合作吗？这些话我本不应该告诉你，但是作为朋友，我觉得有必要提醒你。”

李月楼的话，让简凡更加清楚了陈远的真实意图。简凡的眼神中有一丝寒气一闪而过，但是没有逃出米香的眼睛。

“这些倒是没有什么，陈远这个家伙，他确实有谋略，但还有一个致命的弱点。”简凡顿了顿没有点破。

李月楼好奇道：“到底是什么弱点呀。”米香说：“好色吧。”简凡嘿嘿一笑，“米香都看出来了，看样子陈远确实是个好色之徒。”普沉假装咳嗽了一声，“这些你都能看出来呀，小丫头，小心自己被陈远占便宜哦。”

米香苦笑着说：“陈远喜欢年轻的那种，我这种他不会喜欢的。”简凡说：“怎么会呢，你可是个有内涵的美女呀。”

米香笑了：“你也说了，有内涵啦，陈远对内涵不感兴趣，他注重的是第一视觉。李老师，这份衡阳的尽职调查报告也是我来写吗？”

李月楼笑着说：“你就当练练笔吧，让你多写几个不会害你的，只会让你更加快地熟悉业务，你以后还是要独挑大梁的。”

李月楼一边说，一边从自己的包里面拿出一个大信封，简凡问对方给了多少，李月楼拿出来开始点。普沉说：“看这个厚度，应该不少了。”“我猜是一万。”米香看着李月楼手中的钱，喉咙口咽下了一口水。

“还被你说对了，真的是整一万，哈哈，看样子福主任已经给我们分好了。”简凡说：“那也不行呀，这个钱能均分吗？还是老李你拿大头，我们拿小头意思一下就好了。”

## 【19】

李月楼说道：“在座的以后都是兄弟姐妹，我们不是玩一票就收手的，我怎么能辜负了各位呢，来，一人一份，见者有份。”李月楼说完把点好的钱分成了四份，包括米香，都是均等的，米香的心里一下子由衷地佩服李月楼会做人。

李月楼确实很会收买人心，短短的一次旅行，就让简凡与普沉对他刮目相看。

米香熬了两夜，终于把华美大酒店与恒峯农业生态科技园两个项目的尽职调查报告完成。李月楼看完点头说：“米香有前途，会成为前程远公司的一支笔。”

米香笑了笑，其实她知道这些都是李月楼在回来的途中教过她的，米香也在里面采用了一点技术分析方法，恒峯生态园总投资是16186万元，其中首期项目投资为4500万人民币，其他各期项目所需资金以每年盈利资金解决，项目采用边建设边投产。如果在一期项目建设过程中，资金未及时到位，就会导致建设期过长，投资回报期拉长。

在高正奇看来，米香确实很有前途，但是周琳却用变色眼镜看着米香，因为她的财务报告没法弄，所以周琳把这口气出在了米香头上。

高正奇没有办法，只好让米香重新修改报告，并且扣掉了米香的部分工资。米香顿时失语了，她不知道应该怎么替自己辩解，她真的是恨呀。

李月楼看出了米香的心事，便说：“米香呀，这件事情你先不用耿耿于怀，找准机会我会替你报这个仇的。”周琳扣了米香500元的工资，高正奇把华美大酒店章总给的三个红包与周琳两个人平分了，没有留给米香一丁点儿残羹冷炙，而且从玉山县出发去衡阳的火车票钱，周琳也不给米香报销，理由是米香自己不让对方买的。

李月楼知道米香是受了很大的委屈，可是事情已经发生了，而且华美大酒店这个项目也不是李月楼带队的，所以李月楼没有什么理由去说服高正奇。李月楼找到刚回上海的陈远："陈总，我想把米香安排到我们这组，你认为怎么样？"

陈远看了看李月楼，"这个没有问题呀，你这里也正好缺一位主笔的，米香你觉得合适吗？"李月楼高兴地说："当然很合适，小姑娘头脑聪明，看问题细致，假以时日一定能成为前程远的大人物。"

陈远见到李月楼如此地夸奖米香，"这么说你看好她了，那我就把她交给你啦，顺便跟你说一下，我可能要在北京待一段时间，你要不要跟我一起去北京发展发展？加拿大JCC的石森邀请我去北京组建分公司，他那里的尽职调查项目业务量在上升。"

"高正奇不是很想去北京吗？陈总，你为何不让高正奇去呢？"李月楼心里嘀咕着，也许是陈远在试探他。高正奇这个人只会玩小概念，大格局这种手腕他玩不来，只能给人打打下手。陈远这么说也是有他的道理的。

陈远正色道："如果你真的不想去，我想把投融资服务中心这个架构和执行体系交给你和米香来完成。还有呀，简凡这个家伙最近烦死了，我都是躲着他的，天天跟我提报告要加价，他也不看看他那个报告的质量，给他3 000元一份，都已经很不错了。"

在这个问题上面，李月楼没有为简凡辩解，他知道现在还不是时候，再说简凡也不是好惹的人，把他逼急了，陈远估计要有得苦头吃了。

李月楼回到办公室，把陈远答应米香归到自己手下的好消息告诉了米香，米香很兴奋，自己终于在前程远公司有靠山了。李月楼递给米香一个信封，米香诧异地问："这是什么？"李月楼笑着说："这是这次出差报销的差旅费还有提成。"米香打开信封一看，里面竟然有近5 000元，这好像也太多了吧。米香有些不敢相信自己的眼睛了，比自己的工资还多，这次出差让米香尝到了甜头。

李月楼说道："要想赚更多的钱，就要把写报告的水平练到炉火纯青，要能看出人家给你的可行性报告的核心问题在哪里、这个项目的主要症结在什么地方，这样一份有说服力的尽职调查报告才能递到投资商的面前。"

"衡阳的尽职调查费用已经结清了呀，这么快！"米香挺好奇这种商业模式的背后到底是什么诱因，让国内的融资方如此热衷于引进外资。李月楼认真地说："这主要是因为国内的融资渠道太单一了，很多公司如果没有房地产的产权作为抵押，银行等金融机构是不会理睬你的。外资却不一样，融资模式多样化，这也是国内融资方没有办法才走的路。”

## 【20】

“他们当然愿意早点付清这个费用啦，这样他们好拿着这份决定他们最终命运的报告，找投资商要钱去了。”李月楼说：“可是他们又怎么知道，也就是这份报告判定了他们最后的死刑。”

“相当意义上说，我们都是刽子手哦，有些甚至能让项目方倾家荡产，很多项目方上当受骗后还会继续上当，有的融资融了几年甚至十几年，本来资产情况还不错，结果被骗得几乎破产。”李月楼惋惜地说道，米香也看出了李月楼有些不忍心。

李月楼叹气道：“可是这个社会就是这样，你不骗人家，人家也会骗你，这是没有办法的事情，生存的背后我们要付出很沉重的尊严。”

“你别看陈远要风得风，要雨得雨，但是在加拿大JCC那帮人面前，狗屁都不是，照样要阿弥奉承，像个小瘪三。所以说呀，米香，能捞一笔是一笔，捞够了我们就撤。”

听着李月楼的话，米香也想明白了很多事情，就先让周琳和高正奇这两个小人多得意一阵子吧，等到自己的脚能站稳的时候，自然会有更多的机会来收拾他们两个。

“李老师，难道融资方到最后关头都会放弃吗？他们前面与这家外资都是签订战略投资协议的，难道他们不会告这些外资吗？他们前面都经历了做商业计划书、可行性报告、评估报告，还有考察等程序，尽职调查已经到了最后的一道程序了，没有人发现这其实是一种精心设计的骗局吗？”

李月楼拍了拍桌子上面那一大沓的协议，拿出一份加拿大JCC投资集团签订的所谓战略投资协议，递给米香。“你看看这种协议，他们的骗术的高明之处就在于，他们不会在合同里面留下不利于自己的条款。”

米香接过李月楼递过来的这份加拿大JCC投资集团的投资合作协议，仔细地看着，看样子是通用版本，上面抬头处看到这样一条提示：本协议仅作为签订协议双方今后工作的指导性文件，不应视为加拿大JCC投资集团与乙方就项目投资共同组建中外合作企业的合作合同。

米香抬头对着李月楼说："我明白了，这就是一个套，一个让项目方钻进去的套，这个JCC机构本身就是以骗人为目的的，他们设下这个圈套让大家来钻。"

李月楼说："JCC先说不收费来吸引企业，接着他们就会要求项目方做商业计划书，收一部分钱，再接着是要出考察费、调研费、接待费，然后说快要投资了，要求指定的评估机构进行评估，交评估费；最后一道关口是尽职调查，一般是委托第三方来出的，这个报告就是判项目方死刑的，投资商一般根据这个报告里面的各方面风险警示，找理由说不能投资了，而企业本身对融资的迫切性以及对融资的不了解，都给了这些投资商可乘之机。"

米香不无感慨地说道："李老师，我们会不会被追杀呀，那些尽职调查报告可都是我们出具的，项目方融不到钱，不会找我们麻烦吗？"

李月楼笑着说道："项目方融不到钱会找投资公司麻烦，至少到目前为止，陈远的公司还没有项目方找上门来闹的。"

"哦，难道他们真的什么都不懂，莫非他们都是小白哦。"米香笑着说道："如果找投资商麻烦，那他们一般都是怎么解决的呀？"

李月楼不无忧虑地说："最近我也听陈远说了，好像有几家项目方去北京的JCC那里闹了，但是这种闹是没有用的，关键是很多项目方本来就想着空手套白狼，所以JCC就是利用了人性的弱点——贪婪。"

"真的好痛惜哦。"米香说道："李老师，现在是不是80%的企业有投融资需求呢？"

李月楼说："是的呀，可是你知道吗？却有95%的企业并不懂得怎样去投融资，所谓隔行如隔山，正是因为企业不懂投融资这一行，所以才会走很多弯路，也让这些骗子投资公司容易得逞。"

米香的电话响起来了，是简凡，怎么这个时候简凡会打电话给她呢？莫非有什么重要的事情。简凡在电话里面咕哝着："你会用word吗？帮我把报告排一下吧。"

米香不好拒绝，因为这个报告是恒峯农业科技生态园这个项目的法律意见，现在就等简凡的这份法律意见书了。福主任催了米香很多次了，JCC也催了米香很多次，要是再不搞定简凡的这份法律意见书，米香估计又要被周琳那个老女人给盯上了。

## 【21】

“你在哪里呀？”米香问道。“你来我公司吧！”简凡不耐烦地说道：“快点。我等下还有事情要出去呢！”“好吧，我马上过来。”米香说着抓起笔，记下了一个地址，拿起桌子上的包包，出门了。白天的百乐门安静闲适，米香沿着南京西路一直走，走过了两个路口，来到了一幢写字楼下面，看了看门牌号码，就是这里了。

前台看到有人推门进来，便问“请问你是米香小姐吗？”米香傻傻地点头。“哦，你好，简律师有急事出去了，他出门前特意交代我，领你直接去他的办公室，他的电脑开着的，他说了等下就会回来，希望你能在这里等他。”

米香心里有些紧张，要等简凡回来自己才能走，这个文件排起来应该很快的，半个小时就能弄好，可是离下班还有将近1个小时呢，自己待着这里干吗呢？

前台给米香倒了一杯清水，米香摆弄着简凡的电脑，那个文档是开着的，米香看到简凡其实已经把字都打好了，他为何不叫自己公司的人来弄呢？如此简单的事情，兴师动众，莫非……米香脑子转得很快，肯定是有什么特别的事情，需要自己来做吧，想到这里，米香的心里即紧张又开心。

天色开始暗了，简凡公司里面其他的员工都走光了，米香走出简凡的办公室，看到前台的背景墙上面写着简凡律师事务所，看起来这家律师事务所开了已经有些年头了。背对着大门，米香一边看着这几个大字，一边想象着简凡的样子。

门禁“咔”的一声惊醒了米香的思绪，回头看到简凡疲惫的身躯，一股酒气扑面而来。“你喝酒了？”米香关心地问道。

简凡没有说话，径直往自己的办公室走去，米香跟在简凡的后面。“文档我排好了，要不要打印装订呀？”简凡放下手中的东西说道：“当然要装订了，不然怎么给你呢，还要盖章的。”

“我想问你一件事情，陈远最近在上海吗？”简凡转身正色道：“米香看着他。“不在呀，最近陈远都是在北京，好像很少回上海，听说北京正在组建前程远的分公司，估计挺忙的。”

“你愿意当我的卧底吗？”简凡认真地说。“卧底？”米香吓了一跳，“你想干吗呀？”

“就是把陈远及前程远的所有事情都告诉我。”简凡的眼神透出一股仇恨的怨气，米香有些害怕地看着简凡，她不知道简凡的最终目的是什么。

简凡伸手拉过米香，两个人眼睛对着眼睛，鼻子对着鼻子，米香的双手抵住了简凡的胸口，近到整个世界都不复存在了，想要推开他，可是怎么用力都没用，鼻子痒痒的，简凡就这么吻住了她的双唇，米香浑身颤抖，她分明想要拒绝，可是却迎了上来。

米香差点要没法呼吸了，她一使劲推开了简凡。“答应我好吗？”米香犹疑着，自己这么做很有可能丢掉这个饭碗的。好不容易找到的工作，而且还有这么多额外的收入，米香不想就这么丢掉这份工作。简凡看到米香犹豫，就说：“那我不勉强你，就当我什么都没说，好吧。”

简凡放开米香，瞬间的冷漠让米香觉得简凡判若两人，这就是律师的个性吗？难道只有被利用的时候才会有价值，米香的心里一阵落空，刚才的吻，分明是热切的，难道也是一种“价值诱惑”吗？米香看不清楚简凡的内心世界，她的心里更加乱了。

米香伤心地说：“没什么事情，我先回去了。”简凡头也没抬说：“嗯，你先回去吧，记得打车回去，早点休息。”

悲伤的米香觉得自己被简凡利用了，她拿起桌子上面的文件转身离开了。这也是米香的个性，不爱自己的，自己也绝对不会奢求，就如自己对盖克朋一样，米香的爱情世界里面，只有唯一。

回到家里，米香打开电脑，无聊地上了QQ，看到有人加自己，米香一看是一个网名叫“平凡的世界”的男子，米香通过了他的好友请求。

只看到对方说道：“‘泪晶的雨’，你的网名很美，特有诗意，你也在上海吗？米香随意“嗯”了一声。

“平凡的世界”又问道：“你是从事金融行业的吗？我看你的资料上面这么写的？”米香说：“是呀，最近自己特烦。一个自己很欣赏的男人想让自己在公司当卧底，可是自己又怕被他利用而丢掉这份工作。”

“平凡的世界”说道：“你是不是很欣赏这个男人，甚至有些迷恋他呀。”米香沉默了一会儿才说：“是的，我确实很喜欢他，但是怕被利用。”

## 【22】

“既然喜欢，你就要有所付出，何必在意那么多呢？”“平凡的世界”说道。“爱就是义无反顾，勇敢往前，能为自己所爱的人做点事也是一种幸福。”

米香一看，心里直想发笑，这个世界还有真正的爱情吗？都是利用与被利用的关系，下了，不说了，米香离线，盯着简凡的报告有些出神。

米香回味着刚才那个“平凡的世界”所说的那番话，觉得也是有道理的，没有试过的爱情是无法确定是否合适自己的。简凡对自己肯定是有感觉的，但是这种感觉却掺杂了更加复杂的利益关系，就显得与“爱情”这个主题来得格格不入了。

第二天，高正奇就来催米香了。“你报告写完了没有？章总都催了我好几遍了。”米香无奈地把刚刚装订好的华美大酒店尽职调查报告递给了高正奇，高正奇没有显示出高兴的样子，反而责怪米香：“你这份报告没有经过我的审核，是不能发给JCC与章总的。”米香一听急了：“高经理，我不是前天就把电子版给你了吗？你没有看？”

高正奇生气地说：“我不看电子版的，我要看打印稿。”米香一听差点晕过去，心想那你干吗不打印出来看？

这个时候，周琳也过来了，听到了他们两个的对话。“我也没看呢。你这份打印稿不算，打印稿你自己留着吧，打印的成本月底从你的工资里面扣除。”米香再也忍受不了这种羞辱，她啪的一声把报告扔地上了。“你们爱怎么玩，就怎么玩，我不陪你们玩了。”说完，就拿着包包出门了。

高正奇和周琳两个人，你看看我，我看看你，一下子愣住了，他们没有想到一向柔弱不吭声的米香今天会发飙。

高正奇对着周琳说：“是不是我们太过分了。”周琳白了一眼高正奇说道：“有什么过分的，她能得瑟到哪里去呀，等下还不是得自己乖乖回来，你看好了。”

“等下要是被李月楼知道了，他会找我们俩麻烦的。”高正奇有些害怕李月楼这个人，周琳说：“你最近要加快动作了，陈远马上要回来了，我估计是宣布谁去北京担任老总的事情，你要是想去的话，赶紧的呀。”

高正奇想了想说：“你觉得我的希望有多大，李月楼会不会跟我竞争，如果他和我正面竞争，我一定玩不过他。还有如果陈远看中李月楼，那我估计没戏了。”

周琳鄙视地看着高正奇说："你就这么没有自信，小人自有小人招，我认为这次你希望很大，李月楼不见得会愿意去北京。"

米香独自一个人在南京西路的街头游荡，她想自己是不是应该回去辞职算了，繁华如潮的南京西路上面到处都是挎着奢侈包包的美女匆匆经过，与奢华高楼的橱窗相比，米香显得有些格格不入。什么时候才能征服这璀璨的景色？电话响起，米香一看是陈远的，赶紧接起来，米香心里做好了离职的准备，也就不怕得罪陈远了。

陈远的语气出奇的平静，让米香琢磨不透，陈远是否已经知道了高正奇与她之间的争吵。"米香呀，马上开会了，是不是还在外面吃午饭呀，赶紧回来吧，公司有重大的事情要宣布。"

"哦，陈总，我马上回来。"米香起身往静安寺走去，刚才满腹的委屈立刻消失无影了，或许米香就是这样有个性的女子，她可以委屈、可以灿烂、可以冷漠，但绝不允许被羞辱。

米香推开前程远的大门，就看到一个化了浓妆的年轻女子在大声嚷嚷，女子回头一看愣了一下，米香也被吓住了，这个人好熟悉哦。米香想起来了，这不就是那天买衣服的时候在肯德基店里面泼她一身饮料的那个女人吗？

"是你？"对方明显认出米香了，米香没有说话，把包放在了桌子上面，准备开会的文件。看到米香对她爱理不理，女子显然不买米香的账，大声对着米香嚷嚷道："你，准备开会，听到了没有？"

米香听到了简凡的声音从陈远的办公室里面传了出来，简凡竟然也来了，米香心里一阵骚动，假装起身，往洗手间走去，留下尴尬的她在那里干瞪眼。

陈远和简凡从办公室里面一起出来，陈远的脸上容光焕发，显然是有值得庆贺的事情。米香看向简凡，他与米香的眼神互相交流着，最后，米香移开了视线。

陈远拉着那个很凶的女子，对着办公室里面的其他同事介绍："这位是拉菲，以后是我的秘书，大家以后有什么事情可以直接问拉菲。"米香的心里极度地失望，这样一个女人待在陈远的身边，再加上周琳与高正奇，自己以后的命运真的是可想而知了。

## 【23】

会议召开的时候，令米香奇怪的是简凡竟然也参加了。坐在简凡边上的米香有些不知所措，低着头心怦怦直跳。

陈远激动地说："在座的各位这段时间都辛苦了，我们在短短的不到两个月时间内，已经在北京建立了前程远的分公司，而且加拿大JCC愿意把手上60%的尽职调查业务分配给前程远公司，这是我们在北京这段时间所取得的一个很大的收获，我希望在座的各位继续努力，争取让上海的总公司也能搭建一个更大的平台。"

陈远没有说北京分公司其实是JCC投资的，这对于陈远来说是一个很没有面子的事情。米香看着陈远眉飞色舞的样子，心里很不是滋味，这样的业务能长久吗?

陈远看着李月楼说："李经理，上海的平台搭建任务，我就交给你了。这段时间我可能常驻北京，哦，对了，北京分公司的经理现在由高正奇来担任。"高正奇瞬间露出得意之色。一旁的拉菲趁机说道："陈总不在的时候，所有的财务方面的签字盖章由我来负责。"米香看到陈远竟然点头。

李月楼看着心里不是滋味，自己为陈远做了那么多事情，陈远竟然装作毫不知情的样子，真是让人感到寒心。

高正奇问道："陈总，那这段时间我接触的澳大利亚AFC投资集团这个业务谁来管呢？对方的方琼对尽职调查业务也感兴趣，非常希望与前程远能取得战略上面的合作。"

陈远想了想说道："这个业务交给李经理吧。"李月楼抬头说："这不太好吧，这是高经理的客户，突然之间转到我的业务范围之内，恐怕投资方会有所想法吧。"

高正奇辩解道："不会的，李经理，方琼很好说话的，再说这个业务还没有进入实质性签约阶段，你接触也是一样的呀。"

李月楼见高正奇这么说了，也不好再推却，答应说："好，先试一试吧。"陈远继续说道："上周JCC的两个尽职调查报告是不是高经理与李经理写的，交过这么多次的报告，JCC的石森评价说，这次的报告他们最满意了。"

李月楼、高正奇还有周琳三个人面面相觑，一时不知道说什么好。最后还是李月楼打破了其中的尴尬气氛。"这两个报告都是米香熬了好几个夜班写出来的，米香这段时间非常辛苦，陈总呀，要好好培养米香哦。"

米香尴尬地抬头看着李月楼，一旁的简凡笑着说："陈总呀，这个小丫头有潜力的，未来有大前途，你可要好生留住她哦。"

陈远对着米香说道："李老师这么器重你呀，米香以后跟着李老师，一定能成为大师哦。"米香尴尬地笑着，刚才开会前的不开心渐渐地淡了。

李月楼习惯性地用手指点了点桌面，然后说道："前程远不仅仅局限于尽职调查这种业务模式，更要突破这种单一的业务模式，建立全新的商业模式，目前我们看到的这种饵与钩的模式会让前程远走向死胡同的。陈总也和我讨论了半天，想要以前程远公司作为整个平台的幕后运营商，建立一个投融资服务中心，实现商业模式的创新与战略转型。"李月楼说这话的时候，米香听得非常认真。

"这种全新的商业模式，我会和米香来一起策划，然后与大家来讨论的。"李月楼信心满满地说道："我相信只有这种商业模式才能让前程远走得更远、更稳。"

陈远的眼神里面流露出来的是不信任，但是陈远并没有说什么，简凡打趣道："老法师又在玩什么把戏呢？"李月楼对简凡说："我们现在做的业务只是一种基础的短期盈利业务，而且一旦JCC不把这种业务给我们，我们就很难生存下去。"

大家听了点头称是。李月楼说："那么我们现在这种模式是怎么组成的呢？我经过这么多天的思考，画了一个它的商业模式。你们看，这是客户价值、企业资源、能力盈利方式构成了三维立体模式。但是这种模式仅仅局限于我们目前的这种业务模式，如果未来要组建更加强大的投融资服务联盟，这种模式显然是不合适的。"

陈远问道："那么李经理认为什么模式合适呢？尽职调查可是现成的能直接盈利的业务呀。"

李月楼知道，陈远虽然有自己的想法，但是面对如此诱惑的尽职调查业务，他是不会放弃眼前利益的而去追求那些所谓的长远发展。

## 【24】

要想让陈远信任自己，最好的办法就是动用自己关系网，尽快建立起这个投融资的平台。李月楼并没有接下去说什么？因为李月楼相信事实，一旦这个平台建立起来，陈远就会对他刮目相看的。

"简凡呀，"陈远继续问简凡，"要不你这位大律师跟我一起去北京得了，你要不要入股前程远？”米香听到陈远这么招呼简凡，心里一惊，难道简凡并不知道前程远是一家空壳公司吗？还有那个拉菲到底与简凡是什么关系，为何简凡会安排拉菲到陈远的身边来做秘书呢？

简凡笑着说：“陈总，你先把我们法律报告的费用提高一点，你看看，你一个报告开价几十万，给我的区区3 000元，这个说不过去呀。”简凡旧事重提，让陈远有些不高兴。

高正奇打圆场道：“简大律师，你那是不知道呀，我们要返回80%的费用给JCC的，其实拿到手的也是非常可怜的一点点呀。”

简凡正色道：“陈总，如果你相信我，让我去和JCC谈判，我保证能把这个比例谈到五五开，如果没有这个数字，最低也是四六开，你信吗？”

陈远看着简凡想了想，“你确定能谈到五五开，有什么方法呀？为这个问题我都快头疼死了，JCC的石森怎么都不同意五五开。简律师，你要是能谈到五五开，我这公司的股份都送你。”

简凡看着陈远怀疑的样子道：“你确定刚才所说的话不假，不是忽悠我的？我能谈到五五开，怎么样？让我去试一试吧。”

陈远说：“那好，可以去试一试。碰一碰运气也好的。反正也没有什么损失。”简凡知道陈远只是拿他当成一副挡箭牌，但是简凡并不在乎这个。

“那总得给我一个头衔吧，不然怎么开展工作呢？这个工作也不好做呀。”简凡立马向陈远示威。陈远低头想了想说道：“北京分公司的总经理是老高，那么还缺一个首席法律顾问，要不简大律师你就委屈一下吧。”

“没有问题，我只把事情做好，其他的一切我们等以后再说。”简凡的心里清楚，要想全面掌控前程远，目前这个形势下进攻是不合适的，要找到一个适合的时机，现在陈远各方面的力量还是很强大，自己以小小的一个律师事务所跟陈远拼是没有丝毫意义的。

简凡之所以要入驻前程远公司，就是想在合适的机会下，找到陈远的致命弱点，然后一举攻破。

但陈远并不知道简凡的真正目的，陈远一味地被眼前的经济利益所迷惑，看着身边年轻貌美的拉菲，陈远觉得一切都来得太突然了，自己都是年过半百的老男人了，能有如此貌美的小情人，让陈远一下子膨胀了起来。

“那简大律师什么时候跟我一起去北京呢？”陈远问道。简凡想了想说：“等下个月吧，你这个月不是还有两个案例要去吗？”

李月楼说："是呀，陈总，等广东和湖北两个案例调查完毕后，再让简律师去北京也不迟呀，目前我们合作的也就简律师这样一家律师事务所。"

陈远点头好像在思考着什么，拉菲打断了陈远的思绪："我也要一起去北京，好不好？"陈远抬头遇上拉菲热烈的目光，瞬间被融化了。简凡看着两个人在桌子上面眉目传情，他心里特别清楚，陈远已经上钩了。目前最重要的是掌握前程远的业务模式，这个还是要靠李月楼的，只要李月楼倒向自己，那么简凡就能在前程远如鱼得水。

简凡问："广东那边是个什么行业的案例？"李月楼翻了翻工作单回答道："是个百年名校，要进行改扩建融资，正好被JCC给盯上了。"

简凡骂了一句："JCC真是恶心，怎么什么项目他们都盯得上，他们就不怕被别人拆了台。"

陈远哈哈大笑："简大律师，你以为JCC那么容易被拆台呀，在这里，外资是受到严格保护的，哪能那么容易被别人告呀。"

简凡不以为然地说："总有弱点，只是我们没有发现而已，JCC在中国的投资肯定是有局限性的，要想查还不容易呀。"

陈远紧张地说道："简大律师，你可不要乱来哦，我这里还得靠他们提供的业务赚点钱呢!你要是把JCC给得罪了，我岂不是竹篮打水一场空了。"

简凡看着陈远紧张的神情，安慰道："陈总，再跟JCC谈判之前，你要明白对方的弱点在哪里，只有知道了这个你才有胜算的绝对把握；不然的话，你只能唯唯喏喏、俯首帖耳，任人家摆布了。"

## 【25】

陈远说："是的，我现在就是只能听他们的，只要给我业务，我就靠这个赚钱了，管那么多干吗呀。"

简凡知道这个时候的陈远已经被金钱与美女征服了，要想让陈远规划更远大的战略计划，那比登天还难。

"一起去喝咖啡吧，大会开完了。"简凡对陈远说道："就在静安寺附近，我记得有家叫blue me的咖啡厅不错的。"拉菲和米香也一起去了，四个人来到这家蓝色调调的咖啡厅，显然冬季的午后喝一杯浓烈的暖咖啡是一件多么幸福的事情。

拉菲拉着陈远的手，不停地揉搓着，陈远明显有了反应，一把搂住了拉菲的细腰，不停地捏，两个人显然都来感觉了。

简凡看不下去了。“拉菲，你那个公司调查的报告什么时候给我。”拉菲看到简凡发话，不敢有过分的要求了。“明天就交给你，可以吧，领导。”拉菲向着简凡抛了一个媚眼。

米香被他们随意的举动给彻底惊呆了，从没见过在公共场合如此开放的男女。简凡喝完手中的咖啡，对着米香说：“走吧，我们还有事，陈总，我去完广东和湖北，就和你在北京会合，怎么样？”

陈远喘着粗气说：“好。”米香坐上简凡的车子离开了。一路上米香沉默着，没有说一句话。拉菲上了陈远的那辆大奔，而陈远迫不及待地将车开往人少的地方。车子刚停罢，两个人就迫不及待地拥在一起……

高潮跌宕，峰回路转，暴风骤雨过后，她瘫成一团，死死扣住陈远的双肩，嘴巴张得大大的，起伏的双峰宛如刚刚有万马奔腾过。

“以后就跟着我，不许离开我。”陈远命令道。拉菲穿好衣服，顺手把车顶上面的一个小东西放进了自己的包里面，点头说：“再也不离开你了。”

陈远沉静在刚才的巅峰状态还没有缓和过来，拉菲看到陈远没有发现自己藏了东西，就高兴地说道：“你去哪里我也就去哪里。”两个人在车上休息了一会儿，开车去市区的饭店吃饭了。

米香拉开了车门想要下车，简凡抓住了她的小手，寒风中米香有些冻得红红的小手立马感觉到了温暖。简凡侧着头看着她红红的小脸，问：“你最近还好吗？”

米香低着头，好似受了天大的委屈。简凡知道，前程远公司人际关系复杂，米香这样单纯的性格容易被人欺负的。

“那个拉菲是不是你公司的，为何现在是陈远的秘书呢？”米香好像有些吃醋。简凡笑着说：“这是我一手安排的，等下就有好戏看了。”说着简凡的手机响了，简凡看了看手机上面的短信，高兴地说道：“看大戏啦。”

打开笔记本电脑，简凡收了一份邮件。米香说：“这个邮件还能直接发视频呀。”正说着，米香听到阵阵女人的尖叫与男人粗重的喘息声，接着一幅猥琐不堪的画面进入了米香与简凡的眼睛。

米香羞涩地用手挡住了眼睛，可是那淫荡的声音却一直围绕在米香的耳边。简凡没有顾忌米香的感受，一边看一边哈哈大笑，嘴里还说着：“太精彩了，拉菲这个小妮子，真是有一手，把陈远玩得这么服服帖帖哦。”

“快关掉啦！”米香惊叫道。简凡这才不情愿地关掉电脑上面的视频。“怎么？你这么大了没看过这种场面呀，免疫力这么差。”简凡一边关电脑一边说。

## 【26】

“你要这种东西干吗用呀？”米香好奇地问道：“陈远又不是什么大人物，你搞这个还能要挟到他。”简凡欲言又止：“你懂什么哦。”

米香说：“那你牺牲了拉菲，你觉得你算是个好男人吗？”米香盯着简凡的脸颊，看不出眼前的这个男人竟然这么会利用自己身边的女人。

简凡转头看着满脸红晕的米香，想要辩解，但是他最终还是没有说话，他的身体也开始有了想要征服的欲望，简凡转过米香的头，看到一双惊恐的眼神无助地望着他，简凡的心一颤，欲火焚身，他狠狠地咬住了米香柔软的双唇。

一阵钻心的疼痛，米香本能地想要推开，可是面对简凡粗暴的吻，米香差点就要窒息，一种从心里奔出来的抗拒让米香使出了浑身的力量，推开简凡的刹那，米香逃也似的离开了车子。

米香清楚地意识到简凡刚才的吻，只是一种男人的本能，米香知道那不是爱，仅仅是欲望，米香分明没有感受到自己被保护的那种感觉。

这条路如此漫长，千百世的寻找又如此久远。

米香知道，这个时候的简凡是不会追上来的，她放缓脚步。不知不觉已经到公司门口了，还是先回公司吧，看看资料，为接下来的案子准备一下，米香想着这次可能要坐飞机了，这可是米香人生中第一次坐飞机哦，人生中最初的体验都是美好的，例如性与爱、彼此喜欢、暗恋等，想到这里，米香开始兴奋了。

推开公司的门，高正奇与周琳正在私底下聊着什么，看到她进来，以一种不一样的眼光看着米香，米香心里一阵嘀咕，难道他们刚才看到自己和简凡了？不，米香否定了这个想法，绝对不可能。

周琳走到米香的桌子前面，酸溜溜地说道：“你这次要去广州了，应该是个很好的机会哦。”米香一听，原来这是真的，不在意地问道：“什么时候动身啊？”

周琳悄悄地说道：“我这里正在等待对方的打款呢，听说这个项目JCC的投资额度会很大，是个百年名校的改扩建工程。”

米香说道：“学校不都是公办的吗？JCC也会投资啊，学校不都是政府拨款的吗？JCC从哪个方面取得回报啊？”

周琳鄙视地看了一眼米香，觉得她有些傻。“JCC才不傻呢！精得很，你以为他们真的要投资啊！笨丫头。”

“啊！”米香满脸惊讶，那这所百年名校难道看不出JCC的阴谋诡计吗？

高正奇走过来拍了拍米香的肩膀，米香想躲开都来不及。高正奇说道：“学校虽然是政府出资的公立学校，但是每年的经费毕竟有限啊，要不你看现在连各校都搞冠名楼，什么什么楼啊，什么什么图书馆啊，一个要名，一个要利，双方一拍即合，何乐而不为呢？”

米香还是不懂，继续问道：“你说的这些我知道啊，那些很多都是国内的企业，为了所谓的公益事业，情有可原啊。可是JCC是外资企业，没有必要跑到广州这里的一个小地方来，冠名一个小小的学校。投资这个项目肯定是要求有回报的，没有高额回报的事情，JCC才不会这么傻去干呢！外面不都称之为‘黑色天使JCC’吗？”

这个时候李月楼走了过来，问道：“你们知道黑色天使的圣经是什么吗？”

“是什么？”三个人异口同声地转头看着李月楼。

李月楼眨巴了一下眼睛，狡黠地说道：“当孩子宠，当猪宰。其实刚才米香说对了，JCC总是渴求高额回报，在他们的眼中只有金钱是唯一的回报，而且这个百分比会越来越高。企业家把自己的企业当成孩子来宠，而投资商则把投资的企业当成待宰的猪。一旦时机成熟，JCC就会把它当成猪来宰杀，直到放干每只猪的‘道德血液’为止。也正是这两种心态的不同，造成了双方之间更多的分歧。”

米香吐了吐舌头说道：“那为何还有那么多的猪愿意被宰呢？是他们贪婪，还是他们智商低？”

李月楼说道：“JCC并没有明确说明自己的投资回收预期，但他们投资的首要条件是利润低于30%的企业基本都不会得到投资商的青睐，可以说，JCC只投有暴利的行业。”

## 【27】

高正奇竖起大拇指直夸道：“还是老法师有眼力，能一眼看透JCC那副道貌岸然的嘴脸。”高正奇夸完就走开了，周琳看到没啥得瑟的事情了，也离开了。

李月楼叮嘱道：“可能这几天就会去广州，米香你做好准备了吗？”米香回应道："随时准备着，我还没乘过飞机呢！"

李月楼哈哈笑道："我保证你以后每次出差都能坐飞机哈，坐飞机没啥了不起的哦。""那我们会去几个人呢？"米香心里有了些期许。

"简凡、普沉你和我，我们四个是陈远的尽职调查团队里面的黄金组合啊。"李月楼高兴地回答，他以为米香真的不知道呢。

听到李月楼的回答，米香心里一阵窃喜，简凡会和她一起去广州，米香的心里顿时有了温暖的决定。

"哦，对了。"李月楼转身期待地看着米香，问道："上次跟你提过的要做一个投融资服务中心的策划方案，不知道你这里进展到什么程度了？""这个哈，我想了一个大概的战略架构，不过我今天没带来公司，在家里的电脑里面呢！要不明天吧，李老师，你看行吗？"

李月楼转而一想，"不急，你先把方案完善了，等我们去广州的时候，你带在身上，我们路上讨论，你看行吗？"

米香觉得这个主意很稳妥，这样就不会让高正奇他们知道这个策划方案核心的机密了。

米香正要提着包包准备下班，就听到门口一阵浪笑，紧接着看到陈远一只手搂着拉菲暧昧地走了进来，拉菲露出傲慢的神色，像只战胜了的大公鸡一样，骄傲地看着米香，米香浑身鸡皮疙瘩，看着两人从自己的身旁经过，空气中弥漫了视频中淫荡的气味。

米香想要控制自己的思绪，忘掉简凡给她看到的那段画面，可是越想忘记，那画面就越清晰，莫非简凡也是这种人。她想起了简凡曾经跟她提过，他是个结过三次婚，离过三次婚的男人，一定不是什么好男人。

想到自己竟然不知不觉地喜欢上了简凡，将来受苦的一定是自己，"坏男人只可欣赏，不可以接近"，这是闺蜜曾经告诫过米香的，而自己竟然把这句话忘得一干二净了。

米香走进电梯，苦笑着，当爱情来临的时候，谁又能顾得了这么多呢？自己真的已经做到极致了，该爱一个人的时候，绝不拖拉；该离开一个人的时候，也很及时。可是谁又能体会到这种爱情的急速抽离之痛呢！

一连三天过去了，简凡都没找米香，甚至连一个电话都没有，米香很想听到简凡的声音，可是她不想主动打电话给他。

因为米香深知，在情感关系中，敢于主动追求的一方往往被视为强势，但是恋爱的节奏和进展，其实是由被动的一方掌控。懂得恋爱中强与弱的吊诡原则，便不会因为急于求成，让原本美妙的爱情博弈，变成令人不快的爱情侵略。

这天，米香正在做李月楼交代的投融资服务中心的策划方案，米香想把投融资服务联盟、加盟联盟、合作联盟、资讯联盟等几个联盟的业务职能分工都细致化。还有几个战略架构模式没有想完整，例如联盟的主席、执行主席，这些都需要有背景的人物来参与，还是要先问过李月楼和陈远，才能定下来。这些细节性质的东西，直接关系到前程远的资源利用以及这个投融资服务中心建立后的运作前途。

高正奇凑过来问道："米香，中午一起去吃饭吧。"米香一惊，赶紧把电脑屏幕关掉，高正奇没有发现米香的这个举动，拉着米香说："赶紧，就今天中午，折日不如撞日，我要去北京任职啦，一起吃个饭吧，大家都去的。"高正奇还是非常希望米香去的，因为他心里清楚将来米香可能会在这个公司有大的作为，自己不能得罪她。

米香一听大家都去，就顺水推舟地说道："好的，我把资料整理一下，马上来，在什么地方？"高正奇一听米香答应了，就说道："就在楼下新开的屋企汤馆，你赶紧，我们先下去了，等你哦。"

看到高正奇出门，米香长嘘了一口气，幸亏没被他发现，米香小心翼翼地拷贝了资料，把电脑关掉了，看到李月楼从办公室里面出来，米香好奇地问道："怎么你没去呀，今天高正奇请客啊。"李月楼笑着说："他刚才叫我了，我马上要跟一个客户见面，就不去了。"

## 【28】

"这样啊。"米香很是失望，她心里在打退堂鼓，也想不去了，李月楼鼓励道："去吧，好多人呢，不吃白不吃，顺便去听听他们讲什么东西。"米香一听有道理，赶紧下楼去了。

米香来到屋企汤馆的3号包厢，看到冷菜刚刚上来，大家还没开动，环顾四周，除了陈远和李月楼没来，其他人都在了。

周琳羡慕地看着拉菲。"你怎么没和陈远一起去北京呢？上次开会的时候不是说让你跟他一起去的吗？"

拉菲发嗲的声音让米香浑身难受，米香现在一看到拉菲，耳朵边就响起了那天她和陈远两个人淫荡的呻吟，怎么也挥之不去。米香真的觉得很恶心，她离拉菲远远的，可还是觉得浑身不舒服，早知道刚才就不来了。

周琳转头望着高正奇的目光非常特别，这点米香能看出来，米香感觉到这两个人也有一腿，这样陈远就惨了哦。米香真替陈远担心，公司养了这么多的豺狼虎豹，万一饿急了，咬人就麻烦了。

拉菲一边喝着高正奇倒的红酒，一边兴高采烈地描述着未来贵妇人的生活："陈远答应我会给我买一套高级公寓，我喜欢上海这样奢华的城市，石库门、新天地、百年外滩、衡山路，这些都是我的最爱，我一定要成为一个地道的上海名媛，陈远还答应给我买一辆宝马呢。"

周琳打趣着说："你先把上海话给练好了，成为地道的上海名媛需要先会上海话，你会讲几句上海话？"拉菲不好意思地说："我对语言没有天赋。琳姐，你要教我哦。这样我一定能很快就学会了。"

"好啊，没有问题，你看高总、我、陈远不都是上海人吗？米香，你是外地人吧。"周琳肯定地说道。

米香正在喝饮料，周琳的突然发问让她有些吃惊。"我，我是上海的乡下人。""啊，原来是乡下人啊！"她的音调提得很高，声音拖得很长，让米香觉得她是故意这么说的。其实周琳本来就是故意的。

米香想笑，可是她克制住了自己，用金钱来维系的感情能长久吗？如果哪天陈远没钱了，拉菲会继续跟着他吗？米香心里想应该绝对不会。那个时候的拉菲肯定把陈远当成瘟神一样轰出去。

"米香，听说最近李月楼有什么大的动作，你知道不？"高正奇一本正经地问道。

"大动作？"米香反问："是什么？"拉菲得意地说："还不是抢上海的总经理宝座啊！高总，你去了北京，陈远是董事长了，你说，上海的总经理宝座肯定是李月楼的了。他还争个屁啊。"

"我说的不是这个。"高正奇小心翼翼地说着："我听说陈远正在组建一个大的开放式社会融资平台，听说这个任务是交给李月楼来搞的，不知道是不是真的哦？"高正奇怀疑地看着米香，米香有些心虚，避开高正奇的目光说："我也不是很清楚，这些都是高层之间的核心机密，我哪里会知道。"

一旁的拉菲甩了一下头发，说道："你就别打听了，该知道的陈远肯定会跟我说的，我知道的都会告诉你俩的。"

周琳既感激又得意地看着米香说道："她一个小丫头怎么可能知道这么多呢？李月楼那个老狐狸也只不过是利用她而已。"米香心里一紧，被周琳说愣住了，难道李月楼对她的提拔与关心都仅仅是在利用她。

米香转而一想，不太可能，李月楼没有必要骗她，况且她也没有任何东西值得李月楼来利用的，想到这里米香释然了。

一顿饭的工夫，米香竟然看透了人世间的很多道理，人与人之间更多的是试探与利用，没有利益的组合是不牢靠的。就如眼前的这三个人，拉菲脸上显露更多的是被陈远宠爱的骄傲之色，而高正奇则是刚刚升职的得意之色，周琳是个善于利用周边人的隐性之色，这三个人在前程远的角色与定位不同，但是给予陈远的终究会是致命的打击。情色、利益、权利在三个人的身上淋漓尽致地体现了。

看透一个人并不难，难在通过一群人的谈话，能看透他们之间错综复杂的关系，这才是本事。米香仿佛就是这样的人，她总能从不同人的谈话与表情上面，察言观色到最根本的所在，看尽人间沧桑。

米香记得曾经一个朋友这么形容她，说米香就是那一湖秋水，把岸上的形形色色映射出来，但她自己却是纯净得不行。米香当时笑着说："那是别人评论张爱玲的吧。"

## 【29】

朋友反问道："那你是吗？"米香苦笑，自己何尝不想呢？可是现实毕竟是残酷的。岁月迷惑了米香那双清澈而又明亮的眼神，米香看人的眼光也不再单纯，总会反反复复地琢磨某些人话语背后更深层次的意思。

"米香，我听说上次你们去湖南吃的那桌可是全天鹅宴啊？"高正奇说话的时候嘴角的哈喇子都流了下来。拉菲有些不高兴了，"天鹅有啥好吃的呀，陈远带我出去吃饭喝的可都是拉菲，还是1982年的呢！"

米香低头说道："也没什么，这种天鹅是模拟自然环境养殖的，不是野生的。"周琳在一旁附和道："就是啊，现在哪还吃得到真正野生的东西啊，什么都是假的了。"拉菲指着桌子上面的那几只阳澄湖大闸蟹说："这些所谓的阳澄湖大闸蟹，就是在水塘里面养好后，放在阳澄湖里面过一下水，就变成了阳澄湖的牌子了，价格就上去好多了。"

高正奇感兴趣的是米香他们这次去衡阳的收获。"米香啊，听说你们这次去衡阳的这个项目是家开发商，是吧。”

米香抬头看了看他们，不知道该怎么回答，高正奇想知道些什么呢？难道他们想打听是不是吃了回扣，他们也经常这样干的啊。还是另有玄机？米香小心翼翼地在脑子里面过滤了高正奇他们迫切想知道的信息。“就是家小开发商，他们想要搞个高科技的农业生态园项目，因为资金短缺，正好被JCC看中了。”米香的答案显然不是高正奇想要的。“我听说衡阳那里娱乐行业很是发达，不知道你们去玩了些什么节目啊？”

米香笑着说：“开发商倒是叫我们去桑拿，哈哈，不过李经理拒绝了。”高正奇气馁地说道：“李月楼这个家伙就是假正经，装什么装啊！”

“李老师本来就不是那样的人啊。”米香辩解道。高正奇鄙夷的脸色上面写满了对李月楼的不满，“他就是真小人、假君子。”

“他骗了我老婆，还假装正人君子，你们说这是人做的事情吗？朋友妻不可欺，他倒好，哼。”米香听到的和高正奇说完全是两回事啊！米香不明白这两个人到底谁说的是真的。

酒足饭饱后，高正奇埋完单，回到了公司，米香一看李月楼果然没有回来，看样子李月楼说谈正事是真的。

米香开始继续写投融资服务中心的策划方案，把方案中尽职调查联盟里面几大职能与分类整理完整后，天也快黑了。

李月楼还没有回公司，米香想着李月楼今天是不会回来了，赶紧关好电脑准备下班回家休息，在静安寺的拐角，米香突然远远看见一男一女两个人，其中那个男人就是李月楼，至于那个女人，米香趁着她转头看十字路口的绿灯的时候，发现这个高贵的女人好像在哪里见过。

米香回忆着这个女人的容颜，虽然这个女人应该有40了，但她的眼睛却依然明亮、清透。米香心里想这个女人肯定是大富大贵家的女子，现世安稳，没有受到丝毫的损害，即使是千层丝绒垫子下的一颗小豌豆，她也能感受得到。米香始终忘不掉这双深邃的温柔的眼睛。这个女人是没有被尘世玷污过的，她永远活在一个安稳的世界里面，周围永远有一群人在供奉着她。

米香想起了自己那次买衣服以及第一次来前程远面试的时候，遇到的就是她，曾经有两次的偶遇，那个时候就被她的眼睛给深深地迷住。

米香又想起了周琳，她和这个女子有着鲜明的对比，差不多的岁月抚摸，但在周琳那张试图磨平时间的脸庞上，有一双苍老的眼睛，米香每次看到这双眼睛，便有恐怖之感。

眼睛是人身上最容易变老的部分。眼睛变老，人也变老。

人的脸上，最容易泄露真相的，便是眼睛。它透露时间留给我们信与不信。

米香想起了离开南京的时候，盖克明曾经对她说：“米香，你何以如此大的力气，为何你就不能安稳些。你是那个坚韧到底的女子，内心强大，最终使自己的心意如同天地般无情，并不留下任何阴影。”

米香苦笑，所有的现世安稳只不过是自己骗自己而已。万箭穿心，习惯就好。留到最后的就只有我们自己了。李月楼与那个女子消失在了米香的视线里面，朝着天空中盛放的霓虹灯望去，米香笑了，不管有没有任何人，自己的星空终有一天会灿烂的。

## 【30】

打开家门的瞬间，米香听到了手机铃声也同时响起，是李月楼打来的。“李老师，请问有什么事情吗？”对待李月楼，米香总是很敬重。

“明天下午出差，去广州，你明天把行李直接拉来公司吧，我们一起走。”李月楼的声音有些疲惫，透露出些许的无奈。

米香一边应声说好，一边把门关上，挂了电话开始整理行李。一条泛黄的白裙子从柜子里面掉了下来，米香拿起这条裙子，坐在床沿上面，突然之间很想念送白裙子的男人。她和他分开已经很久了，但一直不能忘记他。他送给米香的那条白裙子已经发黄，米香却始终没有穿。因为她害怕那些尘封的东西，一被打开就消失无踪。

米香拿着白裙子发呆，那个送白裙子的男人的脸庞从她记忆中慢慢消失，而简凡儒雅的样子逐渐清晰起来，一个是被爱，一个是主动爱，两者之间的差距竟然如此之大，米香有些怀疑自己是不是太容易变心了。

记得有个朋友跟米香说过，人的一生如果没有几个喜欢的人，或者是几个喜欢自己的人，生命之树是否有空疏枯萎的感觉？如此不是滥情，滥情不会有经年之后依然深藏在内心的回忆，即使伤痛也执迷不悔的迷恋。美好的情感宛如生命绿洲中盛放的鲜花，不期永久开放，但以四季相赠的悲欢让心灵和精神更加深刻。

米香想起李月楼要她在出差的时候把投融资服务中心的策划方案也带着，从包里取出一个U盘，把电脑里面的资料放了进去。

米香很满意自己策划的这个方案，一定能取得李月楼他们的赏识。一个人的想象力有多么广阔，他的思维创新就有多少收获，米香就是一个有着无穷想象力的女子，她喜欢天马行空地乱想，把很多不同领域的事物联系在一起，不同的能量，不同的事物，不同的角度，就会有不一样的见解。所以米香总能从不同的事物里面发现新的契机。在南京的时候，米香的老板就很欣赏她，说米香就是他的“脑库”，可惜米香没有把握那样的机会，回到上海是迫不得已又是情理之中。这次的策划方案也是，所有的策划都需要建立在大的战略架构上面，再利害的商业模式都不能缺少“德”与“智”。

米香整理完所有出差的东西，心里一阵空落落的，窗外树影穿梭着风声与灯光不停地说着话。

米香觉得自己的幻觉只在黑暗的枯萎花香里、眼泪把自己的心脏淹没，那个寂静瞬间。

她仿佛感觉到泪眼婆娑，她低声对自己说，要忘记一个人到底要走多远，不断地走，以为自己能够在路途中平静下来。

可自己分明已经走出了他的势力范围，为何还是走不出“爱的圈套”。不，米香突然之间醒悟，自己爱的不是他，米香爱的是有他的那段时间。

米香对于简凡是喜欢多过于爱吧。米香曾经开玩笑地问过简凡：“你都结过三次离过三次，那么现在你会和什么样的女子做爱？”

简凡看着她秀美如云般的小脸蛋，坏坏地说：“肯定不是你，我觉得我们之间应该有更深入的关系，做爱会阻止它。”

米香接着问道：“那你是容易喜欢一个人，还是容易爱一个人呢？”

“喜欢比爱困难。”简凡不假思索地说：“爱很容易发生，只是一种撒娇，喜欢里面有敬畏。”

米香好奇地问道：“那你是喜欢我多一点，还是爱我多一点呢？”

简凡说：“随便。你的思想很复杂，脑袋里面整天想些什么呢？”

米香叹了口气说：“越是计较的感情，越是依赖至骨髓，男人很难明白女人对他们的感情。”

米香瞪着忧伤的大眼睛，看着简凡，为何男人都是这样，心里没有唯一呢？简凡拉着米香的手说道：“你仿佛就是我的女子。”米香听完哽咽了，红颜知己只是一个传说，现世多少红颜都是被利用的。米香惨笑，为何所有的现世都是如此残酷，这个世界所有美好的情感都被现实的残酷给磨得没有一丝光阴。

所有的场景都褪去，米香把那条泛黄的白裙子放进了柜子里面，也许还要过很多年米香才能真正释怀，只是如今，只能放进箱子让它稳妥地被收藏。

一阵孤独袭来，米香打了个冷战，有人说孤独是心理隐藏的血液，不管是该或不该，它就是在那里，不必知道它从哪里来，到哪里去。

## 【31】

被滴答的雨声惊醒了，米香觉得空气中湿湿的暧昧气息到处弥漫开来。原来天空已经放亮了，米香起身梳洗完毕，穿上那套前几天刚买来的黑底连衣裙，今天或许就能见到简凡，这样的打扮一定能让简凡看到不一样的自己。

米香在选择这条裙子的颜色的时候，犹豫了很久，米香其实是喜欢那条米白色的，但是最终购买的时候，米香还是拿了这条黑色。黑色不同。它是内敛的，沉郁的，难以捉摸的。很多有伤口的女人，只穿黑色的衣服。因为这样不容易让别人看到疼痛。

米香想，这就是女孩与女人的区别。如果米香能够安然地在夜晚戴着黑色帽子出现在陌生人面前，而不感觉任何拘束，那么一定是长大了。米香这么想。

黑色是最容易掩盖伤痕的颜色，一个女子如果想要把曾经的伤痕给抚摸平，那么选择黑色一定是最棒的。

拉着重重的旅行箱出门，米香感觉到空气里面潮湿的因子迎面扑来，那种感觉有些黏糊糊的，透不过气来，让人很不舒服。

自打从南京回到上海后，米香很少出远门，前两次出差也是坐火车，这次是坐飞机，米香想着有些兴奋。

早晨的公交车总是那么拥挤，这是上海的一大特色，特别是在潮湿、闷热的秋季，车子上面并不开空调，窗户都是紧闭的，人又那么多，还有人在车上吃早餐。米香好不容易挤上了车，觉得快要窒息了，94路车永远这么多人。

窗外车水马龙的永远是骑车族，他们成群结队地穿越红绿灯，在这样的场合骑车，不仅需要眼观六路、耳听八方的本领，还需要不怕被撞的勇气。大摇大摆地穿过红绿灯是走路的人，他们见缝插针、左顾右盼，时而快跑，时而慢腾腾地与穿过身边的车子比耐力。米香不敢骑车，她害怕这样急速的车流，一个容易走神的女子，在这个拥挤的大城市是不适合骑车的。还是坐车来得安稳，不会担心别人的碰触，只是这车厢里面也太难受了，等到下车的时候，米香热得出了汗。

一阵冷风吹过，反而清醒了很多。

公司的门还是关着的，米香拿出门禁卡，打开了灯，一种安全而温暖的感觉向她袭来，下雨的时候，米香是喜欢待在屋子里面的，那样会觉得有安全感。

“米香挺早的啊。”李月楼欢快的声音从外面传了进来，米香说：“李老师来得也够早的啊，不是下午才出差吗？”李月楼说道：“是啊，我看到雨停了，所以来得早了些，要不然等会儿下雨，怪难受的。”上海的天气就是这样，湿湿的，黏黏的，闷闷的，像人与人之间的感情一样。

米香笑着说：“李老师还挺有诗人气质啊，他们都说你是上海的老克拉，这个称呼我觉得挺符合你的。”

李月楼反问道：“你那个方案带在身上没有，你打印一份出来，等下我们上飞机研究一下。”米香赶紧说：“好的，我全部都弄好了，等下我来打印带在身上。”

李月楼一阵宽心，眼睛盯着米香说：“你知道我为什么喜欢你，愿意带你吗？”米香说：“是不是我好使唤啊！”李月楼笑着说：“当然不是，你很聪明，但是不自傲，懂得隐忍，这是很多老板都喜欢的类型。”

“这么说，李老师看人的眼光还是蛮准的哦。”李月楼得意地说：“俗话说，姜还是老的辣啊。”

“是啊。”米香感慨地说道：“阅历很重要啊。能混到李老师这个阶层一定需要很多的磨砺吧。“

“我听说简凡跟你走得很近。”李月楼突然之间的话让米香一愣，没有做好回答的准备。米香犹疑着，该回答是，还是回答不是呢？毕竟简凡跟自己还没有什么更深一步的交情，好感是当不了饭吃的。

“没有啊。”米香红着脸说：“就是简大律师老是让我给他干活，你说他一个大律师，我啥都不懂，让我给他干活，这不瞎胡闹吗？”

李月楼哈哈笑道：“简凡还是挺喜欢你的，在我面前直夸你呢！”米香眼睛亮亮的，“他能夸我吗？他不骂我就不错了。”

李月楼说着就拿着烟出去抽了，米香打开电脑把那个策划方案打印了两份，然后小心翼翼地放进包里面。周琳过来了，送过来今天下午的飞机票。

米香问：“怎么只有三张，不是去四个人吗？”周琳说：“简凡自己乘飞机去，不和你们一起飞。”米香听完心里一阵失望。见不到简凡了，为何心里这么空落落的呢？

## 【32】

转头望向窗外，静安寺愚园路空阔寂静的马路两边，是落光了叶子的梧桐树。天空一直是阴冷的。一小波人流涌动，每个人都行色匆匆。某个女人的脸，似乎逐渐苍老，有时候在擦肩而过的瞬间，能看到她的眼神，那里有一些熄灭的灰烬。

冬日的上海，人们像鸟一样瑟缩着从巨大的楼群阴影里走过。这个城市的气息，只有生活在其中的人才懂。沉没于涌动的人群里。寂寞对望的灵魂。你是你，我是我。你不是我，我也不是你。

米香跟着李月楼坐上了出租车，去往虹桥机场，米香显然心情有些低落，不是因为沉郁的寒冬即将到来，而是简凡并没有跟他们一同出发。

机场内热闹而空旷，稀稀落落的人群，排着长长队伍的检票口。米香和李月楼没有很多的行李，所以不用托运行李，站在一个显眼的角落里，李月楼正在看着手机，一会儿，普沉也过来了，普沉坐下来问李月楼："这次简凡没去？"

李月楼说："他说自己去广州，然后在那里跟我们会合，我不清楚他是否能赶得到。这个家伙总是忙得要死，不知道他在忙些什么？"

普沉问道："陈远呢？怎么最近老见不到他，是不是前程远又有什么新的大动作了？"

李月楼叹了口气说："陈远把我一个人扔在了上海，自己带着妞和高正奇去北京了，JCC要陈远在北京开设新公司。"

普沉想了想，没有明白李月楼的意思，问道："这个陈远有必要去北京开设分公司吗？能有多大的业务规模啊？"

李月楼狡猾地笑着说："我告诉你个秘密，是JCC想全面掌控陈远的公司，这种商业模式我是不看好的，他们这样搞，早晚会出大事的。"

米香静静地听着两个人的对话，她的鼻子突然飘进一种特殊的味道，这种味道是那么熟悉。

清爽的青草香味，带着男人干净的阳光气息，还有一丝好闻的烟草的迷香。

米香寻找与分辨一个男子身上的气味。这种气味，在最初的五分钟里面，就能够辨得清楚。若有，就是有。若没有，那么始终都会是没有。

是他吗？米香转头，一下子跌进了那双大而深邃的眼睛里，不能自拔。米香的心仿佛就这样跳了出来，嗓子干涩，想要张开嘴巴，却怎么也叫不出声来。

那浑厚的男声夹杂着笑音清清楚楚地传进了米香的耳朵。“李老师啊，这么早啊。”李月楼应声转头，“啊呀，是简大律师啊。你不是说自己飞吗？怎么还是和我们碰在了一起啊。”

普沉笑着说：“我刚刚问起你，李老师还说你忙呢。”简凡客气地说：“我那都是瞎忙啊。”

“哪有你普大会计师来得业务繁忙哈。”简凡没正眼看米香，自顾自地坐下来，拿出手机打起了电话，米香尴尬地站在那儿，不知道该怎么办好，为什么自己的心跳得如此地快，看不到他会想他，看到他又害怕呢？

米香的心里一阵没有由来的兴奋，她一屁股坐了下来，和简凡贴得很近，简凡拿着的手机差点被她挤落到地上。米香怀疑自己是否有皮肤饥渴症，渴望被抚摸，被亲吻。

简凡抬头看着米香一副找茬的模样，她的眼神中透露出乌黑的亮光。简凡说道：“你坐过去点，过去点啊！”

李月楼此时抬头看到，对面的两个人紧紧地挤在一起，谁也不让谁的模样，心里一阵暗笑。在这个独特的都市里，有太多的暧昧，即若离，自以为高明，但脆弱得经不起一丝怀疑。

广播里传来柔美的声音，该登机了，米香首先站起来往登机口走去，留下简凡眼神中透露出的无奈与尴尬。李月楼笑笑说：“习惯就好。”

简凡的座位靠窗，米香的位置就在他的旁边。米香小声对着简凡说：“我第一次坐飞机，能坐靠窗的位置吗？”简凡看着她，明白她为什么要坐靠窗的位置，因为可以看到云朵。

米香听话地从他面前挤进去，简凡小心地扶着她，生怕她倒进自己的怀里。米香没有那么干，她知道这是公众场合，不合适。在飞机上，米香一直在睡觉。睡了很久。醒过来的时候，看到机舱外面的白云朵朵。飞机航行的时候，不停地颠簸，云朵变成了苍茫的气流。原来空无一物。那些恢宏的壮观的表象都是空洞的，而米香的寂寞却是厚重的，即使是在三万英尺的高空。

# 三卷：“中国式”金融圈套藏玄机

“中国式”已经成为我们心目中一道不可逾越的障碍，这是一个以中国传统文化为背景，以中国人的人情世故为出发点，充分考虑中国人的优缺点，以及许多只可意会不可言传的潜规则，构建的和谐、和乐、合理、合适的金融圈套，里面暗藏玄机，深不可测。

商域无界，行者无缰。谋局造势，信任自己。借势发力，愉悦体验。融合资源，谋皮己用。善于学习，固本开源。欲说还休，巧取豪夺。人性中那千年不变的恐惧与贪婪、希望与绝望、怀疑与确定、迟疑与果断，是一直存在的。

——金纬资本创始合伙人 张傢勇

## 【33】

“你要不要喝点什么？”简凡推了推米香的肩膀，米香转向窗外的眼神回过神来。“我想喝果汁。”米香甜甜地对着简凡说道。

“给这位小姐来杯果汁，给我来杯热咖啡吧。”简凡礼貌地对着服务员说话，米香又闻到简凡身上淡淡的那种咖啡味道，混合着简凡身上独特的男人味，还有好闻的青草味。简凡通常只抽一种日本烟，那种烟没有任何气味。简凡把果汁递给米香，米香拿过来喝了一口，感觉很凉。便把果汁递给简凡，“好冷，我想喝热的。”

简凡看着她，好笑地回答：“果汁有热的吗？不要这么臭讲究。能喝到果汁就不错了。”

“我想喝热的。”米香丝毫不让步。她从简凡的另一只手中拿过那杯热的咖啡，小心翼翼地喝了一口。“嗯，真暖和。”递给简凡一个胜利的眼神。

简凡无奈地把米香喝过一口的果汁喝完了。坐在前面的李月楼转头问米香，

"你的打印稿带着吗？"

于是米香爬到简凡的身上，从上面的货架拿出那两份打印稿件。简凡的手扶着她的双腿，但是眼神盯着米香的身体，作为一个中年男人，对于这样性感又有活力的女性，简凡是没有任何理由拒绝的。

米香把稿子递给李月楼，简凡一把抢过米香手上的另一份文件，一边说："你在写什么东西啊。"米香求救似地对李月楼说："李老师，他抢我们的东西。"

李月楼笑着说："没事，让简大律师看看，审核一下。"李月楼看完问米香："这个方案是你做的？"米香茫然点头说："是的。"

李月楼拍着大腿说："太棒了，米香。我认为照着这个模式搭建起来的"投融资服务中心一定能够做到万无一失。"米香笑着说："我也是根据李老师的意愿和想法来整合的资源。"简凡说："想法虽然很好，实施起来难度很大啊！你们没看陈远急功近利的模样，他是不会从长远考虑，为前程远谋求一个长足的发展战略的。"

李月楼说道："所以我才让你简大律师参谋参谋啊！世事无绝对，只要运作得好，各方资源整合到位，成功也是有可能的。你们没看到目前市场资金供给早就已经多元化了，只要建立完善的民融市场体系。这个模式我认为可行。"李月楼信心满满地说道。

普沉说："米香这个商业模式的核心应该是目前现代企业竞争的一种最高形态。企业公民旨在为中国企业启德，商业模式旨在为中国企业启智。而且前程远的商业模式是传统的那种饵与钩的模式。这种模式很难做，只求一时之利，一有风吹草动，这种模式就会倒戈。你们难道没有看最近的很多起财经大案啊！"

简凡叹了口气说道："是啊，这样的融资模式确实存在很大的风险性，但是在中国还是有很多的案例存在的。如果商业模式来个创新与战略转型，整合客户价值、企业资源、能力盈利方式构成三维立体模式，这样的商业模式确实是最完美的。"

"前不久陈远不是接触了国外的大摩，陈远现在整天拿着跟大摩的合影在外面招摇撞骗，如果陈远真的能把这个资源利用好，前程远走向幕后运作，我认为能做大。"李月楼说道，"JCC也不傻啊，这样的案例发生越多，对JCC的名声是不利的。"

简凡接着道："JCC是不傻，但是JCC里面的又不都是聪明人。""哈哈。"李月楼大笑，"是自以为聪明的人吧。你看我们这次去的这个百年名校，一看就是个没有盈利的项目，JCC不是真傻，是装傻。装傻能装到JCC这个境界，确实是高人一等了。”

李月楼说：“其实这样的中国式金融圈套早已经成为大家心目中一道不可逾越的障碍了。里面暗藏玄机，深不可测，一旦掉进去，将万劫不复。”

米香听着这几位前辈的高见，仿佛从中明白了很多的道理。飞机在广州晴朗的上空盘旋，米香看到广州的天空格外明朗靓丽。简凡把文件递还给米香，“把这个收好了。”李月楼说道：“你拿着好了，还要和你商量的啊。”

简凡说：“商量什么？我又不是前程远的人。不要以后陈远说我打听他的机密，那岂不是惨了！”李月楼说：“你真认为陈远能搞得起来吗，他也就是说说而已，我认为真正做事的是你，他不是让你去北京吗？你也答应了？”

## 【34】

米香在一旁插嘴道：“你真的要去北京？”简凡说：“是啊，要去北京，上周开会陈远说过啊！不去不行啊！他现在整天催我紧着呢。”

米香的眼神流露不舍。飞机稳稳地降落在广州的白云机场，米香人生中第一次坐飞机的体会就这样完整地呈现了，原来坐飞机竟然就是这种神秘的感觉。

四个人从出口出来，就看到候机厅口一个人手上举着一个牌子，上面写着“接上海前程远”。李月楼指着说：“看这里呢！”

“你们好，辛苦了，我是林校长的司机，叫我小王好了。”李月楼笑着说：“麻烦你了，久等了吧。”小王笑着说，没事。林校长今天在区里面开会，明天才回学校，所以叫我来接你们。”

李月楼说：“没有关系，今天已经挺晚了，也没法开展工作了，我们在时间安排上面会比较紧凑，一般是压在3天之内，这样不会浪费时间。”

小王笑着说：“大城市来的人都是很敬业的呀，而且都是很忙碌的哈。跟我们这种小城市就是不一样哈。我们这里的生活节奏应该比一线城市慢很多。”

李月楼说：“那相比之下发展也会慢一点。肯定没有一线城市那么辉煌与独特了。”小王说：“每个城市都有自己的特质，适合这个城市的节奏才是最棒的。”李月楼从心底开始佩服这个小伙子的独特思维。

简凡一路没有说话。米香坐在简凡与普沉的中间，位置很是狭窄，有些不舒服，简凡往右边挪了挪，给米香让出一点空间，米香转头甜甜地笑着，把简凡笑得有些不好意思。两个人在车上肌肤相亲，米香又闻到了简凡身上淡淡的青草香味，她喜欢这样干净的有阳光气息的男人。

车子驶入百年名校的时候已经很晚了，晚餐在一家特色饭店里进行。吃完饭已经很晚了，由于林校长没有出现，陪同的都是下面干活的人，四个人也就索性回到了宾馆。

米香走在最后，简凡喝多了点，这个时候有些亢奋。他转头望着后面的米香，心里一阵悸动。一个看过去如此倔强朴素的女孩，笑容里却有一丝异常柔软和伤感的气息，就像在寂静中突然爆发的高亢沉郁的音乐里，永远无法出来。

淡淡的阴影中。他看到她明亮的眼睛，带着淡淡的嘲讽。可是简凡不知道她是在嘲笑她自己，还是对他。简凡很想打开这扇门，可是又害怕跌进门后那双清澈透亮的眼睛。

她有了种让他陌生的笑容，常常会独自浮起来的某种隐约的微笑。在车上也是，刚才吃饭的时候也是，简凡捉摸不透米香多变的模样。

有时候这种间隔仿佛像是灰色的天气，潮潮的、黏黏的、湿湿的，带点酸，有些甜，又有些辛辣。沉默让简凡觉得很是不安，他无法知道米香内心的想法，每当米香沉默的时候，简凡的心里总有种莫名的烦躁。他喜欢和米香斗嘴，他能一探她内心的各种小秘密、思维复杂的米香，内心世界却极其单纯。

简凡终于明白，对话原来和下棋一样，是需要对手的。势均力敌才能长久。

简凡停下脚步，转身望着米香，悄悄说道："如果我去了北京，你会想我不？"米香没有说话，凄惨的一笑，让简凡的心为之一动。

等了很久，米香幽幽地说道："我们始终孤独，只需要陪伴，不需要相爱。"

"你能陪我一会儿吗？"简凡哀求着，看着前面两个人走远，简凡一把拉住了米香，往夜色中的阴影处走去。米香想要挣扎，可是竟然没有了力气。靠得太近，米香又闻到了那股熟悉的青草和着阳光的气味。这气味深深地迷惑着米香，仿佛爱是所有企图的终极，只有现在，两个人坚守彼此最纯真的抚摸。

简凡温柔地抚过米香的背，她像一朵柔弱而强悍的蓝色鸢尾，在颓败和盛放的激情中，伸展她的每一片风情的花瓣，快乐而恐惧。

黑夜的阴影里面，唯有月色如华，他把嘴唇压在她的眼皮上，吸吮到温暖的眼泪。米香轻声说道："好像下雨了。"

简凡耳语："不对，不是下雨，是你骄傲的泪滴。你看，都打湿了我的整个世界。"米香轻轻地微笑，仿佛读懂了简凡。"我们回去吧，等下他们两个会说闲话的。"简凡笑着说："说我们什么？私下约会，还是苟且偷生？"

## 【35】

为何上海已经感觉是冬天了，广州还是这么温暖呢？米香看着天空中云彩飘过，原来夜晚的天空也能看到大朵的白云。真是美极了。

“你喜欢哪个季节呢？”简凡爱怜地望着米香抬头看天空的大眼睛。那柔美、沉沦的深邃眼神在这样透亮的夜色中更加温柔。

“我喜欢秋天，都说秋天出生的人，都是好人，我想我应该是好人吧。因为我不仅喜欢，还反复深爱这个季节。”米香天真地看着天空喃喃自语。

“那冬天出生的呢？”简凡好奇地问道。

“嗯，”米香想了想，“我想冬天出生的都是神仙吧。”简凡哈哈笑了起来。“你个丫头可真有想象力啊。我看啊，冬天出生的都是懒人吧。”

“嘿嘿，你说的还真是有道理哦。”米香得意地说：“可这是你自己说的，跟我可没有什么关系哦。晚安了，大律师。好梦哦。”

夜。寂静得如同沉默。米香的梦，没有痕迹地来临。她梦见一个男人在一条长长的河流对岸，深情地看着她。空气中弥漫着厚重的雾气，晨开的花香味有些模糊。他看着米香，仿佛在呼唤着她，米香的心满怀温柔的惆怅。那种世纪末的孤独感觉，她希望自己被他紧紧地拥入怀中。能听到他的心跳，感觉到他手指的温度。那人分明是简凡。米香想要跨越那条河流，可是却始终无法走过去。

米香多么想和他纠缠，被一双聪慧的手雕琢，有了高贵的线条，米香获得改造。而这样的男人，非常少。

在激烈而绝望的爱欲中，他的眼泪无声地滴落在她脸上，他无助地想触及她身体里面隐藏的灵魂。米香，别离开我好吗？米香睁开眼睛，是盖克明，她一把推开他。简凡呢？原来真的只是一场梦。

早餐是酒店里面的自助餐。简凡看着米香的眼睛问：“昨晚没有睡好吗？怎么眼睛有些红红的啊？”米香揉了揉眼睛说：“哪有啊？”

李月楼问：“小王，林校长回来了没有？”小王赶紧走到李月楼身边说：“已经在往回赶的路上了，估计中午就能与各位共进午餐了。”

简凡笑着说：“你们林校长这么忙啊。”小王打着哈哈说：“是呀，现在学校正在准备扩建，很多事情都需要领导决策，所以相比之下肯定忙多了。”

普沉严肃地说：“我们的时间也是很紧的哈，林校长有没有安排好你们的工作？赶紧的，我先看报表。不然今天完不成工作。”小王说：“是是，林校长是说了先带你们看文件。”

简凡的电话响起来，他走到外面接电话。他的声音很好听，有着中年男人浑厚的嗓子与低沉的腔调。这应该也是吸引女孩子的一项重要指标吧，米香就是被这样深深吸引着。

“我不是跟你说了，我安排好这里的case，然后再去北京吗？”简凡不耐烦地说道。“什么？让我们从广州直接去湖北，干吗啊？”简凡提高了嗓音。

李月楼困惑地看着简凡。“我等下问过李经理，再给你回复。”简凡不耐烦地挂断了电话，对着李月楼骂道：“陈远真不是个东西，把我们当奴隶使唤。我们不要休息的啊，让我们这个组直接去湖北！”

李月楼站起来问道：“去湖北什么地方啊？”简凡说：“好像是武汉下面的一个小城市，飞机到武汉，然后他们派车来接我们。”

“那就去吧。”李月楼说：“反正你也没啥屁事。”简凡说：“李老师，你此言差矣，什么叫我没啥屁事。我忙着呢！”

一行人朝着龙阳中学的校长室走去，龙阳中学依山而建，是一所百年名校。米香说：“你们看，这不是那位名人吗？”简凡说：“这是百年名校，当然有很多名人啦。”

“看样子这所学校不错哦。”普沉说道：“怪不得JCC会看中啊！”李月楼听出了普沉的言外之意，向米香眨了眨眼睛，“还是会计师厉害，一眼就能看出有没有油水。”

简凡走在米香的身边，问道：“你昨晚是不是做梦梦到我了？”米香忽闪着大眼睛说：“你怎么知道的？”“我会解梦啊！你信不？对了，我们去武汉后，我就直接去北京了，你要不要跟我一起去北京玩玩呢？”简凡期待着米香的回答。米香摇头说：“我才不去呢！我不喜欢北京这个城市，那里也不属于我。”

“你什么时候给我讲故事，上次你不是说给我讲故事吗？又来忽悠我！”米香不高兴反问。“其实，你我本身就是一个故事。”简凡说完就朝着前面走去。

## 【36】

自恋被窥探的一刻没有让米香觉得局促。米香抬头望着简凡，大眼睛里面闪烁着不一样的语言，仿佛是他听到了米香内心找不到表达方式的语言。律师总是能演会说，这也是米香从小特别崇拜律师的原因。

简凡看着米香笑着说："你可以把自己看成一朵水仙，是因为你的心本来就已经是一朵清香洁白的花。"米香真的喜欢这个男人。他不需要自己艰涩的语言。他自问自答，让米香觉得放松。

在龙阳中学的教研室里面，普沉一边看财务报表一边问李月楼："我们真的要直接去武汉。"李月楼说："不去已经不行了。陈远已经没有团队可以安排去那里了。"

米香一边拿出尽职调查工作底稿，一边开始记录龙阳中学提供的资料。李月楼说："米香，你别漏了资料，等下我们还要直接去武汉。"

米香看了看手中的文件，管理当局声明、尽职调查报告修改确认意见、工作任务单、告知函、文件签发单、文件清单目录、问询记录……米香问道："把这些资料给林校长签字，对吧。"

李月楼说："是的，宣言、问询记录和文件清单，这些要对方签字的。米香你工作很仔细。"李月楼赞赏地看着普沉说："我们四个是前程远的黄金组合。"

简凡从外面接完电话回来，神色有些得意，李月楼问："是什么事这么开心？"简凡卖关子说："你猜吧。"李月楼想了半天，摇摇头："我猜不到。"

"还不是陈远，他现在整天想我，想得觉也睡不着了。哈哈。"简凡得意地望着李月楼，"你知道不，JCC他们不肯让步，逼得陈远没路可退了。"

李月楼示意简凡别说了，简凡也意识到了什么，自来是林校长哈哈大笑着走了进来。米香一看林校长，他高大的身材、儒雅的外表、眼神中透露出的真诚显示这是一个踏实做实事的人。

米香心里想着，可能是这个学校真的缺乏资金，要不然为何要把橄榄枝伸向外资机构呢？米香看着李月楼和简凡，两个人和林校长热乎地谈着事情，李月楼直夸林校长是个性情中人，畅谈这所百年名校的悠久历史和曾经在此学习的历史上的名人。

林校长叹气道："其实这些都是表面。现在国家对教育经费卡得非常紧，真正落实到我们头上的就微乎其微了，学校根本没有办法，最近其他区域的学生越来越多，所以学校准备改扩建一下，已经收购了镇上的一个5层楼的商业项目，不过现在还是缺钱啊。我这里东凑凑，西拼拼，加上学生交的钱和老师交的租金等，差不过有100多万吧，可是整个项目拿下来要1300多万，缺口很大。所以想要寻求外面的资金支持。"

李月楼问道：“你们为何不去当地的银行贷款？你们有这个楼做抵押，银行应该贷款给你们。”

林校长叹了口气地说：“银行现在看中的都是地产商，像我们这种微利企业，银行看不上。我们这个扩建工程，也按照JCC的要求做了投资测算，需要8年左右收回投资，JCC确实很看好这个项目。要不然他们也不会来多次进行考察。”

林校长的解释确实合情合理，可是在李月楼的心里，这种以小搏大的游戏显然不会成功。这种只可意会不可言传的行业潜规则，李月楼作为这个行业的专业人士，一边深深为这样的项目难过，可一边又是无可奈何。

吃完午饭，普沉看完整个龙阳中学的财务报表，跟李月楼说道：“他们整个财务状况还算稳定，没有出现大额的借款和抵押，有一些财务细节方面没有进行改进，其他的都遵循了财务准则的。”

简凡说道：“根据我的调查，就是他们在收购那幢楼的时候，有发生过权益变更，其他没有任何法律方面的纠纷。”

李月楼说：“这么说，这个项目还是可行的？”简凡和普沉二人点头说道：“是比较可行的，这也是JCC看中这个项目的主要原因。”

入夜了，小王早已等候在那里。“李总啊，你们的工作已经完成得差不多了吧，我带你们去一个好地方。”

李月楼笑着道：“是差不多了，飞机票给我们订好了吧。明早的？”

小王说：“我办事你放心。绝对误不了你们的事情，明早吃完早饭，我开车把你们送到机场门口，好了吧。今晚我们放松一下。这里的海鲜可是非常新鲜美味的。不过最地道的海鲜不在这里的大酒店，而是在海边。”

## 【37】

“海边？”简凡对这个提议来了兴趣。“那赶紧出发吧。”“林校长也一起去吗？”李月楼问小王。小王笑着说：“林校长刚刚又出发去省里了，听说今年的省里的资金安排计划下来了，得赶紧去走动一下。”

简凡笑着说：“这个还得校长亲自跑啊？”小王笑着说：“没有办法啊，这种事情出面的都是咱们林校长，下面人办事，他不放心。”

一行五个人，在苍茫的夕阳中，朝着那海边驶去。米香坐在简凡与普沉的中间，普沉可能看了一天的财务报表，很累，眯着眼睛休息。

李月楼跟司机小王聊得正欢。在别人眼里，也许米香和简凡两个互不相关，但是他们两个的手指却交缠在一起。暧昧而缠绵。简凡似乎在沉默中认真地体味着米香柔软的手指，轻轻地抚摸它们。

就这样被热烈触摸，米香没有动，简凡的眼睛望向远处，可是两个人的双手是连在一起的，这样的感觉让米香觉得温暖又心悸。

40多分钟的车程，夕阳在海边落幕，海天一线，色彩斑斓。这是米香第一次近距离看大海，太美了！到吃饭的地方了，这是个简陋的地方，不能说是餐厅，应该说是农家乐，这户人家是以捕鱼为业的，在岸边摆开几张大桌子，类似大排档那种，而且这个口子正好是个避风港，小港里面有很多渔船，在斑驳的暮色里面摇曳着。米香坐在那里遥望远处的大海，朦胧的，苍茫的，向往的，彩色的，真是美极了。

小王去里面点菜去了，服务员铺开干净的桌布，摆放碗筷，一切都井井有条。灯光亮起的瞬间，米香迷离了。10分钟左右，菜就陆续上来了。好大的大龙虾，这种龙虾在酒店，一般都要好几百一只吧，满满的一桌子海鲜，还有会动的濑尿虾呢。简凡夹了一只给米香，米香吓得尖叫起来："它会动！"

小王哈哈大笑道："没事的，这是醉虾。"说完，做了一个示范。米香看着还是不想吃。简凡实在不忍心再逗她了，就把那只会动的虾吃掉了，米香像是在看怪物一样看着简凡。小王又进去催了。李月楼说："米香你应该喝点酒，吃海鲜要喝点红酒。"说完给米香倒了一杯红酒，米香推却，简凡说："喝吧，没事的，这么鲜美的海鲜，不喝点红酒太可惜了。"

简凡拿出烟来，翻了半天，烟盒是空的，便把烟盒扔在桌子上面。米香看到那是日本烟，蓝色与白色底，散发着淡淡的幽香。李月楼递给简凡一包中华，说"先将就一下吧。"简凡摇摇头说："不抽这个牌子。我还是坚持一下吧，等下回去看看有的卖不。"

李月楼把中华放进自己的口袋，摇摇头说："你可真是固执，烟还不是一样地抽。"简凡说："这个是有讲究的，这种日本烟焦油含量低，抽起来闻不到什么气味。"

小王又拿了两瓶红酒过来，李老师，再来两瓶吧。"李月楼推却道："不能喝了。"米香望着满桌子的海鲜，心想最后剩下的那个大盘海鲜汤的味道真是鲜美啊，可惜吃不下了。远处海面暮色缭绕，夜开始深了。回来的路上，简凡没有抚摸米香的双手，米香的心里有了些许的失落。

陈远的电话不合时宜地响了起来，简凡知道还是要敷衍一下他的，不然依着陈远的个性，会不依不饶的。

“简凡，你赶紧给我过来！”陈远在电话里面嚎着，“我这里顶不住了，再不动，JCC就要找别家了。你上次不是说有绝招吗？那你赶紧的啊。哥们儿，不能放我鸽子哦。”

“老陈啊，不是我不想来，是你给我安排了这么多任务，我分身乏术。你看，我明早还得和李月楼赶去武汉，这样就又耽误了一天了。高正奇和拉菲不都去了北京吗？为何这么多人坐镇，谈判还是这么慢呢？”

陈远骂道：“他们两个顶屁用，一个只会撒娇，另一个只会拍马屁。啥都不会，就知道公饱私囊，我现在是头大了，进也不是，退也不能。我感觉自己钻进了这个中国式圈套里面了。前程远的北京分公司运作了这么几个月了，没见成效啊。整天就是和JCC谈判，现在这里巨额的开销，JCC整天压榨我，我把上海的赢利全部贴到北京这里，还是堵不住JCC那张嘴。简凡，你再不来，我死定了。

## 【38】

“陈总啊，我们明早赶到武汉，然后我晚上直接飞北京，来得及的，你先跟JCC周旋一下，总有办法的。要挺住，等我。”说完简凡就挂断了电话。

陈远的余音传进米香的耳朵，“简大律师，一定要快点。”米香心里想笑，一定是陈远扛不住了。“JCC这帮混蛋！”李月楼对着简凡说：“急的时候能杀人，不急的时候像死人。就知道催催催，命都被催没了。”

简凡对着李月楼神秘地一笑，被米香给捕捉到了。米香问：“为何陈远这么着急，简律师去就能解决问题吗？JCC他们要的是提成的80%吧，这个也是陈远和石森一直合作的基础。JCC想要把盘子做大，陈远没钱，JCC出钱，前程远来运营，这种商业模式一般的项目方是根本看不出来的。JCC一般都是指定项目方要找第三方做尽职调查的。陈远作为JCC指定的第三方咨询机构，没有理由反对，对吧。”

简凡回答：“陈远想要更高的份额，想要谈到50%的比例，还想要JCC来投资前期的资金，你如果是JCC，你会答应吗？”

“当然不会。”米香大声说道：“人家都说JCC是黑色天使，他们如果答应了，那岂不是成了白天使了。”

“那你有什么绝招，可以制胜JCC，拿到50%的比例，还能让JCC来投资前期资金。”李月楼也怀疑地问道。

简凡爽朗地笑道：“我没有绝招，不过现在说一切还为之过早，你们就等我的好消息吧。”

第二天，林校长送别四人。四人从广州的白云机场直接飞往武汉。米香的心情有些期待又有些紧张，期待的是和简凡这样的大律师一同前行，紧张的是简凡真的能解决前程远目前的难题吗？这个商业模式可是环环紧扣，一个地方出错，就会出现问题。

武汉的这个项目又是什么样子的呢？米香心里没有底。“李老师，你怎么看待龙阳中学这个改扩建项目，普老师说这个项目的财务状况比较优良，简凡也说没有任何法律纠纷，那我怎么找它的风险点呢？”

李月楼翻了翻眼睛，思考了半天说：“米香你听好了，关于风险告知这一项，我们不能仅仅从财务和法律两块简单下一个结论。我给你分析一下这个行业的特点吧。龙阳中学改扩建项目风险告知分析，主要有以下四点。米香，这个项目我们先让JCC知道一下我们的厉害之处。你听好了哦。本项目的投资风险主要是投资成本控制、教学质量、教学模式及社会认可、资金计划使用等，以及本项目的内部运作和外部环境变化带来的风险问题。第一，根据龙阳中学与JCC签订的中外合作协议，其中的第5条龙阳中学用其项目、项目投资的资产及未来收益作为融资抵押担保。因此，龙阳中学只能用其建成后的项目资产产生的收益来作为还款来源。第二，本项目开发存在教学质量、生源上的风险，项目方应充分认识到这一过程的存在，积极占领市场，同时应努力降低教学成本以争取最大的效益，同时，规范管理和统一认识可以把风险降到最低。第三，根据上面的财务动态分析，经营成本为最敏感因素，对内部收益率影响最大，教学收入次之。同时，监督机构将严格监督资金的使用管理，提高资金利用的有效性、安全性。第四，我们认为影响本项目的风险因素而言，由于市场需求的变化、社会认可风险，可能会给龙阳中学在未来预测收益带来不确定性的影响，存在一定的风险；此外龙阳中学在项目建设期和经营期资金周转可能出现的不确定性因素也会形成一定的财务风险，按照风险等级划分的一般标准进行分析，该项目的实施风险为一般风险。

简凡听完夸道：“老法师就是老法师，目光敏锐，思考问题的角度独特哦。”李月楼谦虚地说：“我这么些年也没混出什么名堂，都是吃老本，好不容易混到退休，现在还要供儿子去国外读大学，也挺累的。”

普沉叹气说：“想想以前真是苦呀，现在好了，日子好过了，想买什么就可以买什么了。”米香羡慕地看着这几位前辈，心里羡慕，什么时候也能升到他们的地位，就好了。

“听陈远说，武汉这个项目是农业深加工项目，融资额度也是蛮大的，看样子JCC正在张开自己的魔爪，估计将来会有更大的项目上钩。”简凡问李月楼，“你现在怎么看待这个事情，会不会出事？”

## 【39】

李月楼笑着说：“出事也跟我们没有关系，法定代表人是陈远，我们都是打工的，你说有关系吗？还有简凡，我跟你交个底吧，我见到了澳大利亚驻上海代表处的AFC的首席代表方琼，我发现尽职调查业务的未来会有上升的趋势，陈远肯定会吸收更多的股东进来，来充实前程远的权益资金。”

“你是建议我入股前程远，分一杯羹？”简凡有些不太肯定，对于这种业务模式的长久性，他也保持怀疑态度，但是目前的这个业务形式又让简凡不得不考虑。

李月楼说：“根据我对前程远的财务分析，现在每个月的营业额在100万元左右，目前的难题是专业的尽职调查人员、公司的规模、资金方面都有局限，如果我是陈远，一定会把业务渠道拓展开，这也是陈远要去北京设立分公司的主要原因。”

简凡陷入深思中，他想起了陈远那么迫切地约自己去北京，如果不是这种投融资的业务量大增，没有必要跑去北京建立什么公司。

“你说说看，李老师，尽职调查的业务来源点在哪里？JCC一般通过什么渠道来做这个业务的。还有你说的AFC的方琼，外资投资机构真的都在涉足这块？难道中国的投资环境已经都开放到如此地步了？”简凡也有些兴奋。

李月楼说：“现在是金融开放时代，各种融资渠道都会打开，有些明朗化，有些暗箱操作，要想让尽职调查业务趋于稳定，就要建立这个策划方案里面的投融资平台这种可以吸纳各方力量的平台。你们看，咨询方、专家、金融机构、项目方等，这些力量都被吸纳过来，这样才能让这个行业处于良性发展。”

普沉说：“这个想法确实很好，搭建一个联盟组织，可以涉足这个行业的整个产业链，确实高明，不过这么庞大的架构，如果没有政府机构的参与，我认为存在的可能性很小。”

“所以，我们要吸纳政府里面的高级离退休人员。”李月楼得意地说，“上海和北京有部分高级离退干部和我是很熟的，这也是前程远的优势之一，资源丰富，才能整合起来，做一件大事。”

简凡想了想说：“如果照你这么说，我们这个平台可以实现，而且可以趋向阳光化。这样我得考虑一下北京之行的真正目的了。”

“我建议你，北京之行先把JCC搞定，至于和陈远，那是人民内部矛盾，可以私下解决嘛。到时候我们这帮人都会支持你的。”

简凡点头称是，看了一眼边上的米香，他发现米香的眼神有着淡淡的忧伤。米香的眼睛是简凡最喜欢的，会说话的眉梢也隐隐闪烁着暧昧的情欲。米香是情绪化的，不会压抑自己的感情，高兴的时候会有缠人的甜蜜，悲伤的时候会泪如雨下。真性情的女子，总是容易带给别人爱情的感觉。

简凡认为的美就是如此。

“你跟我一起去北京吧。”简凡靠近米香的耳朵，悄悄说着。“要去多久？”米香反问。

“也许十天半月，也许一年。”简凡看着米香小巧秀气的脸，想不明白这个外表如此柔弱的女子，她的内心何以如此强大。

米香望着简凡的眼睛，深邃而透着疼爱，米香知道了答案，如果一个男人爱你，他的眼睛里面就有疼惜；如果不爱，就只有欲望。

可是，北京不是米香心里想要去的地方，即使有爱，米香也也不想这般为难自己，为了爱放弃自我，那样的爱太卑微。好不容易在上海安定下来。适时的拒绝比含混的答应更能让一个男人为之癫狂。

李月楼把两个厚厚的信封递给简凡。“你们两个一人一个。”简凡问：“这是什么？”李月楼笑话他明知故问：“当然是好东西了，没有人能拒绝的好东西。”简凡笑着说：“李老师真的是公平公正，这就叫有福同享。说完，把其中的一个信封递给了米香，米香掂量着这个信封的分量，起码有3000元。

米香感慨，出一次差竟然比自己一个月的工资还高。这年头，中国特色已经渗透到各行各业了，人情，世故，这些是一个人踏入社会首先要学的。如果是米香一个人，她是绝对不会拿的，或者提这种问题的，首先是自己脸皮薄，其次她也没有这个胆量。米香发现跟对一个人比自己单独努力要强上好几倍。

## 【40】

到达另一个城市的时候是晴天，天空是迷离而寂静的蓝，空气清新得透明。

一行四人到达武汉的时候，已经是10点多了，出口的大厅外面阳光灿烂，米香的心情一下子好了很多。米香指着出口处一个中等个子的、手上举着“接上海前程远公司”牌子的男人问：“这是接我们的吗？”

李月楼看过去说：“是啊，正好赶到了吃中饭的时间了。”李月楼上前介绍自己：“我们是上海来的，您是福伦公司的吧。”

中等男人的眼睛里面透露出憨厚的神情，“是的。我是湖北福伦公司的。”说完递过自己的名片，李月楼一看，上面写着“湖北福伦公司，投资总监，何斌”。“原来是何总啊！幸会了。”

何斌一改刚才的羞涩表情，热情地握住了李月楼的双手道：“欢迎各位专家的到来。”然后接过李月楼手上的行李箱，热情地打开后备箱子，把其他人的行李也一起放进去。

何总开了辆普桑，李月楼从对方开的车就能发现一家公司的特色，这家公司一定是个赢利能力不是很高，但是在行业内有个性、有特色的公司。

车子经过高速路边一个饭店，大家都饥肠辘辘了。何总在这里停下了车，对着李月楼说道：“今天中午就将就一下，这里前不着村后不着店的。”李月楼一看这个酒店挺大，就笑着说：“没事，随便吃点就可以了。”

一行人进入酒店落座，酒店很大，很干净，好像是专门为过路的车辆开设的，门口场地上面有专门的洗车与修车服务。

何总因为开车没有喝酒，给李月楼和简凡叫了啤酒。李月楼笑着对何总说：“你的酒量应该也很不错吧。”

何斌笑了笑说：“我这是身在江湖不由己啊。每天都要陪那些政府要员喝，不喝不行。”“哎。”李月楼叹了口气说：“谁说不是呢？特别是我们这个圈子，应酬还真是多，你不去吧，别人就不带你玩了。”

简凡的电话又不合时宜地响起来了。米香听出来分明是一个女人的声音，嗲嗲的，有些肉麻，还很暧昧。估计是拉菲，简凡起身来到大门外。米香望远，明晃晃的阳光有些刺眼，米香有些睁不开眼睛了。

简凡的声音透露出男人浑厚的嗓音，令米香饥渴地咽下一口水。可是在这一瞬间。她不知道是他的声音在抚摸着她，还是寂寞。

米香知道被一个男人爱着的滋味。米香也知道爱一个男人的感觉，爱得自己的身体和灵魂都变得空空的。

由于在门外，米香听不到简凡在说些什么，但是从简凡的表情上面，米香看到了他非常不高兴。他的手在空中挥舞着，头不停地摇动，貌似非常生气，要大怒了。

李月楼在一旁说："看样子陈远那里出大麻烦了，你们看简凡的这种表情，我以前从来没有看到过。"普沉说道："肯定是陈远扛不住了吧。"

简凡发完火进来。"李老师，我可能今晚就要飞去北京了，不然陈远那里要出大事情了。"李月楼知道，现在当着外人的面问简凡具体的情况可能不太合适，便笑着说："没事，等下到福伦公司后，你先把你要的文件资料调查清楚，我给你先把机票订好。"

简凡低着头说："也好。"一边骂陈远不是东西，一边喝了一口啤酒。匆忙的午饭之后，他们都朝着福伦公司驶去。谢总热烈地欢迎了他们，在看完整个公司陈列的样品车间后，李月楼提出要看一看这个新项目的具体的地块和公司历年的财务报表。

谢总一下子犹豫了起来，说道："公司的财务报表不能给看。"气氛一下子尴尬了起来，谢总没有多说，一下子走了出去，面对这样的情况，李月楼有些不知所措了。

普沉说："不看财务报表，尽职调查报告里面就会缺少财务分析这块，这个报告也是不完整的。"简凡说："还是先问一下陈远吧。"李月楼跟陈远通了很久的电话后说道："如果对方真的实在不肯给财务报表，那么有可能他们的财务上面有很大的问题。陈远说让我们先回去。"

简凡说："那我们这次岂不是白来一趟了。"李月楼也是第一次碰到这种情况，他再次出去和何总与谢总两个人沟通，半个小时过去了，还是耷拉着脑袋进来了。

普沉笑着说："李老师，你又失败了。"李月楼说："是啊，不过我得跟他们讲明利害关系啊，不给看财务报表，JCC是不会认可这份尽职调查的。"

## 【41】

“那谢总怎么说？”简凡问道。“他说要考虑一下，先跟JCC沟通后，才能给我们答复。”米香说道：“我们不可能在这里等啊。我们还有好多案子要去呢。”

李月楼说道：“如果对方不肯给，我们马上就走。我已经让何总给简凡买了今天晚上飞往北京的机票。我们明早直接回上海。”

简凡点头说：“没问题哦。”在最后的这几个小时的交涉中，李月楼还是失败了，大家突然陷入恐慌中，难道是福伦公司已经发现事情的不对劲，识破了这个阴谋吗？还是JCC没有和福伦沟通好，这个环节出现问题，结果只有两个：一个是福伦识破了JCC的勾当，想要让JCC派来的尽职调查团队全线覆灭；另一个可能是福伦还没有做好财务方面的报表，或者在财务方面有重大的隐性问题，他们不敢拿出来。

米香觉得事态越来越严重了，如果是前一种，那么四个人会处于危机中。这个时候的李月楼没有露出很着急的样子，米香看着李月楼问道：“李老师，我们应该尽快撤退，然后观事件的动态。”

李月楼说：“嗯，这是目前最好的办法。”四个人在福伦公司的大会议室里面坐了很久，不久后，谢总推门进来，李月楼看到谢总，有些紧张，谢总倒是落落大方。“李老师啊，实在是对不起，这次财务报告不能给你们看，我们和JCC已经通过电话了，让你们下次再跑一回。我们会安排好具体的时间，你们看行不？”

李月楼把吊在嗓子口的心放了下来。“可以啊，谢总，等你们安排。简凡今晚要去北京，何总说机票订好了，麻烦晚上送一下我们这位大律师。”

谢总说：“当然，当然。这个是应该的。我让何总给你们订好明天上午飞上海的飞机，今晚咱们喝几杯，即使项目不成，咱们还是朋友嘛。”谢总爽朗的声音让李月楼更加放松了。原来并不是自己这里露出马脚的。

“简大律师，今晚飞北京的飞机，9点的，你看可以不，这里离机场也不是很远，吃完晚饭，我送你去机场。”何总殷勤地对着简凡说道。

简凡想了半天，看了看米香，米香低着头没敢看他。她的心里都是舍不得。可是现实就是这样，又能怎么办呢？

也许沉默是最好的一种别离方式，可是这种别离，让米香的心分明很痛。简凡走了，剩下米香独自品味这寂寞的味道。

简凡，你也寂寞吗？你也能体会我的寂寞吗？米香心底想要呼唤。我们应该都只是相似寂寞的两个人，独自感受着自己的寂寞与社会之外的距离。

相似的两个人，注定只能在属于自己的世界里面独白一段爱情。

晚宴就在福伦公司的大餐厅里面举行，谢总作为东道主，摆了一大桌子酒菜。米香看着有些饿了。大家纷纷落座，谢总抓起一块黑溜溜的肉啃起来，一边啃一边说："这个特别好吃，是我们这里的野生斑鸠，麻辣的，特别够味。"

李月楼拿起一只，啃到一半，辣得实在不行了，赶紧喝酒。米香不敢吃，太辣了。一大盘的小斑鸠没过多久就被他们消灭掉了。

没吃多久，简凡就说要先走了。米香送简凡到门口，简凡说道："自己记得照顾自己。别让我担心你。"

"我会很快回上海的。"简凡把最后一句话说出口，就钻进了车子，车子在夜色中缓缓驶离。米香摇手道别，这双手却在如冰的空气中凝固成了一种孤独的姿态。米香抬头看着天空，繁星点点，想要寻找什么呢？其实并不需要寻找什么，她想只是因为寂寞吧。

吃罢，谢总说："这里的住宿太简陋了，晚上让何总送你们去市里面的五星级宾馆吧。"

李月楼急忙说："没有关系的，住这里挺好的，不用浪费钱了。"谢总说："没事，这里晚上有老鼠的。"李月楼一听，不再推却了。

市区果然比镇上繁华多了，都快10点多了，还是灯红酒绿的。入住的酒店也就三星级吧，李月楼从外表看来。不过进去一看，果然比较奢华。

何总说："好好休息吧，李老师。"李月楼感激地跟何总道别，这个社会人情世故都是如此虚伪。

米香叹了口气关上门，普沉说："你是不是累了。"米香说："其实他们都是好人。"普沉笑着说："任何人其实都一直在伤害着别人或被伤害着，谁又可以抱怨谁。"

## 【42】

普沉说："我们都处在这个社会的大商业环境中，不遵守这个行业的规则，就很有可能被排除在外。很多游戏规则是人设定的，很多圈套看似是玩游戏的人设定的，其实玩者以为套牢的是别人，殊不知，很多时候，有些圈套其实是为自己所设。参与者只要知道自己什么时候能全身而退就好。因为有些时候，我们真的是无能为力，当这个圈子里面99%的人都参与了，你又何以能置身事外，独善其身呢？"

米香听着普沉的解释，心里非常悲哀，这个社会除了金钱与权势，那些所谓的道德与公益、良心与公平，都到哪里去了呢？

米香看向夜空，那遥远的天边，星光黯淡高处不胜寒原来是这样的落寞。霓虹染红了大片的天空，宛如晚霞一样，一层一层重叠，蔓延，月亮的淡白影子在天边隐约浮现。

人在异地，思乡的心特别地殷切。米香想念那张有着淡紫色玫瑰花的大床，每天睡觉前，米香会把香精滴进香囊，整个房间飘出一股幽幽的暗香来，睡眠的质量也会好很多。可是如今人在异地，所有的安慰只有靠那绵绵的思念来代替。

"睡吧，傻孩子，他已经走远了，估计快到北京了。"普沉的话让米香有些尴尬，自己的所想如此明显就让对方看穿。

"普老师，我们明早的飞机应该不会有什么问题吧？"米香还是有些担心，这次尽职调查所遇到的状况是他们这么长时间以来第一次碰到，如果不是李月楼脑子转得快，恐怕会露馅，米香也觉得今天差点就出大事。

整个下午，各方都是心事重重、心怀鬼胎的样子，让米香觉得真的是很好笑。如果不是因为那是人家的地盘，米香真的很想看这场角逐的好戏。

米香终于明白李月楼说的这句话的深刻内涵了。这种以中国传统文化背景，以中国人的人情世故为出发点，充分考虑中国人的优缺点，以及许多只可意会不可言传的潜规则，构建的和谐、和乐、合理、合适的金融圈套，里面暗藏玄机，深不可测，一旦掉进去，将万劫不复。

不去想这么多了，米香进入洗手间，还是先沐浴更衣吧，明早还要赶飞机呢。梦里千百次的辗转所想要回去的还是故乡，然而这个世界，梦想是到不了的远方，回不去的却是故乡。米香不知道简凡是不是真的爱她，还是他们彼此并不相爱，爱的是在对方身上折射出来的另一个自我，是剧烈而不真实的反光。

洗完澡，米香看到手机上面有一条未看短信，竟然是简凡发过来的。“安全抵达北京，勿挂念。”

米香看完，泪如泉涌，流完，米香全身舒服了，仿佛简凡的双手刚刚触摸过她全身的肌肤，眼泪往往能直抵人心，具备深刻的抚慰。

晨起，走在三星级宾馆的外面，一片梧桐叶从米香的眼前飘落，米香捡起，仿佛觉得自己就如这片叶子一样，注定不能与简凡的季节相逢。在简凡的世界里面只有夏与冬，而米香是个只相信春与秋的女子。

三星级的早餐，除了粥和鸡蛋、牛奶、豆浆可以尝试一下，其实没什么好吃的。李月楼叹气说：“米香，你怎么吃那么少呢，我在想你是怎么长大的。”米香笑笑说：“喝西北风长大的。”普沉说：“女孩子都是喜欢苗条的。”

何总赶来的时候，李月楼他们刚刚吃完早饭。李月楼客气地说：“今天又要辛苦了。”何总问：“昨晚睡得好吧？”

“挺好的，这里很安静的。”普沉说：“你们这里晚上也是很繁华的，歌舞升平啊。”何总笑了笑说：“现在哪个地方没点娱乐啊。”

李月楼说：“社会所需，所以就有。”

在登机口，李月楼一行三人与何总告别，何总说：“欢迎你们下次再来。”李月楼充满信心地说：“我们一定会二度拜访福伦公司。”

两个人爽朗地大笑，相互道别。一入登机口，李月楼的心情大好。“米香啊，我敢打保票，不出一个月，我们一定会再去福伦公司。”

普沉笑着说：“你跟谁打赌啊。说不定他们这是给我们面子而已，不想戳穿我们的骗人把戏，也许他们早就已经知道了这个骗局或者内幕。”

米香说：“是。我们做了这么多的案例，这是第一次碰到这种情况。李老师，你怎么就觉得他们会让我们再次去呢？莫非你能掐会算啊。”

李月楼笑而不答。

李月楼说：“回上海后，我们两个先赶紧执行你的这份策划方案，免得夜长梦多啊！”

米香问道：“李老师，我们应该从哪几个方面入手？我现在搭建的这个投融资服务联盟，前程远是幕后运营者，包括银行、信托投资、金融租赁、担保典当为主的合作联盟，以会计师事务所、律师事务所、资产评估公司为主的‘服务联盟’，以行业专家、高级顾问为主的资讯联盟，以投资管理、投资咨询、顾问、项目公司为主的加盟联盟。四大联盟体系能同时开展吗？”米香的眼睛亮亮的，透露出重影的光芒。

“这四方联盟可以同时展开，但是开展的力度要控制好，不能一下子铺得太开，不然会应接不暇的。”李月楼诚恳地说。米香感觉到了李月楼的思维模式确实具有前瞻性。欣慰的是前程远公司还有一个李月楼在，可惜的是李月楼在这样的公司简直就是大材小用。

李月楼说道：“可以从服务联盟和咨询联盟着手，目前，简凡去了北京，短时期不一定能够回来，所以我认为这两方要建立起来，就会先建立这个服务联盟的权威性与广泛性，然后是合作联盟和加盟联盟的对接，这样这个四方联盟才会稳定与长久。”李月楼问米香：“你觉得呢？”

米香笑着说：“李老师说的有道理，只是这个联盟的章程什么的，我还没弄好，还有联盟主席谁来当？这些都要事先设想好的。”李月楼低头想了半天说：“米香啊，我觉得你还是先把联盟的章程和架构搭好，这些职位我和陈远商量一下，然后再发邀请函去跟这些专家确认。”

## 【43】

飞机起飞了，急速往上，云层褪去，天空缥缈得一如仙境般灿烂，远处大朵的图案在不断地变化着，宛如丝绸般柔软的云锦，变化着各自的雍容，华丽而纯净，米香仿佛看清楚了另外一个世界，那就是父亲所在的这个世界，洁净得一如天堂。米香抚摸着窗口的玻璃，仿佛看到了父亲那张消瘦苍白的脸。

米香的耳朵有些颤抖，声音太响了，震耳欲聋，喃喃自语：“爸爸你还好吗？我想在云中写一封信给你，一边写一边消失。什么时候可以写完，什么时候可以告别。”说完眼泪如泉涌出。

落地，久违的上海。晴空万里，却有些彻骨。

米香正在家里写龙阳中学改扩建项目的尽职调查报告，电脑的右下方的QQ跳出来一个对话框，米香一看顿时感觉温暖了许多，竟然是简凡。米香想笑，他也会用QQ，而且看上去还挺熟练的。

“米香，我想你了。你在做什么？”没有什么甜言蜜语。简凡的话总是直白又令人难受。

而米香的回答总能直抵人心，让人无法推却。“想念只是一种说不出来的痛，我想你不会明白的。我在写报告，等我空的时候再说吧。”刻意的回避与长久的思念让米香的心里一阵悸动，怎么能够放下思念，投入工作。米香关掉了QQ，也许这样才能做到眼不见为净。

两天休息日，天却并不留情，下起了雨来，淅淅沥沥的，一直不停，上海的空气时好时坏，潮湿加上雨不停，空气里面弥漫出腐朽的气味，令人作呕。米香不喜欢这样的气味，她把香精滴进了香火中，房间里面散发出来阵阵幽香。米香的心情顿时好了很多。按照李月楼上次提出来的几点风险告知，米香梳理了整个尽职调查报告的框架，没有什么问题了。这下就只等简凡的法律尽职调查和普沉的财务尽职调查两份报告合在一起，这个报告就算成稿了。

米香的手机响起来了，一看是简凡，米香不想听，她把电话放在一边，让它自己停掉，可是电话不停地响，丝毫没有停下来的意思，米香一看不行了，拿起电话不出声。电话那头传来简凡急切的声音：“米香，你帮我个忙。”

“是什么？”米香很冷静。

“哦，你帮我去充一下手机，买张卡。”简凡急切地说。

“就现在？”米香诧异。

“对，马上，我手机没钱了，等下可能有个投资集团的老板会给我打电话。帮个忙。”简凡可能是真的无法抽身。“好。我马上去。”米香还是很冷静地回答。“谢谢。”一声谢谢令米香有些失神。

## 【44】

米香冒着雨来到楼下，买了充值卡，给简凡的手机充值。大雨中，米香打了一个很响亮的喷嚏，米香意识到自己可能感冒了。

上楼，就觉得脚轻飘飘的，不由自主。头晕，不能想问题，米香干脆躺在床上，昏昏欲睡。她又梦见自己的父亲，他仍然在田间劳动。米香放学回家，走在田间的小路上，左边是条小河流，右边是大片的田。天边乌云密布，雨立马要倾盆了，父亲在田里大叫：“米香快点跑，快点跑啊，你看雨就要下了。”

另一个邻居大笑道：“米香你不用跑，反正你的前面与后面都要下雨的，你跑也没用。”米香听完，不跑了，琢磨着他的话，貌似有道理。

邻居的笑仿佛是在考验米香，米香站在这条河流的岸边，时间仿佛就是水，回忆是水波中的容颜。看到的不是当时，而总是当时之前，或者当时之后。

父亲还是叫："快跑啊，跑到家就不会淋到雨了。"于是米香又开始跑了，雨滴一开始的时候很大很大，打在米香的脸上，生疼。然后，雨滴变小，但是非常密集，到处都是雨，前后左右，米香没处可以躲藏了。

到家门口的时候，雨真的开始倾盆起来。米香笑了，父亲说得对，到家了，雨就不会下到自己的身上了。看着远远的田间，父亲还在冒着大雨插秧，米香的心有些纠结。

就这样，不知道睡了多久，电话铃再次把米香吵醒了。米香发现最近特别容易做梦，而且梦见的竟然都是父亲。米香浑身都被汗湿透了，仿佛自己刚才真的淋到了雨。周琳在电话里面大声叫嚷："米香，你是不是不想干了，你竟然也不请假，无理由旷工，报告也没写，我会扣你这个月工资的。"

米香一看外面，天已经晴了，原来自己一觉睡到了第二天临近中午了。可今天分明是星期天啊，莫非自己记错了？米香冷冷地说："我昨晚发高烧，刚醒来。"说完冷冷地挂断了电话。

米香挣扎着爬起来，电话铃又响起，米香一看还是周琳，她就把手机给关机了。不就是扣工资吗？俺不稀罕！看着镜子中自己憔悴的脸，米香凄惨地笑了。那笑是无奈，是悲哀，又是那么的骄傲。

一整夜的梦，米香的烧竟然退去了，一种强大的生命力在召唤着她，不能就这么轻言倒下。命运不公平，但是自己不能不争气。今天就好好休息，米香为自己煮了点粥，吃完觉得精神倍增，便继续写报告。暮色降临的时候，龙阳中学的报告也完稿了。

周二，米香挤着公交车上班，李月楼倒是一早就到了，问米香："好点了没？"米香笑着说："没事了。""那我们今天出去谈个事情，你跟我一起去吧。"

"去哪里啊？李老师，今天我要把这份尽职调查报告给装订好发出去呢，还有普沉与简凡的两份报告没有汇总。"

李月楼指着桌子上面的两份报告说："你看，我都替你收好了，他们昨天就发过来了。你把报告给我看一下，然后装订这种事情交给前台就好了。让周琳她们去弄吧。"

米香犹豫了一下，把报告拷进了李月楼的电脑。李月楼大约扫了一遍，说道："没有什么问题。米香我们走吧。今天的事情很重要。打印报告的事情交给前台。"

他们驱车前往外滩，在一幢ART DECO风格的大楼前停车，米香说："这里都是外资金融机构的总部。”李月楼笑着说：“看样子你对上海还挺了解的。我们今天来的就是AFC的总部，跟他们谈建立ZGCISC中国投融资服务中心的大战略。”米香的心里一震，看样子前程远的大战略即将全面铺开。

“那陈远知道这个事情吗？”米香试探地问。“我跟他探讨过这个事情，你的方案陈总看过了，非常满意，他正在叫北京的设计人员为ZGCISC建立一套设别系统。到时候我们的很多文件可以直接应用了。”

两个人把车停在车库里面，上楼的时候，米香突然之间有某种感觉，今天会见的这个人一定是故人。走进AFC的办公室，米香顿时感觉到一种气派与奢华，复古的装修，加上简约的办公家具，透露出这间公司讲究低调的奢华。两个人在会议室坐下，前台端进来两杯咖啡。

## 【45】

一个身着高贵洋装的女子推门进来，米香知道她们见过，而且还不止一次。

女子朝着米香轻轻微笑，转头对李月楼说道：“李总今天好不容易有空来谈谈我们的大计划。”李月楼谦虚地说：“哪里，我们之间的合作是最最合拍的。我想现在是时机最成熟的时候。”

方琼露出两个酒窝，笑起来竟然很甜美，米香禁不住喜欢上这个女子了。她高贵、美丽、大方，还健谈。再过10年，米香或许能达到这种平和而富贵的境界。

“我想你们两位今天应该不虚此行吧。”方琼的话语里面透露出自信以及对全局的把控力，米香为之暗暗佩服，这场即将开始的金融游戏里面到底谁是主角，谁是配角，谁又将是整场戏的导演。李月楼也为之迷惑。他也从方琼的话里听出了言外之意，笑着说：“我相信你们是主场。”方琼心领神会。

“那么好，我想这个四方战局里面，应该是以我们为主吧。这样我们才能掌控更加广阔的资本与市场。前程远不需要走向幕前，只要掌控好幕后的战局，你们一样会赢得很精彩，你说呢？李总。”方琼看似平静的语言，其实里面暗藏玄机。

李月楼非常清楚，前程远目前必须借助这些披着外资糖衣的投资商，如果没有更好的后台，他们是唯一的选择。

“一切以AFC的战略为主。”李月楼笑着说：“我们搭平台、写剧本，你们来演戏。这样我们互相合作，各取所得，但各不相干。你觉得呢？方总。”李月楼的眼神有些暧昧，透出对一个女强人的崇拜之意，看得方琼很是受用。

“好，既然咱们双方认同这个操作模式，那么从现在开始我们是站在同一条阵线上面的战友了。”李月楼笑着说：“我现在可以安排一些投资咨询类及顾问类公司进场，他们手上会有很多的项目。而且这些项目是非常缺钱的，先让他们筛选掉一批没啥价值的。我想，你这里应该都是比较有投资价值的项目了。”

“那也要符合我们AFC投资领域的，基本以矿产，基建，水电站，房地产等投资利润率高的行业为主，能有良好的收益。”方琼拿起公司的宣传册递给李月楼和米香，“这些主要投资领域是我们目前在中国的主要业务板块。”

“我听说前程远在北京要建立分公司，你们和北京的JCC合作已经有一段时间了吧。效益怎么样？”方琼露出好奇的表情，李月楼知道她一定去打听过了，瞒着她也没有什么用处。

“是的，北京JCC给的业务量还不错，所以陈远打算去北京正式成立分公司。不知道他们现在谈得怎么样？我认为成功合作的可能性非常大。”

“哦，”方琼问，“这么说，你们还是很看好这块业务的，不过你要知道，想要做大，就一定要建立融资平台，搭建好的平台才有大的发展。”

李月楼说：“整合与跨界的力量是无限美好与强大的。不管什么行业，我认为都有可能互相融汇。”“不过核心的价值观一定不能丢弃。”米香补充道。李月楼仿佛想起了什么，指着米香说：“方总，你看到的这些策划方案，可都是出自我们前程远的‘一支笔’之手哦。”

方琼诧异地看着米香：“这份方案真的出自你之手？”米香谦虚地笑笑：“哪里，里面主要是老板与李总高见，我只是一个润笔之人。”李月楼说：“米香不用推辞，其实我们都是清楚时势之人。”

这次与AFC的战略合作谈得如此顺利，让李月楼觉得自己仿佛是这盘棋局的掌控方，看看谁才是最终的赢家。李月楼想起了陈远、高正奇、简凡，他们应该都不是，只有自己才是最终的赢家。走出AFC的大门，米香看到了冬夜中华灯初放的外滩依然一片喧哗。

远处一幢陈旧的法式建筑，已经被时间抚摸得颓败不堪。有人说这是“历史的面包”。

这里是一个可以看到天荒地老的地方，米香抬头望向那些建筑，这些矗立的年代久远的大楼，华丽颓败的异国风情，在时间的抚摸之后，更加沉郁经典。

上海总是有它独特的简洁风格和高傲气质，夜色中的外滩流光溢彩，夜深以后这里就会显得冷清荒芜。而这个时候，米香想起的却是那个有着沧桑外表的男子，简凡在北京不知道好不好。

米香抬头望着璀璨的霓虹，心里想着，什么时候自己在这个魔都般的大城市里面能有一个小小的窝。

## 【46】

人只要一忙就会忘记自己的存在，李月楼带着米香跑了很多投融资的机构，包括信托投资、金融租赁、担保典当，连几家大的银行也接触过了。虽然这些机构都有合作的意向，但是具体的合作还是要靠有形的抵押物，没有房子等实质物体，这些机构是不会受理的，这也让李月楼充分认识到中国金融结构的僵化。如果这种金融结构不改变，中国的那些中小企业一碰到经济危机，就很容易倒闭。它们根本没有其他的融资渠道。这也就是为何中国的地下钱庄如此火爆的主要原因!

米香说：“我们已经建立了这个投融资的平台，一定会有很多项目找过来的。这样就能立即产生赢利，陈远就不会在北京和JCC孤注一掷。”

李月楼笑着说：“陈远不会这么轻易放弃北京的这个模式，他一定会赌到底的，我是担心简凡，他能搞定JCC也会和陈远争，这样的内部斗争会让前程远受损。”

米香听完，心里有些紧张又有些替简凡高兴。“李老师，你如此肯定简凡能搞定JCC那帮人吗？JCC凭什么答应陈远他们提出来的合作条件与模式？”

李月楼笑得那么含蓄.“这种业务模式，只能与第三方合作才能成功，难道你认为JCC能独吞吗？投资商、第三方咨询、项目方这三个角色在一条链子上面，缺一不可。”

米香反问：“类似陈远的公司在中国大地上应该有很多吧，JCC完全可以找别家啊。”李月楼说：“陈远有自己的优势，JCC不是没找过其他家，但是没有陈远做到如此决绝，让项目方想反驳的余地都没有。”

米香的心里其实还是有种罪恶感，随着尽职调查业务量的不断上升，米香的心里开始犹疑，这种骗局本身就是空的，一旦被戳破，将会引起多大的洪流。

“你的电话响了，米香。”李月楼提醒道。米香从包里面摸出手机一看，心里很紧张，是简凡。他是从来不会这么主动给米香电话的。这个时间打来，会是什么事情呢？

电话中性感的声音略显疲惫，令米香陶醉而遐想。“好消息啊！”简凡的声调突然之间提高了很多度，“已经搞定JCC那帮鸟人了。”

“那你会回上海吗？”米香试探性地问他，她突然之间特别地想念他，很想见到他。

“哈哈。那不行啊！虽然事情有了眉目，但是还不能马上回上海。”简凡回道，“这里还有很多的事情等着我去完成。”

挂完电话，一旁的李月楼说话了：“简凡短期内是不会回上海的，因为陈远是不会放他回上海的。米香啊，你应该知道男人在这个世界上闯荡是多么不容易啊，他们面对的是商业世界里面的各种凶猛动物，如果稍不留神，就会粉身碎骨，死无葬身之地。”

米香低头想着事情，就是不明白为何简凡如此短时间就能搞定JCC，太容易的事情反而令米香觉得不安，这或许是另一个套。人总是喜欢给别人下套，可悲哀的结局是，有时候最终套牢的却是自己。

“也许别离是为了下一次更美的相聚吧。”李月楼问：“你真的喜欢简凡，为何呢？他有什么地方吸引你呢？一个离过三次婚的中年男人，有什么地方值得你去爱，去喜欢的呢？”李月楼十分不解。其实，米香自己也不解。

在这段邂逅里，米香发现自己彻底沉沦了，本来以为经历过南京那段生死之恋后，自己再也不会爱了。可是自从遇到简凡后，她发现他们的相遇，重要的不是年龄、财富、情欲，而是两个萍水相逢的陌路男女之间，对彼此心灵的影响、慰藉、改造。

简凡所能给予米香的是她从未体验过的一个中年男人的情怀，阅历。米香带给简凡的是属于青春少女的活力与好奇。也许是累了的时候互相可以取暖吧，又或许纯粹是寂寞的相守吧。总之是彼此深刻的吸引，米香不能摆脱，也不想摆脱。

清晨，静安寺，百乐门口，米香站在这个繁华的都市路口，突然觉得面对生存是多么可笑的一件事情啊。一个男子向米香走来，他穿着深灰色的大衣，一条深红色的围巾摇曳着魅惑，低着头，经过米香的身边，米香嗅到了他身上很好闻的话梅糖的甜香味。那气味经久不褪，留存在米香的记忆里面。

米香想起了盖克明，一个也有着话梅糖的甜香味的男子，那个深刻地雕琢她内心的男子，如今他们早已经相忘于江湖了。

## 【47】

北京的设计按照要求已经完成了ZGCISC的整套VI识别系统，米香把这套识别系统开始在各种文件里面进行运用，要打印一整套投融资服务中心的文件，联盟的章程、协议、宣言等，米香一大早就在公司忙起来了。

但是米香不知道，未来有更大的圈套等着他们钻进去。这样的金融圈套深不可测，暗藏玄机，一旦掉进去，将万劫不复。

米香不知道，当局者的简凡也未必清楚自己的境遇。只不过简凡会有更大的本事，就是见招拆招。

米香正忙得要跳起来了，李月楼春风满面走进来道："来来来，米香把手上东西先放一放。咱们几个开个会，投融资服务中心有大生意上门了。"米香来到会议室，看到高正奇、AFC的方琼都在，米香诧异，不知道会发生什么大事情。李月楼说："明天，哦，就是明天哦，湖北一家经营高科技项目的公司来上海，叫什么玄武岩公司。他们的老总姓关，来上海洽谈融资的事情。我们现在来分配一下角色。ZGCISE的角色是中介服务机构，为玄武岩公司物色投资商，牵线搭桥；AFC的角色是甲方；高总，你就当个行业协会的主席吧，在一边吹吹风就行。"

"那你呢？"方琼眉目生情，望着李月楼，李月楼指指自己说："我是前程远上海公司的老总哈。等下尽职调查报告我要来做啊。"

"米香啊，你负责接待哦。知道了吧。"米香问："这个项目需要出差吗？"李月楼说："不用，很好弄的。到时看我的安排就好。"

米香完全领会了李月楼的话外之意。第二天，玄武岩公司的关总果然如约来到前程远的办公室，与AFC的首席代表方琼进行了顺利的会谈，双方经过反复的探讨，终于达成了战略合作的协议。融资金额高达两个亿。随后的考察与尽职调查也就顺利地开展了。周五的时候，关总提着一个很大的袋子来到公司，那天米香正在忙着接待一组客户，关总进来问："你们的财务呢？尽职调查的费用我今天带来了。"

大袋子往米香桌子上面一扔，米香问道："这是什么？"关总说："钱啊，现金啊！"

"啊，你带这么多的现金啊？"米香诧异地问道。

关总笑着说："银行转账太慢了，这些都是我找朋友们现场凑的，一共50

万，你叫你们财务过来点一点。”米香急忙跑到隔壁，周琳正在大笑着说着黄色笑话，米香拉着周琳说：“关总来了。”周琳没好气地说：“来了关我屁事，没钱不给报告。”

米香说：“50万现金带来了，要你亲自去点钞啊。”说完白了一眼周琳。“啊？50万？现金？那我要点到什么时候啊？”周琳一脸诧异。

“那我就不知道了。”米香没好气地说着。李月楼低声说道：“真的是关总拿着50万现金？”

米香说：“是啊？不信你们自己去隔壁看啊，人和钱都在隔壁呢！”

李月楼镇定地说：“米香，你现在就去隔壁，叫关总把现金拿过来，拿到财务室吧。我们来点钞。”

米香跑去隔壁，带着关总来到财务室，米香觉得自己好可笑，宛如运钞车上面的保镖一样，外表装得很镇定，其实内心慌得很。

一个两个亿的投资协议，50万的尽职调查费用，如此轻而易举地到手了。李月楼电话给AFC的方琼：“方总啊，你交代的事情都搞定了，尽职调查报告我们马上出具。你就放心好了。”李月楼得意地笑着，仿佛所有的事情都是如此地顺利。

李月楼看到米香有些发呆，关切地问道：“米香，是不是有什么事情啊？”“哦。”米香想了想问，“如果关总他们反应过来再找我们麻烦呢？我们该怎么办？”李月楼哈哈大笑道：“不会的，这点你放心好了。你应该清楚，关总他们找投资的前提是什么？以小博大，空手套白狼。这样的前提下面，他们不会找我们麻烦的。”

“你的意思是我们三者都是骗子啊。大骗子骗小骗子吗？”米香笑着说。

李月楼望着窗外，无限感慨地说：“这个世界，这个社会就是这样，我们作为生存者，只能适应，无法反抗。只有适应了我们才能生存，如果反抗，要么走向毁灭，要么就与这个世界格格不入。”

米香忧伤了。“我们真的只能选择欺骗吗？人与人之间难道连最基本的诚信都没有了，这样的模式能长久吗？”

## 【48】

“长久与否并不重要了，重要的是我们能尽快捞够钱，然后该干吗还是干吗去。”李月楼可笑的回答，令米香记忆深刻。

“晚上方琼请客，米香一起去吧。”李月楼说道。米香不想去，“我今晚有事呢！能不去吗？”

“不行啊，方总可是指名道姓要你参加的，你不去可是不给她面子啊。这样可不好。”李月楼有些生气。

米香无奈地说：“那好吧。我去，我跟我朋友说一下，今晚公司有事不能陪她了。”李月楼这才转而笑着说：“这才像话呀，还是公司的事为主，其他的事情可以再说啊。目前我们大家的首要任务就是赚钱，对吧。”

米香凄惨地笑了，人主要的任务是赚钱，今天早上在公司路口，那种感觉竟然如此深切，站在这个繁华的都市路口，生存是一件多么不易的事情。米香切身体会到了在上海生存的艰难与无助。

方琼一袭玫瑰丝的修身真丝长裙，外面是一件奢华的毛大衣，深黑色，有些透亮。米香仿佛看到的是一个贵妇。这样的女人在商业社会中是个交际高手，是男人们仰慕的对象，米香觉得自己还是很虚荣的，从心底里面还是非常向往她的生活环境。

彩蝶轩的菜少而精致，不过价格却贵得离谱，三个人吃饭，花了500多，还没吃饱，米香觉得这样的晚宴不划算，中看不中用。不过今天那个讨厌的高正奇倒是没有来。

“李老师，高正奇没来啊？”在来的路上米香问道。他回北京了，上次叫他赶回来是因为要演戏啊，少个配角，现在没他什么事。陈远在北京忙得很，高正奇正好可以帮帮他们的忙了。”

经李月楼这么一说，米香觉得陈远与李月楼都在利用高正奇，突然之间觉得高正奇也是挺可怜的。不过转而一想，一个人如果连利用他的人都没有了，那才是最最可悲的，现代商业社会中，能被人利用反而是一件好事。说明你还有价值。

这顿饭请客的是李月楼，买单的竟然是方琼，米香觉得非常诧异。临走，方琼塞给李月楼一个厚厚的信封，李月楼也没推辞，竟然收下了。米香觉得非常奇怪，照理李月楼应该请她，给她递红包，为何现在竟然相反呢？

回家的路上，李月楼从信封中点了有差不多5 000的样子，递给米香道：“去买件名牌吧。我们以后会经常出去应酬的，女孩子就是需要打扮的，这样才招人待见啊。”

米香没有推辞，因为她觉得李月楼说得很有道理，哪怕是再平凡的女子，也是需要衣服来衬托的。米香选择的都是低调朴素的衣服，其实米香的内心也隐隐蕴涵着一种高贵，因为米香始终相信自动选择倾向衣服的人，跟一个人内心基本是符合的。

夜里，呼啸的是北风，米香没有感觉冷，是因为心里暂时存着些许的温暖，只是梦里，那个人一而再再而三地出现。他不停地追着米香，米香一路狂奔，沿着一条边上有河的路，往前，往前，一直往前，而他一直在后面，不停地追逐。喊着米香的名字，米香逃也无处可逃，转身，米香看到一张充满血的脸，米香指着他，口中喊着："你，你，你……"想说又说不出来。

这个"你"往往就是伤我们最深的人，让我们的世界处处都有着他的影子，无论以后我们会不会爱上别的人，这个人对我们而言都是一段无法言说、不可剥离的伤。

米香醒来，衣服竟然都湿透了，这已经是第几次做这个梦了，米香已经数不清楚了。梦里的那个场景，那个人影显然还是他，已经成了米香的心魔了。

可惜，这个世界上有趣又好玩的男人实在是太少了，大部分的男人都是这个社会里的商业动物，他们有着光滑鲜亮的外表，激昂慷慨的陈词，享受着成功带来的奢侈糜烂的生活。他们享受着各种暧昧，熟练地试探着女人的底线，以及玩着熟悉朋友之间放肆调戏的游戏。

所以，米香觉得自己很自恋，都说自恋的人是不会觉得别人是好的，但是米香也会深刻地迷恋着某个人，也许这就是一种内醒与洞察吧。

当你觉得将自己埋藏很深的时候，却最是真情流露时，其实米香并不是想埋藏自己，只是在某个角落里面洞察整个世界的沧桑变迁而已。

# 四卷：海市蜃楼中的“跨界霓虹桥”

融资就跟泡妞一样，真正的高手讲究围而不追，重在勾引，整天出现在你面前展现魅力，就是从来不说“我爱你”，更不追求你！就是亲嘴，也只是靠近美女的嘴，完成90%的距离，最后的那10%得让美女自己亲上来——我亲你了吗？没有。我只是在近距离脉脉含情地看着你。

一个企业，老板只想自己赚钱，不想员工赚钱、不为客户着想，能长久么？员工和你的客户是企业长久的根基！商道大拿众筹的成功，源自面包树上的女子对3号咖啡馆无私的奉献；天地间之所以能长且久者，以其不自生，故能长生；以其不自私，故能成其私，这是我理解的商道！

——海南嘉地置业总经理　谢天

## 【49】

人多的地方气味就多，已经分不清楚是人还是兽，早晨的公交车是拥挤的，但同时也是分外暖和的，比站在寒风中等待要舒服很多。只是米香对气味有着极其敏感的神经，什么样子的气味米香都能闻得到。

上海这边ZGCISC投融资服务中心的顺利运营，让陈远更加深信这个行业的发展前景，陈远从北京特意赶回上海，召开公司的运营大会。

高正奇和拉菲也一同回来了，陈远正式任命李月楼为上海公司总经理，与高正奇属于同一个级别，米香为李月楼的总经理助理及部门策划经理，陈远的任命让米香觉得自己的前途有希望了。而令高正奇吃惊的是，李月楼在如此短的时间内搞定了AFC的方琼，并且顺利运作成功第一个CASE，这是高正奇没有想清楚的。

陈远的眉梢透露出不可一世的骄傲，拉菲鲜亮的外表下面也隐藏着一颗都市女子嚣张跋扈的心态，米香怎么看都觉得不舒服。陈远对着李月楼说：“简凡这个家伙确实厉害，不到一个星期，就搞定了JCC那帮家伙，目前JCC答应和我们五五分成，而且北京办公的场地费与人员工资都由他们来承担。”

李月楼点头夸简凡厉害，只有米香觉得这其实是一个阴谋和圈套，JCC不会傻到到手的钱不要的。这样做的目的米香虽然还没有想清楚，但是隐隐地意识到一定有某种复杂的利益关系交织在里面。

“李总，到底是什么原因让AFC答应和我们合作，而且在那么短时间内做成这笔融资的业务呢？”高正奇迷惑地看着李月楼，他很想知道这个答案，因为原来方琼是他的客户，他之所以放弃AFC是因为他觉得很难搞定她，她是个不可一世的骄傲的贵妇，谁能料到高正奇也弄错了，方琼竟然如此轻易地和李月楼合作，他不明白他们两个合作的基础是什么？当初自己给方琼建议的时候，方琼根本就是不屑一顾的，为何如今李月楼就能成功呢？这点令高正奇百思不得其解。

李月楼轻描淡写地说：“我们给彼此构建了一个更大的舞台，那就是米香策划的ZGCISC，这个平台的创建，也受到了AFC等机构的青睐，成功的必然是因为我们的目标是一致的，双赢抑或是多赢，这就是我们的秘方所在。”

高正奇还是不明白李月楼所讲，只是李月楼已经没有耐心跟他讲这些了。“陈总，接下来我们可以选取联盟主席并与各大联盟方展开战略合作。”

陈远想了想说：“ZGCISC就好比海市蜃楼中的一座跨界霓虹桥，给甲乙双方都指明了方向，这个架构搭好了，而且米香所设想的这个四方联盟体系，也囊括了目前金融行业的几乎所有机构。”陈远得意忘形地对着李月楼说：“我们前程远就在这个机构的幕后，宛如一只大章鱼，可以把触角伸向各个不同的地方，而且总能捕捉到我们想要的猎物。”

李月楼笑着对米香说：“陈总说你是大章鱼哈。”米香笑了笑，风趣地说：“那也要后脑有眼睛啊，不然章鱼再厉害，也逃不过其他更厉害的猎物的追踪。”

陈远不屑地说道：“那也没事，我们在北京有背景，不怕的。”米香还想对这个模式进行更详细的解释，可是陈远摆了摆手，不想再听了。米香感觉很是遗憾，觉得自己所有的努力未来肯定会白费。

陈远接着说道：“湖北福伦公司的那个项目最近他们的谢总又和北京的JCC洽谈了，估计就这几天，李总你还要带队去一下。还有最近JCC在和哈尔滨一家搞包装工程的公司接洽，叫东阳包装制品公司，他们想要收购哈尔滨当地的一家倒闭的厂，然后购买上海一家研究机构的发明专利，再进行制造，但是那个曹总没有那么多钱，想和JCC融资来共同建设。”

李月楼算是听明白了，现在中国大部分的企业家都有一个毛病，喜欢空手套白狼，还有就是以小博大。不过也不能怪这些所谓的企业家，他们也是为中国的融资环境所迫。高正奇说："让我去吧。"陈远说："不行，这个项目必须让李月楼去，因为这个项目涉及上海和哈尔滨两个地方的调查，而且这个甲方不好对付，听说这个曹总把自己所有的家当都压上去了，是孤注一掷，搞不好会咬你的。"

高正奇一听，就不敢作声了。李月楼鄙视地看了高正奇一眼，一旁的拉菲听了半天有些憋不住了。"陈总，我们什么时候回北京，我还有好多应酬呢。"陈远说："明天就回，我这里把事情安排好了，所有上海的公事就交给李总你了。"

## 【50】

陈远还是很信任李月楼的，这次50万的进账，让陈远、高正奇以及公司所有的人都感到非常意外。

李月楼也不会把怎么和方琼谈判的细节告诉陈远和高正奇，这是自己吃饭的本事、商业机密，但是李月楼深知如果没有米香在一旁的出谋划策，自己是不会这么顺利就搞定AFC的，所以李月楼这段时间对米香格外的好。

这种好，在米香看来其实是一种物质讨好及精神贿赂。米香想着这几天又要出差了，心里不禁有些烦躁，不过又有些许的期待，因为这次出差或许又能见到简凡了。

"米香啊，"会后李月楼走到米香跟前，"湖北福伦公司这个项目确实不错，但是上了JCC的船，我们确实有些身不由己，这个项目的尽职调查尽量做得精致一点，调查的程度不能太细，但也不能没有点。"

米香说："好的。到时候一定注意。"米香琢磨李月楼说的"精致"到底是什么意思？尽职调查一般都是要求深刻、细致，要一挖再挖，甚至把企业法人的祖宗十八代都挖掘出来。这"精致"到底有何深意？米香有些捉摸不透。"李老师，是不是哈尔滨的这个项目有大问题？"米香也有些犹疑。

但她能肯定哈尔滨这个项目确实漏洞太大了，属于非常典型的空手套白狼，而且设了两个圈套，是典型的"套中套"融资模式。

李月楼说："你也看出来了，所以针对哈尔滨这个项目，我们要做点功课，我们要先去上海这家科研机构看看，东阳公司是否已经取得了这个专利权，这样就能确定对方的真实实力，再去哈尔滨的时候，我们自己心里就有底了。"

米香开始研究东阳公司的项目，这个项目是个高科技项目，这样的科技研发专利在国内还是不成熟的，而东阳公司想要运用这个还未买下的专利来进行年产几个亿的产品，令米香很是迷惑。这样一个项目，没有资金，没有土地与厂房，甚至连专利都没有获得，为何东阳公司敢于相信JCC就能进行投资呢？如果说是风投吧，他们对项目初期是不会看中的，一般的风投都是在项目进入扩张期，企业的市场前景好，才会跟上，但在企业初期或者说创业期，找风投根本就是天方夜谭。

米香觉得很是奇怪，到底是JCC主动还是东阳公司主动，或者东阳公司根本就不了解投融资市场的潜规则。这样一厢情愿地贴上去，到时候自己的老本都会全部套进去，米香替他们觉得很是可惜。

米香深陷沉思之中，电话响起的时候，米香发现自己竟然在发呆，是简凡，怎么会是他呢？电话里简凡性感而又好听的男中音传了过来："你和李月楼什么时候动身？"

显然，陈远已经回到北京了。还不是很清楚呢？等待对方的回复吧，米香也不是很清楚是先去哈尔滨还是先去湖北，不过在这之前，应该先去拜访上海的这家专利机构。

"等李老师安排好了，我通知你吧。"米香无奈地说，简凡问："这次陈远回上海做了些什么？"米香有些惊讶，简凡从来没有这样问过她，难道简凡和拉菲之间出现了某种问题，他这样问自己的目的到底是什么呢？

"开会的时候，陈远任命李月楼为上海前程远公司的老总，和高正奇同级别，还有就是ZGCISC投融资服务中心已经正式营业了，初期第一个CASE是50万元，和AFC合作得天衣无缝。"

米香仿佛看到简凡惊讶的表情，露出不经意的笑容。难道简凡在北京会有所动作，这样上海和北京刚刚稳定下来的布局，会不会又要动荡呢？米香不得而知，她越来越看不懂简凡的心思了。

一个行踪不定的男子，对人的感情是不拖泥带水的，是说变就变的；讲话极其直率，有时肆无忌惮；有一种无赖的强硬气质，又有童真；不让人接近，又想控制住别人；有时阴郁锋利，有时温情脆弱，能让他身边的人感觉很舒服或很不舒服，像阴沉天空之中一轮炽热的太阳。

随着时间的绵长，米香看不懂简凡的想法，他总是不按常理出牌，这也是律师的职业敏感吧，怀疑一切，不过在证据不充分的情况下，律师是不会轻易行动的。好久没有看到简凡那沧桑的两鬓白发，那忧郁得有些童真的迷离双眼，以及他身上好闻的浓郁的男人清香，米香怀念他吻她时候的深情。

## 【51】

李月楼带着米香来到上海的这家PPO专利研究所，这家专利研究所已经有很多的专利研究成果了，这个确实不假。接待他们的是一个40多岁的男子，看上去精明而有力，典型的上海男人。李月楼的试探，他是看不出来的，进而把东阳公司的专利权告诉了他们。东阳公司出具的专利权，显然是伪造的，因为PPO显然没有承认对方已经付款，这个专利技术要200多万呢！东阳公司只有这个专利的使用权文件，没有这个专利权购买文件，这显然是一种直接暗示行为。

李月楼出来的时候，笑着对米香说："看吧，这个尽职调查报告要有得写了，我们只要澄清事实就好了。"米香说："这简直就是'套中套'了，我觉得PPO也是骗子，说掌控了国外的多少订单客户，拿了一大推英文文件给我们，李老师，你相信他们有那么多客户吗？"

李月楼笑着说："鬼才相信呢！也只有东阳公司这种傻瓜会信，等到他们真的投入资金进行生产的话，人家专利费也收到了，才不会管你什么订单客户的事情呢？又不是包销。"

米香觉得自己的想法很邪恶，反而是在帮助他们。"李老师，你说我们这样是不是在帮他们啊，如果这次融资不成功，东阳公司就不需要投入更大的资金，那么后面的损失就没有了。"

李月楼说："不成功是显而易见的，因为东阳公司根本就是个空壳公司。他的如意算盘打得响啊，当别人都是傻子呢。他想利用PPO的专利、JCC的资金，以及他那里的一个倒闭的厂，三者合一，搞个大项目。"

米香问李月楼："这样的人应该都是枭雄吧。"李月楼看着远方，叹气说，"成功了那是枭雄，不成功顶多是只狗熊。"

"狗熊。哈哈。"米香扑哧一笑。"李老师，我们什么时候去湖北，还是准备先去哈尔滨？我认为我们应该先去湖北，这个上次去过的，这次去估计比较顺利，不然再拖下去不是太好。"

李月楼问："是不是简凡也问你了？"米香一愣："你怎么知道的啊？"李月楼笑着说："陈远催着简凡去呢，北京的事情搞定了，陈远就想着赶紧卸磨杀驴呗。”

“难怪呢。”米香嘀咕着：“怪不得简凡前天问我陈远在上海干吗呢？原来拉菲已经倒向陈远了，拉菲这么容易就被陈远收买吗？这女人也太不靠谱了吧。”

李月楼有些不以为然，这个没有什么好奇怪的，像拉菲这种女人，眼里有着天生的优越感，只有金钱才能满足她们年轻的欲望。你没听过吗？这种女人的宣言是购物是一种信仰。”

米香说：“陈远又不是那种有钱人，有多少钱让拉菲挥霍啊。”李月楼说：“是啊，陈远的钱估计都要被这个女人挥霍完了，我听说，我们这次的进账都被陈远抽走了，这个月的工资不知道还能不能发出来。”

“真的吗？”米香有些不敢相信李月楼说的话，一个公司的老板如果不为公司的前程着想，只想着风月，那么这个公司势必会死得很惨。不过上次看到拉菲穿的衣服可都是奢侈品啊。

莫非正如李月楼所说，陈远已经被拉菲给征服了，这是征服还是彼此沦陷呢？

“李老师，你说玄武岩这个项目真的没事吗？这么大笔融资项目，人家不成功不会找我们算账吧。”李月楼说：“你看你，米香，你就这点不好，总是想着坏事，这年头你不坏，别人总会设法害你，所以最好的是先让别人钻套。”

“李老师，那样岂不是活得很累啊。”李月楼眼角的皱纹仿佛说明了一切。平和之人，纵是经历沧海桑田也会安然无恙，敏感之人，遭遇一点波折也会千疮百孔。

米香细细领会着李月楼说的这句话，也许李月楼是前者，而米香应该是后者。一个敏感的女子，总是祈求现实的圆满，觉得好花应该配好瓶，而佳人也自当配才子。米香却不知道，有时候缺憾是一种美丽，随性更能怡情。太过精致，太过完美，反而要惊心度日。

离出差的日子真的不远了，米香反而有些犹豫不决了，已经有很长一段时间没有见到简凡了，米香不是一个主动的女子，她喜欢被动，在自己的情感世界里面，尤其如此，要做一个好看的女子，站在一个静的位置，做一个无言以对的人。

## 【52】

周一，天空还是一样的晴朗，米香、李月楼及普沉一行三人，二度去往湖北的福伦公司，李月楼笑着说：“还记得我们之间的打赌呗，我上次打赌一个月之内我们会再度光临福伦公司，看看吧，一个月的期限还没有到吧。”

普沉说：“李老师真是神机妙算啊？到底是什么原因导致福伦公司上次不愿意拿出账本，而让我们再度去呢？”

李月楼故意卖关子说：“米香说说，为何福伦公司上次不愿意拿出账本出来，而这次又让我们再度去做尽职调查呢？”

米香沉思一下说：“应该有两点核心原因，第一，福伦是个家族企业，财务是家族企业中比较隐秘的信息，所以他们很犹疑。第二，福伦是农业高科技企业，它的市场营销策略与自己的产品线没有完整地梳理过，一旦融资成功将高速地成倍生产，扩张会非常大，而他们的营销策略是先供货在付款，这个具有很大的局限性。”

米香看到李月楼惊讶地看着她，以为自己说错了，赶紧问：“李老师，我说到点了吗？”

李月楼赞赏地看着米香说：“普沉啊，米香将得到我的真传了。”普沉笑着说：“老法师就是老法师啊！带出来的徒弟都不一样，眼光如此锐利，真是后生可畏啊。”米香羞涩地笑了。

飞机很快就到达武汉机场，还是和上次一样，何总亲自来接他们，在飞机场出口处，米香看到一个熟悉的身影，他那两鬓苍白的头发，在阳光的映射下分外地亮，只是背影有些疲惫，米香觉得仿佛等了这个男子一个世纪，她多想扑进他的怀里，再也不要醒来。

情爱的曼妙在于不受控制，不可预知。你永远不会知道，你会在什么时候爱上一个人，又在什么时候，你发现即使眉目相映，也再不能够千山万水。

可是这么多人，米香不敢，她努力克制住自己的感情，假装若无其事，微笑着走到简凡的面前，米香知道太浓烈的爱情，注定长久不了，真正的情感高手要能控制住自己的内心，做到收放自如、云淡风轻。

李月楼见到简凡分外高兴，仿佛久别重逢的老友。两个典型的上海男人之间的吹捧让米香觉得很没趣，米香的心里非常失落，今天是个特别特殊的日子，只是谁又会记得呢？米香安慰自己，这是自己一个人的事情。关别人何事呢？

到达福伦公司的时候，谢总出来欢迎，李月楼笑着说：“谢总啊，我还是很怀念你这里的那辣死人的小麻雀啊！”谢总说：“小麻雀有的是，放心。”

谢总吩咐财务去把公司的账本和可行性报告等材料一起拿了过来，简凡在何总的带领下，去了当地的工商部门对福伦公司的注册资料进行了核对。

在普沉看完公司账本后，李月楼问：“这是不是假账？”普沉说：“不是。”这也印证了米香前面的猜测，这是个家族公司，对财务的保密性很高，他们很介意别人看到公司自己的实力。

简凡回来说：“福伦公司的注册资料都是合法的，也没有债权与债务方面的纠纷。”李月楼叹息道：“这个公司和项目确实很不错。”简凡说：“那就不是我们的事情了，是JCC的事情了。”

晚饭还是在福伦公司里面吃的，李月楼对那种辣死人的小麻雀还是很期待，吃了整整一大盘，简凡不敢吃多，米香一只都不敢吃。

吃完晚饭，何总送他们回到市区的宾馆，李月楼问米香：“知道这个报告怎么写了吗？”米香说：“其实我早知道了。”李月楼对着简凡说：“我就喜欢这个小丫头那个聪明劲，什么事情不用我来提醒，察言观色，懂事。”

简凡听着李月楼夸米香，脸色有些变了，他对着米香说：“走，陪我出去买包烟。”米香乖乖起身，跟着他出去。李月楼在后面嘲笑：“简凡，你一个大男人，买包烟也怕，这里虽然是晚上，但是人还是很多的。”简凡反问道：“我怕什么啊，米香你不是想喝酸奶吗？去超市买吧。”米香看到简凡的眼神里，有某种震撼人的威慑力，她不由自主地点头。

米香没吱声，低着头走了出去，其实她心里清楚，简凡既不是要买烟，也不是为了给她买酸奶。米香知道自己与简凡，其实都是俗人，不是圣人，不能清心寡欲，不能拒绝一场花事，奢靡心动，可以那么简单而轻快么？

## 【53】

“要喝酸奶吗？”简凡转身，眼睛里面露出坏坏的表情，米香不知所措地望着他，不知道该怎么办才好。简凡一把拉过她的胳膊，把她小小的身躯藏进自己的怀里，那柔软的身体有些颤抖，是陌生还是一种渴望，米香不知所措地迎上了简凡低头的双眉，一股淡淡的幽香泄露，鼻子之间有种香。就这样迷失，沉醉。

人的性情多为天生。有些人骨子里就是安静的。有些人血液里躁动不安。所谓江山易改，本性难移，多半就是如此。简凡快要年过半百了，可是他的骨子里依然潜藏着爱的血液，经过米香的诱导，再次爆发了。

米香的骨子里应该还是比较安静的，她深知在一个陌生之地，不能完全沉沦，她推开简凡，镇定地说：“我想喝酸牛奶。”

简凡有些迷茫，不知所措地看着她，仿佛没有听到她刚才说的话，还沉浸在美好的爱抚之中。伸出手，宛如雪花飞入手心，很快被手心的温度融化掉，变成一滴水珠。简凡看着那滴水，忽然明白了，雪花是矜贵而冰冷的。

米香的泪宛如那尘世间洁白的雪，不要沾染尘世的一丝爱慕和一点纠缠，如果承受了，就化为水来偿还告别。

“上海公司最近有什么动静？”简凡收敛了自己的情绪，毕竟这个男人在情场混了这么多年，这点自持力还是有的。米香淡淡地问：“你是不是和拉菲闹翻了？”

简凡显得很是不耐烦，粗暴地回答说：“你管那么多干吗？我问你话，你如实回答就好。”米香有些惧怕：“是啊，上次电话中已经说了吗？除了李月楼与AFC之间的战略合作，还有就是ZGCISE的平台已经搭建好，正在往里面填充内容呢！我都是跟着李月楼混的。”

简凡看了看她清澈的眼睛，知道米香没有说谎。“李月楼是如何搞定AFC的？我听高正奇说，方琼很难搞定，为何李月楼这么短时间内就能成功，他到底给了方琼什么好处？”

米香有些诧异，为何简凡问自己这个问题？为何他不直接问李月楼呢？问这个问题的目的又何在？

米香知道自己已经落入了简凡为自己设置的爱情圈套。水一旦流深，就会发不出声音；人的感情一旦深厚，也就会显得淡薄。米香觉得自己很贱，才从南京的那场生死之恋中好不容易跑了出来，又陷入这个情场老手的魔掌之中。米香突然觉得自己或许并不是那么爱简凡的，爱一个人，也许是爱着自己在爱情里面的样子。和爱情的本来面目，和那个男人是谁，似乎一点关系也没有。

第二天，米香和简凡在机场分别，简凡还是回北京，米香他们回上海准备调查报告。李月楼说：“米香，你自己先写，写完给我看看就好。”

米香开始撰写这份尽职调查报告，其实写那么多废话，最后的风险告知也就那么几点。第一点是目前湖北福伦集团的产品综合赢利能力不高，从产品的结构分类上来看，米果和饼干系列的赢利能力偏低，现有的营销策略上有较大的局限性，对于供货商采取的策略是先到货再付款，对于营销商采取的策略是先到货款再发货。

第二点就是这次融资的项目了，此次项目开发的中高档产品定价偏高，现有的经营水平和营销策略与此项目生产的中高档产品的销售渠道不匹配，在营销的策略上存在着潜在的风险。

第三点就是截止调查时间结束，湖北福伦集团的无形资产并未按会计核算制度的规定分期进行摊销，将对湖北福伦集团的净资产产生减少的影响。

李月楼看完调查报告，说：“还要加上最后一点说明。经本公司专业人士的分析，就影响本项目的风险因素而言，由于宏观政策的影响、同行业间的竞争以及市场需求的变化，可能会给项目方的未来预测收益带来不确定性的影响，存在一定的经营和市场风险；此外项目方在项目建设期、资金融通、资金调度、资金周转可能出现的不确定性因素也会形成一定的财务风险。”

“你看，这样就比较完美了，话说得要圆滑，让项目方看不出什么问题，但觉得又说到点子上了，还要让JCC觉得我们看到了问题的真正实质，这样我们的尽职调查内容才有得放肆。”李月楼的补充，让米香心服口服，这就是老法师的锐利眼光，看问题总是，多方面、多角度，考虑问题总是从全局出发。

## 【54】

当一切都朝着顺利的方向发展时，陈远却在关键时刻抽走了上海前程远公司的全部运营资金。米香他们已经有两个月没有发工资了。

李月楼几度和陈远交涉，无奈周琳是陈远的人，李月楼被逼无奈，只能和陈远再度谈判，李月楼要求增加前程远公司的股东，对上海前程远公司进行增资扩股。

陈远对李月楼提出的这个要求并没有反对。米香说：“李老师，陈远抽空上海公司的账上资金的目的，就是逼你出山，让你不再只做打工皇帝，坐山观虎斗，是要拉你下水。”

李月楼说：“可是我没有那么多的资金啊。入股是需要很多钱的，陈远这招也太狠了。釜底抽薪啊。米香，你给我策划一份前程远的商业计划书，我想通过外界力量，找个搭档，然后入股前程远公司，这样陈远就没有话说了。一举两得吧。”

米香说：“可以啊！给我一点时间，我来写这份商业计划书。不用很多废话，只要10页就够了吧。”

李月楼说：“是的，核心的东西讲清楚就可以了。我认为最近前程远公司的业务这么好，找投资人应该不难。”

米香认为陈远这么做不仅是为了防止李月楼跳起来，也是为了防简凡，北京的头等大事是简凡搞定的，这也充分说明了陈远在公司的威望在减退，陈远要全面掌控前程远公司的说话权，那么控制财务是唯一的选择。

米香所想的，有一点是陈远没有想到的，那就是前程远公司建立的ZGCISC商业模式。米香一直在观察陈远、李月楼及简凡的动作，令她失望的是这三个男人都没有丝毫的商业魄力，捞钱只是他们唯一的目标。

米香觉得自己再多的努力，到最后都是白费的。所以看透了本质的米香反而释然了，不会再计较那些琐事了。

前程远的股份是陈远还有高正奇两个人的，其中高正奇的股份是20%。陈远的是80%。现在要增资扩股。改变的比例可能是陈远50%、高正奇10%，剩下的是40%用来作为新加入股东的股份。

米香觉得这样一分配的话，首先跳出来的肯定是高正奇，还有一种可能就是陈远45%、高正奇15%，剩下的40%由两个人持有。

米香在商业计划书里面设置了两种可能性，但是，米香倾向于后者，她也始终觉得高正奇会接受后者，陈远肯定赞成前者，但是最后肯定会接受第二种。

如果剩下的40%让李月楼一个人入股，显然是不可能的，那么40%的股份分成两部分，李月楼和另外一个入股者各占20%，不过米香始终觉得李月楼这个人很精明，他是不会拿现金出来的。

李月楼叫米香做这份商业计划书的目的也在于此，他不想拿现金出来入股，但是他希望能得到股份，这就是李月楼的如意算盘。

这样剩下的40%的股份的分配会出现一种很尴尬的局面，米香苦思不得好的方法，显然这个40%需要由三个人来分割。米香是没有好办法了。夜已经深了，米香有些困了。

梦里，简凡告诉她，还有我呢？你怎么能把我忘记呢？我可是前程远的大功臣啊！米香半夜被惊醒，坐起来一想，有了，绝美的分配方案。剩下的40%应该分配给李月楼10%、简凡10%，剩下的20%给现金入股者。

米香觉得有简凡出来搅局，陈远一定会同意这种模式。而这位现金入股者将会更有面子。但是，李月楼会找谁来当这个冤大头呢？

米香认为，这个人一定要有经济实力，除此之外，还要具备战略投资的眼光和魄力，跟李月楼的关系不能太近，也不能太远。

米香把做好的这份商业计划书递给了李月楼，米香有些担心，因为第二种模式中，李月楼的股份只有10%，米香怕自己这样的写法，李月楼会不高兴。

米香在一旁观察李月楼的面部表情，从刚开始的皱眉头，到慢慢地舒展了眉毛，最后李月楼的脸上露出了山花般的微笑。米香知道自己的这个忽悠技术完全成功了。

“李老师，你找好了那个20%的入股者了吗？”米香试探地问道。李月楼从刚才的笑意中缓过劲来，叹气道：“暂时还没有，我先看陈远的行动了。俗话说，敌不动我也不动，敌动我才动。”

米香说：“不知道这20%的股份会落入哪个人手中。”李月楼说：“不管是谁接手，陈远以后都没有好日子过了。我们只要把ZGCISC这个平台搞好，以后就有饭吃了。”

## 【55】

米香也是满肚子委屈，都两个月没有发工资了，都快没钱买米了，还说以后？吃饱了才有力气赚钱啊！陈远自己拿着大把的钞票去养小情人，去挥霍，可自己的员工呢，可以两个月不发工资，米香觉得很不服气。

“李老师，我们什么时候发工资呢？我这个月还有房租没有付呢。”李月楼看着米香也是相当无奈，毕竟自己还不是股东，没有什么发言权，他也知道陈远是明摆着在整他，给他颜色看的，但是在事情还没有明朗化的前提下，自己说话还是没有分量的。

李月楼和陈远的较量才刚刚开始，李月楼的底牌应该是AFC，以及这个ZGCISC更大的融资舞台。陈远不服李月楼，他想把李月楼手上的资源给掌控在自己的手里，同时提防着李月楼会跟他抢权。

其实，米香认为，真正和陈远抢权的应该不是李月楼，而是简凡。别看简凡一直窝在北京，勤勤恳恳地为北京公司效力，也只有米香明白，简凡只是为了获取北京的资源，一旦条件成熟，肯定会踢开陈远，自己单干。

这周，米香正在做一个房地产公司收购新材料的尽职调查案例，李月楼急急忙忙推开办公室说：“快，陈远、简凡、高正奇都来了，现在正在大会议室里面，听说那个新股东已经物色好了，要进行股东会议了。米香，陈总叫你去做会议记录呢。”

米香一边保存电脑中的资料，一边说：“马上就来。”米香拿起桌子上面的本子和笔朝着隔壁的另一间办公室走去，那里是陈远、行政和财务的办公室。

米香推开门，就听到陈远办公室内一个男子爽朗的笑声，这笑声如此熟悉，仿佛翻开了米香五百年前的记忆。纠缠，痛楚，毁灭的。这种记忆是有能量的，不被触碰还好，一旦不小心碰到，对一个女子将是一种巨大的毁灭性的打击。

米香听到这个声音，就很想知道答案，是他吗？真的是他吗？她的心里默念千万遍，灵魂告诉自己不要往前，可是好奇的引领着她，她还是推开那扇门，尽管那扇门后不一定是她想要的宿命。

宿命，就是宿命。再想逃走，也无能为力。

一个男子坐在落地大窗前面，帷幕轻启，落日的余晖在他身后闪耀，他的脸上呈现出一种日落时分的橘黄色。米香推开门的一瞬间，他的笑容凝固了，像一颗永远寻找太阳的向日葵。米香刹那间想起，有个诗人是这么说的：

一截断章只给第一秒的触眸，非关孤独，不仅情爱。

一秒后，盖克明迅速站了起来，米香扔下手上的东西，转身，飞快地朝外面奔去，电梯门适时候关上，盖克明的眼神宛如插了电源刚启动的电视屏幕，光明而又绚烂。

米香很是忧伤。两年前的往事一直在自己脑袋里的某个角落封藏，冷却，如今被划破了一道口子，倾泻而出。

米香死劲地掐住自己的手，一道一道疼痛的血痕，让米香体验到快感，极致的，痛快淋漓的，是生命极度压抑后找到一种躯体的释放。

有时候，不知道真相及本质，是快乐的。假装不知道真相也不了解本质，是幸福的。可是如今，这真相与本质就在面前，米香不能面对，只能退却。要藏在什么地方，才不会被发现，不会被挖掘。

莫非是自己的生命中本来就有这样的定数，在未曾预料的时候早已摆好了局。伤口本来缝合，不看就不会想起。可是这曾经的爱里面潜藏了多久的贪恋，所以会有离散。

等到时光经年，这种痛与恨，再度被唤醒，米香仿佛走到了生命的某个边界，在这个边界之前，盲目无知地与实践对抗着，与简凡的厮守、争执、纠缠、互相试探，让米香仿佛又重新找回爱的感觉。

可是，见到盖克明的那一刻，米香知道自己无能为力，于是爱恨同现。

没有电话，没有钥匙，米香慌乱地在都市的街口徘徊，像一只没有身份的小花猫，望着来往匆匆的人群，他们的身上散发着各种气味，分不清是人还是兽。

米香迷失了路途，找不到回去的道路，在一个路口的拐角，迷茫地矗立，宛如深秋一棵掉光了叶子的植物。不知道过了多久，米香觉得有人在靠近她，她转身，被一股熟悉的气息包围，那么清新、阳光，宛若好吃的玉米一般甘甜，是简凡。

## 【56】

米香曾经告诉过简凡，她的泪很珍贵，从不轻易在人前掉落。

泪满面，但简凡看出了米香骨子里的傲气。因为这是一种非常断然的自知之明。简凡心里一阵疼痛，多年的情感角逐，已经看不到自己内心的纯白了，一下子被这个傻傻的小女子给撕开。

我们都太忽视自己的伤口，而总想着让别人与自己一起痛。而简凡却觉得米香是在专注于自己的那个伤口，忘了要去握住别人伸出的手。

简凡仿佛看到了不同的米香。此岸，彼岸，艳丽如火。可轮回前后，她分明还是同一个样子，身形清丽，纯粹得形同少女。简凡触摸到她的温度，那泪，温暖而透亮的胶质，在秀美的脸上伸展自如，却从来不被人掌握。它们仿佛是经由漫长的不为人知的留恋，胶着凝固而成，最终冷却成一面清亮的镜子，让她站在简凡的对面。

他伸出手，抚触在上面，看到他与她。

容颜变，眼迷离，神纯粹。最后，两个人彼此拥抱，彼此取暖。

夜落了，米香被简凡送回了家，当她躺在那温暖的被窝里面时，米香顿时觉得自己有了莫大的安全感。也许此时此刻，只有简凡能安慰她那颗忧伤又迷茫的心吧。

简凡没有问，但是他知道米香肯定会说。“你知道你们找的那个合伙人是谁吗？”简凡摸着头说：“是陈远和李月楼找来的，我也不是很清楚，陈远就跟我说前程远公司要重组了。所以我就回来了。正想问你怎么回事呢？没有想到陈远早有准备了，他连合伙人都找来了，这下好了，直接开股东大会了，不用征询大家意见了。我还正郁闷着呢。”

“他就是我在南京的那个初恋，我曾经跟你说过，我在南京有一段生死之恋。就是他。他为何阴魂不散，还跑到上海来。”米香幽幽地说着，仿佛在独自呓语。

“你说的那个初恋就是盖克明。”简凡惊讶地瞪着米香，“怎么会这么巧合呢？如果我早知道是他，就不会让你再次见到他。现在事情已经到了这个地步，米香，我认为你早晚都要面对他。既然是这样，我认为你应该主动，你看像我吧，都三进三出了，都是情场老江湖了，现在见到哪个都不会这么激动。”

“人，在很多情感面前要装成平静。即使你的内心已经波澜起伏，但是你的表面一定要波澜不惊，明白不。不然受到伤害的总是我们自己呀。”简凡关切地解释。

“难道装成波澜不惊内心就能不受伤吗？”米香那滴落的泪再一次湿润了简凡的心。

简凡不知道该说些什么。“其实，米香，我认为每一个不懂爱的人，都会遇到一个懂爱的人。然后经历一场撕心裂肺的爱情，然后分开。后来不懂爱的人慢慢懂了。懂爱的人，却不敢再爱了。”

“那你现在不敢再爱了吗？”米香转头，露出渴望又好奇的眼神，简凡被她的话给逗乐了。“你想让我再爱一次吗？我想我可以的。别看我头发都白了，我想我内心还应该有爱的。”

米香看着简凡好看的白头发，心里有些疙瘩，自己真的能和简凡在一起吗？对婚姻三进三出的一个中年男人，还配谈感情与婚姻吗？米香的内心无法确定自己是否需要这样的情感，只是在目前这样的状况下，自己是无从选择的。眼前唯一的救命稻草，就是简凡，因为她知道，盖克明是无论如何对自己不死心的。

这一点早就被米香预料到了，第三天，米香上班的时候，李月楼就告诉她，盖克明已经正式同意加盟前程远了。而且竟然答应了米香方案中设计的股份及利益分配，李月楼是不清楚，但是米香的心里特别清楚，盖克明到底为了什么。

记得有句话叫作“若爱上一个人，不要一味地相让，感情是放诞而不讲礼数的”。这句话形容盖克明是再恰当不过的。盖克明是个对情感需要有绝对支配权的男人，他对他爱过的女子一定要征服与控制，不容许有稍许的反抗，对于他自己的婚姻也是。他在遇到米香的时候同时也遇到了他现在的老婆，他在两个女子中间选择了后者，放弃米香，是因为他的老婆拥有权势，这就是所谓的门当户对。

但是，盖克明显然是爱米香多过于他的老婆，所以两个女人他都不想放弃。他以为自己可以调配这人间的烟火，可以让自己所爱的女子跟他花前月下。

## 【57】

殊不知，米香并不吃这一套，她离开了。不，应该说她逃走了，而且过程悲惨与震撼。当初的米香绝对是这次情感里面被伤害的一方。她无力对抗那个女人的权势与地位，米香没有任何选择的余地，只能放手，远离。

“米香，那天到底是因为什么事情啊？”李月楼好奇，但是他也能猜出几分来。米香的眼圈还是红红的，淡淡地应道：“李老师，我们这几天还要去会见方琼吗？上次那个项目过后，方琼那边就没有什么动静了，是不是有何问题呢？”

李月楼说道：“能有啥问题呢？方琼那边没问题，我们这里倒是有大问题了。人手不够啊，最近可能有大项目要来，好像是个水电站的融资项目。米香，这个关键时候，你不能掉链子啊，要挺住哦。”

米香浅笑，露出半圆形好看的眼睛，晶莹透亮。“不会的。那么前程远这次融资算是成功了吧。”

“当然，”李月楼得意之情溢于言表，“陈远最后只能答应盖克明以50万取得20%的股权，我和简凡没出一分钱，都取得了10%的股权，稀释了高正奇的股份。”

“那高正奇没有闹啊？”米香好奇当时开会的场景会是什么样子的。李月楼高声说：“他，他能闹什么啊？他当初也没出多少钱啊！”

“陈远不怕你们四位联合起来对付他啊。你们四个股份加起来，就大于陈远了。我想早晚有一天，陈远会面临这个股权之争。”米香这么说着，李月楼反而不作声了，良久，李月楼才问道：“米香，你有何好办法啊？”

“陈远对于前程远的规划就是尽职调查业务，但是这种业务模式建立的前提是欺骗项目方，所以，早晚有一天这条船会翻，那个时候再想挽回，是不可能的。所以，我认为，只有目前开拓真正的投融资业务，才能让前程远进入良性发展的轨道，才是长久之计啊！”

李月楼想说什么，但是又没说，米香知道李月楼的心思，自己只是个小股东，前程远的好与坏于自己是没有多大的损失的。

米香觉得自己太多话了，转口道：“李老师，你刚才说水电站的融资项目，是什么地方的？”

“哦，”李月楼回过神来，“这个项目是四川的，我们约了对方在大学会见，谈一谈彼此的看法，不用亲自去四川了。”米香笑着说：“看样子现在的融资项目越来越简单了，都不用去现场考察了。”

李月楼说：“要的，不过那都是投资商去，我们是末道程序了。”股份的事情解决了前程远的融资问题，也改变了前程远一言堂的作风。在随后的一周时间内，米香跟着李月楼忙着ZGCISC的业务与架构组织，又会见了几家律师事务所及会计师事务所，有几家投资咨询公司想要加盟进来，米香约见了他们的老总，与李月楼会面，具体的洽谈都是以李月楼为主。与李月楼的合作，让米香从中学到了很多东西。

这天AFC的方琼与李月楼会谈，方琼委婉地笑：“李总，你知道不知道外界有个说法。”李月楼好奇地说：“什么说法啊？”方琼说：“现在投融资界将ZGCISC比喻成什么？”

李月楼急切地问：“什么哦，我最近特忙，没顾得上啊，到底是什么，别卖关子了。”

方琼说：“是赞誉，说那是一座‘跨界霓虹桥’，连接投资与融资方的仙桥。”米香说：“做了这么多项目，ZGCISC机构逐渐有了很大的名气，在投融资界被誉为‘跨界霓虹桥’。这个称呼我也听说了。不过前提是海市蜃楼啊。”

李月楼说：“原来是这个啊。这是好现象啊！不过我们投融资可是相当讲究技巧的。不知道两位美女听过没？”

“什么？”方琼与米香异口同声。

李月楼故意卖关子，喝了一口茶，放下茶杯说：“融资就跟泡妞一样，真正的高手都是被动的，就如爱情一样，你以为被动，其实就是主动。”

“哈哈，”方琼大笑说，“这个比喻妙极了。”

“就如我们接下来的项目，就是属于海市蜃楼，一旦对方跨过这座霓虹桥，他身后就是万丈深渊。”方琼的话丝毫不是恐吓，而是事实。

米香感叹：“他们竟然这样嚣张，就不怕受到良心的谴责，这毕竟是大数目的融资啊，很多项目方是倾家荡产啊。”

## 【58】

“听说，你们接下来要去哈尔滨，是北京JCC的项目吧。”方琼问道。李月楼说：“你倒是消息灵通，什么都瞒不过你，北京JCC最近项目也开始多起来了。我们这里也快忙不过来了，所以大项目还是要派我们这支金牌队伍去的。”

方琼继续着她的八卦：“我还听说前程远最近找到一个新的股东，有钱人啊。听说这个家伙是南京的一家很大的地方企业老总，与当地的政府关系很深厚？”

李月楼有些惊讶地看着方琼，他不是很明白这个消息是从哪里透露出去的，不过最让李月楼担心的是方琼打听这些小道消息有什么用呢？

米香听到这些，心里又是一阵疙瘩。李月楼继续说：“你说的是那个盖克明吧，他是南京两家公司的CEO，一家是经营新疆的和田玉的实业公司，另一家是南京当地有名的传媒公司，两家公司背景来头都很大，听说他的祖辈是新疆地区最大的和田玉家族企业。”

“哦，”方琼点头说，“难怪他投资前程远公司眼睛都不眨一下，我说难道他看不出点名堂吗？”方琼的疑问，确实令李月楼感到好奇，然而也只有米香知道盖克明为何如此不计后果地投资前程远。

有人说，爱上一座城，是因为城里的一道生动风景、一段青梅往事、一座熟悉的老宅。其实不然，也许是因为城中住着某个喜欢的人。

米香清楚，盖克明绝对不是为一道生动的风景，如果是风景，这风景中也是有米香在的。盖克明是个绝对霸气的男人。他独特的人格与气场，让身边很多人都慢慢失去了自我，自觉地认同和迎合他的想法。用霸气侧漏形容他一点都不为过。

“李老师，福伦公司的尽职调查报告我已经寄出去了，下一场是不是真的要去哈尔滨了，春去夏来，前程远已经步入火热的夏季了。”李月楼说：“是的，这个季节去哈尔滨最舒服了，正好可以欣赏一下松花江哈，哈尔滨的万国建筑也是非常宏伟的。”

“李老师，我还从来没有去过哈尔滨呢，这次都有谁一起呢？”米香试探地问道。“当然是我们四个人的金牌团队啦。”李月楼得意地形容这支四个人的尽职调查团队是前程远公司的金牌团队。

“那太好了啊！”米香有些兴奋，她是害怕盖克明会突然出现，自己到时候不知道该怎么办才好。如果能用出差来回避见面，那多好啊！

米香的担心有些多余，因为接下来的几天，前程远一切风平浪静，没有任何动静。这天早晨，李月楼大早就在办公室内对着电话大声嚷嚷，貌似是打给陈远的电话，看样子李月楼跟陈远又有新的矛盾了，米香一听还是为公司账户上面的资金问题。

陈远还是老毛病没改，把上海公司账户上面的钱都提走了，周琳显然是个傀儡，没有任何权利，李月楼没有办法给上海的员工发工资。这下好了，已经两个月没有发工资的上海分公司，这下肯定会闹翻天了。李月楼最后对着陈远说道："你就是喜欢养女人，你养女人也不能叫全公司替你养啊。"

米香听到这句话想笑，可是她又怕周围的同事看到，忍住了，心里还是偷着乐，李月楼这句话骂得好。

上次陈远带着拉菲回来，拉菲就是一身的奢侈品牌，从头到脚，看得整个办公室的人都很不舒服，鄙视这个女人。

李月楼气哄哄地走出办公室，看到米香正在前台，就跟米香说道："陈远这个天杀的，又把上海账上的资金全部抽走了。你说，马上就要发工资了，你叫我一下子去哪里弄这些钱啊？"

米香说："那还不是周琳干的，她如果不听陈远的，陈远也不能这么顺利地抽调这笔资金。"李月楼听着就来火，立马跑到隔壁办公室去了，米香知道他是去骂周琳去了，心里按捺不住地高兴。

周琳被李月楼骂得没有话讲，就很委屈地说："你让我怎么办？陈远是老板，他说要用钱，我能反对吗？再说了，这个公司的法人代表就是陈远，我不批，那我还能在这里混下去吗？"

周琳知道自己也不对，委曲求全地说："你就跟上海公司的员工讲讲，再过一周，福伦公司的尾款就到了，应该足够付工资了，这次我绝对不让陈远提走，你看行不？"

## 【59】

李月楼望着周琳可怜巴巴的样子，这一次，在她的眼睛里面看到的是无奈，而不是幸灾乐祸。李月楼一下子也没有更好的办法，就说："好吧，也只有这样了，不过我事先声明，如果这次你再这么干，我对你可不客气了，你可以直接去北京，我重新招聘个财务。"

周琳知道自己又躲过一劫，舒了一口气，还是陈远教她的方法比较灵光，李月楼是个吃软不吃硬的家伙，这招果然奏效。

简凡打电话给李月楼说哈尔滨项目准备这周就去，李月楼问："是不是对方很着急的样子。"简凡笑着说："老法师怎么知道？"

“这不就是市场上有句俗话吗？融资就如同谈恋爱一样，不能太主动，要学会被动，被动即主动。”李月楼调侃道。

“嗯，是对方主动，我们一直被动着。”简凡说道，“最近陈远又在北京瞎搞了，想学你上海的模式，整个大的架构，可是，李老师你懂的，这是在烧钱啊，还是个无底洞，那帮家伙是填不饱的，黑得很啊。陈远以为贿赂他们就可以了，可是他们那么贪婪，没有头的啊。”

李月楼叹气道：“这是整个行业的通病了，现在哪个地方不送红包？不送，人家以为你是外国来的呢。人情世故是一定要懂的，不懂是吃不开的。关系就是价值，就是金钱啊。”

“对了，你们什么时候出发，哈尔滨现在是夏天，要是冬天去还可以在松花江上面滑冰呢！现在听说松花江都见底了。可以在上面玩沙子了。”简凡说。

李月楼放下电话，米香问：“是简凡吗？他也去哈尔滨？”李月楼笑着说：“怎么？才几天没见，你就想他了。”米香羞涩地低下了头，表情很是复杂，有一种欲语还休的样子。

李月楼说道：“你再复杂的表情，也掩饰不了你朴素的智商。你就别跟我装了，李老师可是过来人哦。不过我认为简凡真的不合适你，我倒是觉得上次那个盖克明和你挺相配的。”米香想说，那都是过去的事情了。不要回头，忘掉身后的一切，明天是崭新的开始。

“哦，对了。”李月楼想起了什么，“上次上海那家研究所的记录，你别弄丢了，复印的文件还在吧，记得带好了，说不定尔滨之行可以用到呢。”

米香说：“好的，一定带好了。”

第二天，米香和李月楼在公司门口上了一辆去虹桥机场的出租车，米香转头看到盖克明的别克停在了百乐门的对面，那一回首，米香的心开始纠结了。还是那个熟悉的影子，米香仿佛嗅到了他身上好闻的话梅糖的甜香味。

在米香很小的时候，话梅糖是一种奢侈品，它含在嘴里面，酸酸的，甜甜的，硬糖的咀嚼感充满了整个味蕾，每当有邻居递过来一颗话梅糖，米香总觉得那是人间最好吃的美味了。

第一次闻到盖克明身上的这种味道的时候，米香就被它致命地吸引了，她喜欢被他抱在怀里面，整个脸埋在他的胸膛，深深呼吸，那种感觉像是迷魂药一样，整夜地沉醉，厮守，仿佛没有了白天与黑夜，人世间只有彼此之间的留恋了。

盖克明笑话她还是乳臭未干的小丫头，因为米香的身上同样有一种非常好闻的牛奶香味，每当这个时候，米香就会非常生气，同时展现的是自己丰满的身体，盖克明就会控制不住自己。

米香转头，从回忆中收敛了自己情绪，可眼泪还是饱含在眼睛里面，出租车离开了乌鲁木齐路，朝着虹桥机场一路疾奔，米香知道自己的短暂离开，盖克明都是能等待的，她知道这么多年，他从来没有放弃过寻找自己，哪怕在他结婚后，有了孩子以后，他还在寻找她，米香突然觉得自己真的有些残忍。

在机场，她接到了简凡的电话，告诉她会同时抵达哈尔滨，到时候机场见，很想念她，米香心里一阵酸楚。似爱非爱最让人难受，要么爱，要么不爱，似爱非爱最是折磨人啊。看似暧昧，实质都是自私的爱。

米香问李月楼："你去过哈尔滨吗？"李月楼说："没有啊，所说哈尔滨的万国建筑博览街不错，到时候带你们去看看吧。"米香说："是吗？夏天哈尔滨美吗？"

"美的，夏天的哈尔滨和冬天应该是两种景致吧。"李月楼说道，其实他也是第一次去哈尔滨呢。"陈远说，这次派我们去，是因为哈尔滨这个项目可能是融资项目的'套中套'，里面很复杂的。"

## 【60】

"融资骗局里面有很多讲究的，项目方为了拿到战略投资，很多时候会掩盖许多项目不利的地方，假设性地拉拢很多于自己有利的关系与背景，但这些东西都是非常虚的。你说它不存在吧，它其实真真实实地存在；你说它是事实吧，其实没有任何法律上面的书面凭证，即使有，也不见得是真的。所以要凭借我们对行业敏锐的、深入的触觉，才能理清这些看似简单，其实复杂的关系。"

李月楼的这番解释，让米香觉得这就是间谍与间谍之间的游戏，复杂又富含各种心理较量。

李月楼笑着说："米香啊，这里面是一门很深奥的学问，对于那些成功案例来说，是一种幸运，因为他们遇到的投资商都是正直的，而且至少是纯真的。但是太多的人错误地把天真理解成纯洁。假如你经历过沧海桑田，还坚持自我，那是纯洁；假如你见过的世面太少，你以为你是，那是天真。"

"李老师，那你是天真还是纯洁呢？"米香开玩笑地问。

“我啊，我是老克拉式的男人了。看透世界一切，在是与非之间我只保持我自己的观点。做人要经得起谎言，受得起敷衍，忍得住眼泪，放得下诺言。”

“李老师说话就是有格调，一套一套的哈。”米香笑着说，心里却在想自己泪流满面的时候，那个心中的他又在哪里呢？

“李老师，那哈尔滨这个项目你觉得是如何的一种融资骗局呢？”米香问道。

李月楼说：“你看，我们上次去过上海这家PPO专利研究机构，你们也看到了，这家机构只是专门出卖专利技术的，本身不是厂家，没有客户渠道，对吧。”米香点点头。

“另外，哈尔滨东阳公司我敢肯定是一家皮包公司，肯定是在当地有着某种关系的，但是自身又是没有资金的，被上海这家专利机构给忽悠了。认为这个项目稳赚不赔啊，你想啊，JCC投资，PPO出专利技术，还有PPO机构说他们手上有国外客户的大批采购订单，哈尔滨东阳公司不用花一分钱，我估计它在当地肯定整一家倒闭的工厂，这样万事俱备，只欠东风了。”李月楼哈哈一笑：“真是绝妙的‘套中套’啊。”

米香说：“人心不足蛇吞象啊，JCC就是利用他们贪婪的个性来满足他们这种迫切融资想要做大项目的愿望。”

李月楼说：“未来的这个社会，这样的骗局越来越多了，不管是谁骗谁，那种没有通过真实分析的赢利项目，都是不可靠的。”

“你看好了。”李月楼接着道，“要知道事情的最终分晓，还是亲自去感受下，JCC的几轮考察都是瞎搞，是为了诱惑他们上钩。那些项目公司有些真的是没见过世面，以为凭借自己的一方势力能搞定那些外来和尚。”

“不是都说外来的和尚好念经吗？”米香迷惑地看着李月楼，李月楼一边拿出钱包付出租车费，一边跟米香说道：“外来的和尚是好念经，但是他们是花和尚啊。目的不纯呢。”

两个人拿好了行李，朝着虹桥机场的登机口走去。

到达哈尔滨的时候，已经是下午了，在出口处，米香竟然一眼就看到了简凡，他正在那里打电话，声音很大，性感的背影对着她。

与上次的别离，大概又过了一个多月吧，米香今天穿的是波西米亚风格的裙子，她悄悄地走到他的身后，不作声。

简凡转身，眼神里面透露出的是欣喜，但是没有惊讶。米香说：“你看到我没吓一跳啊。”简凡上下打量着眼前这个女子，心里说，这仿佛就是我的女子。

“我不用转身就知道是你，你身上有气味。”

“气味”米香嗅了嗅自己的胳膊，“很难闻吗？”

“傻丫头，是牛奶的香味，很好闻。”简凡笑着和李月楼跟普沉打招呼。李月楼还是很关心北京分公司的业务进展情况，向简凡不停地提问。简凡说：“李老师，要不你来北京跟我玩好了。我这里也正好缺人。你看啊，现在盖克明掺和进来了。他肯定会霸占上海的摊子，我看你以后在上海也不好混，还是来北京吧。”

李月楼笑了笑，没有说什么。

普沉问道：“你们前程远公司也竟然可以融到钱，这个世界太疯狂了，一个没有任何资产的皮包公司，竟然也有人投资。”

李月楼不高兴了，说：“普会计师，话不能这么说，前程远是没有资产，但是它的商业模式值钱啊，只要整合到位，照样能有大钱进来。这就是轻资产。”

## 【61】

普沉摇摇头表示不信。米香说：“是的，我们现在这个商业模式确实整合了金融行业的大部分机构，而且业绩也说明了这点，这个商业模式是行得通的。普老师，你也加入进来吧，这样团体力的量就更强大了。”

普沉说：“是这样子的吗？”简凡说：“当然，目前这个联盟平台确实能创造很多的利润与经济价值。”

一行四人朝着外面走去的时候，东阳公司的接机人员就在出口处等着，李月楼示意简凡停止沟通。

“这位想必就是曹总了吧。”李月楼看到东阳公司的领导亲自接机，感觉对方还是非常迫切的，越迫切越说明了越有问题。

曹总看上去有60多岁了，面相倒是很随和。一旁的米香看上去很安静，米香知道自己的这身波西米亚风格的裙子，简凡会喜欢的，简凡不喜欢她穿得很正式，那样让米香觉得自己浑身的不自在。

曹总把他们带到了哈尔滨的一家五星级酒店，李月楼提出要去东阳公司的办公地点进行这次尽职调查，曹总推脱到：“已经到了吃饭点，咱们先吃饭吧，吃完晚饭我们欣赏一下哈尔滨的松花江风景吧。”李月楼说：“曹总，我们这次是来做尽职调查的，等一切公事办完，如有多余的时间，我们顺便欣赏一下这里的风景，你看行不？”

曹总见李月楼这么说，一下子没了主意，看着边上两个副手，示意道，寻求解决之道。一旁的那个女子可能是管财务的。米香看到她靠近李月楼，说道：“李总，我们这样好吧，先吃完，然后我带你们去看一下我们接下来要并购的一家大工厂。接下来我们去看哈尔滨的松花江和万国建筑群。吃个西餐什么的？行不？”

李月楼点头道：“行的，不过你们要把财务报表和这个项目的可行性报告给我看一下。这是关键问题，不然我没法写报告了。”

曹总赶紧答应说：“这个可以有的，可行性报告和商业计划书，我们找哈尔滨的一家咨询公司给做好了，也是JCC指定的，一定符合行业标准的。和JCC签订的战略投资协议我这里也有。”

李月楼看看简凡，会心地一笑。简凡也意识到了，这家公司根本啥都没得，绝对被人家忽悠了，像个傻子一样，被玩得团团转，脖子伸那么长，以为钱就摆着面前，可就是够不着。这就是融资的高明手段啊。

在用完午餐后，曹总带他们到那家所谓的工厂参观。里面杂草丛生，破败不堪，一个鬼影子都没有。李月楼问：“曹总，这个工厂你已经收购了？”曹总点点头说：“是呀，我现在的身家性命都压在这个厂子里面了。”

李月楼继续问道：“产权是在你的名下不？”曹总犹豫了一下说道：“是的。不过正在办理，还未正式过户。等JCC投资款一到，立马就能过户和购买设备进行投产了。”曹总兴奋地说道，一旁的两个员工也是非常激动。“这个项目我们都很看好，一旦成功，这可是这里的龙头企业了。你想呀，年产6亿条麻绳，全部出口，客户都是现成的，多棒的项目啊。”

李月楼没说什么，心里却在笑，真是一群傻瓜，被骗了还替人家数钱哦。

米香从侧面看着李月楼，他脸上没有露出任何表情，但是米香知道，他心里一定很鄙视这个曹总。

项目场地看完后，一行几个人回到酒店，在酒店里面开始了办公，李月楼审核了他们的可行性报告，简凡由另一个人带领去了当地的工商所查验一下东阳公司的开户资质。

李月楼问曹总：“你们是怎么接触到上海这家PPO研究机构的？他们的客户渠道你们是怎么知道的？”

曹总说：“是朋友介绍的。PPO研究机构的国外客户订单是真实的，他们给国内很多企业都下发过订单。我们还可以签订包销协议。”

李月楼问：“那你们签订了吗？”曹总说：“只要JCC的投资款项一下来，对方就和我们签订这个包销协议。”

米香无法想象这个世界为何还存在那么多天真的人呢？没有经历过沧桑的人怎么能知道这个世界的残酷。

李月楼最后说道：“你其实就是一家代工企业，根本不存在什么技术创新、国外的大额订单、研发机构，这些都只是需要你用大把的金子来购买。”

## 【62】

曹总说：“现在这个年代，根本不需要什么东西是自己来创造的，只要善于利用，就能变成自己的。”

李月楼对于曹总的这种说法，真的是没有办法认同的。但是现实确实有很多这样空手套白狼的人取得了成功。现代的商业社会真的是好疯狂啊。

晚宴上，简凡又在吹嘘他的个人情感史了，说自己真的如那部《血色浪漫》里的男主人公一样，经历过坎坷又浪漫的爱情故事。一旁那个做财务的女生被他的故事打动了，眼睛一眨不眨地盯着简凡。

米香知道，简凡年轻的时候一定非常有魅力，虽然他长得不够高大，但是他的魅力不仅仅漂白外表，应该是他的温柔而又细腻的心。

李月楼打断简凡的诉苦历史，“曹总，咱们来干一杯，为了简大律师那浪漫的青春爱情史。”曹总也举起了杯子，只有那个女财务还在等着简凡继续往下说。简凡今晚心情有些激动，可能因为喝了一点红酒，平时简凡不喝酒的，他说自己有高血压，不能喝酒，不知道今晚是为了什么？

两杯红酒下肚，简凡的话越来越多，对于自己过去的历史越来越怀念了，米香觉得他确实老了，再看他的两鬓白发，在灯光下依发稀白了。

米香觉得简凡对于初恋是如此执着，以至于后来的爱情悲剧应该都是由于初恋引发的。

最初的总是最美的。对于米香，其实也是，最初的爱情永远是最最美好的，即使后来的再美好，也没有最初的来得痛彻心扉。

曹总一边听着简凡的故事，一边和李月楼打着招呼：“这次这个项目成与否，李总，你可一定要帮忙啊，千万不能砸场子啊。”李月楼笑着说：“我们做尽职调查的，都是事实就求，你说对吧，既然JCC看中了我们来做这个业务，就说明我们是公正不阿的。咱们不做那种违法的事情，但是擦边球嘛，咱们可以打打的。”

“好好好。”曹总一连说了三个好字，“明天咱们去松花江看看，夏天的松花江就是没水了，上游都干枯了，不然这条松花江可是非常壮观的哦。”

“然后中午我们去万国建筑群看看，我敢保证丝毫不比你们上海的外滩差哦。那里有家西餐厅真的很不错的。吃完中饭，我们再送你们上飞机，到上海正好傍晚，李总你看行不？”

李月楼打着哈哈说道：“行行，真的很不错，我也是第一次来哈尔滨，还是夏天，反季节活动啊。”

曹总接口道：“虽然夏天没有冬天好玩，但是夏天的哈尔滨不冷也不是很热哦。冬天有冰雕、滑雪等节目，夏天也有很多好玩的，可以在松花江底玩沙子哦，感觉很是不错的。”

回到酒店，没有别人了，李月楼想和简凡继续唠叨，让米香给他们俩沏上了一壶茶。简凡说：“陈远在北京，战略上是对的，但是在战术上面存在问题。现在陈远又想顾着上海，又想霸占着北京，高正奇一点权力都没有，这段时间跟陈远闹别扭呢。”

“看样子，这两个人之间也合作得不好，将来会出现大问题。”李月楼说：“上海的财务被周琳控制了，周琳是陈远的心腹，我现在也是骑虎难下，如果盖克明再掺和进来，估计我在上海的日子也不好过啊。”

简凡说：“目前你还不便来北京，上海这块阵地你要坚守，我现在先跟陈远搞，我还能应付，如果你来，虽然力量上我们强大了，但是放弃上海是不明智的。”

李月楼点头说：“我现在根本没有办法离开上海，ZGCISC平台正热火朝天呢，业务量也大增，与方琼之间的合作应该会更加默契，这个时候离开也是非常不明智的。”

“我们两个要随时保持联系，以防止陈远会反扑，别看他平时没声音，关键时候能咬人的。”简凡笑着说道。

李月楼打趣道：“咬女人是他的强项吧。那个拉菲还跟着他啊。”简凡说：“拉菲只喜欢钱，她跟着陈远，是因为陈远现在有钱，还对她很大方。没钱，拉菲是不会理他的。现在的女人都是现实得很。”

“那可不见得。”李月楼指指米香说，“这个就是比较纯粹的，不爱钱的。”简凡说：“她那是叫天真。”李月楼摇摇头说：“看样子你还是不了解米香。”

## 【63】

“如今这么纯粹的女子很稀少了。”李月楼夸着米香，一旁的普沉附和道：“米香就是太老实了，不懂得人情世故，这样自己容易吃亏。”

李月楼摇摇头说：“普老师，你不能这么说，每个人的性格都是不一样的，我倒是觉得她的这种性格很好，这样的女子不会对外界要求太多，自己也容易觉得幸福。”

简凡盯着米香说道：“李老师说得对吗？”米香歪着头，两只闪亮的眼睛看着简凡道：“你说呢？你觉得我是怎样的我就是怎样的，每个人看人的角度是不一样的，我不介意别人怎么看我，我只是我。”

米香笑着对李月楼说道：“李老师，我记得你以前跟我这么说过。永远不要去羡慕别人的生活，即使那个人看起来快乐富足；永远不要去评价别人是否幸福，即使那个人看起来孤独无助。”

幸福如人饮水，冷暖自知。你不是我，怎知我走过的路，心中的乐与苦。

“明天看一下松花江，吃个西餐，我们就可以打道回府了。简凡，你还是跟我一起回上海不？”李月楼问。

简凡摇摇头说：“不行啊，我明天回去，晚上在北京还有一个投行要跟我会面呢！我走不开啊，我必须参加的。”

“不过李老师，我给你透露一点北京的内幕哦。陈远准备把北京的这个摊子交给我，他也有可能近期会回上海，跟你唱对台戏。”

“为何？”李月楼惊讶地问。

简凡说：“是因为你哪里有钱进账啊，陈远不会这么傻，让你独自操作，他一定要掺和进来，北京这里他掺和不进来，是因为有我在，上海这里现在盖克明进来了，你也不是一个人说了算了。我估计呀，他要直接搅和你和方琼之间的事情，所以啊，你回去先和方琼提前打个招呼，免得到时候方琼难做人。”

然而令米香没有料到的是，这次哈尔滨之行，给ZGCISC这个平台以及前程远公司埋下了祸根。事态的发展仿佛一下子令他们无法控制了。

夏天的哈尔滨也是比较炎热的，松花江早已见底，很多人都在松花江里面玩耍。米香跟着简凡的后面，在沙地上玩沙子。

午饭在一家意大利西餐厅。长长的桌子，欧式的装饰，米香觉得自己仿佛置于意大利某个城市中。哈尔滨的建筑宛如上海的百年外滩，那些曾经留在这个城市里面的各国建筑，依然随着历史的洗礼放射出耀眼的光芒。

只是这个城市充满了蓬勃的野心，古建筑早就被轻率地摧毁，在原来的旧址上面进行笨拙的重建，还有那低劣的复古，让人乍眼惊心，总感觉世界空旷了许多，留下了整个城市百转千折的气质，即将被那些独裁者的意志所操纵。仰头看天空，早就没有了风月的心情，人们的面孔贫乏，各自隔离且孤独。

“米香，这个三文鱼味道不错。”李月楼指着自己盆子中的三文鱼问米香吃不吃。米香说：“不吃生的鱼。”

“你怎么如此挑食。”简凡不耐烦地说。李月楼说：“她这不是挑食，是对食物的一种节制。这样的人比较洒脱，不会强求什么，个性比较随和，不会跟人争风吃醋，不过千万别认为这种人好欺负，惹急了还是要咬人的。”

简凡笑着说：“你还会咬人啊。”米香白了他一眼。

“赶紧吃，这么多好吃也堵不上你的嘴。”米香喝了一口柚子茶，香香的，甜甜的，这种茶在上海还没有尝试过，没想到来哈尔滨喝了。

午饭过后，简凡和米香在飞机场正式分离了，简凡去了北京，米香回了上海。走的时候，曹总一再交代：“这个事情全靠你们了。”李月楼在一旁打着哈哈，说：“按照行业规则来写的。”

飞机降临上海的时候，夜色早已笼罩着整个上海。米香丝毫没有觉得有什么不一样，殊不知一场巨大的变故正在等着他们。

第二天，米香像往常一样来到公司，她看到隔壁陈远的办公室门开着，以为是陈远回来了呢。推门进去一看，那高大的老板椅子上面坐的不是陈远，而是盖克明。

他正在批阅什么文件，听到有敲门声，看到了推门进来的米香，这是自上次过后，他们第二次照面。米香知道自己是躲不过去的，她站在那里一动不动，等着盖克明先开口。

他的眼神里面满是忧伤与期待，米香看出了他的憔悴与热切，一个外表冷酷的男子，但是他的内心一如话梅糖甜香味一样，令米香渴望。

## 【64】

“米香，你过来这里，几个有关项目的事情想和你商量一下。”盖克明显然没有上次那么激动了。他这招数米香知道，欲擒故纵呗，米香领教过很多次了。

米香恍惚地在盖克明面前坐下来，时间都过去这么久了，还是不敢看他的眼睛，他的眼神非常纯粹，令人着迷。

“你知道这段时间上海前程远的业务运作情况怎么样？”盖克明问米香，“是不是真如陈远跟我讲的那样好。”

米香说：“ZGCISC机构业务已经开展了，这方面都是有李月楼负责的，具体情况你要和李总商量。”米香的推脱是有讲究的，毕竟米香是李月楼的人，盖克明是股东不假，但是还没有正式参与公司运作，所以米香不便什么事情都向盖克明汇报。不然李月楼会有想法的，这也是米香的聪明之处。

盖克明显然不满意米香的回答：“我现在问的是你，我现在是上海前程远的老总，李月楼只是副总，你要清楚这点。”

米香不以为然：“我不清楚你们是什么意思，我只知道做好自己的本职工作，其他的事情不要来烦我。”米香横起来也是不饶人的。

盖克明一时之间语塞了，况且他并不想惹米香不高兴，他此次就是为米香而来，两年前的那段孽缘时时困扰着他的内心，他并未放下米香，也并不想放弃米香。

“好吧，既然你不想说，等下我们开会来汇报工作吧。”盖克明给自己台阶下，“等下开会，通知所有上海员工。”盖克明这么说，挥挥手示意米香结束了。

李月楼在办公室里面等着米香，他知道盖克明刚才找了米香谈话，看样子简凡在哈尔滨的时候说的话并不假，陈远让盖克明加入，是为了与他对持。在昨晚与方琼的沟通中，方琼始终是站在自己这边的。这也使得李月楼暂时为自己赢得了一票。有方琼的背后支持，陈远与盖克明是不会拿自己怎么样的。

“李总，很是幸会啊，承蒙陈远看得起我，让我加盟前程远公司，对于你们创立的ZGCISC这个投融资的平台，我是非常有信心的。不过还能把整个平台的联盟资源整合起来，这样与北京的前程远进行联动，岂不是更好。”

李月楼听盖克明一说，就知道他想控制这个平台背后的资源，这也是李月楼所不想看到的。这个平台联盟是李月楼辛苦建立起来的，虽然时间短，但是投融资双方都有非常大的意愿，至今已经成功联系了好几个大项目。这样的资源一旦被盖克明掌控了，自己就没饭吃了。

李月楼笑着说：“盖总，平台联盟可以共享，这是前程远建立的联盟体系，但是各自的客户还是自己跟的比较好。这样也方便客户比较顺利地找到融资项目。”

盖克明显然不满意李月楼的这个说法：“李总，你要知道我们都是为了前程远好，大锅有饭吃，小锅才有汤喝。”

李月楼并不买盖克明的账：“盖总，我很赞同你的说法，我想请问你，你现在手上有客户吗？能分我几个不？”

盖克明显然有些尴尬，米香看着他们两个互相掐架，终于明白陈远的阴险狡诈了。他自己躲在背后，让盖克明跟李月楼斗。陈远处心积虑地找来新的股东，原来用意就在这里啊，米香终于明白了为何陈远不出现，始终把盖克明摆在上海。

“李老师，我们争这些已经没有意义了，我这里哈尔滨东阳公司的尽职调查报告还没写呢？我要先去写报告了，这两天就要交的。我得抓紧了，要不你们两个慢聊。”没等两个男人开口，米香起身告辞，令盖克明分外尴尬。

李月楼倒是很大方地说：“去吧。”米香消失在了门口，盖克明知道会议在继续开下去也不会有什么新的进展，还是就此结束吧。给彼此留点余地，过两天还说不定有转机呢。

会议并不顺利，盖克明始终想要控制上海前程远的大局，然后李月楼有着方琼的背后支持，盖克明始终拿他没有办法，米香突然感觉局势非常的复杂。

外忧还没来临，内斗即将开始。

所有的一切都来得如此迅速，让米香有些措手不及，一个是待她如师父的李月楼，一个是自己曾经深爱的旧情人，两者之间选择谁，米香不知道。

哈尔滨东阳公司的尽职调查报告倒是很顺利就完成了，等着简凡的法律尽职调查和普沉的财务尽职调查，三份报告合在一起，就大功告成了。

# 五卷：孽海深邃里杀机重重

当你以为攻破了VC的“诺曼底防线”之后，其实他还有第二道防线：尽职调查（Due Diligence）。我们称之为“马其诺防线”。如果你想让VC的钱能迅速打入你的公司的账户，那你就赶紧把自己公司的资料备齐全。

以商经商不如以人经商；汇众人“力、慧、才”，方能获“利、惠、财”；取彼之长补己之短，取己之长教人之短，利自来也；经商亦是博弈，布棋需要足够长的时间，精力与耐心，大成者必势不可挡；经营者能力不是具体做事，而是驾驭做事的人；这正所谓“小商道做事，中商道做市，大商道做人”。

——金碳建设总裁　叶伟峰先生

## 【65】

“简凡，东阳公司的法律尽职调查好了没有？”米香第一次打电话给简凡催工作上面的事情。这个时候简凡正在和JCC的石森聊投融资平台建设的事情，米香的催促让简凡觉得很烦，他摁掉了电话。

石森建议简凡在搞这个平台的时候尽量找背景深厚的人，这样更容易搭建成功，而且具有更大的社会影响力。

简凡虽然有自己的想法，但是基于这个行业的特殊性，觉得石森说的还是挺有道理的，但是要论上层资源，只有李月楼有这个本事。简凡要想搭建平台，还是得靠李月楼，可目前李月楼在上海，简凡苦思，用什么方法把李月楼搞到北京来呢?

想到这里，简凡的心里一阵暗笑，“石总，给我一点时间，我一定搞定一个上面的人，争取在年内把这个投融资的平台搭建起来，等我回上海把我们公司的‘老法师’请过来。”

石森大笑："哈哈，原来你们前程远也卧虎藏龙啊，竟然还有老法师，不错，哥们，我等你的好消息了。"

简凡正想说话，电话又响起来了，简凡把电话给了一旁的拉菲，拉菲离开会议室，听到电话里面米香的催促声音，她故意发出嗲嗲的声调让米香更加发火。

米香没有再说什么就把电话给挂了，下午简凡把法律尽职调查传给了米香。简凡有一点还是不错的，他有时候是故意拖延时间，有时候确实是很忙，要应付如此多的事情。

米香整理好东阳公司的尽职调查报告，把法律和财务两块合并进去后，一起打印出来，交给财务经理周琳。

"你怎么才弄好啊。"周琳显然有些不耐烦，因为这个报告对方早就把钱付清了，最近一直在催着自己，所以周琳心里也来气。

米香解释道："简凡的报告才弄好给我，我也没有办法。再说这个报告也没有超出预期规定的时间，你急什么啊。"周琳白了米香一眼："你是不急，客户急啊。就等这份报告，JCC给融资呢。能不急吗？"

米香心里暗笑，就等这份报告？东阳公司的人简直就是一群傻瓜，这么简单的道理都看不出来。这尽职调查报告就是判死刑的直接依据，还想着融资能成功呢。痴人说梦！

米香刚想着反驳周琳的话，李月楼走进了办公室，暗地里招呼米香，米香识趣地跟着李月楼走了出去。

李月楼小声和米香说："现在有个房地产项目的融资案，我们一起接手吧，这个项目融资额度很大，就在苏州，是个别墅项目，开发商缺资金，咱们和AFC的方琼一起搞一票吧。"

米香说："房地产项目也会缺资金吗？他们不找银行，找我们能有用吗？"李月楼低声说道："房地产都是滚动开发的，如果一期销售不好，后面的开发资金银行也会看情况的，不是所有的房地产开发商都能搞定银行。"

"好吧，李老师，这个案子要不要跟盖总汇报一下？"米香两眼期待地望着李月楼，心想不可再惹什么麻烦了，最近前程远的麻烦已经够多了。

"千万不能告诉盖克明，这人不靠谱。"李月楼笑着说，"还有啊，你呀，以后说话要注意点，不要得罪了别人，自己还不知道。"

米香好奇地问道："李老师，你会算命吗？"

李月楼笑着说："我会测字，你说个字，我来测一下。"

米香歪着脑袋想了想说：“花。”

李月楼拿起笔在纸上写了一个“花”字，然后慢条斯理地说道：“花，草头人匕，说明测字之人爱好和平，但内心防备或攻击性太强，容易被人利用。如想出人头地，应放下防备的心理和极强的攻击性，友善面对生命中所有的人，这样才能否极泰来，成为花中之魁！”

“米香啊，切记，善待全世界，不被人利用……”李月楼诚恳地说道。

米香点点头又反问道：“我好像没有什么极强的攻击性啊？我这么温柔呢。再说兔子惹急了也会咬人的啊。”

李月楼解释道：“攻击性不一定是会伤害别人，可能由于自身的家世、身体等某种不足造成的心理压抑，一般不被人认可，便迅速反弹并爆发，无法控制住自己的语言行为，从而攻击别人！切记，遇到挫折或不被认可，戒急用忍！”

米香点点头，竖起大拇指说：“老法师就是老法师。”李月楼笑着说：“其实，你的思想已经超越了女人的深度了。”

米香一愣：“啥意思啊？”李月楼说：“你闯进了男人主宰的领域。”

## 【66】

米香不高兴地说道：“李老师，你这明显是看不起女人呀，有性别歧视，这个领域成功的女性很多啊。”

李月楼哈哈一笑：“我说的这句话可不是歧视女人的意思，是因为女人有女人的思维，你是女人用的却是男人的思维逻辑。男人有男人的习惯，女人有女人的习惯。一旦女人拥有了男人的习惯，男人就有点不习惯，甚至恐惧。这对女人来说是一种赞赏，你应该高兴才对。”

米香轻松地点头说：“李老师，你这是在夸我吗？”李月楼正色道：“轻己重人，必受人重……”

“李老师，东阳公司的报告我弄好了，你审核一下吧。”米香说着把报告的副本递给了李月楼。李月楼接过米香递过来的报告，翻到了最后几页，跟米香说道：“这里有问题哦。你的报告寄出去了吗？”米香说还没，立马打电话给周琳，让她缓一缓。

“说吧，李老师，现在改正来得及的。”李月楼指了指最后的项目利润分析说：“你这里还缺一个外汇归还依据说明。这个项目的外汇归还依据是根据双方签订的协议，从第三年开始，东阳公司将按照约定的12%的固定投资回报率，每年归还给投资方约1200万美元；因此，从第三年开始东阳公司每年的销售收入中30%的产品需要出口，出口量达到2亿条，才能达到外汇平衡。”

米香听着李月楼的说明，感到很是羞愧，自己竟然忽略了这一点。“中国制造”已经开始风靡全球，这个项目其实就是个代工项目，需要考虑国际环境因素。

李月楼继续深入分析到：“你在风险告知这块还漏掉了一点，我们前面对东阳公司的项目可行性报告进行了调整，那么你这里应该要有所说明。”

“从调整后的项目经济效益，敏感性分析可以看出，销售收入敏感性程度最高，其正反方向的细微变化都会引起经济指标的变化，会产生不稳定影响。因此，本项目的承办单位建立相应的市场策略防范体系，开拓市场销售渠道，保证营销渠道与通路的畅通。”

“还有一点要注意，文字说明的时候，记得加上强有力的数据，这样才更有可信度。”李月楼看了看米香，“这里还要加上一块数据。”

米香问道：“是不是流动资金的预测？”李月楼夸奖道：“聪明。本项目按产品投入产出时间加上物流时间，计算出的周转天数为25天，所需流动资金为20000万元。因此，东阳公司应建立有效的营销体系来保障销售渠道的畅通和货款的及时回笼。”

米香摇摇头说：“我看悬。”李月楼说：“这个项目本来就不靠谱，我们只是把该分析的指标说到点上。至于到底怎么回事，后面的事如何进展，就看JCC的本领了。”

“那我马上改，很快的，争取今天就把报告发出去，省得周琳老是找我麻烦。”李月楼说：“那你赶紧的，明天我们可能要去苏州一次，看看这个房地产项目到底如何。”

米香修改完东阳公司的尽职调查报告，重新打印装订后，交给了周琳。周琳不高兴地白了一眼米香，嘴巴里嘀咕着什么。这个时候盖克明走了进来，说：“米香，到我办公室来一趟。”米香没空理周琳，跟着盖克明进了办公室。盖克明关上门，想要拉米香的手，被米香躲了过去。米香退到后面的窗口，已经无路可退了。

盖克明问道：“李月楼是不是又接了一个项目，你怎么也不跟我说一声呢。”米香怯怯地说道：“我也是刚才才知道的，之前并不知道啊。”看到米香可怜巴巴的眼神，盖克明的心一阵纠结，他往后走到自己的椅子边坐下，招呼米香道："坐吧，咱们谈谈，怎么样？"

米香没有办法，还是坐下了，她并不知道盖克明要说什么，但是她知道自己必须要面对他，不能再退缩了。

"米香，"盖克明的眼神竟然变得如此温情，令米香有些垂落，"为何过了那么久，你还不能放下呢？我知道那段时间你肯定受了很多苦，那个时候我不能走开，没法去看你，可是事情过了那么久，你还在记恨我吗？"

米香的脸上露出了凄惨的微笑，她嘲弄地说道："人不可以把自己的创伤记忆告诉任何人，因为这个世界上只有20%的人会可怜你，剩下的80%只会围观与嘲笑。"

## 【67】

盖克明温柔地说道："我明白人是要有脾气的，不然活着很累，我也喜欢你的这种脾气，但你不能自己和自己较劲吧。就像所有颜色的光都包含在纯净的白光中，同样，我也相信所有的美德（勇气、诚实、忠诚、欢乐、平和、耐心等）都包含在纯粹的爱之中。"

听到这里，米香终于忍不住了："我们之间不必再谈爱这个字了。你要懂得，学会独处和消解不良情绪，是每个人一辈子该做的功课，我明天还要出差。"米香不等盖克明回答，赶紧回自己的办公室，整理明天要去的尽职调查的一套文件，包括流程表、问询记录、工作函告知、工作任务单、工作底稿、管理当局声明等，打印好这套文件，米香小心地把它们装进文件夹内。

春天有些细雨朦胧，米香、李月楼、普沉还有一位律师一行四人前往苏州，中午时分到达太湖华瑞公司，对方孙总介绍了这个项目的地理位置、主要特色。"太上湖项目"是太湖旅游度假区内唯一的半山景观别墅，曾荣获世界十大豪宅称号。

李月楼和孙总走在前面，太湖度假区的风景真是优美，满眼绿色，说不清的爽快，米香很久没有看过这种世外桃源般的美景了。

孙总继续说道："李总，你也知道目前国家相关政策对别墅的修建的限制，所以'太上湖'半山别墅成为太湖景区内的绝版。"孙总指着周边高档的休闲设施，说："你看，这里的国际商务投资力度将会不断增强，我们这个别墅的增值空间不言而喻吧。"

李月楼点点头表示赞同，增强了孙总的好印象。孙总继续说道："豪华别墅消费人群毕竟是有限的，变现能力低，还有，参虑到目前别墅市场升值空间巨大等因素，我决定将剩余的别墅用于出租，这将提高整个酒店的消费档次，改变以往度假酒店以中档消费为主的局面，迎合部分高消费人群。"

李月楼问道："你的客源是怎么保证的呢？毕竟你这里要受到季节性旅游的影响，我认为初期经营时的入住率不会太高吧。"

孙总被李月楼这么一问，显然有些尴尬，他立刻转头问身边的助理，助理马上答道："我们已经和国内一些高端旅游线路和旅行社等高端机构建立了合作联盟，加入了他们的度假体系，可以保证客源的稳定性。"

午饭的时候，孙总又说道："我们不出售是因为中国的旅游度假地产越来越成熟了，不然我们的资金是很充沛的。"李月楼虽然嘴上没有说什么，但是内心对于孙总的说法还是持不同意见的。这一点外面的人是看不出来的，但米香能看出来。普沉插嘴道："孙总，我们等下还是要看一会你们公司的账本。"孙总笑着说："没有问题，等下叫财务拿给你好了。"

在看完华瑞公司的项目和账务之后，律师审核了工商注册手续资料，米香他们当天就返回了上海。

路上，李月楼问米香："你看出这个项目的问题了吗？"米香想了想说道："这个项目如果不出售改成持有经营，头两年的经营性现金流入不会太高，而华瑞公司需要支付的现金流出是较高的，除了经营成本外，公司每年还需要支付按揭贷款本金和利息500多万元及借款利息150多万元，以及短期借款2100多万元。我认为，华瑞应该采取相应的措施改善现金流的状况，否则现金流压力过大，将导致酒店存在一定的经营风险。"

普沉笑着说："米香越来越老练了哦。我查过他们的财务了，在试营业阶段，其经营性现金流入尚难以维持整个别墅和宾馆项目的各项支付需求。华瑞依然需要债务性资本的维系，公司的债务结构如不迅速调整，流动性不足的风险将会对酒店的营运造成影响。"

李月楼点头表示同意普沉的分析。李月楼点燃一支烟，袅袅地吹起了烟圈。

李月楼继续说道："华瑞公司现有主要债务从形式到高额融资成本都是近期国家对房地产也调控的结果。同时啊，别墅销售量减少也是由于高端市场的调控政策不断出台，有真实需求的买主持观望心态所致。只要存量资产长期持有，由政府调控的不确定性风险因素就会存在。"

## 【68】

“张律师，你核准了他们的工商登记手续没有。”李月楼问。张律师一边开车，一边说：“华瑞具备合法经营的主体资格，也具备房地产开发资格，其公司章程制定、注册资本验资程序合法有效，经营业务和方式未超出核准内容，自设立以来其经营活动未有变动，未在中国大陆以外从事经营活动，不存在可持续经营的法律障碍。而且也没有因环境保护、知识产权、劳动安全、人身等原因产生的侵权纠纷。”

李月楼叹了口气：“这个太上湖项目如果全部卖掉的话，边上酒店的档次就降了；如果不卖，拿来做运营的话，华瑞的资金状况这么差，看样子这家开发商前途惨淡啊。”

普沉说：“我看过他们的融资计划书，华瑞向AFC融资3 200万美元，期限16年，还款来源为酒店的经营收入以及剩余30多套别墅的出租收入。”

米香问道：“普会计师，那华瑞实际每年可用来还贷金额为多少？”普沉翻了翻手上的计划书说：“2 800万元，按照1:8的汇率折合美元400万左右，根据华瑞与AFC公司的融资备忘录，华瑞的融资期限为18年（含三年建设期，建设期内部还本付息），按照平均摊销法，华瑞公司到期偿还总金额为4 000万美元。”

李月楼问：“目前华瑞的资产负债率是多少？”米香回答：“97.67%。”普沉接着道：“华瑞公司的会计核算中收入成本核算和成本结转也存在问题，视同销售和按揭销售税金等存在问题。老李啊，这个开发商我估计资金链已经断裂了。”

李月楼无奈地笑了笑：“只要能把尽职调查费给我们，就没事，剩下的事情不归我们管了，方琼他们能搞定的。”

“张律师啊，你是新加入我们队伍的，很多事情我也不瞒你了，最近我开始对目标并购很感兴趣，不知道你们律师事务所有没有涉足过这种案例。”

“有啊，我前段时间还做了一个这样的案例呢，也是一个房地产项目，烂尾楼了，开发商想要卖掉，找到了一家专门收烂尾楼的公司。”张律师一边说，一边露出了得意的笑容。

“这样的一个并购案，估计能够吃很多年了吧。”李月楼试探地问道。张律师说：“要看你运气啦，如果你手上有金主，一个项目中介服务费确实不少，能安逸很多年了。”

“要不我们玩一票？青浦那里有个四星级的酒店，是一个地方开发商开发的，资金链可能也要断裂了，到处在找金主。”李月楼笑着问张律师。“如果你有这方面的金主，可以介绍几个过来，咱们一起去看看这个项目如何。”张律师显得很兴奋，一口答应。

回上海后，米香第二天调休了，没有去上班。第三天米香一早来公司，在电梯门口碰到了盖克明，盖克明今天竟然一反常态，没有西装革履，穿着很是休闲。

早晨的电梯永远都是这么拥堵，米香较弱的身躯被人群一挤，差点没有站稳，盖克明顺势抓住了米香的手，紧紧地握住了。米香挣扎着，但是这么多人没有人发现，米香也不敢大声嚷嚷，只好任由盖克明握着。

米香来到办公室，贝李月楼的脸色有些苍白，肌肉竟然有些抽搐，米香不知道发生了什么事情，忙给李月楼倒了一杯热水，李月楼喝了一口，说道：“北京前程远方面出事了。”

“啊！”米香一惊，“简凡出事了？到底什么事情？”米香一下子就慌了神，心蹦到了嗓子口。李月楼说：“不是简凡，是陈远，东阳公司的人发现了这个融资骗局，正在派人四处找陈远。陈远现在躲在什么地方，简凡都不知道，但是北京前程远还是要有很多文件需要陈远来签字的。简凡和东阳公司派到北京的人都在四处找陈远。”

“拉菲应该知道啊！”米香道。“拉菲和陈远一起失踪了。”米香的心不禁又一阵惊颤，看样子事情比自己预料的还要麻烦。

“李老师，你不是说即使出问题，项目方也会找JCC不会找我们麻烦的吗？为何东阳公司会找前程远的麻烦呢？”

李月楼突然之间想到了些什么，想要张口，但猛然又意识到了这里面问题的严重性，只得无奈又悲伤地说：“可能有人告诉了东阳公司吧。”

## 【69】

米香仿佛看出了李月楼心底想要说出来的话，她没有继续追问，这个时候盖克明神色慌张地走了进来。“李总，北京哪里到底出了什么事情，高正奇给我这里打电话，要求划100万资金到北京的前程远账户，他说这是陈远的意思。”盖克明确实不知道北京的事情，不过这里的资金出账是要他来签字的。难道陈远离开没有告诉任何人吗？

李月楼考虑着问题的严重性，这么大额的资金的用处到底是什么？如果划拨到北京公司的账户，陈远肯定会出现的。

盖克明显然有些六神无主。米香说："李老师，我看即使要划拨资金，也要分批，不可能一下子就划拨100万的，上海公司的账户上也没有这么多的资金啊。"

李月楼心里也是非常矛盾的，但他最后顿了顿还是对着米香和盖克明说道："我还是先打电话给简凡，问清楚事情的原委，你再决定是否划款。"

盖克明说："好的，不过上海账户上面的资金不够100万。"李月楼说道："这个苏州项目你和米香去催一下是否能到账，我们分头行动。"

米香很不情愿地跟着盖克明出去了，李月楼等他们出去以后，拨通了简凡的电话，简凡不在公司里面，说话很大声。

"简大律师，陈远今天打电话要求划拨100万到他账户，你知道这件事情不？北京到底出了什么事？"

简凡的声音有些飘忽，但是简凡显然没有打算隐瞒李月楼的意思。"东阳公司找到了JCC，JCC把陈远放在了前面，认为这份尽职调查报告是前程远出具的，让东阳公司的人找陈远，没有想到东阳公司找了一批黑帮人物，来找陈远麻烦，现在陈远带着拉菲不知道躲到哪里去了，我都找不到他们。"

李月楼问道："这就是事情的原委，不会因为其他原因吗？"简凡说道："我这也是听石森这么说的。真正的真相要等陈远露面之后才能知道。"

"大律师，我这里也没有100万啊，你让我在这么短时间去哪里给陈远弄100万啊？前段时间不是刚调了一笔资金到北京吗？"

简凡沉默了两秒钟，慎重地说："你不要管这件事，也不要给陈远汇这笔钱，我估计他肯定是想找人摆平那帮人。到时候黑吃黑的事情，我们掺和进去反而更乱了。"

李月楼挂上电话，仿佛猜到了事情的前因后果，这一切的一切难道真的是简凡在捣鬼？这样岂不是太恐怖了！

米香本来早就写好了苏州华瑞的尽职调查报告，但是对方的尾款一直没有付清，所以报告还没有寄出去。盖克明和孙总联系好，直接去拿现金，报告也正好当面交给孙总。盖克明开车，米香就坐在他的旁边，那么近，两个人都感觉到仿佛回到了过去的时光。

盖克明想要打破车内的尴尬，打开了音乐，一首《读你》，却让两个人都瞬间都跌入了旧时光。

“你的眉目之间，锁着我的爱恋；你的唇齿之间，留着我的誓言；你的一切移动，左右我的视线；你是我的诗篇，读你千遍也不厌倦……”

“你竟然还保留着这首歌。”米香幽幽地说。盖克明低声说道：“我每天都会听，都会想起你，想起和你在一起的时候。”

米香那双闪烁而又迷离的双眼看着窗外飞驰的风景，说：“时光是我们穿上衣服再也脱不下来了，可从知道到懂得需要多少个光年啊？”

“只要你的心里还有我一点点的位置，我就还有希望。”米香白了盖克明一眼，道：“不要奢望回到过去。”

“可我这辈子只想读你一个人，你像三月的早春，感觉像是永恒的春天，浪漫，醉人，令我迷恋，无法逃开。你明白吗？”

米香没好气地说：“明白又如何？你能放下当下跟我去稻城吗？”

“这个？我考虑下好吗？如果最近行程能安排好，我们就去。”米香说：“想马上出发，现在就出发。”盖克明凄惨地笑了：“米香，你还是这么执着和任性，一点都没有改变。”

“我们不仅要有梦想，心中还得有大爱，这份爱不一定是长相厮守，白头到老，但我希望你能在自己的世界中，可以开心。我对你的爱，哪怕是一天，只要是付出，就是爱。用了心，也是爱。不知道你能不能明白我的意思，明白爱情？”

“这个世界分明没有永恒的爱情。你就少来骗我了，我又不是傻子。”米香已经不再相信那些所谓的爱情，可以永恒，可以为之至死不渝的。

盖克明有些无奈，转头看着米香说：“永恒的坚持就有，爱情不见得会永恒，但这份坚持，就是真正的爱情！是不是骗人，你自己知道，你是缺乏感受爱的心。”

## 【70】

“我的生活里没有属于我的内河，我也不是谁的善生。但你愿做我的庆昭吗？”盖克明开玩笑地说。“别人怎么看我们并不是很重要，或者你自己如何探测生活，都不重要。重要的是你必须要用一种真实的方式，度过在手指缝之间如雨水般无法停止滑落的时间。我们都应该知道自己将会如何生活。”

汽车就是快，两个多小时，就到达苏州了，孙总也是个爽快人，这份尽职调查报告简单看了一下，就让财务去提现金出来。盖克明本来以为要在苏州住一晚，或者吃个晚饭什么的，可是现在才下午3点多，接下来的时间是直接回上海，还是带着米香出去散心呢?

盖克明正在犹豫是否要直接回上海，李月楼的电话恰当地响起来了："盖总，我和简凡通过电话了，他认为还是先不要给陈远那100万，事情还不明了啊。如果陈远真的需要这笔钱，他一定会再打电话给我们的。"

盖克明说："那好吧，我和米香今天就不进公司了。"李月楼说："没有问题，你带这个小丫头去外面兜兜风好了。"

"李老师怎么说的?"米香问道，"在杭州当地找家银行把钱给划过去?"

盖克明笑了笑说："不用了。"李月楼说："和简凡通过电话，暂时缓一缓，不用着急，等待陈远的主动出现。我们就在苏州住一晚，晚上带你去风景区转一转，怎么样?"盖克明难得抓住这么好的独处机会，他是不会放过这种好时机的。

可米香不乐意。"我要回去。"米香很干脆。米香心里清楚盖克明的打算，她不想让自己和盖克明有单独相处的机会。

可往往现实中的女人，在感情面前是个傻子，分不清负心汉和真情郎。米香嘴上这么说，可并没有任何激烈的反应，这也让盖克明有了进一步的行动。

想反抗也是没用的，除非米香自己能从苏州回上海，不然必须得坐着盖克明的车，听从他的指挥。盖克明靠近米香，闻到了米香那秀美的脖子上面散发的妩媚而迷人，清新而干净，犹如泉水一样的味道。

"为何你总是如此纯净和单纯呢?我曾经一再把你的形象想象得丰满一点，现在真正在我面前了，可还是一团烟霞，朦胧而虚幻，跟梦醒后的回忆一般，缥缈得无法捉摸。"米香有些迷离了，她呆呆地望着盖克明靠近自己，把她揉进他的怀里面，而自己的身体竟然没法动弹，有个声音在米香的耳边回响起。

一直都在等你。这个"你"往往就是伤我们最深的人，让我们的世界处处都有着他的影子，无论以后我们会不会爱上别的人，这个"你"对我们而言都是一段无法言说，不可剥离的伤。

爱是极端的完美与醉，而吻却是幸福的回信。

"你就像那一湖秋水一样纯净、甜美，有玫瑰、牡丹、木犀兰的气味。"盖克明没有办法再控制住自己，用最少的语言与最单纯的动作来表现自己此刻无法赤裸的欲望。他吻了米香，像喝水一样简单而洁净。盖克明觉得自己仿佛进入了睡莲世界，有一种淡淡的东方花香，从米香的唇齿之间层层散发出来，并注入了春天森林里的清新。润泽的双唇，秀发宛如奔腾的瀑布，眼神此刻紧闭，但依然令人激赏，清雅迷漾的甜香，钻进盖克明的鼻子。两个人成功地进入了彼此的灵魂世界，空灵而柔雅地绽放着柔美与阳刚的气息。

这个时候任何轻微的声音都会惊醒互相触摸彼此肌肤的灵感，盖克明无奈地听到他的手机响起，是远在南京的妻子，米香还沉醉在盖克明销魂的吻里，盖克明拿起电话的时候，仿佛就换了一个人，男人可以此一刻彼一刻完全不一样，然后女人却无法做到这样的虚情假意。

米香是典型的天秤座女子，内心坚强宛若男人，埋藏很深，有时候却最是真情流露，其实她就是一个在某种角落里面洞察整个世界沧桑变迁而已。

米香的女人味也只在少数真正的男人面前自然而然地表现出来，有人说米香不够女人，其实是因为他不够男人，不够成熟，不够魅力，不够强悍，米香只在某个男人面前表现得小鸟依人。

米香深知自己只想要以最少和最单纯来表现美感，但这与任何人都无关。

## 【71】

拉菲和陈远为躲避黑帮，竟然往北京的郊区开去，一路上人越来越少，在一条岔道口，陈远的车竟然没油了，陈远下车看了看周边的地形，这里已经离北京市区很远了。

“陈总，这帮人还会不会再追过来？”拉菲问。陈远不耐烦地说道：“不会的，他们就是吓吓我们，以为我们好欺负。”

两个人把车内一桶备用的油加进车子，刚准备上车，陈远发现有两辆车朝他们围了过来，一帮人手上拿着家伙从车上迅速下来。

陈远一看坏了，急忙想要上车，但是毕竟自己年纪已经不小了，动作竟然不是那么敏捷，还是被他们给摁在了车头。几个人迅速把他们两个人弄上车，车子一路朝着另一个方向驶去。

“你们要带我们去哪里？”陈远的声音开始有些发抖，他知道这次肯定有大麻烦了。拉菲使劲扭动着身体，旁边那个大个子男人色迷迷地看着她说：“啊哟，好靓的妞哦，细皮嫩肉的。”

“把你手上的钱给我们，我就放了你们。”带头的人终于说话了。陈远问道："你们要多少钱？"

"10万？"陈远看到带头人伸出的10个手指头说。带头人哈哈大笑道："你当我们是叫花子啊？100万。"陈远恐惧地大叫："你让我去哪弄那么多钱啊！"

带头人说："这个不归我管。"说着把电话给了陈远，陈远拨通了简凡的电话，叫他准备100万。

还没等陈远把话说完，电话就被挂断了。车子在一个岔路口向一条小路驶去，不知道过了多久，拉菲看到有两间小茅草屋，破旧不堪。这里竟然荒无人烟，连只狗都没有，非常可怕。

## 【72】

当人失去自由，才会明白所谓的财富，名利、荣耀、地位、都只不过是过眼烟云。有句俗话说得好，当你成功的时候，别人都知道你是谁；而当你还没有成功的时候，你要知道自己是谁。

陈远是还没反应过来，自己这次到底是栽在哪里。照理来说，东阳公司是不会知道这件事情的，况且JCC的石森跟自己的关系一向很好。为何这次东阳公司的人会找到自己，还出动了黑帮？这里面令陈远想不通的是东阳公司应该找的是JCC，而不是自己。难道？陈远的脑海中浮现出可怕的一幕，他无法想象自己如果这次真的出事，那么既得利益者到底是谁呢？简凡？李月楼？还是盖克明？不对，还有高正奇？从股权结构来看，盖克明的股份仅次于自己，其次是高正奇，但是这两人应该没有这么大的胆子，会是简凡？

陈远的心里一阵抽搐，一丝凉意从脑后面袭来，他转头看拉菲正拿着一个水杯朝他脑袋上面砸来，陈远一个转身，拉菲顿时失了重心，往窗上撞去，头上鲜血直流，她顿时晕了过去。

陈远并没有理睬拉菲，这个时候他已经没有什么精力再去顾忌别人了，目前首先是自己能否生存下来，找出幕后黑手，再找人摆平他，这是陈远当下要做的主要事情。

不知道过了多久，拉菲被一阵疼痛惊醒了，脑袋生疼，浑身冰冷，想来自己流血太多了。环顾四周，屋子里面没有人，陈远已经离开。拉菲往窗外看去，周边都是树林和农田，没有人影，暮色已经降临树梢了，难道今晚必须待在这个荒无人烟的地方吗？

拉菲不甘心，她忍受着剧烈的疼痛，拉开门朝着门外走去，沿着小路深一脚浅一脚地走着，刚下过春雨的小路格外泥泞，拉菲那双白色的高跟鞋算是被彻底给毁掉了。

简凡被一阵急促的敲门声给惊醒了，一看，凌晨4点左右，谁会这么早呢？不过他迅速想到了来者。打开门的瞬间，他还是惊呆了，阵阵腥臭味扑面而来，门外的是衣服被撕得粉碎、头发散乱。样子难堪的拉菲。拉菲看到简凡的一刹那，虚弱地倒了下来，简凡一把扶住，让她坐到沙发上。

洗过澡后，拉菲觉得自己获得了新生，不仅仅是身体，更是灵魂的新生。简凡在一旁道："我们报警吧。"

"不。"拉菲坚决的声音让简凡显得有些无可奈何。"那陈远呢？陈远当时没有跟你在一起吗？""他，就是个混蛋。"拉菲凄惨地狂笑。

"当时那帮人态度很恶劣，说要撕票，他们也不给我先看人，我只好先把钱给他们了。整整100万啊。"简凡心疼地说道，"可没想到这帮人是畜生。"简凡的心里还是有些内疚的，他以为这群人只会搞定陈远，拉菲不会出事，没有想到自己找来的这群人竟然强暴了拉菲。

目前的关键是找到陈远，简凡不知道陈远会不会怀疑自己，但是照目前的情况来看，陈远很有可能已经怀疑到他，自己只有先下手为强了。

拉菲在简凡的床上慢慢找到了那种安全感，她确实是累了，慢慢地进入了梦乡。简凡一早来到公司，正好李月楼和盖克明从上海赶到了北京，米香没有来，是简凡故意不让她过来的，他还是不想让米香掺和到他们的事情中去，这明显就是男人之间的较量。

在早上的会议中，简凡说："出了北京公司目前的状况，公司账面资金已经被这次陈远的失踪事件给掏空了。"李月楼说："上海也是，上海账面资金也已经所剩无几了。"盖克明说："如果前程远真的缺少资金，我南京公司还可以调一部分过来，不多，但能应急。"简凡说道："目前不是应急的问题，是JCC催着我们快速把这段时间的回扣给他们打过去。"

"你们知道是多少吗？"简凡瞪大眼睛问。"多少？"李月楼笑着说："不可能太多的，平时JCC不总是催着我们要回扣吗？应该是该给的早就给了吧。"

"300万。"简凡平静地说道。"如果我们现在能拿出300万，JCC那边是没事，如果拿不出，他们可能会终止与前程远的战略合作。"

盖克明叹了口气："这么多现金，对于我来说还是有些困难的，我南京的项目公司流动资金没有这么多的。”李月楼想了想说：“如果简大律师再注资的话，前程远的股权就要再次变更了。”

## 【73】

这个时候，高正奇走了进来说：“我同意李月楼的意见，前程远不能说倒就倒，公司目前运作这么个大平台不容易。”简凡说道：“目前我们最关键的是尽快找到陈远，不然事情会变得更加复杂。”

“关于注资事情我是没有什么意见，我可以拿出这笔钱来暂时缓解公司财务压力，但就不知道陈远心里怎么想的？”李月楼说道：“为何还没有陈远的消息呢？难道他真的出事了。”简凡说道：“陈远应该没有出事，拉菲已经回来了，但是那帮畜生坏了道上的规矩，拉菲被他们糟蹋了，我估计陈远没有露面，可能是因为这件事情吧。”

“如果是这样，那么陈远会不会在暗中找那帮人，调查事情的来龙去脉呢？”李月楼担心地说：“这样太危险了，他一个人去调查，那帮人是穷凶极恶的，不会如此容易被陈远发现的。”

高正奇的脸色有些不太正常，却装作平静的样子，听着等待大家的讨论，没有说话。

然而这一切细微的变化还是被李月楼给捕捉到了。在简凡的办公室内，李月楼小声地说：“我觉得高正奇的神情今天有些不太正常，我认为他一定知道陈远现在在哪里。”简凡心里也在嘀咕要不要把这件事情告诉李月楼，又怕李月楼不是站在他这一边，会坏事。

简凡想了半天还是决定先不告诉他，等待适合的时机吧。

“我们等待吧，目前重要的事情就是以静制动，等待陈远的主动出现，或许事情会有所转机。”简凡对着李月楼真诚地说道：“你和盖克明在北京可能还要多待一段时间。上海公司的事情还有周琳和米香在，一般情况下是不会出事的。”

两天后，陈远竟然出现在北京的办公室内，谁也不知道这段时间他去了哪里，做了什么。他好像什么事情都没有发生一样，和员工们微笑着打招呼，大家都愣愣地看着陈远，不知道该怎么办才好。陈远径直朝着简凡的办公室走去，推开门时简凡正在和米香通话，抬头的刹那间，两个人的目光竟然有那么多复杂的线索，在放电也在交流，仿佛在说这件事情没完，你等着瞧吧。

简凡在短暂的惊愣之后，作出了迅速而又敏捷的反应："陈总，你没事吧，我们都急得差点报案了，生怕你被人撕票。"陈远张开双手，道："你看我不是好好的吗？他们就是要钱，不会拿我怎么样的。"简凡在心里暗暗骂道，你就不是个男人，遭罪的是拉菲。

但简凡没有表现出来，他现在还没有摸清陈远的动向是什么，照理来说陈远是不可能知道这次事件的幕后黑手到底是谁的。

"陈总，我们要不要马上开会，目前前程远面临很严重的问题啊。"陈远笑着说："我今天来就是为了这件事。好，那我们去会议室，叫上盖克明、李月楼还有高正奇，一起来研究下接下来该怎么办？"

会议还算是顺利，简凡以为陈远是不会愿意让出股份的，令简凡始料未及的是陈远通过了注资和股权变更的方案。

盖克明说："由简凡单独追加300万资金，然后这笔资金再作为回扣打给JCC，陈远的股份由45%变更到15%，简凡的股份由原来的10%增加到40%，但是法人代表还是陈远，这点不变更。"

陈远都没有怎么考虑，就一口答应，让李月楼有些不习惯，难道陈远在背后玩什么把戏？会议迅速结束后，陈远说想先回上海处理一点事情，就借口先走了。

简凡的如意算盘打得确实精明，300万的资金只是从JCC的账户上面过一下，石森还是把300万资金划到了简凡的个人账户上面。掩人耳目的做法令简凡轻而易举地得到了前程远30%的股份，还一下子掏空了前程远账户上面的流动资金。这着棋下得这么顺利，简凡没有料到。

这次局面再度稳定之后，简凡暂时舒了一口气，开始考虑下一步，就是把公司里面的其他几个股东笼络过来，40%的股份虽然最多，但是如果其他几个股东联合，那么自己的地位还是不稳。

## 【74】

这就是接下来简凡要做的大事，他不怕JCC不跟他合作，如果自己没有绝对稳定的权利保障，所有的白费都是枉然。简凡知道，一旦一家公司有两个以上的管理层参加的会议越来越多，这家公司的经营管理就会出现大问题。

而现在这个问题已经解决了，陈远在短期内不可能翻身，自己把陈远口袋里面的钱全部掏空后，再来玩这盘棋，接下来的局面一定更加精彩。

这次事件让简凡挪动了陈远公司的所有资金，绝对是一步漂亮的棋，而这场棋局中的其他人还是傻子一样地观望着，甚至感谢简凡在公司最最危难的时候出手相助。

简凡晚间宴请石森，石森奸笑着说："简凡啊，你是我见过的最有谋略的律师，来，为我们的无间合作干一杯吧，让我们为未来的宏图大业一起战斗吧。"

简凡笑了笑："男人要成就大事业，必定不拘泥小节，这些都是雕虫小技，真正的绝招我还没有使出来哦。"石森装出一副害怕的样子说道："你的绝招可千万别往我身上使哦。我可吃不消哦。"

简凡忙说："不会，不会，我的招对你失效，不管用哈。"简凡的电话响起，打断了两个人的谈话，简凡接起电话，是米香。

"怎么了？"简凡听到电话中米香有些哽咽的声音，心里有些紧张。米香在电话里面有些抽泣："今天陈远来公司了，他不知道吃错什么药了，把我们几个都臭骂了一顿，莫名其妙的那种，然后还扣了我们这个月的工资，我这个月就要付房租了，是三个月一起付的，可他一扣我工资，我房租就不够了。我实在是不明白，我又没有做错什么，他为何要这么对我？"

简凡骂道："这个混蛋，拿你来出气。你别急哦，我找个银行先把钱给你打过去，你等会把账号发到我的手机上面，好不？没事的，钱马上就会到账的。"

米香犹疑地说着："我不是想问你借钱，我是问我到底该怎么办呢？我都不知道自己错在什么地方。"

简凡笑了笑说："不是你的问题，你不要担心，我是让你应急，你懂吗？乖点，赶紧把账号给我，我这里还陪JCC的人在谈事情呢，晚些时候我们再讲电话好不？""嗯。"米香乖乖地把电话挂断了。

眼泪还是止不住地流了下来，内心的这种疼痛让米香如被撕裂了一样，为何简凡对她这么好呢。可自己前几天刚被盖克明亲吻过，自己到底是怎么了呢？这到底是内心的背叛，还是身体的背叛。

米香知道自己的灵魂已经不纯粹了。米香想起了一个朋友跟她说过的那句话，不记得不代表不轮回，因为不记得而倦怠了今生，那才真正是对来世的放弃。

米香深知，在这次爱与被爱的游戏中，主动权是属于自己的，而沦为被动的却是自己无法放开的内心世界。

简凡与石森制定了新的游戏规则，原来五五对开的比例，让简凡改成了JCC拿四、前程远拿六，石森表面没有什么异议，私心里不是很舒服。但是，石森还没有什么好的办法来反对简凡制定的新规则，由于陈远的事情，石森已经明白了前程远现在真正掌舵的是简凡，就连李月楼和盖克明都已经非常听简凡的话了。

米香心里也是七上八下的，仿佛预感到未来前程远会有更疯狂的风暴出现，今天陈远的情绪绝对是大家从来没有遇到过的。

简凡给米香转完钱，回到北京的住宿，发现拉菲正在一边做饭一边看着电视，仿佛什么都没有发生过一样。她的表现令简凡大惊失色，一个女人被这么多人轮奸后，竟然这么快就恢复，这个女人的价值观到底是怎么了？

“你吃过晚饭了，简大律师。”拉菲灿烂地笑着，简凡感觉这种笑容很假，笑得如此地尴尬，就关心地问道：“你没事吗？好点了没有？”

拉菲装作若无其事地说：“当然没事了，难道你想让我要死要活地，你才满意啊。”简凡一看这种状况，就松了一口气。“没事就好，我是怕你憋在心里，表面装作什么事情都没有，但是那样容易受内伤的。”

## 【75】

“当然没事了。”拉菲一边把牛排放进盆子里，一边倒上红酒说：“来，简大律师，我们来干一杯吧，我要从今天开始重新做一个真正的女人，与过去的自己彻底告别。”简凡说：“过去的你也是很不错的啊。”

拉菲说道：“过去的我太过张狂，不懂事，不懂得替别人着想，只想着自己，所以当自己真正遇到困难的时候，没有人会站出来替我考虑，所以，我现在要改变自己，重新做人，我觉得那是一种新生。”

“青春，就是与七个自己相遇。一个明媚，一个忧伤，一个华丽，一个冒险，一个倔强，一个柔软，最后那个正在成长。

“而成熟，那是与七种陌生相遇。一个刺目，一个潋滟，一个步履生莲，一个炫目夺人，一个妄自菲薄，一个枯木逢春，最后那个逐步退潮。”

“说得好！”简凡赞同拉菲的说法。“小丫头，恭喜你，成熟了。我想让你回上海，到我的律师事务所上班，你觉得怎么样？”简凡内心觉得自己对不起她，这么一个青春美好的女子就这样被糟蹋了，实在是太可惜了。

拉菲想了想，说：“好吧，确实想家了，想回去休息一段时间。不过你现在一个人在北京，没有人照顾你，行不？”

“我一个大男人，不用别人照顾，这么多年我都是这么过来的，不怕。倒是你，一定要想开点，明白吗？生活没有什么大不了的。该过去的都是会过去的，我们忘记过去，就意味着能有更加美好的未来。”

## 【76】

拉菲喝了满满的一大杯红酒，脸瞬间红了起来，眼睛有些迷离了，她走到简凡跟前，搭着简凡的肩膀说：“简大律师我问你，你的心中曾经有没有我，我们是否彼此也曾经互相吸引过。”简凡轻轻推开她，说：“拉菲，你喝醉了，我一直把你当成我的最佳拍档，你想多了吧。”

拉菲优雅地把手中的红酒一口气喝完，那绷着的神经仿佛得到了释放，她假装没事地说：“我已经原谅自己所穿越的，所徒劳过的，所抗争过的，所忍耐过的，它们是一种创伤，同时也很光亮，那一度被封杀的我的思维也会得到再度的解放，其实我的离开是一种更完美前进。我要退后一步才能知道前面路是否好走，哪一条才是我该走的。不管选择如何，世界都同样精彩。我选择与自己的内心我行我素，亦于整个世界从善如流。而现在的我的确只是想要一个干净的男子，而且觉得能够得到他。”

简凡听完拉菲的这一段话，觉得完全不认识她一样，这和从前的拉菲绝对是两个人，他甚至一度怀疑拉菲是不是神经有些错乱了，但是他不敢现在就对她进行试探，怕她又出什么状况。

“美女，我送你回上海吧，你打算什么时候启程？”简凡想要早点把拉菲送回上海，自己也好开展北京这里的工作。

“我和李月楼他们直接回上海，盖克明说已经帮我买好飞机票了，我们三个一起回去，就不用麻烦你了。”简凡显然有些失落，可是现实并不允许自己往后退，没有后路了，必须往前。

拉菲差点喝醉了，简凡把她抱进卧室，回到客厅，看着满桌子的残羹冷炙，心中突然有些许的凄凉，想起从前有个大师跟他说的一句话，中华民族是一个极为宽厚的民族，对于其他文化一直怀有海纳百川、有容乃大的襟怀。宽厚、善良、仁爱，这些可贵的品德，我们还保留有多少啊？这些年来，自己又远离了多少单纯、朴实、温柔敦厚的价值？我们在前进中，无意间丢掉了多少好东西啊！

## 【77】

陈远暂时离开了，拉菲也回了上海，令简凡突然之间感觉心里空虚，不知道该往哪个方向发力。

周一的公司显得空落落的，高正奇进来汇报："简总，你知道石森这段时间又有不少案子弄过来，我这里实在安排不出人手了，能否从上海派两组人马过来，支援一下北京这边的业务呢？"简凡也是有这想法，他不知道陈远回上海到底整些什么名堂，还有就是他始终觉得陈远对这次事情多少有些了解。

"高总啊，我听说上海在搞什么目标购并，你对这块业务熟悉不？熟悉的话我们找石森看看有没有合适的业务一起做。"

高正奇尴尬地回答："这类业务我还真的没有接触过，要不问李月楼吧，他对这块比较有经验，估计能有很不错的建议。"

简凡失望地说："那好吧，看样子北京现在指望不上谁了，还得想办法把李月楼调到北京来，这样开展业务可能会更加顺利。"

在和李月楼的通话过程中，简凡明显感觉到李月楼对来北京的迟疑，简凡脑筋一转，想到一个好办法。

"李总啊，你知道你目前的处境吗？"李月楼心里一惊，但是还是假装开心地说："我哪有什么令人羡慕的处境啊。"简凡说："不是这个意思，我是说陈远已经回上海了，如今盖克明也在上海，你们三人现在都处于同一起跑线上，这种竞争是赤裸裸的人吃人，他们两个人都盯着你手上的业务呢，恨不得马上变成他们的，你这个时候夹在他们两个人之间，会很难堪的。"李月楼思考了一会儿说："那我也不可能放弃啊，AFC这边这么多业务，你让我放弃那是不可能的啊。"

简凡笑着说："你呀，真是身在山中，不知所处，你应该站在山顶上，才能看清楚整片山脉，你跟方琼之间的默契不会那么容易被破坏的吧，所以你可以把你手上的业务都交给米香，这样虽然你看似置身事外，实质操控全局，这是目前最好的解决方法。"

李月楼突然有一种柳暗花明的感觉，身处迷局中的自己突然看到前面有一条康庄大道。"简大律师真是高人啊。一语惊醒梦中人呢。"

"不过，"李月楼又有些犹疑地说，"米香能行吗？我怕他们两个都欺负她。"简凡笑着说："至少盖克明不会。"李月楼就更加迷惑了。"为何这么说呢？"

“因为盖克明是米香的旧情人啊，这次投资前程远，也是看着米香的面子啊，你说盖克明怎么会欺负米香呢？”

李月楼惊讶地说：“我怎么不知道？简大律师，你是怎么知道的呢？”简凡笑着说：“我可是情场高手啊。”

听到这个内幕消息，李月楼紧张的情绪彻底放松了，没有什么比爱更能打动一个人的内心世界了，米香在上海至少是不会吃亏的。

“李总，你赶紧安排好上海的事情，来北京哦，我现在可是眼巴巴地等你啊，你一来我们就能大展宏图了哦。”

李月楼客气地说：“现在你才是前程远的老大啊，我们都只能听你的安排了。”简凡说：“李总太见外了，我一向都把你当成我的人，咱们俩是自己人啊。一家人不能说两家话的，不然太生分了。”

“好好好。”李月楼心里那最后一丝防线被简凡给突破了，北京之行已成定局，接下来就是和米香好好沟通了。不过得找到一个好的时机，最好能一次性让米香明白自己是多么优秀，内心强大的米香会接受这次公司的职权变更的。

## 【78】

李月楼邀米香在静安寺边上的一家餐厅吃晚餐，想先试探米香的内心是否能接受这次变更，米香一边喝着乌鸡汤，一边看着心事重重的李月楼说：“李老师，是不是有什么事情要跟我说啊，每次你请我吃饭，都不是什么好事。”

李月楼笑着说：“这次绝对是好事，而且对你前途非常有价值，不过你得先听我把事情讲完，你再发表意见好吧。”

李月楼把陈远和拉菲遭遇绑架、拉菲被糟蹋、前程远被勒索200万，以及简凡追加300万资金进前程远，前程远股权重新变更等事情都告诉了米香，米香听得一愣一愣的。

最后李月楼把自己要去北京协助简凡开拓北京市场这点也说了，米香听得有些湖里糊涂。“李老师，你说这些跟我有什么关系啊，难怪上次陈远乱发脾气，把我们上海公司的工资都给扣了，我还正奇怪到底出了什么事情呢。原来问题就在这里呢！那拉菲呢？她现在在哪里啊？”

“拉菲回来上海了，听说还在简凡律师事务所，休息一段时间而已，我觉得她经历这样的事情后能这么平静地面对，实在是不容易哦。”

米香的心里其实也清楚，没有哪个女人在经历这样的事情后还能装作如此平静，除非她知道事实真相，藏而不露。记得海伦·罗兰说过："女人只要认识一个男人就能理解所有的男人；而男人即使认识所有的女人，也不能了解其中的任何一位。"其实米香觉得，一个成熟的女人必是遇到了一个让她成长的男人，而一个成熟的男人必是经历了N个女人才长成的。

对金钱过度关注、在背后总是议论他人、对不满意的事情总是愤怒，是一个人距离幸福很远的原因所在。其实贪婪、论断、愤怒背后的原因都是自己本身的恐惧、伤痛、寂寞和忧愁。

"你想跟我去北京吗？"李月楼试探性地问米香。米香笑了笑说道："我其实哪里也不想去，只想在一个地方，好好地生活。"

"简单见真性，恋物累人生。我现在终于明白了，整个社会都这样，不恋物的人太少了，克己方能看透，我有很多朋友有恋物癖，这样的人生会很累的。我现在才明白，我曾经所有的想法都是很天真的，我现在要放弃这些，恋物尤自可，恋人难自拔。天下烦心事，皆因拥有，所以最好不相见，才能落得个干净。我不想见简凡，怕见了又伤心，还是不见为好，这样双方都不会有所牵挂。"米香说这段话的时候还是分外忧伤。

李月楼的心里彻底地明白了，原来事情一切都如他自己所掌控的一样，米香已经完全答应了自己和简凡提出的要求，接下来应该给予她的是激励与安慰，让她对自己的能力与未来更加有信心，这样米香才能挑得起上海这边的大梁。

"米香啊，你来前程远也半年以上了吧，所有的事情你都已经掌握得差不多了，该到了你发挥自己才华的时候了，李老师已经没有什么可以教你的了，所以，我把上海与AFC的业务交给你来管，不过呢，千万别让陈远接触这块业务，你懂吗？"

米香有些好奇，但还是点头答应了，陈远的股权被稀释，又遭遇一系列变故，这些都直接导致陈远与简凡之间的矛盾更加激烈。

所以米香觉得自己还是少知道内幕为好，不然将来一旦出大事，自己肯定脱不了关系。所有的事情竟然这么巧合，简凡为何甘心拿出300万的资金支援前程远，这些都是谜，米香想问李月楼，但是她觉得李月楼也不见得会知道真正的内幕。

## 【79】

米香突然一下子多了一份对事业严正的使命感，首先得感激李月楼，他这一路带着自己成长；其次得感谢陈远，给了自己这样一个机会；最后是简凡，对于自己的那种红颜之爱。唯有对盖克明，米香非常迷茫，对他究竟是爱，还是恨？

“李老师，你这次去北京的主要任务是什么？还是北京的ZGCISC投融资服务平台的建设问题？”

李月楼想了想，不知道是否应该告诉米香，自己这次北京之行的真正目的是开展“目标购并”这个业务，投融资服务平台，其实简凡已经搭建得很不错了。

李月楼笑着说：“其实我们想要让ZGCISC这个平台发挥更大的作用。你知道目标购并吗？简凡也看中了这个崭新的上市模式。”

“什么是目标购并呢？”米香还是很好奇。这是否意味着前程远的服务平台更上了一个台阶呢？

李月楼笑着说：“我目前也在研究阶段，目标购并是一种新的上市模式，对企业的要求简洁、明晰。我举个例子吧，现在一般在国内上市的市盈率为3到5倍，那么远不如我们这种方式的10到15倍市盈率，或更高。应该说这是一个机会。况且，美国的资本市场活跃，融资机会多，只要企业有能力，比在中国融资方便许多。”

米香迷惑地问道：“那目前在中国有类似的成功案例吗？”李月楼想了想说：“上次那个张律师不是说他经手过一个案例，貌似是上海的一家并购公司，前年在美国挂牌的，已募集现金1.09亿元，同时有10 330万美元的可执行权证，也就是说，该公司的最大投资额为2.125亿美元。”

“这么说，我也可以在上海寻找这样的公司，来配合北京前程远公司一起操作这个业务模块。”米香兴奋地说道，仿佛看到了大项目就在自己的眼前一样。

李月楼说：“你有这样的业务警觉性那是相当不错的，不过你目前的主要任务还是先把与AFC的这个尽职调查业务给做顺了，这样才能保证前程远在财务方面的正常运作。”

米香笑着说道：“这个没有问题呢，这个月已经有5个单子了，每个单子50万，250万进账没有任何问题了。”李月楼疑惑地说：“真的有这么多啊，我这几天忙别的事情，还没顾及哦。要是真有这么多，那我估计前程远能缓过劲来了。”

米香笑着说：“当然了，不相信我算给你看。”李月楼打断了米香的话：“这个你还是自己来琢磨吧，我明天就要出发了。在上海，你记得要保护好自己，如果有人欺负你，实在找不到别人的话，记得找盖克明。”

米香被李月楼说得心里一震，斜着脸反问：“为何要找他啊？”李月楼坏笑道：“天机不可泄露哦。反正，如果你遇到紧急事情，我和简凡在北京，那么遥远，你一定要记得找盖克明哦。”

盖克明真是阴魂不散，这么久的时间过去了，还能在上海再次相遇，难道真的是应了那句老话，我身怀思念的绝技，只为在红尘中再次与你相遇。

夜幕在东方的上海显得格外鬼魅、闪烁、明亮，却饱含孤独的欲望。米香喜欢这深夜里喧嚣的霓虹灯，一个人如果喜欢热闹，很可能是因为灵魂感到寂寞，需要用喧嚣来填补心灵世界；而一个人喜欢孤独，很可能是因为内心世界充实丰富，并且不需要旁人介入。

路过静安寺那条愚园路，米香看到一大束白玫瑰，在五彩的光下面显得更加纯美，米香凑上前去，闻了闻花瓣上面散发的激烈与甜美，喜欢它的温柔与羞涩，恬静与美丽，米香安静地想着，而花静静地开着……

## 【80】

李月楼第二天就离开了上海，前往北京支援简凡，米香突然觉得有些不习惯，因为平时她都是向李月楼汇报工作的，如今，李月楼离开上海，她觉得反而有些不适应了。

陈远一大早就气急败坏地推开米香的办公室门，米香正在喝第一口咖啡，差点没被烫死，吐了一桌子，桌子上面的文件立马湿了一大片。

陈远进来拍着米香的桌子，把手上的一叠文件扔到米香的眼前，喊着：“你自己看看，苏州这个尽职调查项目是你做的啊！”米香惊奇地看着陈远说道：“是啊，是李老师带着我和张律师与普会计师一起做的，而且最后的款项是盖总和我一起收的啊，都已经结案了。有什么问题啊？”

陈远说：“你自己看这个尽职调查报告，这个项目明显有很多的漏洞，你怎么可以这么轻松地就写得如此简单呢？如果对方找上门来，你怎么应付啊？”

米香不解地问道：“我写尽职调查报告都是以事实为基础的，又不是写可研报告，要那么多修饰干吗？摆出事实根据，投资方会自己会判断的，告知投资方风险在哪里不就好了吗？这也是尽职调查的原则啊。”

陈远不依不饶地说：“这个是房地产项目，和一般行业的项目是不一样的，你要知道这个项目是有实物资产的，融资一旦成功，我们可以从中捞到不少好处，你们这么处理，太草率了，简直是白痴。”

米香被陈远说得差点哭了出来，这些事情原本就不是米香来做决策的，一开始就是李月楼来定的，可是现在李月楼去了北京，米香的麻烦一下子就多了很多，当领导不是那么容易的事情，米香心里委屈极了，一时之间语塞，无从说起。

盖克明适时地走了进来，看到米香眼泪汪汪地看着自己，便问陈远："到底出了什么事情？"陈远看到盖克明进来，就收敛了许多，假装关切地说："我是关心一下公司最近的case是否都执行到位。"

"陈总，这些运营方面的事情，交给我和米香就好了，我们会做好工作的，我认为前段时间我们所做的这几个案例都是非常成功的，无论能赚多少钱，我们都已经做了最大的努力。如果你还有什么意见的话，我们可以在开会的时候一起探讨，这样可以提高公司的运营效率。"

陈远想了想，一时之间没有话说了，就假装拿起电话离开。"我还有其他事情，我先去忙了，你们赶紧把上海公司的业务抓起来，我希望看到本月财务账户有盈余。"

盖克明信心满满地说道："这个没有问题，这周马上就有三个单子进来，财务危机立刻解决。"米香看到陈远走出了公司，眼泪终于哗啦啦地流了下来。盖克明心疼地说："傻丫头，这么大了还哭鼻子啊。"拿起餐巾纸帮米香擦干了眼泪。

米香突然之间想起了李月楼离开上海时说的那句莫名其妙的话，出什么事或者被人欺负的话，记得找盖克明，现在终于明白了这句话的含义。

盖克明递给米香一个包装精美的小盒子，米香好奇地接过问："这是什么？"盖克明期待的用眼神看着米香说："今天是我们认识三周年的纪念日，还记得三年前的今天吗？"

"我在那个金陵的校园内撞见了你，你的眼神还是一如现在的清澈，我瞬间就被你迷住了。以后的每个日子，我都在金陵的某个城墙，静静地远眺南方的你，只感战时烽火灼烧你的妩媚，有悲伤，不晴不雨，爱上最感性的你，不曾同城，依旧时时触动心尖，给我疗灵魂情伤。

"这款'女香'送给你，这是一款能让玫瑰永恒留存的味道，它的香氛能捕捉玫瑰华丽和脆弱的完美瞬间，诠释当代女性独立与感性的双面性格。我觉得非常适合你。你充满魅惑又内蕴细致，让我痴迷不已。"

米香接过"女香"，心中的阴霾一扫而光，喃喃地说道："要是有一个地方，只闻花香，无悲喜，喝茶发呆，不计朝夕，包容最真的你就好了！这是不是你一直想要的生活？阳光很暖，日子很慢……"

# 六卷：被曲解的商道逻辑

在ZGCISC这个商业模式中，米香融入了独到的商业公式，在执行过程中却被前程远给彻底曲解了，留下的只有“饵与钩”的赢利模式。这种缺乏现代企业竞争的商业模式，在短时间内大肆掠夺金钱之后，终将走向毁灭的深渊。

商道是什么？是商业的准则和行为，还是人们苦苦追随的经济模型和游戏规则？喧嚣热闹浮华的背后，各路神仙小丑，戴着镣铐在跳舞，其实熙熙攘攘皆为利来！商道本无罪，有罪只是人！商道大拿，另眼看世界！

——同策金融董事　潮成林

## 【81】

米香越来越觉得陈远最近的举动很是奇怪，他不仅开始插足米香做的这些尽职调查团队，对于米香和方琼之间的接触也要参与，这些都让米香没法向李月楼交代，这让米香很尴尬。

米香尽量不在公司谈公事，有什么事情都约了对方去咖啡厅或者饭店，这样可以避免和陈远的正面接触。

冒着阴霾的天气，米香约了张律师在一家日式自助餐厅见面，聊聊有关目标购并的专业问题。张律师倒是如约前来，显然张律师也对前程远公司的业务非常感兴趣，志在必得的样子。

“米香啊，这家餐厅不错。”张律师对这家日式自助餐厅赞赏有加，看样子米香今天选对地方了，米香宛然一笑道：“知道大律师对环境的要求很高，所以我才选了这里，这里很静，没有嘈杂的人声。”

“大律师给我上上课吧。”米香眨着大眼睛，表现出极强的求知欲望，这是任何男人都无法抗拒的诱惑。

张律师只好乖乖地把知道的专业知识都心甘情愿地倾情奉上，米香一边烤肉，一边听着张律师讲述何谓目标购并，以便自己好物色相应的目标企业。

张律师说："目标购并公司是指在美国纳斯达克等交易所上市的唯一资产为现金的'钱箱'公司或'空白支票'公司，其唯一的业务目的就是对某一国家或特定行业中某一经营业务进行单一的战略性投资。"

米香好奇地问道："那么这样的钱箱在美国市场上面占有多少比例啊？"张律师张口吃完手中的烤肉，继续说道："目前美国市场上有数十家目标购并公司，融资额在30亿~40亿美元。通常由一个富有经验的管理团队组建，该团队基于信用一般向公众投资者融资2000万至2亿美元。"

米香一听，眼睛一亮。"包括哪些公众投资者呢？""79%至80%的公众投资者是机构，包括共同基金、银行和对冲基金，而其余则为高资产净值的富裕个人投资者。"张律师的话让米香觉得仿佛可以看到了自己手上的企业有一天能上纳斯达克，米香继续问道："那么并购后面怎么操作呢？"

张律师笑了笑说："美女啊，让我先吃几口填饱肚子吧，我都饿坏了。"米香笑着夹起烤好的肉递给张律师。张律师说："多谢美女啊，烤的肉也特别香。"说完朝着米香坏坏地笑着，米香被他笑得有些尴尬，紧张地说："你慢点吃，我们慢慢聊好了。"

张律师填饱了肚子，打开了话匣："对该目标公司的收购可以通过合并、股票交换、资产收购或其他类似业务合并方式来进行。合并完成，目标购并公司即变更名称为反映该目标公司及其经营业务的名称，同时合并后的合并公司股票在经过申请后开始在纳斯达克等全国市场系统进行交易，对更大的购并而言，会选择在纽约股票交易所进行交易。"

米香问道："目标购并公司模式实际成为以往内地企业赴境外上市的借壳方式不同的一种造壳方式吧？那么对目标企业有哪些要求啊，不是什么企业都可以吧。"

张律师说："那当然，一般来讲，有八点你需要注意，包括有可持续主营收入和稳定的现金流、行业整合与购并的成长机会、年收入在5000万到5亿美元、已有营利或接近营利、有优秀的管理层团队、有国内合格会计师事务所审计的资产和财务报表的记录、有良好的商业信用记录、对行业无特殊限定。"

米香笑着说："我明白了，企业有三个钱包：股东、银行与江湖信用。江湖信用不可能横空出世，是日积月累而来的，商道上有句话，做企业就是做人。”

张律师竖起大拇指说：“美女不仅漂亮，脑袋也特别好使啊！”米香害羞地说：“哪有啊，还不是张大律师教得好。”张律师心里美滋滋的。“美女啊，有项目别忘记我了，我可是知无不言，言无不尽哦。”米香举起手上的那杯清酒说：“来，张律师，为我们未来的合作干一杯吧。”张律师可能喝多了，脸红红的，显示出比较兴奋的样子，米香知道今天的宴会也要结束了，男女不能独处太久，任何事情都要恰到好处。

## 【82】

“张律师，我等下还有一个会议，要不今天我们就到这里，改天我再找你讨教。”米香买完单，自己打车回去了，刚进办公室，就听到陈远在拍桌子乱吼，吓得米香都不敢进门了。米香在门口呆立着，没有进门，忽然有人拍了米香的肩膀一下，米香被吓了一跳，转头一看，竟然是李月楼，米香特别兴奋，仿佛看到了亲人一样叫道：“李老师，你回来啦。”

李月楼看到米香站在门口，又听到陈远在里面发脾气，但他没有那么多时间和陈远啰唆。陈远看到李月楼，竟然也安静下来了。“啊呀，李总你回来啦，是不是有啥好消息啊。”陈远殷勤地拉着李月楼，李月楼很不习惯。陈远笑着说道：“李总啊，你辛苦了。”李月楼看着陈远献媚的眼神，心里倒是非常得意，陈远啊，你竟然也有今天啊，李月楼的心里竟然有些幸灾乐祸。

“陈总，今天怎么有空在这里骂人啊，平时都见你很忙的哈。”李月楼故意这么说，让陈远觉得不是很好意思，自己最近确实挺空的，自从拉菲离开自己后，自己除了工作就变得无所事事一样。陈远打心底里面认为，所有的这一切是简凡搞的，虽然自己没有足够的证据证明这一点，但一切事实摆在了眼前，所有的利益都指向了简凡，可是陈远就搞不懂了，简凡是怎么把钱从石森那里弄出来的呢？他们之间应该没有那么深厚的交情吧。

莫非是更大的利益交换？陈远其实知道，自从简凡来北京后，所有执行层面的运作都是由他来定，自己只忙着和拉菲一起，实权已经被架空。“陈总哦，我来上海是看看米香的工作进展怎么样，顺便把北京已经建立起来的目标购并业务也在上海开展，你看有什么问题吗？”陈远听了，连忙说：“没问题，你忙吧，我还约了客户，先走了。”

看到陈远离开，米香舒了一口气，今天幸亏是李月楼回来，不然又得看陈远发脾气，整天在这样的环境里面，自己的内心变得非常浮躁。

记得盖克明曾经告诉过米香："普世的观点对女性评价的成功与否，往往都是基于她对家庭的贡献。女强人毕竟在男权社会还是非主流群体，尽管在事业上再怎么成功，不能回归家庭貌似都不算圆满。"米香发现女人活得比男人累多了，男人可以不管家庭，只管事业，但女人哪怕事业再成功也要家庭圆满。

其实陈远也是识时务的，这段时间的经历让陈远明白了一个道理，人的区别往往由环境造成。自己在外面闯荡，而那个时候的拉菲却在魔都喝下午茶小憩。男人拼事业无非为了证明自己和取悦女人。如果没有女人，男人应该就会活得不同。

想到这里，陈远边摇头边苦笑，自己这是何苦呢？如今自己想要重整江湖，咸鱼翻身可能需要花费更多的时间与精力，都是红颜惹的祸啊。

"李老师，你这次回来除了目标购并这个业务外，还有什么重要的事情呢？"米香关上门以防隔墙有耳。"米香啊，我是不放心你，才回来的，听说陈远处处与你作对，幸亏有盖克明，不然你惨了。陈远现在就像条疯狗，见谁就咬谁，我看要不你跟我来北京吧，上海的业务交给盖克明好了。"

米香坚定地说："不行。我能应付的，我又没做什么坏事情，陈远不会拿我怎么样的。我这里刚上手呢。前几天和张律师约了见面，聊了目标购并公司的业务，你让我现在去北京，我这里不是前功尽弃了吗？"

米香拿出一沓项目筛选表格，说："你看，这些都是这段时间我工作的成果，已经成功筛选了100多家企业，我挑了10个目标企业。李老师，你上次跟我说你找到了一家专门搞海外目标购并的企业，是哪家啊？"

李月楼说："美国TAB专门从事这类业务。一般完成一笔购并交易通常只需要3到5个月，交易的工作包括了尽职调查、交易结构设计、目标公司估值、签定购并合同和目标购并公司股东批准等全部程序。"

## 【83】

"那一笔生意下来，岂不是我们可以赚其中的几笔钱啊。"米香惊讶地说："尽职调查也是需要的啊？"李月楼说："所以美国TAB才找到前程远啊，尽职调查可是我们的业务强项啊，我先看看你筛选的目标企业，我们要从这10个里面再选出3家，这样既能保证成功率，还能保证质量。"

李月楼说：“选择的标准可以按照张律师的想法，但是一定要有利润增长点，能有比较创新的东西融合进来，这样好忽悠啊。一定要让目标企业感觉到这个业务模式比传统IPO更确定、更便宜、更快捷以及更能获得融资。”

米香说：“我会找一些相关案例，然后写一个目标购并公司并购后的股票价格表现，这样更直观。”李月楼说：“这是你的强项了，你现在可不仅仅是前程远公司的一支笔，还是一块奠基石，我们都老了，未来是属于你的。”米香被李月楼说得很不好意思，害羞地低下了头。

可是在米香的心里，这不是她所期望的发展模式，米香融合了很多的创新元素和智慧在ZGCISC投融资服务中心的建立上，例如联盟中的四方阵营，金融、资讯、专家、项目，都是强强联合，而且在客户价值、企业资源、能力盈利方式所构成的三维立体模式，米香自认为这是一个绝佳的商业模式。

可是在执行过程中，米香深感愧疚，她没有那么大的能力去掌控这四个方面的力量，况且每个方向都是不同的，慢慢地这个平台就变质了，米香越来越发现目前自己所做的一切都仅仅是为了钱，除了钱没有别的东西了。

正说着，盖克明走了进来，大叫道：“米香，赶紧跟我去见一个客户，就是上次我跟你说的那个高科技行业的客户，他们的业务情况基本符合目标购并这个模式，而且他们也迫切希望能上市。”米香不想跟盖克明出去，每次出去盖克明都会欺负她，所以她看着李月楼，想让李月楼替她去，但是李月楼很忙，都没有抬头看她一眼。

米香很不情愿地跟着盖克明走出去，在电梯口，盖克明一把搂住了她，闻到她耳畔“女香”的气味，米香眼泪晶莹、满面委屈地看着盖克明，盖克明一下子就慌了神：“怎么了？哭了？谁欺负你了？”

“是你？每次都是你欺负我。”米香很难受，不知道该如何是好。她这样怎么面对简凡呢？盖克明叹了口气说：“我对你的嚣张、偏执、张狂都是因为我的心里面有你。你懂吗？如若没有，尽可以选择漠视，人与人之间基本都只是彼此的路过。”

米香傻笑着看着盖克明：“啥时候你变得如此有文艺气息了，我咋才发现呢。不过我想说的是，我早就已经不是以前的那个我了，别再用我的过去来评价我。”

盖克明的眼神有些黯淡，失去了刚才的激情，电梯门开了，里面空无一人，关上门后盖克明说了一句意味深长的话：“若要有优美的嘴唇，要讲亲切的话；

若要有可爱的眼睛，要看到别人的长处。”

米香回了一句话：“我现在之所以快乐，是因为我不记得过去，也不晓得未来。”“米香，你什么时候给我讲讲你精心设计的ZGCISC投融资服务中心的架构，我看看是否能融合我的一些资源进来，让这个平台能发挥更多的优势。”

米香说：“你还是不要掺和进来，现在这个形势太复杂了。陈远，简凡，他们两个经过上次的内斗，公司已经伤得很深，陈远是不会就这么善罢甘休的，他一定会报复的，所以啊，我觉得吧，我们不要在里面捣糨糊，到时候受伤了都不知道找谁麻烦。”

盖克明笑着说：“你一个小小的女子，如何知道如此多的内幕，陈远与简凡之间的斗争是因为陈远不肯让利给简凡，简凡要想和陈远斗争还不是易如反掌啊，有必要搞得那么复杂吗？”米香说：“你只知其一不知其二，简凡从一开始就不服陈远，再说简凡在北京公司做的工作，陈远根本完成不了，简凡把事情做好了，陈远就想把他赶回上海，卸磨杀驴啊，这不是闹着玩的啊，简凡这么做只是为了自卫，我认为没有什么值得争议的，商业斗争都是很正常的，我们没有这种实力掺和，所以最好的办法就是一边站着看大戏。”

## 【84】

盖克明露出轻藐的笑容，“米香啊，不要以为局外人是一种优势，有时候你不掺和其中还不行啊。局外之人看事肯定是比局中人还要清楚，但是局外之人有时候很难置身局外。”

“以不变应万变并不是你我能掌控的，你知道简凡心里怎么想的吗？你又知道陈远心里是怎么想的吗？米香啊，人生不过如此，且行且珍惜。自己永远是自己的主角，不要总在别人的戏剧里充当着配角。你在前程远公司也一样，你以为自己总是配角，所以你永远只能成为别人使唤的对象，李月楼可以使唤你，简凡可以使唤你，陈远也可以使唤你，而你到底想要的是什么？钱、名、权，在公司这种名利场上，你要搞清楚自己的位置，不要让自己在大棋局中迷失方向。”

米香忧伤地回道：“人生为棋，我愿为卒，行动虽慢，可谁曾见我后退一步。”

一阵温热的风吹进来，电梯门开了，大门外阳光放射出春夏交替时炙热的气息，米香忍住自己内心的痛苦，因为她清楚自己还要在这个城市中穿行。“盖总，我会找个时间跟你解释这个平台的组成与功能，但是，眼下我觉得还是先把重点放在尽职调查业务这块，我们这个月的财务是非常紧张的，没有这10个项目成功进账，不仅仅是上海，北京也会出现资金断裂的。”

盖克明看着眼前这个小女子，心里顿时百感交集，他舍不得打击她，也担心她吃亏，可是自己分明曾经伤害过她，如今还配爱她吗？有句话叫我爱你，但与你无关。想到这里，盖克明有些豁然开朗了。

“走吧，我们亲密，但我们不是敌人。至少我们的身体曾经交织在一起过，俗话说……”盖克明刚想说下去，米香打断了他的话：“OK。我明白你的意思，咱们共同进退吧，这样都有利”。

经过这短时间的沟通，米香和盖克明的默契程度大大提升，彼此心意相通了，仿佛打破了多年之前的那层隔膜。

他们来到的是一家以矿产为主营业务的公司，米香给老板详细介绍了目标购并的优缺点、资金托管、并购完成的时间与流程等，对方担心公司合并后会有何麻烦，是否意味着自己没有任何权利了。

米香把目标购并的具体合并后的要求详细介绍给了对方公司的老总：“其实合并后的公司可以保持目标公司原有名称、管理团队和品牌，而且可以形成新的董事会，获得资金，加速目标公司的发展和战略的实施。目标公司可以获得高于IPO的对价，目标公司继续保持控制地位，并成为挂牌上市公司并立即可以申请在主板交易。”

盖克明插嘴道：“方总，这与传统IPO相比，更确定、更便宜、更快捷、更易获得融资。”

方总一听，大笑着说：“这么好的机会，为何不早说呢？”米香转口说：“但是我们希望贵公司也能经得住这个条件的考验。”方总说：“没有条件，创造条件也要上啊。”

米香介绍了美国TAB公司的业务，在二十多家完成IPO的目标购并公司的普通股以及认购权证价格平均都上升了20.13%，这些公司中已宣布业务合并的公司普通股及认购权证价格已经增长了21.67%至161.50%，平均上升了79.35%。

方总看着米香的数据，有些迷茫地问道：“那么美国TAB在中国有没有类似的成功案例呢？方便的话介绍一下，我们也可以做一个参考。”

米香看了看方总点头说：“接下来我们要讲的就是其业务与中国一家公司进行的合并，合并时公司的估价综合考虑在美国和中国上市的相关公司平均市盈率，以近20倍的市盈率确定，合并后公司在纳斯达克市场交易的股权都超过其合并时的估价。”

方总把眼睛睁得大大的，看着屏幕上米香列出来的案例和数据，他无法相信自己的眼睛，这简直是天方夜谭啊，但是他又不想放弃眼前这个绝好的机会。

米香看出方总是个典型的新徽商，重事业、轻享受，就继续忽悠道：“想来方总是一个做企业的人物，无论哪家百年企业，在发展到一定阶段之后，通过引入海外投资机构、提升企业的管理水平及国际化视野都是势在必行的一项工作。”

## 【85】

方总听到米香在夸自己，心里那股鲜美的劲一下子又上来了。“其实啊，米香，在国际化方面，我试图在三个方面有所突破，一是市场覆盖国际化，二是融资渠道国际化，三是企业动作国际化。此外我还会针对不同国家制订本土化策略，深入到该国探寻合适的项目。”

“看样子在方总的心里早就有一盘国际化大棋局，而目标并购已经成为资本博弈与战略比拼的重要手段之一，并购可以迅速推进公司产权的多元化，业务的市场化及治理结构的规范化，充分体现了现代市场优胜劣汰的原则。”

米香继续道：“目标购并公司的股票与其首次公开募股价相比获得了极高的回报。与此不同的是，过去18个月内在纳斯达克上市的大部分中国公司的股票目前的交易价都低于其首次公开募股价。”

米香叹了口气说道：“这些企业看起来光鲜，其实背后的艰辛没人能看到，今天我说了不少辛苦，我想方总你能切身体会吧。”方总点头称是：“企业发展上的问题单靠经营是不能解决的，要靠智慧加经验再加辛苦。”

从客户那里出来，两个人会心地一笑，盖克明提议：“去休闲一下吧，找个安静的地方，适合两个人眼对眼、手握手的地方，消磨一整个下午，放缓生命的节奏。”

米香斜着她美丽的大眼睛傻傻地看着盖克明，希望能看出什么不良动机，盖克明真诚地微笑着，眼神里面也透露出期许与静默。在盖克明面前，米香总是没有办法拒绝他，这就是一个男人不可抗拒的那种魅力。米香靠近他，就能闻到话梅糖的甜香气味，这种气味那么熟悉，多年前米香就是被这种气味给深深地吸引住了。

在静安寺附近，靠近南京西路边一家F打头的咖啡馆，米香站在那里不肯离开，盖克明一看就说：“那就这家吧。”米香还是不动，抬头看着咖啡馆门口的那棵百年香樟树，特别高大挺拔，仿佛想要渗透云霄，欲与天比高。

米香对着盖克明说：“如果有来生，要做一棵树，站成永恒，没有悲伤的姿态，一半在尘土里安详，一半在空中飞扬；一半散落阴凉，一半沐浴阳光。岁月静好，我只愿等待一个人。”

“不就是我吗？”盖克明哈哈大笑，显然破坏了米香的静谧心思。“其实啊，你就是世界上一道最美丽的风景，没必要在别人的风景里仰视。”

“其实，米香我真的很佩服你，这是由衷地佩服，你说你这么个小人儿，在那些大老板面前竟然一点都不畏惧，还能让对方对你说的话直点头称是，这是需要很多勇气的，莫非你会读心术。”

米香端起咖啡，有一股浓香扑鼻，沁人心脾，好久没享受这么香醇的现磨咖啡，整天忙得跟打仗似的，也只有盖克明知道米香真正稀罕的是一种什么样子的生活。女人其实不必太美，只要有人深爱；不必太富，只要过得幸福；不必太强，只要活得尊贵。努力做个有才华的善良的美丽女人。

难得的半天假期啊，温暖歇息吧。

米香去洗手间的时刻，放在桌子上面的手机响起来了，盖克明还是控制不住自己的好奇之心，拿起手机一看竟然是简凡，他本来想放回去的，可是心里有一种莫名其妙的感觉，神不知鬼不觉地接了这个电话。简凡暧昧的声音从电话那头传到盖克明的耳朵，盖克明的心里实在是忍无可忍了，他对着电话那头大声说道：“米香是属于我的，永远都属于我的，你休想！”说完也不等简凡说话，就把电话挂断了。盖克明顺手把那条电话记录删掉了。

从洗手间出来的米香并没有发现这些细微的变化，盖克明眼神中透露的些许敏感并未被米香捕获。“米香，你知道这个世界上最难的两件事情是什么吗？”

米香歪着脑袋看着窗外树梢上面即将落下的太阳，说道：“把自己脑袋里的思想放到别人的脑袋里；把别人口袋里的钱放到自己口袋。”

“聪明，姑娘。那你把你的思想放进我脑袋吧，我可以把我的钱都放到你口袋里面。”

“凭什么呢？”米香反驳道。“凭我现在是你老板。”盖克明强势的口吻让米香觉得分外反感。米香一下子低下了头，沉默不语。

男人最怕的就是女人冷战，盖克明也一样，哪怕米香跟他吵闹，他都觉得非常开心，米香的沉默是一种变相的反抗，他受不了了。“好了，我不问你了。好不好，你说句话吧，晚上想吃什么，我陪你一起去吃吧。”

## 【86】

米香冷冷地说：“要回去加班。”盖克明显得很失望，“今天就不能放下你手上的一切吗？我很孤独，需要你的陪伴，难道你不寂寞吗？我始终相信我们之间的爱情不会变老，我也始终坚信你并没有把我忘掉。只是我们曾经彼此都错过了，那种心的伤痕是无法用任何材质来弥补的，而你与我都只能在另一个不知名的地方寻找过往，嚣张地生长……”

米香的笑温婉又有点凄美，她的目光非常坚定，看得盖克明的心一阵发抖。“你要知道这个世间很多我们不知道的事情都是被预先放入那个抽屉里面。不要去期望和等待无关的人与事，他们在自己的抽屉里。用全力把你分内的人和事处理完美吧。”

望着窗外米香离去的身影，盖克明一次又一次地无法琢磨透这个女子，她慢慢地成长，慢慢地走出他的世界，他以为她是属于他的，终究会是属于他的，可是，每到关键时刻，米香总是从他的世界里面越走越远，或许他用一辈子都无法猜透这个女子，但是正因为如此，盖克明才觉得好奇，想要征服。每次当他强烈地吻她的时候，他就有那种征服的满足感，哪怕她哭了，哪怕她咬他，或者屈服，或者倔强，或者骄傲，或者迷茫，抑或每次无奈地分离，他都喜欢，他愿意就这样陪着她一辈子。

短短的一周就在忙碌的案例撰写中度过了，米香忙得甚至都是深夜才回家，每当这个时候，盖克明始终守候在她的身边，从来没有一天落下过，这个生命中曾经伤害她那么深的男人，为何这个时候对她这么好，连简凡都无法做到每天陪伴她，这是需要多大的耐心与毅力啊。若非诚恳与爱恋，任何男人都无法做到。

“盖总，你知道我设计的ZGCISC投融资服务中心这个平台最关键的两点是什么吗？”在一个月色明亮的夜晚，米香一边吃着盖克明订购的晚餐，一边从容地问他。盖克明想了想说：“哦，老师你愿意教学生我了吗？”米香羞涩地一笑，正经地说道：“看你这么认真的份上，我就授人以渔吧。”

盖克明想了想说：“我认为任何商业模式的成功都不外乎两个方面，第一是盈利模式，第二是社会责任。所谓德与智，两者缺一不可。如果缺少其中的任何一个方面，这家企业无论能走多远，最后的目标必将是灭亡。”

米香赞同地点头说："妙。"这个字让盖克明深信自己也应该和米香一样拥有睿智的头脑，盖克明继续道："其实我觉得你已经在ZGCISC这个商业模式中融入了你独到的商业公式，但是我认为无论是陈远，还是简凡，抑或是李月楼，他们几个在执行过程中都曲解了你的真正意图吧，我认为到目前为止，前程远的所有业务模式都是饵与钩的赢利模式，这种模式虽然在短时间内能大肆掠夺金钱，但我觉得吧，人算不如天算，终将走向毁灭。"

米香竖起大拇指道："英雄所见略同。"她没有料到盖克明跟自己的见解竟然如此吻合，以前跟简凡谈起这个商业模式的时候，简凡都没有这么深刻的理解，就连李月楼都不会说出这段话，米香突然觉得自己找到了生命中的知音。她的那颗原本游离到很远的心仿佛一下子又撞见了相同轨道的星星，能够与之风雨同舟。

在盖克明与米香忙完这个月的业务指标的时候，陈远并没有闲着，他的暂时沉默也是为了更好地反击，一个人要想攻击对手，就得知道自己能否赢，如果不了解整个战局，那输的一定是自己。男女之间的思维区别在于，男人喜欢在不确定性中寻找确定性。女人喜欢在确定性中寻找不确定性。所以男人更有大局观，而女人更细腻。陈远也正是这样，在目前不确定简凡的一举一动之际，自己先要忍受所有的羞辱与背叛。凡是绝地反弹，咸鱼翻身的人都是需要有高超的忍耐力的。

而陈远要做的最大的努力，就是让拉菲再度成为自己的天使，拉菲正在简凡的律师事务所上班，回上海的那段时间，让她暂时忘却了过去所有的痛苦、悲凉、羞辱、折磨，让她把自己的心伤完整地包裹起来。魔都如此奢华与精致，谁也看不出她曾经不堪的过去，因为陌生、隔离、秘密、创痛都已然成为繁华夜景里面的微不足道的小事。

## 【87】

拉菲静下心来，回忆自己交往过的那些男人，要把他们从自己的记忆里区别开时，蓦然发现不是每一个人长了一张不同的脸，而是他们都善于行使不同方式的征服欲，以及征服过程中极度卑微的嘴脸。特别是陈远的那副卑贱、恐怖、恶心的嘴脸，再一次在拉菲的眼前浮现，那一次狰狞的现场记忆再一次出现在拉菲的梦里，一阵眩晕，整个房间像缺氧一样，生生地将拉菲的睡意驱逐完毕。

那洁白的大枕头上，拉菲睁大眼睛看到的是那些男人狰狞的脸庞，扭曲，狞笑，她突然恨不得狠狠地给自己一巴掌，这是怎么了？自己竟然无力地将头埋进了被子里，无能为力，阻挡这一切，有时候，过分的自我，远比哭泣更让人觉得落寞。

夜还很深，一片寂静，开着的电脑还在嗡嗡作响，拉菲双手捂住了脸，缓缓地坐在床沿，有那么一瞬间，她也不知道自己要干什么，旋即，纤细的手指轻轻一颤，一股小小的燥热从深处慢慢地燃起，仿佛火苗，蹿到了心头。

拉菲起身穿好衣服朝着经常去的那家酒吧走去，而这里，守候了多日的陈远，终于看到了那个熟悉的身影，他知道自己该等的那个人终于出现了。

拉菲只是想借酒消愁而已，然而拉菲没有料到，陈远再一次出现了，他彻底打破了她埋藏深刻的贪恋与虚荣、欲望与懵懂，拉菲再一次被陈远征服了，成为可以依附于他的傀儡。

而所有的一切计划都在陈远的秘密安排之中顺利进行着，等待着那个时刻的到来是多么令人兴奋的一件事情，陈远知道要想让这件事情能够顺利进行，让简凡无处翻身，只有控制住拉菲，让简凡的老巢先起火，这样他才有机会夺回前程远的话语权。

让拉菲没有料到的是陈远告诉她的事实是那么的残酷，她不想相信这一切是真的，尽管她有时候也隐约能感觉到点什么，但是她宁愿不相信简凡会这么对待自己。

陈远说道："俗话说肉眼要见，肉眼不见不真；心眼要见，心眼不见不深。"

直到陈远把那段录音放在她的面前的时候，她的神经系统一下子崩溃了，她拿起桌子上面的那瓶红酒，抬头一扬脖子，红色的液体顺着她的洁白的肌肤流淌。陈远被眼前性感的肉体给深深诱惑了，他抚摸着红色酒精渗透的肌肤，滴滴的醇香满溢了整个房间，陈远低头伸出舌头开始舔舐，红酒混合着肌肤的清香，拉菲被这样的感觉给深深地吸引了，痒痒的，麻麻的，颤抖着，所有的感觉都混合成一种欲念。

她原本深藏内心的那些困扰终于得到了确凿的答案，而如今，自己只有按照陈远的方式来报仇，这也是她唯一的方法。所有的一切都是命中注定，而拉菲也深信那句话，出来混早晚都要还的。

## 【88】

拉菲知道，太容易的路，可能根本就不能带自己去任何地方。自己所有的偏执与报复都是需要付出的。在简凡的律师事务所内，拉菲尽量表现出自然的状态，以免里面的同事发现自己的不正常表现。当然在与简凡的相处上面，拉菲自然也得表现出弱者与受伤者等毫不知情的状态，这样简凡才会不拿她当一回事。

而此时此刻，米香、盖克明与李月楼正在密谋怎么拿下第一个目标购并公司的客户——方总。

盖克明显然不同意李月楼的以骗为目标的方式，让方总与美国TAB签订战略协议，然后开展尽职调查捞一票走人。李月楼严肃地说："盖总，美国TAB的并购业务显然针对的并非私人企业，你找来的这些企业大多是民营企业，不太符合我们的要求啊。"

"李总，我们可以建议方总的公司与当地国企先进行重组，然后再去美国上市，这些都是可以想办法解决的，并不是什么大的问题。我不同意你说的只捞一票，这不符合我们ZGCISC融资平台的宗旨。"盖克明斜着眼睛看了一眼米香，米香有些走神，不知道在想些什么事情。

李月楼哈哈一笑，笑声里充满了鄙夷，米香知道这个业务模式并没有得到李月楼的认可，所有的一切都只是沦为了捞钱的工具，米香说什么已经没有任何意义了，所以最好的办法就是沉默。李月楼点燃一支烟，吹起了袅袅的烟圈，"盖总，你知道美国TAB的业务宗旨是什么吗？他们选择企业的标准是什么吗？这些你都不知道吧，你怎么融合到我们的ZGCISC这个平台里面呢？要知道我们的这个平台是为这些国外的金主服务的，我们是乙方，他们是甲方，有钱的主啊，你要搞清楚自己的定位与位置，不要动不动就搞得自己像老大一样，我们目前最主要的任务是做好服务，服务懂吗？"

盖克明失望了，他知道自己与李月楼之间的分歧在哪里了！盖克明是一个实业投资家，喜欢踏实地做事；而李月楼是一个咨询服务者，所以有很多可以想象的虚妄的成分在里面。两个人的理想与信念都是不同的，所以思考问题的模式都是不一样的。

米香在想的是另一个问题，简凡时不时地让李月楼回上海的真正目的，并不是谈什么业务，而是想要吞并掉上海的前程远分公司，这样他就能有独霸的话语权，米香也清楚自己在这里面的定位也仅仅是一个调和的角色，没有真正说话的权利。

不过米香还没有真正摸透简凡下一步的行动是什么，她总觉得简凡不会这么轻易放过陈远。一个真正的对手，是会想尽一切方法让对方死掉，不会放手再让对方反击的。

可是这一次米香真的是想错了，正当盖克明和米香为方总的目标购并业务忙得不可开交的时候，简凡的出现再一次打破了两个人的默契。

方总已经预付了50万的定金，同时也在整合当地的资源，谋求国企资源的支持，而米香也在积极地联络美国TAB企业，为目标购并业务做最后的努力，简凡的回来把这一切全部给打乱了。

会议室里面，简凡看着眼前的这两个人，心里有些难受，但是商业博弈是不能讲情义的，简凡沉重地说："经过我们的仔细核对，美国TAB是一家骗子投资公司，所以这次的目标购并业务不能再进行了，要么告诉目标公司事实，要么给对方找别的下家。"

盖克明一听这个消息，立刻跳了起来。"什么？你现在才告诉我对方不可靠，这里所有的事情都已经进行到一半了，你怎么让我收回？"

米香说："覆水难收了。只有走一步是一步了，最最不想看到的事情终于被自己赶上了，这次要么赔偿对方，退回定金；要么继续蒙骗对方，让对方知难而退。"可是这次带头的不是李月楼，而是盖克明，盖克明显然没有李月楼的老道与精明，他不可能蒙骗对方，米香这次真的很是为难了。

简凡看着米香关切地问道："有什么问题吗？如果有问题的话，我认为你们两个应该好好地反思一下。"米香立刻反击道："没有问题，我会搞定的。"米香抬头看到简凡眼里露出的狡诈笑容。她仿佛觉得那是另外一个人，完全不认识了。

## 【89】

盖克明看着简凡望米香的眼睛，心里不禁燃起一团怒火，他知道简凡对米香的感觉不仅仅是一个普通的朋友。他心里的那团火，不知道该如何浇灭，千万不能让简凡和米香两个人单独在一起。"米香！"盖克明叫着，米香一愣，抬头看着盖克明，有些莫名其妙的感觉。她知道自己在这两个男人面前又一次失态了。

"我们今天不是还要去方琼那里吗？谈谈下个月的尽职调查的几个业务单

子，我们走吧，等下方总等急了。”米香恋恋不舍地回头看了简凡一眼，简凡的眼神里面透露出意犹未尽的味道，米香的心里有些难过。两个男人的同时出现，让自己难以抉择，深爱的那个人不能相守，另一个却又有些难以企及。

在与方琼的会谈当中，盖克明提到了今天与简凡开会时候的那件案子，方琼一听就知道是一个机会，兴奋地与盖克明达成了共识。方琼说：“我们AFC也可以做这种并购业务，你完全可以把这次煤矿的并购业务交给我们来做。”盖克明的眼睛一亮，心里那种激动无法用言语来表达，向方琼保证立刻让方总与AFC签约。米香在一旁听得云里雾里的，她不明白盖克明为何这么想做成这桩生意。他到底想证明什么？是因为简凡的挑衅还是因为来自陈远那里的压力？

“盖总，你为何这么想做这笔生意，是为了证明给简凡看吗？还是陈远那里这么要求你的？”在回来的路上，米香直白地发问。

盖克明把车停在路边，转头看着米香，半晌才说：“我问你，你觉得我是这种不知轻重的人吗？”

米香摇摇头说：“不是的。我觉得你应该是一个很有责任的社会企业家。”

盖克明望着前方，心中无限地感慨。“米香啊，你知道吗？自从你离开南京的那一天，从我的生命中消失的那一天，我就有一种信念，我们有一天一定会重逢。我深信这句话，你走进我的生命，是由命运决定的；你停留在我的生命中，却是由我自己来决定的。”

“为此，我找了你很久，而当我知道你回上海了，我还是没有放弃，我今天所做的所有的一切，是为了赎罪，对你，更对我自己。你走后，我听说了，那个孩子是我的，而你却不小心被她给打了，还为此流产了，我知道，我错怪你了，我真的不知道该说什么……”盖克明哽咽了，眼睛湿润了，这绝非虚假的眼泪。

“原来你都知道的。”米香第一次看到一个大男人流泪，她一时之间有些手足无措，拿起车里的纸巾替盖克明擦干了眼泪。

米香镇静地说：“明，我们之间的事情都是过去式了，你完全没有必要为了这点小事而一直耿耿于怀。我不会为了私事而影响事业和我们之间的合作。”

“你已经不是过去的那个米香了，这段时间我能感觉出来，你成熟了。米香，我为你高兴，我想这就是我最后能为你做的，让你在这里站稳脚跟，我好安心地离开。”盖克明忧伤地说着，眼神中透露出的无奈与期待，让米香再度沉沦，她真的无法不爱这个男人，女人想要的就是这种感觉，男人把她放在自己的心底，时刻会想起，什么物质、名利、金钱、权势算什么。

“为了你的鼓励与支持，咱们今晚去喝一杯吧。”米香突然之间这么豪爽，令盖克明有些受宠若惊。“好。”盖克明一边启动车子，一边有些迷惑。

米香把一瓶啤酒倒进两个杯子，递过一杯给盖克明。“盖总，为我们的无间合作而干杯，咱们一起努力，让ZGCISC走向更广阔的平台吧。”盖克明微微一笑，心里清楚这个小女人的事业心被再一次激发。

盖克明的目的达到了，在送米香回家的路上，他觉得米香今天是彻底地喝醉了，一股幽香从透着醉意的米香的脖子边飘来，盖克明抗拒不了这种诱惑。她拿出钥匙的时候，他一把夺过她手里的钥匙，果断地打开了这扇门，就如很多年前一样，也是这样的一个夜晚，也是喝醉了，也是送她回家，他们就那样在一起了。

米香并没有拒绝，是她自己的骨子里面还爱着他，她知道哪怕他再不好，她都不会放手，这个拥有话梅糖甜味的男子是属于她的，身体与灵魂一个都不能少。

## 【90】

盖克明的手抚过她纤细的背脊，线条一如从前那样的柔美与骨感，那个熟悉的，从来都是在他的掌控中小女人，今天让他有了一次全新的体验。

清晨的阳光显得格外明亮，一整夜过去了，米香知道今天是周一，必须面对简凡、李月楼还有陈远，盖克明还没醒来，她看着他闭着眼睛，熟睡的时候像个婴儿一样伸展四肢，眉头有些皱，貌似正在做着某个梦。盖克明一声惊叫把米香吓了一跳，米香正在做着早饭，听到房间里面盖克明的恐怖叫声，丢下锅铲，看到盖克明浑身是汗坐在那里呆呆地望着门口，米香抓住他的双手问道：“是不是做噩梦了？”

盖克明露出性感的微笑，“没事，只是一个梦而已，我去冲个澡。”说着朝洗手间走去，热水刺激着满是汗水的肌肤，盖克明意识到刚才那个梦绝不是空穴来风，梦里他不停地跑，后面仿佛有东西在追逐着他，而前面竟然是一条没有桥的大河，河水奔腾，仿佛就要吞没了自己一样，这个时候米香竟然出现在对岸，她很着急地看着盖克明，呼唤着他，而米香的背后竟然是一只张开了大口的老虎，朝米香扑来。盖克明没有任何犹疑跳下了河，转而就醒来了……

喝了两口粥，盖克明和米香出发了，今天应该是个特别的日子，昨天与方琼的会面让盖克明对这个目标购并案有了全新的理解，他觉得自己一定要把这个项目做好，让米香能够有一个崭新的未来。

两个人尴尬地互看了一眼，昨晚的情形再次在两个人的脑海里面逐渐清晰，米香的脸一阵发红，感觉两只耳朵有些烫，她低着头不敢看盖克明。

简凡正在会议室里面和李月楼窃窃私语，看到米香和和盖克明两个人成双入对地进来，心里不仅涌现出阵阵怒火，以一个情场老手的眼光，他明显看出盖克明今天的得意之色，以及米香心底凸显的幸福。

一种被爱情抛弃以及仇恨的感觉，从简凡的心底再一次冒出来，原本属于自己的米香，却投入了对方的怀抱。简凡如此自负，他怎么能容忍这样的事情发生呢？李月楼仿佛嗅到了一些硝烟的气味，他客气地问盖克明："盖总，你们昨天去和方琼谈得怎么样？有什么收获吗？"

盖克明本来就想炫耀一下自己的昨天取得的成绩，拍着桌子说道："李总，昨天真的是个奇迹啊，方总完全赞同我和米香的主意，如果美国TAB不和我们的项目公司签约，那么AFC肯定能跟这个单子，你们放心好了，昨天我们都谈得差不多了。"

李月楼有些不太相信盖克明所说的一切，他看了一眼米香，米香并没有说什么，好像又有些欲言又止。李月楼问道："米香，方琼对这个项目有兴趣？"米香点头说："是的。"

简凡在一边插嘴道："是不是敷衍你们的，据我估计，澳大利亚AFC根本没有做过这种类型的业务，这个行业也不熟，目前只有美国有目标购并，你们是不是被她忽悠了。"

李月楼也接口道："盖总，我们经过了很多事实调查，发现只有美国的目标购并这类业务是比较活跃的，所以我认为在没有搞清楚事实的情况下，不要盲目变更，让目标公司处于极端被动的状态。"

盖克明拍着胸脯说道："对方目标公司跟我们沟通过很多次了，方总都答应了，绝对没有问题，而且我还跟AFC联络好了，明天就让两家见面洽谈。你们就放一百个心好了。"

面对信誓旦旦的盖克明，简凡的心里想要笑，但是憋住了，没有笑出声来，他想要看盖克明的笑话，超级大笑话，让他在米香面前永远抬不起头来。人与人之间有时候只有利用与算计。所有的背叛都会得到时间与灵魂的惩罚，而原谅只是一个可笑的故事。恐惧、贪婪、权欲源于分离，后者才是一切罪恶的本质。其中最隐蔽的一种分离是试图成为一个好人。简凡就是，他掩藏自己的一切，试图让自己成为天底下最优秀的男人。

## 【91】

而米香觉得，人本没有好与坏之分，总是相对而言的，长大成人这件事最恐怖的地方在于，你或许会变成自己曾经最看不起的那种人，而哪怕全世界最洒脱的人也未必能承受得住对自我的鄙夷。

简凡不会让盖克明如此嚣张，也不会让他做成这单生意。他找到了美国TAB，与这家煤矿企业进行洽谈，可是方总竟然告诉简凡，自己已经与盖克明引荐的澳大利亚AFC的方琼签订了战略合作协议，这下简凡不高兴了，事情严重了。

在米香的办公室里面，盖克明拿着合约高兴地炫耀着，仿佛胜利就在眼前。这个时候，简凡阴沉着脸走进来，盖克明把手上的合同摇了摇，幸灾乐祸地跟简凡说："简大律师，你看，我把合同签回来了。"

简凡一把抢过合同，看都没看，撕成了两半，米香惊呆了，张口说不出话来，就连盖克明也一下子呆在那里，不知道该咋办才好。第一时间反应过来的盖克明一把揪住简凡，抡起拳头想要打他，这个时候李月楼进来了，一把拉开了两个人，盖克明一看没有打着，第二次反扑过来，又一次被李月楼挡住了。

李月楼疑惑地问道："什么事情？你们两个需要动手解决啊？"米香疙疙瘩瘩地说："简凡把盖克明签回来的合同给撕掉了。"

简凡显然比盖克明镇定多了，说道："他签约回来的合约根本没有任何价值，你们掉进了AFC设计的圈套了。AFC是不可能承接如此大的目标购并业务的，只有美国TAB才有这样的实力，难道你们没有发现吗？AFC签这个单子，只是为了做尽职调查业务，捞一笔呗。"

盖克明显然不服气，"这个单子是我接的，请你尊重我的商业判断力，我会负责到底的。"说完甩手离开了，米香还是呆呆地站在那里，面对刚才的场面，显得手足无措。李月楼问道："米香，方琼真的跟你们签约了，还有其他的附加条件吗？"

米香回过神来说："没有啊，她很爽快地签约的，不过我总觉得方琼和那家煤矿企业签约是另有目的的，而且他们直接把尽职调查合约也和盖总一起签了。"

李月楼一拍桌子说道："猫腻就在那里，不过事情已经发生了，总不能毁约再去签美国TAB吧，等那个方总明白过来再说吧。"

"会不会出什么事啊？"米香紧张地问。简凡吓唬道："当然会出大事，你呀，我说你签订合约之前为何不经过我的同意呢？你们合约上面谁签名的啊？”

“是盖克明，他签字的，我既不是股东也不是法人，签字是没有法律效力的。”米香委屈地说道。

“走吧。”简凡拉着米香离开办公室。“去哪里啊？”走到电梯口的时候，米香反问道。“到了你就知道了。”在静安寺的一家西餐厅里，简凡为米香点了一份牛排，“多吃点，这样你的智商会高点。”米香噘着小嘴，心里满是委屈，简凡的心里也是一阵纠结，他简直无法想象米香和盖克明在一起的时候的场景，想到这里，简凡就觉得有无数的蚂蚁在撕咬他的心。

都说旧的时光是一本流水账，有些事情，没法回忆。简凡内心的痛楚与寂寞也只有自己清楚，可是自己喜欢的女人被别的男人占有了，内心深处总是有疙瘩的。

在爱情面前，放与不放，都只是一种状态，心里放不过自己，是没有智慧；心里放不过别人，是没有慈悲。简凡不想放过自己也不想放过盖克明。自己受折磨也要让对方痛。简凡收拾盖克明的最好办法就是让他在前程远失去地位，一个事业型男人所无法容忍的就是遭受事业的打击，这是最大的报复。

可是简凡自己也没有料到，这次收拾盖克明的圈套，也让他自己钻了进去，而渔翁得利的既不是自己也不是盖克明，却是在一旁遥遥观战的陈远。

简凡故技重演，让盖克明先和AFC签约，同时假装生气撕毁盖克明的合约，让盖克明深信自己的判断是对的，并执着地表示一定要完成这个项目，等到盖克明真正上当后，简凡与美国TAB重新接触项目方总，与对方私下签订战略合作协议，当澳大利亚AFC想要实行尽职调查的时候，方总突然说自己已经不想做目标购并了，这下让盖克明急了，到手的鸭子却飞了，盖克明实在不明白其中到底出了什么岔子。

## 【92】

盖克明失去了这个大单子，正在办公室里面郁闷，米香进来说道：“你的这个单子是被简凡抢去的，简凡让美国TAB和项目方进行了签约，你难道这点都看不出来吗？从简凡撕掉你手中的合约开始，我看出来了他不想让你掺和这个项目。”

“那为何一开始他不自己弄啊，等我什么合约都签好了他才来捣乱！”盖克明心里抑制不住的出离愤怒。

米香看到他愤怒的样子，笑出了声音，一手指着盖克明说：“你现在这个样子太恐怖了，别这样啊，等下被人看到你就先输了，输在气场上面，小不忍则乱大谋哦。”

“好吧，看在你的面子上，我暂时不跟他计较。”盖克明嘴上这么说，心里其实已经很清楚简凡为何这么对付他。然而自己作为胜利方就先不计较这些，事业固然重要，红颜知己可是可望不可求的。更何况有米香这么个知性的女子陪在自己的身边，即使为她付出自己的所有，盖克明也愿意，不会犹疑。

两个人正在讨论业务上面的事情，陈远走了进来，看到陈远，米香的心里还是有些害怕的，因为陈远毕竟还是自己的老板，与老板的相处之道米香还没有把握住，太近了会尴尬，太远了显得生疏。

米香关上门，听到陈远与盖克明的声音也从门后消失了，两个人又在密谋着什么大计，不能让自己知道的，不清楚也好，清静多了。

陈远借着这次的内部矛盾，把盖克明拉到了自己的旗下，这样自己的阵营会慢慢扩大，当然他也不会把自己真正的目的告诉盖克明，显然只是为了利用盖克明，男人之间的较量是需要用计谋的。

简凡回到北京的时候，美国TAB的人员已经出差去了，这个项目暂时搁浅，简凡的脑海里面一次又一次地浮现米香和盖克明在一起的情景。他萎靡地躺在自己的床上，白色的天花板里面映出了两个人影，米香脱下那件缠着百花结扣的棉麻上衣，他的身体有一种无端的战栗，模糊的情景里面有一个帅气的男人在一旁，他仿佛闻到了异香和话梅糖的甜香味，他控制不住自己，翻身下床来到洗手间，打开了哗哗的冷水，浇醒自己本不存在的梦。

难熬的一夜，随着黎明到来，简凡的意志渐渐清醒了。简凡想到了前程远的战略布局，陈远一定会和盖克明联合，如果高正奇再站在陈远那边，那自己和李月楼的胜算就不大。一定要利用这次事件，要么征服盖克明让他归入自己的阵营，要么把他踢出局。只是盖克明身边有个米香，简凡不想伤害米香，他从心底不想伤害她。虽然此刻简凡意识到自己已经失去了她，不管是身体还是灵魂，米香又一次回到了盖克明的身边。

米香觉得陈远也太小看盖克明了，至少盖克明做生意已经很多年了，陈远想要拉拢盖克明是没错，但是他没有把自己的真正目的告诉盖克明，等到陈远的马脚露出来的时候，盖克明其实已经早就看穿了对方。盖克明来个将计就计，套出了陈远的很多阴谋，包括拉菲的计划也被盖克明清楚地知道了，但是盖克明没有把陈远的这些计谋告诉米香，他也不会跟简凡透底，男人就要默默承受这些压力。

可是盖克明预料得太乐观了，陈远再一次联合上海公司的财务周琳，抽走了这段时间盖克明和米香辛苦赚来的500万的资金，等到盖克明知道这个事情的时候，陈远仿佛从这个世界上消失了一样。米香和盖克明急得像是热锅上的蚂蚁，团团转。

简凡急忙从北京赶到上海，正看到盖克明坐卧不安的样子，心里就很不舒服，这又是一次绝好的机会。

“盖总？你觉得陈远这次这么干的目的是什么？”简凡拉开椅子，有一种盛气凌人的架势，盖克明显然像是被放了气的皮球，没有了自己的主见。

## 【93】

米香无可奈何地说：“还能有什么！陈远现在需要钱，他除了风月就是赌博挥霍了，你看好了，不需要多长时间，陈远就又会出现在大家的眼前。”

“这次事情完全是陈远为了报复你，我们才跟着一起遭殃的。”盖克明抬头不甘心地瞪着简凡。简凡转头不理盖克明的质问：“米香，周琳人呢？我觉得周琳的财务公章应该收回来了。陈远完全不把我们几个股东放在眼里面，这样公司的资金太不安全了。”

米香说：“刚才还看到她呢，不过周琳只是一个财务，她也只能听老板的吩咐，更何况周琳本来就是陈远的人。”

简凡惊讶地看着米香，前程远发生了如此大的事情，米香竟然如此镇定，这到底是为什么呢？“我说米香，你是不是和陈远一伙的啊，还是你早已知道了这件事情会发生呢？”

米香没有气得跳起来：“我说简大律师，以你二十多年专业律师的眼光判断，我是不是一个知情不报的人，还是一个同流合污者呢？”

简凡摇摇头，“看不出来，你很深刻，不是一般的女人，你有一颗沉浸在男人世界里面的深邃的心，不是一般的男人还真的看不出你内心世界的变化。不过，在通常情况下，每一个内心强大的女人背后都有一个让她成长的男人，一段让她大彻大悟的感情经历，一个把自己逼到绝境最后又重生的蜕变过程。”简凡一边看着盖克明，一边说着米香，他想看看两个人有何反应。

盖克明听到简凡的这段话，立马反击道：“我说简总，你没事扯米香干吗？你难道也不了解米香的为人吗？这么一个纯净得天使般的姑娘，会和陈远这种人同流合污？岂不是笑话！而且在前程远你才是大股东，你不制定公司的规章制度，财务方面明显存在漏洞，你反而怪米香，有你这么做事的吗？”

简凡把手上的文件往桌子上面一扔，冷笑中透露出不屑一顾，“我说盖总，你真是不懂女人，一个拥有强大内心的女人，平时并非是强势的，咄咄逼人的，相反她可能是温柔的，微笑的，韧性的，不紧不慢的，沉着而淡定的。”

“你貌似说的就是我啊，我说简大律师真是阅人无数啊，对女人是相当了解而且透彻。”米香知道此时此刻的简凡已经知道了自己和盖克明在一起了，对自己的这番话看似夸奖实质是羞辱，米香能看懂简凡内心的荒芜世界，渴望爱又害怕爱。

简凡就在那一瞬间看到了米香眼睛里面透露出来的怨恨与悲情，这样的一种表情简凡很久之前曾经感受过，那是他的初恋，他们在火车站生离死别的那一刻，简凡也从她的眼神中到了这种表情，简凡突然之间意识到了些什么，对这个女子不能硬来，她的外表看似柔弱可欺，但是内心的强大堪比任何一个男人。

“好吧，我们不谈这些。现在关键是如何追回那500万公司的资金，让公司的损失降到最低。”简凡看向盖克明，表示出一种信任，其实他只是想让盖克明出马，这样自己就能置身事外，又能掌控全局，盖克明立马表态说：“我一定尽我的全力，找到陈远，让公司的经济损失降到最低。”

“你打算怎么做？从什么地方着手呢？”米香歪着头，天真地看着盖克明。

盖克明一时语塞，其实他也没想好怎么办。“我觉得吧，陈远这次这么做肯定是为了上次的事而耿耿于怀。”盖克明并没有把拉菲与陈远的密谋告诉米香，这一次盖克明是赌对了，还是会输，他自己也不清楚。他为陈远保守秘密，是为了钱还是为了权？陈远要对付的是简凡，自己这样掺和进来，又是为了什么呢？米香，对。就是为了米香，盖克明的心里有了底。

简凡不经意地说：“其实要找到陈远最好的办法就是查封他的银行账号，不过这个要报案的，你们可想好了，而且手续比较麻烦，所以我建议你私下找人搞定这件事情，不要把事情闹大了，大家都不好过，会让公司的形象更加难堪，你明白了没。”

盖克明说：“这些我都清楚，不过要找到陈远真的是不难哦。只要找到一个人，就能知道陈远的下落。”

简凡惊讶地问道：“是谁啊，你指的到底是谁呢？”

“拉菲。”盖克明很镇定地回答。简凡刚想继续追问，手机响起来了，一看是自己律师事务所的财务经理打来的。

## 【94】

“什么？”简凡的嘴巴张得老大，“你再说一遍，到底怎么回事？好的，我马上回来，你赶紧报案。”

“到底出什么事情了？”米香很紧张。

“拉菲盗取了律师事务所的所有资金，消失了。”简凡匆忙中丢下一句话，消失在了前程远的办公室。

米香看到窗外正在下着大雨，春雷声声，她终于明白了这一切或许真的是命中注定。盖克明把米香拉到沙发上，给她沏了一杯热咖啡：“安慰到别害怕，我们不会有事的，只要心为净，哪怕世事肮脏不堪，我们也不会有事的。”

“可是，我不想简凡有事啊，你明白吗？”米香说出口就觉得有些后悔了。盖克明的眼神悲伤又愤怒，“你是不是爱上简凡了，为何你和我在一起的时候，想的永远都是他，是不是你们两个相见恨晚呢？”

米香转过身，眼泪难过地流了下来，委屈得心里一阵揪心地痛，喉咙口不知道有什么东西往上冲，四肢冰冷，脚步不听自己的使唤，伤什么都不能伤心啊。

简凡再次出现在前程远办公室的时候，是一周之后的事情了。简凡律师事务所暂时息业，而陈远与拉菲仿佛从人间消失了一样，再也找不到了。简凡的胡子已经有很多天没有剃了，长长的，有几根还发白，两鬓的白发更加的明显了，仿佛在诉说着他又一次经历的人间沧桑，米香能做的就是默默地陪伴与倾听。

“你什么时候去北京？”米香关切的声音让简凡的心里融进了温暖。他的眼神失去了往日的活力，貌似是人生的又一次重大打击。

“我想这几天吧，我让我的律师事务所暂时性歇业，回北京把分公司搞好，这样或许能重新起来。”简凡苦笑，声音里面丝丝的忧伤露出一个男人遭遇极端挫折后的一种无奈。

“你放心好了，我会好好看着上海分公司的，还有李月楼、高正奇，还有盖克明和我，你放心好了，我想一切都会好起来的。”米香鼓励简凡的时候，仿佛也是给自己定了一个不太可能实现的目标。

“我现在最希望的是能赶快抓到陈远，这样或许我们的损失会小一点。还有就是前程远已经不能再受任何打击了，我也不希望再出现什么内部矛盾。你明白吗？米香。”

“我明白，我懂的，我只是有一个微小的理想，我愿意清澈而怜悯地爱着你。清澈，怜悯，这样就好。”米香的话让简凡心里一种激烈矛盾的情绪油然而生。但简凡马上掩饰了想要表露的情绪，他转而温婉地说：“我希望我能永远地在你的身边，不管未来会变成什么样子，我内心里面有个空间永远为你留着。”

米香笑着说：“我是个很自恋的人，所以我不会觉得别人好，我想我也会深刻地迷恋着某个人，这是内省与洞察吧，所以我一辈子都在追求某种平衡状态。”

“人与人之间除了爱情与亲情，还有第三种恋情。”简凡说，“或许我们之间就是属于这种感情，你觉得呢？米香。”

面对简凡这样的发问，米香觉得自己很羞愧，自己一边破坏了盖克明的家庭，成为实际意义上面的第三者，一边又和简凡保持这种理不清欲语还休的暧昧，自己这到底是怎么了？“我觉得暧昧只有两种状态空间，一种是不熟时小心地试探空间，一种是很熟朋友间放肆调戏的游戏空间。我在你心里的那个微小的空间是属于前者还是后者？”

“这还真不好说。”简凡低头看着自己的鞋子，这双鞋子是第三任老婆买给自己的，简凡觉得米香一直是那种自己很难走近她内心的女子。所以面对米香，简凡或许是在试探，但其实真正试探的是自己的内心世界。记得米香跟自己说过，当一个人觉得将自己埋藏很深的时候，却最是真情流露的时候，其实并不是想埋藏自己，只是在某个角落里面洞察整个世间的沧桑变迁而已。

米香的脸一下子变成了绯红，她明白简凡说的，让自己不要当第三者，成为情感的傀儡。要爱得坦白，爱得真切。

“我回北京了，你要好好保重哦。”望着米香，简凡的心再度被揉碎了，不堪一击。米香望着简凡消失在登机口，心里不禁黯然神伤，我内心的荒芜、寂寞、忧伤，谁又能懂？都说相见恨晚，可是谁又能保证一辈子相爱，所谓的爱与忧伤只不过是一种情绪，每次我泪流的时候，你又在哪里呢？我在魔都的某个角落里，寂寞地调配着这人间烟火……

## 【95】

可是简凡却沉沦了，他所追求的事业、权力、金钱与谋略显然与米香所设想的差距很大，简凡怎么也想不通拉菲为何背叛自己。自己对她这么好，陈远只是一个半百老头，难道拉菲为了陈远竟然不顾念与自己多年的情谊。

为了让前程远恢复资金链，盖克明亲自带队接了5个单子，只为与JCC和AFC搞好关系。盖克明说：“钱不是问题，问题的关键是让公司如何恢复健康的管理体系与理念文化。”这点米香是绝对赞同的。

米香最近也在考虑盖克明提出的这个前程远的CIS体系建设，然而有句俗话说得好，江湖信用不是一日可以建立的，是日积月累的。

米香突然之间发现，ZGCISC的商业模式本身是没有问题的，只是经过简凡、陈远、盖克明、李月楼等的演绎，已经变味了，前程远成立到现在才一年左右的时间，如此短的时间内已经有上千万的进账了，只是陈远与简凡的内部斗争中，把前程远一次又一次地逼到了无法翻身的地步，这次能否真正突破还是个未知数。

送完简凡回来，米香接到了李月楼的电话，李月楼问了这几天上海发生的事情，他也知道了简凡的遭遇，李月楼的意思是让米香把控好盖克明，把盖克明的行踪与做的事情汇报给他，万一盖克明有什么内幕没有说，以目前公司的状况，会出乱子的。米香非常相信李月楼的话，答应把盖克明的工作内容及时向李月楼汇报。

米香说：“李老师，你有没有听说过最近投融资行业新冒出来的一个很神秘的公司，传说跟美国最牛的基金有某种关系，不过他们的幕后老板始终不肯现身，我觉得很是奇怪，他们也盯着方总的那家煤矿企业。”

李月楼说：“是不是叫什么美国魔石基金啊。我最近也听说了，只是很难约见这家公司的老板，确实非常神秘，我听美国TAB说，这家公司还是国内人士注册的，他们打着与美国的背景关系，其实是为了在国内开展工作。”

“李老师，如果真的是外资背景，那么方总的金弈煤矿到底选择哪家来合作呢？我都乱了，现在加上这家魔石基金一共有三家了。我怎么跟方总说啊？”

李月楼笑着说：“这个没事，投资方越多，说明我们的资源越广，这是有利因素，你还怕多啊，关键要看方总那里资源整合到什么程度了。上次不是听盖克明说方总要整合当地的国企吗？赶紧催催他们，让他们速度快一点，像这样的机会不是很多的，错过了就没有了。”

米香说：“盖克明出差去了，可能这次要连续走4个城市，最起码半个月后才能回来。所以这次跟方总的联系都是我在弄。李老师，你能否回来啊，帮我把关一下，看看这次能否确定哪家投资方比较好。”

李月楼有些为难，“米香啊，你再坚持几天，我帮简凡处理好北京这边的业务，马上回来，要不你先做一些前期的基础调研，尽量深入一点，基础信息的收集，行业信息的统计与分析，这样等我回来能直接进入正题。”米香答应说：“好的，只要李老师回来，我就放心了。”

说得李月楼心里暖暖的，一百个放心了。挂完电话，米香又接到了方琼的电话，还是咨询金弈煤矿的事情，米香找了一个借口掩饰过去了。

米香还是有些担心美国魔石公司是否会横刀夺爱，关键是不了解这家公司的幕后操控者到底是谁？这样自己做什么事情都是很被动的。米香想了半天，切入口到底在什么地方呢？还是打个电话给张律师吧。

“张大律师啊，我是米香，最近在忙什么，约会吗？”米香银铃般的声音里透露出的朝气，搞得任何男人都没有办法放下电话，这点也是米香个性中独特的一点，米香是个天生的公关者。她乐观、向上、积极，带给人信任感与安全感。

“向你咨询一个业内的问题，我知道以张大律师的消息圈，一定知道这个内幕，听说最近上海新冒出来一家以美国最牛的基金公司为背景的魔石基金，老板是国内人，但是有外资背景，你了解这家公司不？”

## 【96】

米香的迫切让张律师有些好奇，“这家公司啊，我最近也是很好奇，确实很神秘，它的法人从来不在公开场合露面，那个首席COO我认识，是个美国人，叫皮克。幕后老大我最近也在打听，可是对方总是很神秘。给我一点时间吧，我一定满足美女这个小小的要求。”

米香甜甜地笑了，“那我静候张大律师的好消息了。”“好。”张律师一口答应。

可是，米香的心里还是没有底，李月楼不在，魔石只是与金弈不停地接触，搞得米香很被动，而且方总也是很为难。

而魔石又像幽灵一样跟随着这个项目，更加让米香觉得背后是有人在布局，只是米香这次很难找得到这幕后的那只手。

一周后，张律师无奈地在电话中说：“米大美女，这次哥哥帮不了你，魔石真正的老板，我这里没办法打听出来，我想了很多办法了，可是目前还是一无所获。”

“张大律师都这么无奈，可想而知这个水一定很深。”米香遗憾地说。“不过我始终觉得皮克只是一个架子，不像是真实的操盘人。我相信魔石总有一天会露出真面目的。”米香肯定地说道。

“辛苦张律师了，改天请你吃大餐。”张律师苦笑说：“我也希望早点知道这个人是谁。不过我听说他们盯着前程远的每个项目，好像你们跟哪个项目，他们就从你那里抢。我觉得啊，肯定与你们有仇，至少肯定是有过节的。”

米香说：“张律师，你说的还真是有点靠谱。我这几天也发现，我们跟的这几个很有戏的项目，魔石都派人跟了。现在我很被动，JCC和AFC都找我麻烦，问我怎么回事，我都不知道怎么跟这些老板交代了。”

张律师说：“争抢是必然的，现在国家限制很多行业，不让外商投资，所以说有好的项目，大家肯定是争着上了。不过和投资商谈恋爱真的是不容易，那个累啊。”

米香说：“投资商谈恋爱，通常使用的招数叫欲擒故纵，喜欢项目方自动送上门。这个和男女谈恋爱是一个道理，喜欢被动，勾引。被动其实意味着主动。”

米香还没揭开魔石的真面目，李月楼就从北京急匆匆地回来了，一进办公室就紧张地问米香：“听说魔石的背景真的很神秘，搞了这么长时间还没有弄明白。我想呀，我有必要先把这家公司的背景弄清楚了，再与之合作，你看怎么样？”

米香惊讶地问：“我们手上不是有三家投资公司了吗？干吗还要和魔石基金合作啊？况且魔石这么神秘，我们都没有了解对方是谁？这么盲目岂不是很吃亏。”

“探底？”李月楼眨了眨狡猾的眼神。

米香琢磨不透李月楼的内心到底是怎么想的，问道：“简凡也同意这么做吗？”

李月楼神色有些紧张地说：“因为我怀疑魔石的幕后我们都认识，他的一系列动作我们都太熟悉了，你看他抢我们的这些项目，其实都是跟我们先前设计的商业模式一样，你有看他们真的投资了项目吗？没有吧。”

“和我们认识，到底是谁？”米香有些被吓到了，她无法想象对方在暗处，而自己处于明处，这样的竞争完全处于劣势。

“李老师，我觉得你和简凡的猜想真的很可笑啊。如果真像你说的，魔石背后的人我们都认识，那除了陈远和拉菲，我们没有和其他人结过怨啊。我想陈远不可能如此大胆，大张旗鼓搞这么个基金玩。”

李月楼说：“你呀，你要知道人做事是要动脑子的，男人比女人更有大局观，这是因为男人喜欢从不确定性中寻找确定性。如果魔石的幕后真的是陈远，你看他设计的所有动作都是为了对付我们。”

米香说：“我没看出来，这只是行业内的竞争。人家不现身，是为了避免赤裸裸的行业竞争，保持神秘，跟公司文化有关系，没必要大惊小怪吧。”

“你呀，就是小女子性格，太细腻了，女人也要有点大局观，这样才能成大事哦。”李月楼诚恳地说。

“好吧，李老师，你打算怎么做？”米香好奇。

“卧底！”李月楼看着米香睁得大大的眼睛，说出两个字。

## 【97】

“我想要亲自卧底，搞清楚魔石基金的幕后操盘手到底是谁，他的出现把投融资这个江湖搞得乱七八糟的，而且我也想看看魔石与JCC、AFC、TAB三大基金在项目的争夺战中到底谁输谁赢，金弈的幕后神秘买家到底是何方神圣？”李月楼看着米香，补充道：“请到时一定要配合我哦。演戏，重要的是投入。”米香说：“你怎么投入法？”

“去金弈公司的项目现场与魔石接触，我想他再怎么狡猾，总会露面的吧。”李月楼从包里拿出一大沓资料说：“这是金弈公司的基础资料，我让简凡给我搞来的，我这几天研究一下，好让我顺利进入角色。”

“你要扮演双向商业间谍啊？”米香惊叫。

“嘘，小点声，隔墙有耳。”李月楼责怪道。

米香想到李月楼要去金弈公司当这个双向间谍，心里不仅有些毛骨悚然，项目公司要是知道会怎么想呢？

“李老师，那你的身份是什么？你去方总那里的身份到底是什么？顾问？行业专家？外聘的？就如法律顾问一样，可以用外聘来解决这个问题，还有你要和方总彻底沟通一下，这样就能更好地开展与魔石的较量。”

“这个问题，还需要你的一些帮助。”李月楼诚恳地说：“我觉得金弈的方总对你很是信任，你推荐我去，然后我给他们当外聘的顾问，这样跟魔石接触依然还是公开的，我会把魔石的注意力转移过来，你们在暗地里研究他们，他们的马脚总有一天会露出来的。”

米香笑着说：“这也太有意思了吧。咋个看着像是警察与小偷的故事啊。”

李月楼正色道：“这可不是普通的玩家家，涉及公司机密哦。不能太小儿科了。”

米香有些惧怕，傻傻地发问：“李老师，我可没有玩过这种成人游戏，万一我被出卖咋办？会不会有麻烦啊。”

李月楼看着米香，“有我这个老法师在，你还怕什么？我是个会隐身的老法师。”

“行家伸伸手，就知有没有。”米香的马屁拍得李月楼心里很是舒服。

“盖克明也该回来了吧。”李月楼问：“听说他这次连着一个星期都在出差，看样子非常辛苦啊，这次能进账100万吧。”李月楼还是很担心公司的财务状况，因为被陈远掏空了100万的资金，如果不是简凡、高正奇、盖克明和自己顶着这么大的风险，恐怕前程远早就倒闭了。

米香说：“不止100万哦。我想能暂时缓和一下前程远的经济问题，可是陈远如果不露面，公司还是存在潜在危机的，你想啊，陈远还是公司股东，我们赚钱岂不是给他花啊。”米香说出口的话，心里有些不甘心。

“早晚陈远会把股份让出来的，你放心好了。”李月楼安慰道。两个人正谈得欢畅，盖克明风尘仆仆地推开门。

米香顿时傻眼了，眼前的盖克明又瘦又黑，胡子拉碴，简直换了一个人似的。米香想象着这些天他的辛苦付出，眼神里面满是泪水，一时语塞，不知道说些什么好了。

李月楼看到这个样子的盖克明一时之间也愣住了，不知道说什么好。“盖总，你坐。”李月楼站起来，把自己的位置让给盖克明，这是一种发自内心的敬仰，也是真情流露，米香倒了一杯白开水给盖克明。可能真的是渴了，盖克明一仰头，咕噜一声，就下肚了，没有喝出水的真正滋味。

李月楼坐到米香的位置上，盯着憔悴的盖克明，心里有一种淡淡的忧伤，让米香赶紧弄点吃的过来。“盖总，说说你这几天的在外面的情况。”

“李总啊，你看我这几天都在外地，整得跟要饭的一样吧。哈哈。其实这几天出去反而见了很多世面。我去了海南、湖南、贵州、广州、浙江等好几个地方，现在拿回这些资料，要辛苦米香写尽职调查报告了。”

李月楼说：“你觉得外面市场到底怎么样？有没有像媒体上面说火爆？”

盖克明说:“现在缺钱的主太多了。我去的那几个地方，那些地方企业都想融资搞大，都想着纳斯达克上市，你说市场好不好？特别是海南，房地产企业多如牛毛啊。有20多家房地产企业的老总围着我，说只要有资金，回报率没有任何问题，任由投资方开。你说企业已经疯狂到这个地步，是不是泡沫很严重啊。”盖克明咂巴着嘴巴，把他这几天所见所闻都跟李月楼说了。

## 【98】

李月楼问："那么企业对投融资市场是否了解，他们是不是了解这个行业的这些潜规则呢？"盖克明摇摇头道："目前国内所有的融资渠道都被银行类资金垄断了，很多企业想要融资，但没有抵押物，根本融不到钱。想得到天使基金、风投的青睐，根本是扯淡。所以很多中小企业想要融资比登天还难，这就是那些地下钱庄和私募比较活跃的原因了。"

李月楼说："你不在上海的这段时间，我们这行又出现了一个神秘的身影，我想以你的视觉角度看看这个家伙到底是谁。"

米香手捧一杯浓香的咖啡和一块起司蛋糕走了进来，盖克明看到米香手上的食品，咽下了一口水。这动作被米香发现了，她开心地笑了，李月楼看着他们两个开玩笑地说："这就是传说中的夫唱妇随吗？"

米香娇声道："李老师又拿我寻开心了。我只是看盖总饿了啊。况且他这么辛苦……"

"打住，我知道，开玩笑的。"李月楼继续问道："盖总，你这次可是功不可没啊。为我们前程远赢得了宝贵的金钱与时间。你是功臣啊！"

盖克明羞涩地一笑，"我没有你说的那么伟大啊，我是为了米香。我希望她从今以后能够顺利，能够幸福，这是我这辈子唯一欠的一个女子。"米香被盖克明说得有些心酸。

"我可没有你说的那么可怜。"米香哽咽着说："我很好，不需要你来可怜我。"米香转身走出办公室的时候，眼泪不争气地流了出来。她来到洗手间，看到镜子中的自己，脸色有些发白，眼神没有光泽，这是自己吗？米香觉得自己和盖克明之间还是缺了一点什么。是激情，是爱情，是感动还是……总之失去了从前的渴望。

盖克明好奇魔石公司的背景，李月楼说："魔石基金最近总是抢我们和那三家投资方推荐的项目，就是上次那个金弈的方总，他们跟魔石基金也接触了，但是方总只是跟我们说，对方的COO是个美国人，叫皮克，至于幕后主使人是谁，方总也不清楚。"

盖克明也觉得奇怪，"你说他们总是抢前程远的项目，这就有点奇怪了，除非是前程远的竞争对手或者是仇家，不然一般不会出现这种情况。"

李月楼有些担心，“陈远和拉菲现在也不知道在哪里？我是担心出现这种情况，会不会是陈远呢？最有可能的是陈远，除了他还会有谁啊。”

盖克明笑了，“李总你也太敏感了，要搞定一家公司不是那么容易呢，况且魔石真如你说得那么厉害的话，背后肯定要整合很多资源的。如果我们查不出任何蛛丝马迹的话，你不能这么老是怀疑对方的。”

李月楼说：“可能是我多疑了，不过我打算去金弈公司当顾问，这样就能一举三得。”

盖克明说：“这倒是一个办法，想办法让魔石跟我们合作，这个出发点才是最主要的。与其竞争，斗得头破血流还不如合作共赢。我支持你，李总，不过要以什么样子的方式进入金弈公司呢？什么身份比较好，还能不让对方看出目的呢？”

“这个得让米香牵线，听说金弈的方总对米香的才华还是挺有好感的，我看公关方面得让米香来做，这样对方才会更加深信需要请一个顾问。”李月楼看着从门口进来的米香，开玩笑地说：“米香，方总那里的公关就交给你了，我能否打入金弈就全靠你了。”

米香尴尬地看了一眼盖克明，说：“你说的好像是要我出卖色相啊。”盖克明紧张地说：“这种事米香不能干，米香靠的是自己的才华，李总，你说对吧。”

李月楼立刻应声道：“对，对，对，才华啊。米香现在不仅是前程远的一支笔，更是我们的精神领袖。”

米香有些羞涩地说：“李老师，你说得也太夸张了吧。我哪有你说的那么好，我只想有一份稳定的工作，有一个自己的小窝，这样我就很满足了。”

盖克明说：“还得有个男人来保护你。这样才完美，你说呢？李总。”

李月楼说：“男人是应该要有，但是米香需要的不是蓝颜知己，而是老公哦。”这么一说，盖克明立刻没声音了。

“李老师，我觉得女人比男人的精彩在于，无论这个女人如何普通，她都有过绚烂的一瞬，至少她绽放过，而大多数男人的人生却从未燃烧过，这是最大的不同。”米香说。

# 七卷：会隐身的老法师

行家伸伸手，就知有没有。在“与狼共舞”的投融资领域，每个尽职调查团队里面都有一个“会隐身的老法师”。这位老法师一定是具有相当阅历的人，他不一定有高学历，但是他拥有实战经验与行业背景，在目标企业面前扮演的是双面间谍角色。

房地产在经过了黄金发展阶段后，进入了“翡翠十年”，对企业提出了切石判断、雕石精品、养石运营的十年，商场金融和运作的背后是企业家的成熟史。一个时代创造一个时代企业的特征、气味和流连。

——中房数据研究院院长　陈晟

## 【99】

米香说：“李老师，我认为进入金弈这家公司并不是很难，关键我们要了解金弈的短处在哪里？当然不是揭人家短，而是通过劣势来转换，让对方知道只有前程远才能帮助他们渡过这个难关。我在和方总的谈话中也看到了一种犹豫。”

李月楼眉头皱了皱道：“是什么？”

米香拿出方总给的一份报告递给李月楼。“我从他们的报告里面看出的。这个项目虽然是高科技产品，但这些产品的技术是怎么样的、技术的先进性高在哪里、国内外同类产品的生产技术情况和竞争形势都未阐明，该项目的先进性和可靠性就难以落实了。”

“你说魔石基金不会这么傻，这点也看不出来吧，这才是主要的，那些靠关系和钱就能搞定的事不是很难。但是这个先进性和可靠性需要国外或国内的技术部门认定，这才是关键所在啊。”

李月楼竖起大拇指夸奖道：“米香越来越神了。那你有没有调查过国内对这个项目比较权威的认定机构？”

米香说："有，我查过了，而且就在上海。"

李月楼立刻信心满满地说："有就好。我们来搞定它。先接触下上海的这家认证机构，我们再和方总谈这个事情，让方总聘请我当他们公司的顾问，这不就解决问题了吗？"

米香说："全靠老法师的随机应变了。但愿我们这次卧底能够顺利，揭露魔石的背后主使。"

"米香啊，你越来越鬼机灵了。难怪简凡和盖克明都喜欢你。"李月楼夸奖，米香羞涩地低下了头，不知道说什么好了。

"可是你知道吗？你和盖克明是没有未来的，你和简凡也是没有未来的。"米香惊讶地抬头，眼神中透露出恐惧与悲伤，声音有些颤抖。"为何李老师这么认为？""因为简凡早已阅尽人间沧桑，他不会再结婚了；而盖克明是一个忠于婚姻的男子，他不会为了你而离婚的。所以，你跟这两个男人都没有未来。与其到时候受伤，还不如趁着自己未深入的时候退出，让对方难过比自己多一点，你的心里会好受些，情场如战场啊。"

米香摇摇头说："就算天意是这样，我也要较量。"

暮色滴入了魔都的每个孤独角落，米香还在找这份报告中的漏洞，如何突破方总的心理，让李月楼顺利进入金弈公司，当上这个特别顾问。

米香反复地翻阅文件，生怕漏过每个字背后的含义。金弈公司的注册和经营范围都是合法的，具备了对外独立承担民事责任的能力，而且公司不属于国家禁止性或限制性的特种行业范围。虽然文件上面写着金弈公司的30 000吨精制煤的项目审批手续没有拿到，但是这个也不是主要问题。

突然，米香看向金弈公司的股东架构，写道：现有的技术人力和管理能力和这个项目的要求来说有很大的差距，一定要予以加强。米香的眼睛一亮，一口憋在胸口的气终于舒了出来。望着窗外上海的霓虹灯，米香从心底有一种征服艰难过后的胜利感。找到这个问题的关键所在后，米香本来想立刻打电话给李月楼的，但转而一想，还是让自己先想想策略，等找到这个问题的关键与解决问题的策略后，再和李月楼汇报，就不一样了。

第二天，米香特意拜访了这家孵化专利技术的行业协会，找到了协会的黄会长。

然而，对于米香的拜访，黄会长并未表现出多大的热情，米香明显感觉到对方只是在应付自己，说的话都是客套话。这让米香百思不得其解，看样子还得问过老法师李月楼，自己再多问只能适得其反。

于是，米香回到前程远，盖克明正在发着火，这么多天过去了，他的团队还没把这几天做的几个尽职调查报告给弄好，他心里那个着急，米香是懂的。

米香走到正在被盖克明训话的同事面前，拿起他手上的报告，翻看了一遍，指着报告说："这里应该把结论和风险告知分开写，结论里面加上这点，这个项目分两期进行，总投资额42000元，其中一期总投资4998万元，公司的注册资金为2500万元，近2500万元的资金缺口该公司准备用银行贷款解决。目前已经与几家银行达成贷款意向，但若银行贷款不能按期到位，则会直接影响项目的顺利实施。"

## 【100】

盖克明在一旁听着直点头。"米香，你真牛，看一下就能知道问题在哪里，你看这群笨蛋，这么多天了，到现在还没弄好，我急着发报告，要收尾款啊。"

米香说："尽职调查报告是需要经验的，慢慢累积经验就好，就能看问题比较准确了。还有一点，这个项目二期总投资37000元，准备向JCC融资2000万美元，对于投资款的缺口，该公司的计划书里面写道，由该公司的未来几年现金流予以解决。若生产线二期的缺口资金由子公司自筹，则缺少董事会的决议或上市公司的公告。这点也要注明清楚。在风险告知里面只要说清楚以下两点就好了。第一就是项目一期银行贷款及二期自筹款项若不能按时到位，则项目实施存在时间性风险；第二就是为了加快进度，项目第一期实施期间，在项目承包方面没有按照程序签订总承包合同，存在违规操作。"

米香把报告丢给盖克明，说："我还有其他的事情。"说完转身朝着李月楼的办公室走去，留下盖克明在后面自言自语："晚上一起吃饭吧，我请客。"

"李老师，我昨晚找到了金弈公司的问题所在。"米香拿起桌子上面的报告翻到昨晚做好记录的那一页。"你看，这点，金弈公司现有的技术、人力和管理能力与这个项目的要求有很大的差距，一定要予以加强。"

李月楼眼前也为之一亮，这就是对方投资公司有忌讳的，一个公司需要拥有一个强大的团队，事情才能做好，这正是金弈公司的弱点所在，把握对方的弱点并善于解决问题，这正是特别顾问所能做的。

李月楼抬头眼睛满含赞扬地说："米香，你越来越厉害了。"米香转身坐下。“李老师，我们高兴得太早了。”

“哦，不是找到关键问题所在了吗？为何说高兴得太早了。”李月楼被米香这么一说，心里又有些紧张起来。

“因为这个关键问题解决起来有点难度，我刚从上海这家专利技术孵化中心过来，我拜访了他们的黄会长，可是对方对于我们想要认证和购买这个专利丝毫无兴趣，完全是在敷衍我，我不明白，这到底是为何？”

李月楼哈哈大笑：“米香啊，这个不是什么问题，下次我跟你一起去，你看老法师我出面怎么解决问题的。”

米香好奇地睁大眼睛：“到底问题在哪里呢？为何你认为如此简单，我却找不到原因呢？”

“先卖个关子，到时候你就知道了。”李月楼狡猾地说。米香只好不问了。忽然盖克明拿着一束玫瑰花走了进来，递给米香米香一愣，这是她第一次收到盖克明送的玫瑰花，女人对花都没有免疫力，看着这束鲜红欲滴的玫瑰，米香的心再次被交织着的曾经的痛苦回忆给唤醒。那一幕幕往事再次浮现在米香的脑海里。在时间里，玫瑰与心的苍老都是无法挽回的。

米香接过花，心里的郁闷、痛楚渐渐退潮，悠悠然小小的幸福，竟然就这样掩盖了那渺小的仇恨。

“怎么笑得如此不自然？”盖克明有些失望，“我觉得你应该特别高兴，这么大束玫瑰花，难道你不开心吗？”

“开心啊。”米香的眼泪还是不争气地流了下来，心里有一种恨过后放手的错觉，自己的幸福总是短短的，开心不会是一世的，总是伴随着寂寞、回忆、等待，然后消失不见，这次是不是也一样，短暂却又如此美好。

“晚上一起吃饭吧，米香，我请客。”盖克明今天格外帅气，因为他刮掉了胡子，恢复了精神，看上去特别阳光。“你随便选餐厅，我负责买单。”

一旁的李月楼实在看不下去了。“你们两个不带这么暧昧的，我还在这里呢。当我不存在啊。上班时间啊，能不能下班再讲啊。”

盖克明被李月楼这么一说，有点不好意思。“好吧，等下再说。”米香松了一口气，紧张的情绪放松了下来。

## 【101】

喧闹的城市、匆忙的人流、疾驶的车辆、嘈杂的话语、哗哗的雨滴、呼呼的风声，构成了魔都无与伦比的魅力。生命的美好，总是在不经意间出现。奢侈的是魔都的夜景，幽幽暗暗的迷离光线，或疾或缓的美妙旋律，这么惬意的环境怎不让人神思飞扬、心旌摇荡。

和盖克明共享这个柔软的时光。米香甜甜地说："我很久很久都没有看过魔都的夜景了，我爱这座城市的繁华，爱这夜色的魅力，爱这灯光璀璨，但我爱得很心酸，很疼痛……"

"你怎么还是那样的感性，米香，你真的一点都没有变，还是从前的你，内心充满了想象力，但是外表给人的感觉又很冷，其实是个善良、可爱的小孩子。"盖克明爱怜地抚摸着米香的头，米香觉得自己得到了保护，充满了力量。这是一个男人对女人的真切的保护，米香感受得到，那么真切，那么满足。

"我发现你现在有些了解我了，记得我在金陵的时候，你一点都不了解我，总是误会我，现在怎么好像也变了。"米香的眼睛有些湿润。"其实现在的我正是掉着晶莹的眼泪，走着弯弯的人生。"

盖克明被米香逗乐了。"你还掉着晶莹的眼泪，走着弯弯的人生？不是吧，小姑娘，你现在的人生之路是一马平川，你看前途光明、夜色璀璨，最重要的是我在你的身边，永远守护着你。"

"你还真拿自己当天使了啊！"米香笑了："其实我并不是个完美的小孩，我其实有些懒，喜欢赖床。我也不是很乖，喜欢捣蛋。我在陌生人面前会很安静、很冷漠，在熟人面前却很放肆、很霸道，并喜欢没形象地哈哈大笑，我也会偶尔忧郁，朋友们都问我怎么了，我通常都只说没事，其实我只是感觉累了，我只是需要一个拥抱。"

盖克明喝着手中的咖啡，听着米香的这段描述，心里却有些不是滋味。"你呀，有时候我真的拿你没有办法，你真的超能忍。比如吧，你明明想我，却不会和我见面，不爱发短信，不爱打电话，你真是懒蛋一个。"

"你才是懒蛋呢！"米香反驳道。"我对你是特别例外，你不懂得珍惜，而且我们之间没有未来，你也不会守护我一辈子的。"

盖克明心里一阵抽搐，他确实要面对这个问题，自己的老婆和米香之间，他只能选择一个。孰是孰非，盖克明自己都无从选择，自己目前这么做，只是想弥补从前对米香的伤害，他并不知道这一次自己是不是又伤害了她。

看出了盖克明的犹豫，米香的心里有了起伏，自己为了这个心爱的人拔掉了身上的刺，卸下了所有的伪装，可是盖克明能否捡起自己的忧伤，守护自己的心房，构筑爱的城墙，让自己不再彷徨。

米香给盖克明的是一颗心。米香的生命里一半是天使，一半是魔鬼，有多邪恶就有多善良，只是盖克明会懂吗？

难道真的被李月楼料准了，这两男人的未来都不属于自己吗？米香很不甘心。

“哦，盖总，你觉得让李月楼去金弈公司卧底，能打听出魔石的幕后是谁吗？”米香对自己的这步棋还是有些犹疑。

“我觉得要打听魔石的背景并不是很难，去工商部门查一查不就知道了吗？关键是魔石的目的到底是什么？魔石是不是我们的竞争对手，还是另有目的，这才是关键。米香，你知道投融资这个行业水很深的，多方面都不能得罪啊。”

米香的心里也是七上八下的，仿佛未来的天空会更加阴沉，心里的压力在不断地放大，有些忧郁的情绪上来了。米香看着盖克明，知道自己还是没有办法忘记从前。一切都听天由命吧。明天先跟李月楼去PPO专利机构去会会那个黄会长，然后和金弈公司的方总约见面，谈谈特别顾问的事项，接着和魔石来玩玩这个游戏。

“盖总，你说陈远什么时候能出现，我现在就怕陈远出现会不会对我们不利，对前程远有威胁，那样的话我们这段时间的努力就白费了。”米香忧虑了，她怕陈远还是像上次那样把这段时间自己和盖克明辛苦赚来的钱给弄走了。

盖克明安慰道：“不会的，现在公司的所有公章和支票都在我手上，我不会这么傻的。你放心好了。”

## 【102】

这次，米香学乖了，让李月楼跟自己一起去见PPO专利机构的黄会长，李月楼一见到黄会长，就夸黄会长的PPO专利机构是国际最领先的，对黄会长的经营理念也表现出浓厚的赞赏。“黄会长，你可不像其他的那些专利机构，只会卖孵化专利，你的专利孵化都能伴随一个企业的成长。这点我们是非常认同的，我想如果金弈公司的专利能得到你这里的认证，我们也非常希望PPO能伴随一个企业的成长。”

米香听得真是有些糊涂了，什么叫伴随一个企业的成长呢，可是当着面又不能问李月楼，只见黄会长的两眼放出了迷人的光芒，嘴上说：“李总真是识大局啊，我们就是需要这样的先进性企业来一起跟我们共同成长。”

“我很期待你说的那家金弈公司，不知道什么时候能见见对方的老板，谈谈我们之间的具体合作框架。”黄会长一改那天米香求见时候的冷漠态度，加此主动，如此积极，米香确实想不通了。

李月楼说：“没问题，黄会长，我尽快联系金弈公司，然后大家坐下来先聊聊。”黄会长站起来握住李月楼的双手说：“既然大家志同道合，那么我代表PPO专利机构聘请李总为我们机构的行业专家。”

李月楼哈哈一笑。“幸会了，承蒙黄会长看得起我呀，我一定尽力而为。”这下米香就更糊涂了。回去的路上，米香惊奇地问：“为何黄会长这么痛快，还聘请你为行业专家？我没看出来这是为什么。”

李月楼说：“两个字，利益。”

“什么利益啊？我没看出来啊。”米香抓抓自己的小脑袋。

“让PPO机构持有认证机构的若干股份，这不就是长远的利益吗？”李月楼得意地说：“现在等对方把聘书发给我，我们就去金弈公司谈判，他们就不会当面拒绝我。我们的第一步目标就要实现了。”

“第二步是对付魔石基金，米香，你有什么好计划？”李月楼问道。

“计划还没有，只是我有一种直觉，总觉得魔石的套路跟我们的ZGCISC平台的套路非常相似，我怀疑魔石的幕后首脑是我们特别熟悉的人。”米香犹豫着说出了自己的猜测。惊了李月楼一跳。

“什么？你说魔石基金的幕后首脑是我们特别熟悉的人，那么有谁呢？”

“陈远？”两个人异口同声地说出这两个字。然后两个人露出尴尬的笑容。米香的尴尬是因为李月楼的恐怖眼神，李月楼所表现出来的尴尬是因为米香的思维能力。

“如果真是我们怀疑的那个人，前程远就有大麻烦了，我们要好好地设想一下怎么对付魔石。”李月楼不无担心地说。

米香叹了口气说：“是的，不管是不是陈远，我认为我们都需要认真对待，魔石并不是一个善主，我们要认清形势，不能让对方占了先机。”

“简凡最近在北京怎么样？”米香试探地问李月楼。在李月楼看来，自己和简凡之间的爱情也只不过是一种幻想，简凡是个根本不适合结婚的男人。他对工作、对事业的痴迷已经超越了爱情，他的女人除非也是一个工作狂，不然无法融入他的世界。

“挺好的啊，北京公司现在已经风生水起了，所以我这几天都在上海啊。还有啊，你这里需要我，我一定及时出现。”李月楼笑着说：“当然。上海是盖克明的地盘，我不会跟他抢的。”

“李老师，我真的很后怕，万一哪天陈远突然出现，你说该咋办？”米香的紧张不无道理。

“没事的，有什么事我们先顶着，放心好了。其实我担心的是你和简凡、盖克明三个人之间的事情，我建议你把工作与感情分开，不要扯在一起，不然受到伤害的一定是你自己。”

有时候你不懂，一个建议你离开的人，可能是最爱你的；一个希望你放弃的人，可能是最关心你的人；一个渴求不再联系的人，可能是最挂念你的；而一个默默离开的人，可能是最舍不得你的……我们的人生，就是在这样的矛盾和纠结里度过。有时候，爱并不是一场在一起的游戏，爱恰恰是种挂念你而不得不离开的痛楚。

米香反复咀嚼着这句话，爱并不是一场在一起的游戏，爱恰恰是种挂念你而不得不离开的痛楚。凄凉的笑容浮现在米香的双眉之间，这种痛，恰恰曾经就是她的切身感受，她不是没体会过，而是体会得太深刻，太彻底。

## 【103】

有时候爱情本身是没有错的，错就错在我们忽略了它所延伸出来的许多错误的意念。米香仿佛明白了，却有着明白后悲哀的心伤。可这点谁都无法避免。

李月楼和金弈公司的谈判还是比较顺利的，因为魔石基金还没有正面出击，所以JCC、AFC、TAB三家投资公司还有很有希望的，而且金弈公司的方总对米香也比较信任，所以，米香向方总推荐李月楼来当金弈公司的特别顾问，方总没有反对，他其实是清楚自己公司的劣势在什么地方。

李月楼当上金弈公司的特别顾问，心里非常高兴，当然他的唯一要求是接触魔石。方总说：“我请到你这样的专家，是我们金弈公司的荣幸，你给我们解决了这个如此重要的技术难题，为了表示感谢，今天我们摆宴，欢迎老法师。”

李月楼不露声色地说："那多麻烦啊，礼节性的东西就免了吧，方总"。可是，方总坚持要摆宴，李月楼只好顺从了。

盖克明也来了，米香，李月楼，周琳没有去，李月楼故意不让周琳介入，方总的饭局有个特色，就是没开席就要每个人先干三杯茅台，这下可为难米香了。喝酒米香通常只喝红的，这白的也太难喝了。

米香为难地看着盖克明，盖克明心疼地看了米香一眼，转而对方总说，米香的我带过，方总说那怎么行，我这里不准带的，都是自己喝的。

米香笑了笑说："方总，主要我喝白的过敏，要不红的我陪你三杯，怎么样？"

"哦，红的，没问题，来。"服务员上几瓶红的，要最好的那种。方总一边给米香擦干净杯子，一边说："盖总啊，前程远真是好福气啊，有米香这么优秀的人才，你看我这里，都是些没有文化的角色。惭愧啊！实在是惭愧啊！"

李月楼突然想到一句话，"方总，你这说法不妥。这年头阅历是一种绝对经验优势，记得某位高人有句俗话说得好：学历是铜牌，能力是银牌，性格是金牌，理想和价值观是王牌。"

"还是李总你学问多啊，那像我就知道喝喝酒，拍拍桌子，骂骂人，你还别说，很多事情就是这样搞定了。"方总说："这是中国特色，我们也没有办法啊，这年头你不喝，人家说你不够朋友，你喝的不够，人家说你不够交情，喝酒要尽兴。"

李月楼听完，感慨道："那么方总，今晚我们就不按常规出牌，咱们不做酒桌朋友，做实在知己，做个哥们。"

方总听完，真是热泪盈眶啊，"今天我算是碰到真豪杰了，老实说，这几年喝酒喝得我伤身啊，医生建议我要命的就要戒酒，可是人在江湖身不由己。"

"今天适量，尽兴，就好。李月楼说，咱们不玩那一套，好不好。好。"方总立马答应。"我是想问你一个问题，对于魔石来说，金弈公司有没有把握，李月楼试探地说："我现在就以特别顾问的身份，我希望金弈公司能尽快登陆纳斯达克。实现海外上市，这是我们共同的目标。"方总，咱们现在都是自家人，我希望公司能尽快推进这个项目。

方总说："那是当然，我已经用最快的速度，与当地的国企进行了业务与股权的合并，目前的条件跟你们提出的目标购并是一样的。"

"好的"，接下来方总信心满满地说："李总，我们需要接触的这几家投资公司，我想经过你的'法眼'评估一下，哪一家最有实力搞定我们这次上市。"

李月楼说："具体要经过我们与对方的面谈后，才能决定最后到底哪家比较合适，最好是安排几次面谈，面谈的对象最好是对方的老总级别。"

方总继续道："以老法师目前的市场判断能力，能否给我露一点底呢？"米香突然之间发现，这个方总还是挺会使心计的，她一个劲地朝着李月楼使眼色，但是，李月楼刚灌了好几杯白酒，可能正处于兴奋的状态，完全没有看到米香的眼色，他正用他超大的嗓音，激动地说："这个，方总，你放心，以我目前的眼光看，有两家公司有戏。"

米香一惊，真的怕李月楼讲胡话。李月楼一边敬酒一边说："美国的那家TAB和魔石基金，这两家我认为有戏，TAB的背景我是了解的，但是这个魔石我还是真的不是很了解，方总，你可不能有所隐瞒，不然老法师我没法给你判断。"

## 【104】

米香急了，用脚踢了踢左边的盖克明，盖克明转头看到米香正在暗示他。他突然明白了李月楼话太多了，也明白方总正在套话。

盖克明急忙举起酒杯。"方总，来，咱们还没干过，走一个吧，为我们未来的顺利合作，干一杯。"方总只好和盖克明干杯了，李月楼此时转头看到米香的眼神，也突然意识到自己有点话过头了，惊出了一身的冷汗。

李月楼赶紧转移话题："方总，上海这家PPO专利机构提出的条件，你这里能答应吗？我给你找的可是国际上最权威的技术认证机构。"

方总大方地说："这没问题，股份吗？对吧，有钱大家赚，这样路才会越走越宽，你转告黄会长，一切都OK。"

李月楼没有想到方总如此爽快，他也就不好再提其他的附加条件了。其实李月楼心底还是有自己的小九九的。只是没到关键时刻，他不会这么轻易露底，还是先搞清楚魔石的背景比较重要。

"方总，和魔石的具体面谈时间，你来定了，定好了麻烦你要提前通知我一下，会议的具体要点。"李月楼显然有些喝多了，话有点多。方总说："那是当然，只是给你添麻烦了。"

酒已经过了三巡，酒劲过了，李月楼也慢慢清醒了，米香和盖克明从酒店大堂出来，今晚是这个入夏以来天空最蓝最蓝的一个夜晚。

方总提议去夜总会，李月楼附和道："好的，好的，一切听从方总指挥。"

米香瞥了一眼盖克明，他正尴尬地看着米香，米香假装没看见。李月楼拉了拉盖克明说："盖总，一起啦。不能缺了你呀。"米香说："李老师，我先回去了。"

方总看了一眼米香，突然意识到还有一个女人，去那种地方会不太方便，转而对李月楼说："那要不我们今天去卡拉OK，怎么样？不能少了我们这位大才女啊。"

米香说："方总，真的不用，你们去好了，我先回去了，明天还有事呢。"方总笑着说："米香呀，你要看开点哦。这种事情很平常的啊。男人如太阳，每日照射大地；女人如月亮，每月圆缺一次。太阳身旁群星争艳，月亮只为地球纠结。所以，男人天生花心，女人自然专情。"

"我说方总，你这个比喻真的是妙极了。有时候爱情本身是没有错的，错就错在我们忽略了它所延伸出来的许多错误的意念。"米香说。

"米香啊，世间如你这样的女子真的是太少了，我要不是已婚，一定会娶你，男人就需要这样的知己爱人。"

米香笑了笑说："男人都说老婆是别人家的好，孩子是自己家的好。所以我还是当别人的老婆，让你念着我的好。"

忽然，米香的电话响了，是简凡。"我在公司附近，你过来吧。"简凡的声音有些深沉，米香看了看盖克明，他们三个人聊得正欢。"方总，朋友约我有些事，我先走了，你们玩得愉快。"李月楼问："米香，你真的不去了？"

米香摇摇头，看着眼前的三个男人，调皮地说："祝你们三位今晚好运。"

上海的春天璀璨中带着深深的忧郁，尤其是夜晚，就像两个白天没有见面的恋人，激情且暧昧。夜属于黑暗的，积蓄了白天的光和压抑，尽情释放、抚慰、穿梭，进入这个城市的神秘角落、车体、楼间、树梢，以及鼻孔里、嗅觉里、意识里、憎恶里。

米香想象着这三个男人今晚的游戏，就如这刚开春的上海的夜，一切都宛如经历了冬的萧条之后，显得格外地骚动、激烈。就连这个魔都城市的味道都发生了变化，莫名地就有各种味道在夜半时分窜出来，香得令人捂鼻，臭得令人作呕。

米香拐过南京西路，愚园路的人比较少了，看到简凡正站在那里，低着头看着手机。"简大律师，怎么这么神秘？"简凡抬头望见米香，脸色有些绯红，眼神里荡漾开了幸福，靠近的时候闻到一股酒的气味。"你喝酒了。"简凡瞅瞅眉头，不太高兴地看着米香。

"嗯，刚才金弈公司的方总请我们吃饭，李老师和盖总都去了，我们可不是玩哦，主要是商谈怎么对付魔石，因为我们怀疑魔石背后的人我们都认识。”

“谁？”简凡一听这个消息，心里不禁一惊，还有谁站在魔石的背后，是前程远所不知道的呢？

“我哪知道啊，要是知道还用这么麻烦吗？你回上海有什么要事啊？是不是抓住拉菲了？”米香紧张地问道。

## 【105】

简凡轻松地笑了笑：“哪有像你说的那么容易啊，不过我怀疑拉菲一定还在上海，这么点钱不够她出去玩几天。”

“你有这种感觉吗？”米香问道：“是第三感觉还是律师的先天敏锐感啊。”

“都不是，是经过我逻辑分析出来的。”简凡说。“律师要讲证据的，不能乱说的。不但拉菲在上海，我觉得陈远跟拉菲还是两个人捆绑在一起的。”

米香神秘地说：“只要搞清楚魔石的幕后是谁，就知道陈远在哪里了。”“莫非你怀疑魔石的幕后是陈远吗？你有什么证据？”简凡问道。

“凭女人的第六感觉，我能猜到。”米香卖个关子，令简凡有些不知所措。

“难道你这次回上海纯粹是为了玩，还是另有大事？”米香知道简凡已经好长时间没有回上海了。这次回来得时机恰当，会不会和李月楼去金弈公司有关。

“吃饭吧，我们别光站在这里，靠近北京西路那里有一家日本料理，实在是太低调了，没打过什么广告，地点也很隐蔽，去吃的据说都是相识的客人或者回头客，在追求经济效益的现代社会，这样的店有点让人不可思议。我很久没吃了，我们今晚一起去好吗？”

“日本料理我从来没吃过呀，好吃吗？”米香有些犹豫。她对日本的东西并没有什么好感。简凡拉着她说：“最近我也不知道是怎么了，突然很想吃某样东西，无论多远，无论多晚，我都一定要去吃，挺怀念以前的日子，可能是我老了吧。有很多后悔和遗憾的事情，如果那时遇到贵人就不用走弯路了，所以，让我明白珍惜的意义。”

米香反问道：“你明白珍惜的意义？”

简凡抬头看着两个字“花树”，他并没有回答米香的问题。“我们先吃吧，太饿了，刚才在飞机上面没吃什么。”

店里的陈列比较低调、淡雅，米香第一次来到这种地方，服务员来点单，简凡问米香想吃点什么，米香抬头说："随便吧。"

面对服务员端上来的菜，米香觉得很是新鲜，这些她都没见过。"你尝尝。"简凡鼓励米香，眼神非常温柔。"现在是4月份，正是日本料理大放异彩的时候。"简凡指着桌上的东西说："金枪鱼、三文鱼、鲈鱼、鱿鱼、蛤蜊等各类刺生纷纷上演美味剧目，来。"简凡夹起一块三文鱼，沾了点料喂米香。"这个营养非常丰富，柔润的口感以及剔透的模样，全世界的食客都喜爱。"米香一口下去，被芥末辣晕了。"来，喝口清酒吧。"简凡用一个小小的瓷杯倒了一杯清酒，米香接过一口喝掉了。"这就是清酒，味道还不错。"

"简凡，你能告诉我一个准确的答案吗？"米香觉得这个清酒的后劲很足，借着酒劲米香问了一个自己特别想知道的答案。

答案"什么？"简凡说："这个三文鱼的味道真的不错，要不要再来一块？"米香说："好。你未来会结婚吗？"米香的眼睛看到了简凡左侧的脸抽搐了一下，简凡低着头，沉默了短短的3秒，转头把清酒给米香倒上。"来，咱们再走一个。"

"其实，米香，你不觉得结婚就是给爱情穿上一件棉衣，虽然活动起来不方便，但会很温暖。信仰就是给风筝拴上一根线，虽然不能任意飘荡，但避免了坠落。只是我现在没有这样的一种欲望。"简凡自嘲地笑了。"连我都不可以唤醒你吗？"米香期待地问："我不是你的那道菜，是吗？"

简凡没有直接回答，举起手上的清酒说："你就如这清酒，刚喝下没有啥特别的感觉，但是过后特别上头，却又让人回味无穷。"

"回味无穷是什么意思？难道是我特别讨人厌吗？"米香伤感地说道。

简凡摸了摸米香的头，说："傻丫头，你知道这清酒一年四季都是不一样的，所以每个季节的你也是不一样的，你在春夏秋冬这四个季节里面，都让人有不同的感觉。"

"清酒不就是一种酒，怎么会和不同的季节有关呢？再说这跟我有什么关系呢？"

"你的名字，米香。这是一种用粮食酿出来的酒，和不同季节的粮食有关，在春天，它叫花见酒。这个时候是新酒，有着轻快跳跃的口感，与璀璨盛开的樱花颇为相配。你感觉到了吗？"

米香闭上眼睛，眼前真的是一片漫漫的樱花，灿烂到奢靡。"那夏天呢？"

## 【106】

“夏日的清酒，清凉生津。从冬、春储藏到夏天再装瓶出货，稍微减少了生酒的不成熟度。特别是到了秋天，它的名字就更加富有诗意了，叫月见酒。”

“月见酒。”米香喃喃自语：“名字真的很美。”简凡说：“此时的生酒口感圆滑许多，变得非常讨人喜欢。等到秋天的时候，我再带你过来喝。”

“那冬天呢？”“冬天的清酒叫雪见酒。赏雪时可用来加热暖饮，亦称为燗酒。”

“真的很美，原来酒也能品出如此烂漫的人生。”米香问道：“可是这和你会不会结婚有什么必然联系吗？”

简凡的心里有一种淡淡的经过岁月交织后的痛楚涌上心头。他叹了一口气。

殇断肠，梦几回，灯影醉，自回味，一杯清酒，两行泪。

米香喃喃：“我们不说这个了。我们说说公事吧。”简凡的眼睛有些湿润，米香知道他可能又回忆起了曾经。“我们来谈谈前程远，聊聊那两个暂时消失的人吧，或者魔石，或者李月楼，都可以。”

“我认为魔石的皮克并不知道什么实情，你们要想了解魔石的真正背景，正面肯定不行，最好从侧面或者幕后。他们两个从前程远和简凡律师事务所搞走了将近2 000万啊。这么多的钱通过巧妙腾挪，能注册上亿资本的公司。”简凡分析道：“你别看陈远那个时候假装不记仇，他肯定是恨死我了；还有那个拉菲，她也一定对我恨之入骨。这些报复是很正常的，最最幸运的是前程远没有倒，我们又让它站起来了。米香，你很能干。”

“那简大律师，你觉得这次李月楼进入金弈做特别顾问，能否搞定这次目标购并呢？我们那天吃饭的时候分析了，李老师认为，最有可能的两家投资商是魔石和美国TAB，而我认为只有TAB最有经验和资源。”

“那是因为你对魔石不了解。”简凡说：“不了解的情况下，你肯定认为美国TAB最有可能了。我认为这次最有可能签约的是魔石。”简凡笑着说：“你敢跟我打赌吗？”

“可以啊，赌注是什么？”米香好奇地问道。

“赌注就是，如果我猜对了，你得陪我一夜。怎么样？”简凡坏坏地看着米香，心里涌现出男人好色的本质。他觉得米香不会答应这个赌局。

“好的。我同意，成交，你不许反悔哦。”米香如此爽快倒是令简凡非常意外。

有的时候他确实看不懂米香，女人很难被男人看懂，看懂了男人就会远离，就会有更加游离的心。

而对于简凡，米香有的时候也无法看透，简凡的性格太多元化了，他可以幽默，可以冷漠，可以柔弱，可以坚强，可以成熟，可以天真，可以精明，可以傻气，说话的时候往往是口是心非，米香猜不透他在想什么。他千变万化，让人捉摸不透。

他们是同类，都说同类是不可以相爱的，只可相惜。只是这个世界如果没有爱，就显得太过独孤了。

在三天之后，方总正式通知李月楼，以特别顾问的身份参与金弈公司与魔石的战略洽谈会议，李月楼叫米香一起参加。米香说方总并没有邀请自己。

李月楼拿着邀请函说道：“你自己看，上面写着两个人。”米香看到确实如此，这才放下心来。“要做的准备工作真的很多，我得把目标购并的那些政策、条件、流程再好好研究一下，省得到时候出洋相啊。”

第一场会面是金弈公司的方总、特别顾问李月楼，助理米香与魔石基金的皮克进行全方位洽谈。皮克出身美国的华尔街，对于国内市场却是了如指掌，这点令米香很是例外。

李月楼的问题也不是很复杂，米香觉得皮克仿佛觉得自己没有用武之地了。皮克介绍道：“魔石基金的目标购并项目一般通过三个阶段来实现。第一个阶段是意向阶段，包括初步会谈、达成意向、衡量标准、利益谈判。魔石会针对金弈公司的提案进行初步的价值判断。”

李月楼问道：“那么皮克先生，第二阶段是不是尽职调查呢？”

皮克点头说：“是的，具体工作包括交易策略规划、尽职调查等，然后是做出计划、公司最终的估值和所有权设计及股东安排。”

## 【107】

方总着急地问：“那么第三个阶段呢？是不是要签订协议呢？”皮克点头称是。“第三个阶段我们双方会确定最终协议，向美国证监会提交S-4表，然后签订合同。最后是交易完成的时候，会有股东路演、投资者公关、表决。这个时候就是整个工作的收尾阶段了。你们对这个流程有什么异议吗？如果没有什么异议，我们对这个项目进行评估后，进入下一个流程了。”

方总犹豫地看着李月楼，李月楼对皮克说：“我能了解一下魔石的背景吗？这也是双方合作的一种彼此信任吧。“

皮克笑着说：“李总，我们是外资，你看我们的介绍里面都有，可以去华尔街打听，我皮克是个什么样子的人。”

方总有些着急地推了推李月楼，然后笑着对皮克说：“皮克先生，我对你提出的这个流程与模式没有什么异议，我们可以进入下一个阶段，我代表金弈公司，非常高兴能与魔石签订如此大规模的战略合作协议。”

李月楼在一旁，没有作声，其实他的心里别提有多高兴了，他的目的达到了。方总自动上钩，进入他设计好的第一个圈套。

皮克走后，方总说：“刚才差点让对方看出问题。李总，我明白你的小心谨慎，但是我们金弈公司特别希望能尽快启动这个项目。所以，我认为赶紧和魔石签约才是最好的方式，至于美国那家TAB，他们做事太慢了，你看，都过去这么长时间，还没有消息。我看啊，是比较悬的。”

李月楼笑着说：“方总，这么大的目标购并案例，不可能这么短时间就能完成的，我们要慢工出细活。”

米香在一旁，回味着皮克刚才说的话，始终觉得有点细节自己好像是疏忽了，但是在什么地方，米香自己都无法确定。

方总说：“下周三签约，我们直接进入下一个环节，尽职调查吧。”李月楼说：“既然方总决定的事情，我们前程远一定支持，到时候尽职调查的事情，我们来帮助完成，你看行不？”

方总说：“这个自然更好了，都是熟人，好办事哦。尽职调查我们会建议魔石找前程远来完成。这点绝对没有问题。”

米香在回公司的路上，接到了简凡的电话，简凡的意见是不要太明显参与到金弈公司的并购过程中，前程远的身份是顾问，顾问的角色要当好，不是全程参与。

米香把电话递给李月楼，李月楼一开始并不同意简凡的观点，后来，李月楼貌似被简凡说服了。

“嗯。简大律师说得很有道理，对对对，要超出这个行业本身，立场问题，我同意你的分析，我也希望金弈能与美国TAB正式签约。”

“李老师，简凡和我打赌呢，我说金弈会和魔石签约，他说金弈最终会和美国TAB签约，你认为我们两个谁输谁赢呢？”

李月楼说："你们两个应该都是最终的赢家，我始终相信魔石的背后肯定有不可告人的秘密，只不过我们都还没有发现。"

"不过我很好奇，你们两个的赌注是什么？"李月楼笑嘻嘻地看着米香，米香的脸一阵红一阵白。"不告诉你。"

"米香啊，接下来就是这个项目的第二个阶段了，这个时候我们不能放松警惕，下周三等金弈和魔石签订好战略合作协议，我们就开始对金弈公司进行业务、营运、技术、财务和法律方面的尽职调查。"

米香问道："这个调查的目的是什么？还是和以前的流程一样吗？"

"当然，流程一样，但是我们要看到的是长远目标，如果能让金弈顺利通过此次尽职调查，进入后面的交易环节，那么我们的好处也是多多的。你明白吗？"

"我明白的。"米香低声说道，仿佛没了底气。

"米香，我觉得你最近好像有些逃避，是盖克明还是简凡？是不是他们对你说了什么？"李月楼关切地问道。

"没有。"米香否定道。这其实是自身的一种逃避，米香想要躲进未来，为了逃避现在的痛苦。这是现代人们逃避现实的最好办法，只有躲进未来，才可以避免伤害，因为未来是可以想象的，可以无限想象的。

米香傻笑了一下，只是人不能穷尽自己的未来，未来太久，也太遥远了。光靠想象是无法吃饱的。

## 【108】

"李老师，下周三的签约，我们要去吗？"米香问道。"我认为方总不是很想我们来参加。"李月楼笑着说："他愿意我们去当特别顾问，但主事权还在他，这应该是他特别喜欢的方式，再说在国际认证方面还是我们帮助他的，这点他是不会忘记的。"

"签约只是一个形式，后面还有很多流程要走。"李月楼得意地说："这次他跟魔石的签约只是这个游戏的一个开端，后面还有更加精彩的戏呢！我们可不能错过了好戏。"李月楼的眼神里面透露出得意之色。

米香有些听不懂李月楼的这番话，难道李月楼并不想让这次目标并购顺利进行，还是李月楼只想套出魔石的背景？米香一边想，一边看着路上的行人，他们匆匆地来回，并不知道自己的前途茫茫，只是所有的人都朝着自己的目标前进。

晚上，米香和盖克明一起晚餐，这样的晚餐最近少了很多，让米香觉得尴尬，也让盖克明觉得别扭。自从那次发生关系之后，他们很久没有单独在一起过了。不是米香的原因，是因为盖克明总觉得对不起自己的老婆，他总是找各种借口来敷衍米香。

米香觉得自己非常可笑。世界上最最可笑的事情就是，明明知道了真相，对方却还在说谎，还说得那么真。

米香觉得自己不仅可笑，还非常可耻。盖克明是这样子的一个人，他说他无法忍受早晨醒来的时候，身旁陌生女子的身影，就如他们那个时候在金陵的时候，盖克明也从来不在米香的身边过夜。盖克明始终认为跟一个女人做爱和跟一个女人睡觉，是两种截然不同甚至是对立的感情。爱情并不是通过做爱的欲望体现的，而是通过和她共眠的欲望而体现出来的。

当时的盖克明可能年轻，可能浪漫，可能还富有激情。他还清楚地记得自己跟米香说过一句话："我会不会是你春花掉下来的影子，迷离了一个世纪，却依然得不到你片刻的垂爱。"盖克明当时还没有意识到，比喻是一种危险的东西。人是不能和比喻闹着玩的。一个简单的比喻，便可从中产生爱情。

"米香，你今天和李总去金弈公司谈得怎么样？是不是一切顺利呢？"盖克明的问话总是直入主题，让米香觉得对方就是在探寻着自己的秘密一样，让人很不爽快。

"还没有，下周三金弈公司与魔石正式签约，签约后正式进入尽职调查程序阶段。我说，盖总，你老是问这个问题做什么呢？你又不参加这个案例，了解这么多有啥用啊？"米香的疑惑其实正是盖克明想要了解的，知道了，肯定对于自己的运筹帷幄是有绝对好处的。

"李月楼真的去了金弈当特别顾问了？"盖克明还是有些怀疑。"他那么容易就进入了金弈公司，是不是你帮他忙了？"盖克明疑神疑鬼地问米香，弄得米香反而觉得自己像是做贼一样。其实这本来就是件好事，前程远构建的ZGCISC投融资服务中心，本来就有行业专家这个版块，邀请社会各个行业的专家来担任企业的特别顾问，对于一个企业是人脉圈子的扩大，是个好事。可是现实总是歪曲了商业目的，李月楼进驻金弈绝不是为了金弈的发展，不是去给对方搭建商业脉络的。

这也是最后失败的最主要原因之一，米香懂得凡事歪曲了商业本来面目的事情，最终一定失败，哪怕曾经辉煌。

## 【109】

“简凡，我们之间的打赌还算数吗？”米香想着明天金弈和魔石的战略签约，心情非常激动，充满了骄傲的神色。“简大律师，你现在是否知道魔石基金的神秘幕后操盘手是谁了吗？我们曾经的打赌，现身投融资江湖的神秘买家魔石在与JCC、AFC、TAB三大投资公司在项目的争夺战中到底谁输谁赢？”

简凡不经意地笑了一笑，露出的神秘神色不为米香所察觉。“米香，你是否知道了幕后的神秘买家到底是何方神圣呢？”

米香叹了口气说：“我们暂时也没有打听出来，李月楼卧底金弈公司，就是想要打听出魔石的真正老板是谁。只是狡猾的魔石并没有让我们发现他的踪迹，我觉得啊，他们为了收购有价值的资源，故意隐藏了自己的真实身份，现在魔石的幕前都是皮克在运营管理。”

简凡不动声色地说：“要想让魔石主动露出马脚，就得找外界来干预。”米香问：“这个能管用吗？”

“管不管用，你试了不就知道吗？”简凡说：“我今天要回北京了，高正奇说北京有几件大事需要我回去协助。李月楼会继续留在上海，等到这个项目完成后，他再回北京，你们有什么事情记得打电话给我。”

米香有些舍不得，有些不情愿，但是她知道，她无法左右简凡的意志，而她也没有办法让简凡知道自己的心意，她害怕，惧怕简凡在对她了如指掌后要么淡然远离，要么执迷不悔。

而米香始终觉得自己只是一抹春花掉下来的那片影子，整整地迷离了一个世纪，却依然得不到他的片刻垂爱。米香一直在努力改变自己，从另一个角度来看她生命中的这两个男人，而掌握命运本身的并不是他们，是自己。

自己的命运是否就此转折，是基于自身的意念。如果自己的意志力能战胜自己，那么恭喜，你的转型成功了；如果有片刻的停留与放手，那么自己的命运还会在途中不断地来回折腾。

而米香始终觉得自己在冥冥之中被命运这样安排着，所有的这一切是如此顺其自然，不着一丝痕迹，仿佛在编排一场生活的舞台剧。

签约仪式第二天在金弈公司的超大会议室内开始了，皮克洋溢笑容。方总等待这一天已经很久了，自然是分外激动，这是当地第一家能去纳斯达克上市的企业，不仅政府领导都来出席，连着上面的一些大领导都来捧场了，何等风光的场面啊。

当方总宣布金弈与魔石的战略合作正式开始时，米香的心终于放了下来。就在这个千钧一发的时候，米香接到了普沉的电话，普沉告诉她，陈远就是魔石的幕后操盘手，他现在已经被捕了，而拉菲也同时被带走了。米香听到这个消息的时候不知道自己的内心是一种什么样子的感受，百般滋味不得其解。她看着台上的李月楼，她不知道李月楼如果听到这个消息，会是什么样子的表情，是高兴、难过、愤怒、激动，还是崩溃……

普沉继续说道："你们要做好准备啊，陈远被捕后会不会说出前程远的秘密，还很难说，我认为你们要做好准备，不能让前程远毁在陈远和拉菲的手上啊。"

米香说："谢谢普会计师，我一定会通知他们的。"米香挂断电话，赶紧给简凡打电话，这个时候的简凡正在登机口，接到这个电话的时候，他立刻退了机票。

李月楼和米香还没来得及参加签约仪式之后的宴会，就匆匆赶到了前程远的办公室，在电梯门口，米香看到满头大汗的盖克明也匆匆赶来了。

米香充分认识到了事情的严重性，公司的老总基本都回来了，那么一定到了非常时刻，这个时候一定要保持冷静。

## 【110】

几个人刚上楼，还没有推开公司的大门，只听到电梯门又开了，拖着大包小包行李的简凡出现在电梯门口。四个人互相对看了一秒，大家还是笑了，紧张的气氛一下子缓和了很多。米香能看出，高手真正较量的时刻到了。而这一次他们面对的敌人将会发出更加猛烈的攻击，敌在暗、我在明的局面再一次被颠覆了。

李月楼开门见山地问："你们觉得这次陈远进局子会不会把前程远的秘密给兜出来？"简凡摇头说："不会。"盖克明低着头有些萎靡："很难说。"

米香说："陈远本身就不干净，他会不会破罐子破摔，这个要看我们是否能给他留条后路，如果我们连后路都给他断了，他很有可能会狗急了跳墙。"

简凡说："现在关键的不是陈远会不会这么做的问题。陈远不会把问题主动公之于世的，因为他还有拉菲。如果实在无法逃脱法律的制裁，那么还有拉菲，陈远是前程远的法人代表，他挪用公司的款项不见得非要坐牢，但是拉菲不一样，拉菲的性质是犯法。"

“我现在是在想，如果陈远无法逃脱法律制裁，那么金弈和魔石的战略合作能否继续，会不会影响这个项目的后续操作，这是问题关键所在。我们要隐瞒还是要公开？”简凡考虑问题的深度确实不一样，这些米香确实没有料到。就连李月楼这个老法师也没有想到这么多。

“那依照简律师的观点与判断，你觉得我们应该怎么应付，才能避免更大的危机呢？”盖克明一下子把问题引到了实质性的解决方案上面来了。

简凡说：“最好的办法是让陈远放弃前程远的股份，这个需要计谋。我暂时还没有想清楚，同时不能公开这个行业的秘密，这样对大家都有利。”

李月楼吹出淡淡的烟圈，“这也不是没有可能，我们只要抓住陈远的七寸之痒，就能让陈远交出股权。”

米香说：“陈远目前最在乎的就是魔石，他好不容易建立起来的魔石基金是他再次创业的基石，他可能会不惜一切代价保住魔石。关键是我们要有足够的筹码来颠覆魔石，陈远才会彻底放手前程远的股份。”

李月楼一拍桌子说：“米香的分析绝对正确，要想收回前程远的股份，把陈远踢出前程远，我们就要找到颠覆魔石的筹码！我认为筹码就是金弈与魔石之间的战略合作，这是问题的关键所在。”

简凡点头称是，他端起米香递过来的咖啡，品了一口，瞅了瞅眉头，意思咖啡很难喝，米香看出来了，只好苦笑了一下说：“你将就将就吧，这里只有速溶咖啡。”

盖克明一边喝着茶，一边慢悠悠地说道：“魔石确实是陈远的心肝宝贝，但是钱才是魔石起家的关键，我们能否押住这个宝，是魔石起家的钱，我们能否放弃，你们想想，1 500万呢。简大律师，你能放弃被拉菲骗走的钱吗？你能既往不咎吗？”

简凡摇摇头，又点点头，米香看不太懂，这到底是同意还是反对呢？

“我明天去会一会陈远，看看他这段时间是不是活得更加嚣张得意了。我听说抓住他的时候，他正滋润着呢。”

## 【111】

李月楼说：“明天我和你一起去吧，这样好有个照应。”简凡说：“目前只有律师能见到他，其他身份的人不见得能见。”

“那你见的时候要把问题问清楚，前程远不能被陈远拉下水了。这样前途更加迷茫了。”盖克明紧张地说。他是怕又像一年前发生的事情一样，需要用大笔的资金来保释陈远。

米香和简凡共进晚餐，米香本来提议去吃日本料理的，但是简凡说没心情，结果两个人找了一家颇有情调的意大利餐厅，虽然是沿街而开，但是独有一种幽静气息，正是谈事情、想心事和独处的好地方。

“你真的打算独自去会陈远吗？”米香担心简凡。“如果陈远不答应我们提出的条件，你打算怎么办？”

简凡的眼里透露出瞬间的寒意。“他不答应也得答应！这次不能放过他，至少我答应，别人也不见得会答应。”

米香觉得简凡过于自信了。“陈远能一手掌控魔石，证明他有这个能力，能东山再起。这也意味着魔石不见得会被我们颠覆，他能找到皮克，就说明陈远的背后有某种势力在支撑着他。而我们目前还不见得了解陈远背后那股势力，我们这次仅仅是去谈判。简大律师，我们不能这么快就暴露我们的底线在哪里，这样反而会被魔石利用，我们要欲盖弥彰，这样才能扭转局面。”

简凡说：“米香，你说得确实有道理，我会记得你的提醒的。来，这里的意大利海鲜汤不错。你看有好多新鲜的大虾和大块的银鳕鱼哦。”

米香喝了一口大叫：“哇，这是我喝过的最美味的汤了！”简凡说：“西冷牛排也很不错，配着红酒，听着音乐，谈着心事，今天的夜晚又显得如此娇艳，米香，有你陪伴的每个夜晚都美好得让我无法忘怀。”

米香羞涩地低下了头。“我并没有你说的那么好，其实我知道你也一样担心盖克明，你们都是我的同事。”

简凡一听，把手上的酒杯放下，问道：“他能给你想要的生活吗？盖克明只是嘴上说喜欢你，他不能给你什么。”

米香一听，心里有些难过。“其实我想说的是，你们两个都无法给我想要的，或许连我自己都不知道自己想要些什么。我早已经学会了失望，伤痛和别离。爱上了你，我的人生从此不再纯粹。”米香的眼泪从脸颊滴落，声音有些颤抖。“可是，我却也在爱里追寻一种只有你和我，别无其他的纯粹，这就是爱情，为你纯粹，也为你复杂。”可是现在，我已经分不清谁纯粹谁复杂了，因为我自己都已经不再纯粹了。

简凡递过手中的纸巾。“我们今天不谈这个好吗？等这次事情过后，我们再来单独聊一聊，别忘记了我们还打过赌的哦。”

米香凄美的笑容，让简凡再一次心碎了。这是女人独有的一种魅力，只有米香的笑容里面有这种销魂的吸引力。

从意大利餐厅出来，月色朦胧得像沙拉上面那只四成熟的荷包鹌鹑蛋，半透明的蛋清掩着稚嫩的蛋黄。串串花枝经不住风的引诱，落下片片幸福的花瓣，弯曲狭窄的长巷飘来模糊不清的音乐，被层层树叶遮掩得斑斑点点的路灯，霓虹般缓缓闪烁。

这一晚，谁在守候，说不清，道不明。

## 【112】

在看守所里面，简凡以律师的身份见到了陈远，从陈远第一眼的眼神里面，简凡看到了对方其实早已做好了准备。

“陈总，你可让我们找得好苦啊，你消失的这段时间，我们前程远可是几次起死回生啊，你作为公司的老板竟然拿着资金一走了之。你觉得你这样的行为可耻吗？”

陈远鄙夷地笑了：“我说简律师，咱们明人不说暗话，你做的那些事情我还没说，不带这样暗算人的，我这叫以其人之身还治其人之道。我没有做错什么，所以我问心无愧。”

简凡一看陈远一副死猪不怕开水烫的样子，感觉这次自己可能会白来了。他试探道：“你知道你能出去吗？”陈远说：“我觉得我能。”

简凡哈哈一笑：“如果前程远起诉你，如果我的简凡律师事务所起诉你，你觉得你能出得去吗？”

陈远听到简凡这么一说，心里有了一丝丝的慌张，紧张地问道：“你也不是什么好东西，你能拿我怎么样？”

简凡逼近陈远，狠狠地说：“宁为玉碎，不为瓦全，不信咱们走着瞧。”陈远一时之间没有明白过来，笑着说：“你就不怕我也抖出你的糗事。”简凡说：“证据呢？”陈远一愣，没有话说了。是的。陈远没有证据，虽然他多次怀疑那次绑架事件是简凡指使的，但是陈远没有实际的证据，他没有办法扳倒简凡，自己确实有很多的把柄落在了简凡的手中。

“你，考虑清楚了再说。”简凡起身，身体向后仰起，一副盛气凌人的姿态。他的这个态度让陈远有些害怕。“我会再来看你的，但是我的耐心可是有限的。给你三天时间，三天后你给我一个答复。我先声明，我没有那么多的时间陪你玩，还有你的魔石，你也不想还没开张就关门吧。”

听到这里，陈远起身问道：“你的条件是什么？需要我怎么做？”

简凡说：“把你在前程远的股份让出来。你和拉菲之间必须有一个要进去。把魔石签订的战略合作项目让给我。明白了吗？”

没等陈远回答，简凡扬长而去。简凡知道要想制服陈远，必须下手要狠。但简凡还是给陈远留了那最后的一丝希望，让陈远觉得自己只要答应了简凡的这些要求，就能保住自己辛苦创立的魔石。

见到简凡，李月楼很紧张这次事情的结果是什么。李月楼担心前程远，也担心自己这次辛苦得来的项目毁于一旦。简凡看着李月楼紧张的样子故意说：“陈远很强势，不答应我们的条件。”

李月楼真的急了。“我说简律师，你要是答应我跟你一起去，说不定陈远就能退一步了。现在搞僵了，不好回头啊。”米香在一旁扑哧一笑。“我说李老师，你这点都看不出来啊，是简律师逗你玩的哈。你还真信啊。”

李月楼紧张地看着简凡问：“是真的吗？米香说的到底是不是真的？”简凡拿出日本香烟，冲着李月楼说：“点上啊。”李月楼颤抖地拿出打火机，点了好几次都没有点上。简凡一把接过打火机，不忍心再逗李月楼了。“我这次和陈远谈判还是有好消息的，不过我提出的三个条件是想把陈远逼上一条路。这条路就是我为他设计好的。”

“什么路？”李月楼问道。“绝路。”米香说。简凡看着米香说：“也非绝路，是能看到缥缈远方的一条路。我想三天后，我再去看陈远的时候，他一定会答应我提出的条件。”简凡充满信心地说。

## 【113】

李月楼半信半疑地问：“简凡，你何以见得陈远会答应你提出的那三个条件呢？陈远是前程远的创始人，让他把股份贡献出肯定不乐意。你让陈远和拉菲其中一个扛事进去，这个我觉得倒是有可能，但是进去的绝对不是陈远，一定是拉菲。还有魔石的这个目标购并项目让给你，我觉得也不大可能，你别小看陈远，或许魔石的幕后还有更深的背景，只是我们还不知道而已。”

简凡笑着说：“前面两点，你们都别担心，你想陈远从前程远拿走了那么多钱，他拿钱干吗呢？建立魔石基金。如今魔石业务蒸蒸日上，你说如果我们让他把拿走的钱吐出来，他会乐意吗？”

米香说：“傻子才乐意呢。”李月楼叹气道：“谁也不会愿意把揣到兜里的钱双手奉献出来的。”

简凡的笑有些勉强，但是他说的话确实非常有道理的。米香觉得简凡这次是经过深思熟虑之后，来对付陈远的。

李月楼感叹道：“像这种问题我还是很看好简大律师的，你有的是办法吧。”米香看着简凡，仿佛看到某种东西留在他的脸上，他的表情如此奇特，那是岁月沧桑的历练，每一根白发，每一道皱纹，都像是在诉说曾经的风华变迁。每次成功，于简凡都是令人陶醉的一刻，如同夏日的狂风冲击着城市街道旁的每一棵树木，向着高楼挥臂高歌。

“李月楼出去见客户了。”米香走近简凡。“你真的打算让陈远放弃前程远的股份，你会不起诉他吗？”

简凡沉默，他不知道自己如何回答米香。不管他是否放过陈远，陈远总是要对他过往做过的事情付出代价的。而只有简凡自己心里清楚，他对陈远做过什么，只有他自己心里清楚，给陈远留后路，他很有可能会反扑，到时候自己也会惹祸上身。这里的分寸把握一定要准确。

面对简凡的沉默，米香的心其实也是七上八下，但是她是懂得简凡的这种沉默，他不喜欢夸夸其谈，但是简凡的内心也绝不是一潭死水，他有着超乎常人的耐心和坚韧。虽然简凡不是米香眼中的那种天才，但是简凡心怀大志，经过重重的历练，如今到了中年，才渐渐拥有名声和成就。这些简凡都是非常珍惜的，因为他有上进心和坚强的毅力，加上擅长知识和经验的积累，如此才一点一滴达成目标的。

米香真是佩服简凡这一点，脾气很硬，不允许别人的不信任和挑战，不会轻易言爱，但真的很专一，被他爱过的人才知道他的爱很强，很持久。

米香知道自己再说什么都是多余的，简凡的心里早就想好了要怎么做。所以不管自己接下来要说什么，简凡都不会赞同的，那么与其这样浪费口舌，还是先不说为好。“大律师，我们去吃晚饭吧。”

“可我不想吃，我想先看看你，好久没有和你单独在一起了。”简凡拉过米香的那双柔软的小手，米香一边被简凡拉着，一边说：“我认为可以和爱情媲美的就是食物的美味了。”“我们去吃饭吧，我很想吃面包，好久没有吃面包了。”米香的肚子发出咕噜声，被简凡听到了。

简凡禁不住笑了。“为什么一个女子饿着肚子，还系着那奢华的纱巾。而今我终于明白了，那是因为她不愿意低下她那高贵的头颅。”

“不过我觉得你还真的长得很像面包树啊。”简凡打趣道。“哪里像了啊？”米香看着自己浑身上下，迷茫地问简凡。

简凡说：“渺小时，比较充实；伟大后，觉得空虚。”

“你这不是在变着法子骂我啊。”米香一边拍打着简凡一边撒娇。简凡把娇小的米香拥进了怀里。“我那是夸你有骨气啊。充实和空虚不见得是骂人的，是一种双重的表扬。”

米香不信，抬头的瞬间看到了简凡深邃的目光，试图从那双没有底的眼睛的折射里面看清楚自己。两种世界的相遇，简凡觉得米香就像是那棵高大的树上面安放的一个小孩，美得如同一个被背弃的世界。

简凡再次见到陈远的时候，是在三天之后，这三天里面，魔石的皮克也来过了，动用了很多手段，但是如果简凡不放手，这个案子就会有麻烦。所以经过多方的权衡，皮克建议陈远先放弃一些属于自己的权益，俗话说得好，留得青山在，不怕没柴烧。

## 【114】

这次简凡见到陈远的时候，陈远所表现出来的胆小的样子，让简凡更加看不起他了。简凡也正是被他的这点小人之气给迷惑了，竟然要为此付出更大的代价。

“简大律师，你可真是大人有大量，给我留了一条后路，我出去之后绝对不会与你为敌，我保证。”陈远几乎是跪着哀求简凡。

简凡其实也是个心地善良的人，要不然肯定不会饶过陈远，当然这次放陈远一马还有更加深层次的原因，这个原因简凡谁也不曾告诉。

“陈远，你真的答应我上次提出的三个条件吗？魔石新签订的这个客户你真的心甘情愿让给前程远吗？还有你愿意放弃前程远那15%的股份？”

陈远低着头，假装非常痛苦，很久很久，他抬起头，老泪纵横地说：“我愿意放弃，但是我想把这15%的股份赠送给米香。简律师，你觉得这样行吗？”

简凡被陈远的话说得一愣，但是他转而一想，米香说什么都是自己人。这点没问题，米香绝对不会背叛自己的。“如果没有问题，我的助理马上会送来你要签字的文件，这些签好字了，我们就不追究了。”

简凡起身想要离开，陈远急切地问道：“拉菲呢？”简凡斜着眼睛鄙视地看了陈远一眼。“你还想着别人，她肯定逃不过了。你都自身难保了，还管她。”

陈远仿佛醒悟了一般，跌坐在椅子上面，看着简凡扬长而去那得意的样子，他的心里有些痛，有些难过，又有一种劫后余生的兴奋感。

李月楼看到简凡疲惫地进来，心里被吊着的疑问又上来了。“事情到底怎么样？陈远到底同意了没有？”简凡看了看李月楼，一旁的盖克明讽刺道：“肯定没有呗，哪有那么容易啊。”

简凡不肖和盖克明争论些什么。“米香，给我倒杯水过来。李总啊，事情基本解决了，陈远同意把股份让出来，也同意把魔石刚签订的金弈公司的项目让给前程远了，不过陈远想把他那15%的股份赠送给米香。”

米香刚端水过来，听到这句话的时候，吓得水杯一下子掉到了地上，那清脆的声音惊醒了这三个男人。

首先跳起来的是盖克明，他一把拉住米香的手说：“没受伤吧。”米香的脸色很不自然，她抬头惊恐地看着简凡。“为何陈远要把股份给我呢？”

简凡说：“你怕什么！瞧你一副经不住事情的样子，陈远给你股份是因为他看得起你，认为你该得，你哪来那么多顾虑呢。”

“可是……”米香吞吞吐吐地说：“我不想让大家引起什么误会，我希望前程远能顺利渡过这次的难关。我不要这些股份，可以吗？”

李月楼说：“这已经成事实了，你咋能不要呢？放心，米香，不会有什么事情的，你应该相信自己，你已经是股东了，是前程远的一员大将了。米香不敢相信自己，就这么短短的几天，自己从什么不是的小策划，变成了公司的股东，这太不真实，太不可靠了。可是现实却又如此残酷地摆在自己的眼前，她不知道陈远是在一种什么样的前提下，把股份赠送给自己的，如果陈远出来后，问她要回股份，自己该怎么办呢？

想到这些，米香的心里又开始乱了。米香清楚自己的命运可能会就此转折，如果自己不抓住这次机会，那么自己还有可能在职场中来来回回地折腾。

随着三月树叶从枝头长出自己的寒毛，上海的白天越来越长了。黄昏时分的魔都总是让夜归的人无法抗拒诱惑。米香想到了这次事件，总觉得隐隐之中有些不对劲，到底是什么地方出问题，米香自己也说不上来。世间很多事都是预先被放入抽屉的，陈远赠送股份这件事确实在米香的预料之外，如果这注定是自己命中的一关，米香想自己绝对不能退缩与忍让，一定要积极面对，全力以赴做好自己分内的事情。

米香在这个时候想起了拉菲，这个时候的拉菲或许正在属于她自己的抽屉里面，默默地哭泣吧，以简凡的性格，他是不会放过拉菲的。米香冷不了打了一个寒战，如果未来自己背叛简凡，会有怎样的下场呢？米香看着霓虹灯闪烁下，都市红男绿女勾搭着朝着他们的角落奔去，就觉得自己仿佛进入了一个魔咒。无法抵抗的魔咒，被深深地套入了，怎么也逃不掉、解不开，所有的未来都预示着这实际是一个陷阱，但是此时此刻的米香无法抗拒这个巨大的诱惑。

# 八卷：ZGCISC运用的“三个钱包”理论

企业有三个钱包：股东、银行与江湖信用。江湖信用不可能横空出世，是日积月累而来的。商道上有一句话：做企业就是做人。

经商之道，如入海之流，创业即朔之源头，岁月消磨，连接五湖，广揽众河，成己主流，逢山劈山 ，遇险成瀑，或全力冲击，或巧力回旋，而终入海。

——北京一汀湖岸高尔夫管理有限公司 副总经理 王强

## 【115】

简凡把手上的文件递给米香，米香一愣，接过文件问：“这是什么？”米香的心里有一种预感，这是陈远的转让股份的协议书，但是米香还是不太敢相信这一切都是真的。

简凡微笑着盯着米香。“你打开看看不就知道了，”米香用她颤抖的双手打开，这只档案袋，这里面是什么她原本就知道，但当一切成真的时候，她还是无法相信，来得太过突然了。无法让自己相信，太过不真实的东西总会让一个人恐惧。

一个大红印章出现在米香的眼前，米香看到这个印章的时候禁不住闭上了眼睛，她要把这一切印刻在自己的脑海里面，永远，不会再改变。

“怎么样？我们要为你庆贺一下，这一次我们又赢了，而且赢得如此漂亮。现在前程远已经完完整整地属于我们了。”简凡把手中的烟掐灭，眼中那贪婪的目光折射出来的狠毒让米香越来越寒冷。

米香反复咀嚼着简凡刚才那句话，“属于我们了”。如果自己未来背叛简凡，估计会和陈远一样的下场，或许更悲惨。想到这里，米香仿佛看到那个大红印章在流血，血不停地往下流，染红了自己的双手……

米香惊叫，把手上的文件远远扔掉，被米香的意外举动吓了一跳的简凡，拉过米香，拥进怀里面。“怎么了？米香，现在有我在，没有人会伤害你，你明白吗？不要害怕。”

米香的眼里噙满泪水，抬头的刹那眼泪禁不住流淌，看得简凡的心又一次碎了。“如果，如果有一天我们之间出现问题，你会不会像对待拉菲一样对我？”

简凡捧起米香的脸，爱恋地说：“不会，我绝对不会伤害你，你是我的唯一。米香，你要学会磨圆自己，不能让自己有棱有角。”

“为什么？人难道不该有些脾气，有点个性吗？不然活着多辛苦，多憋气啊。”米香说：“你很圆滑，圆滑的好处是什么？”

简凡说：“你太有棱有角了，这样的坏处是别人啃起你来十分方便。而我把自己磨圆，就能滚得更远。”

“新的股东大会马上就要开了，你现在已经是公司股东了，不能依仗任何人了，要保持自己的独立观点，明白吗？”简凡的话让米香琢磨了半天，还是觉得非常的有道理的。

“陈远已经被释放了吗？”米香问道：“他会重新回到魔石吗？还会和我们为敌吗？”

简凡说：“听说魔石的皮克利用海外关系保释了陈远，陈远已经出来了。但是他会不会和我们为敌，这个很难说。”

“米香啊，你看，我的白发不是天上掉下来的。”简凡怜爱地看着米香。“不要总是把自己看得太强，以致无视外因的成就，当然了。也不能把自己看得太轻，以致成为他人的踏板。”

米香叹了口气说：“我现在就是有些迷茫，我想这应该是我人生的一个转折点吧，总有人会迷失方向的，否则真理的路上将人满为患了。”

简凡被米香的话逗乐了，“我说一个小丫头哪来那么多想法啊，接下来要好好对待金弈公司这个项目，这个项目难就难在不能让金弈知道魔石已经把项目让给我们了。但是实际上这个项目是我们的，你明白了？”

米香摸了摸头，琢磨着简凡的话中之意。实际上这个项目，还是要利用魔石的名义来操作。这个也太难了吧，还是先和李月楼一起来讨论下，省得出差错。

魔都的春天总是来得格外短暂，满树的叶子冒出来，短短的几天就串满了所有的枝头，还没有准备好迎接春天，米香觉得天已经热了，风也不再有刺骨的感觉，不再冷涩、寂寥。和风里面满眼是花，五颜六色的，挂满各种树丫，红色的绯的彻底、白色的炫目、紫色的就如女子妖艳的蛮腰，扭动着滴落尘埃的舞姿。

米香再一次想起了白天自己走神时候，眼前出现的情景，那血红的印章，随着泪水蔓延开，像血一样不停地四处蔓延，满手都是，滴落下来，随着地的纹路开始向四周扩散。恐惧，惊颤，无助，米香觉得这或许就是一个圈套，自己要怎么解套，未来自己要怎么办?

米香再一次揣摩陈远的深层次的含义，为何陈远不把这些股份赠送给高正奇或者盖克明，而是自己？是为了利用自己，还是真的在帮助自己，或者仅仅是出于一种对当时时局的无奈。米香想着想着，一种疼痛冒上头来，最近当自己想得多了，总会头疼。

## 【116】

有些事，想多了头疼，想通了就心疼了……还是不想为好了。想到这里，米香拿起了睡衣朝着浴室走去。

水很烫，米香喜欢用很烫的水来洗澡。水是这个世界上最最干净的东西，刺激肌肤的时候，米香觉得自己的整个神经系统都被调动了起来，再也看不到那个血红色的印章在眼前晃悠。

闭着眼睛，米香想起了李月楼从前说过的那句话：企业有三个钱包，股东、银行与江湖信用。江湖信用不可能横空出世，是日积月累而来的。商道上有句话，做企业就是做人。

米香反反复复地咀嚼着李月楼的话，“江湖信用不是横空出世的，是日积月累而来的”。

自己要怎么做，才能在这个平台之上做出自己的成就来，做人真的好难哦。而盖克明的话却让米香觉得自己真的是很渺小。盖克明始终觉得要想成就大业，就要进入这个圈子，一个什么样子的圈子就能决定一个人的命运。

就如雄鹰在鸡窝里长大，就会失去飞翔的本领；野狼在羊群里成长，也会丧失狼性。盖克明说过：“人生的奥妙就在于与人的相处。生活的美好则在于送人玫瑰。和聪明的人在一起，你才会更加睿智。和优秀的人在一起，你才会出类拔萃。所以，你是谁并不重要，重要的是你和谁在一起。”

洗完澡，米香把有玫瑰味的精油倒入香囊，满屋立刻弥漫着花香，这到底是一种什么的气味呢？让米香感觉在春天，并仿佛有美丽女子在耳畔亲吻，永留不消散。

这是上万朵玫瑰凝结而成的人间的精灵，这个世界上定有天赋异禀的奇人存在，或许我们并不知道，但神秘永存，熏香可以安抚神经，促进冥想。

米香借着这种香味，想到了自己即将展翅的未来和所要接触的圈子，自己是谁并不重要，重要的是和谁在一起。而米香觉得幸运的是自己没有和谁走得很近，她和前程远的每个人都保持着距离，这样不管发生什么事情她都能全身而退。

第二天的会议，连高正奇都从北京赶来了，米香明白这是一次重大的历史变革，标志着前程远进入了一个新的篇章。

高正奇一看到米香就高兴地说："欢迎我们的米大美女加入前程远的董事会，大家欢迎，热烈欢迎。"米香环顾四周，李月楼和简凡正在为她高兴，盖克明的脸色有些微微变化，只有周琳脸上很不自然的表情让米香觉得自己所得到的一切都是暂时的，总有一天自己还是会失去这一切的。

李月楼高声说道："今天是一个好日子，让我们以最大的掌声欢迎米总加入前程远的董事会，未来与前程远荣辱与共。"

米香站起来，一时之间激动，哽咽着不知道说什么好，她想起了往昔，想起了每个熬夜的日子，想起了风雨交加自己独自在小火车站等待，想起了被人欺负时候的无助与无奈，往昔的一切都历历在目，她不知道该说什么，千言万语只有两个字可以表达，"谢谢"。

米香低头鞠躬说谢谢的时候，周琳的嘴巴里面嘟哝出几个字："别太得意，等着瞧。"其他人没听到，但是米香听到了。

"今晚我请客，大家不醉不归。"简凡说道。李月楼说："简凡，咱们现在是开会，正经的，别谈吃饭好吧。今天会议的主题是未来前程远的发展模式和发展方向。"李月楼站起来在那块白色的屏幕上面写上五个字：

"谋变与智见"。

写完这五个字，李月楼转头对米香说："下面欢迎我们的米总来发表一下对这几个字的看法。"米香不好意思地站起来说："我认为这五个字的意思是前程远的核心竞争力在什么地方。我只说一点，未来的前程远核心竞争力在于'三个钱包'。"

米香在李月楼刚才这个主题下面写上"股东、银行、江湖信用"，转头看到李月楼露出欣慰的神情。

米香详细解释了这段话，又提出了前程远应该实行统一的CIS计划，简凡拍手道："米总说得很有哲理啊，前程远是该到了谋变与智见的阶段了。我希望能改头换面让前程远更上一个广阔的平台。另外，高正奇全面接管上海分公司，盖克明调任到北京分公司，李月楼你可以在北京和上海两地跑跑，这样可以全面掌控前程远的业务情况。周琳，你还是财务经理，职位不变。"周琳哼了一声。

## 【117】

"今天是前程远又一个崭新的篇章。"李月楼说道："能否让前程远再上一个更广阔的平台，需要仰仗各位了。"

"刚才米香，哦，不，是米总已经说了前程远的三个钱包。"李月楼转头对简凡说："可以把这三个钱包的理论作为前程远的经营理念，并且能融入前程远未来的企业文化识别系统里。"

简凡点头说："这些就交给米香和盖克明吧，这些我也不会弄。"李月楼继续道："米总提出的确实是前程远发展到一定阶段需要的产物。当然还包括我们一手创立起来的ZGCISC投融资这个平台，目前有200多家企业与我们建立了投融资的互动联合，还有很多的律师事务所、会计师事务所、咨询公司和行业专家加盟，需要大家继续努力。我曾经提出的前程远的战略框架与业务模式已经得到了初步的成型与执行。我非常高兴，这里我要感谢每一位前程远的员工，是大家共同努力的成果。当然，其中我们也经历了很多的磨难，但是总的来说，我们取得了很多的成就。我希望未来我们能团结在简总的身边，继续为前程远努力，大家的掌声让米香觉得自己在此时此刻真正成为前程远的一员，有一种当家做主的感觉，再也不是局外之人，恐怕以后也不能置身事外了。

盖克明感叹道："这恐怕是我到前程远以来第一次如此和睦和激奋人心的全体员工大会了，这一切都得益于米香，她为我们的公司带来了活力。"简凡有些鄙视地看了盖克明一眼，心里有一种说不出来的酸酸的感觉，简凡知道米香已经不是从前那个米香了，她就如那只迷人而色彩的蝴蝶一样，已经彻底破茧而出，如今是她展翅飞翔的时候，最最纯美的阶段了。

简凡觉得米香就是那只纯白色的蝴蝶，白得耀眼，白得纯净，但是当她经历过世间繁花的洗礼之后，她开始褪去纯净的白色，变幻出自己独特的色彩。蝴蝶就是一朵小神，简凡觉得米香就是那朵小神，只吃光影和空气。纯净的女子总是惹人怜爱的。

晚宴是在一个豪华的自助餐厅里面举行的，杯酒交错的人生在这个魔都的夜晚每个地方都在进行，米香觉得自己仿佛已经拥有了这个世界，一切开始变得唾手可得，而这个时候在魔都的某个角落，陈远正在和周琳密谋着什么一切都毫无先兆，真正的较量才开始。

“米香，你今晚特别漂亮。”盖克明有些微醉，盯着米香微微隆起的胸部，心里荡漾起了两个人在一起的情景。“盖总，那都是过去的事情了，不要再去想那些本应该忘记的事情吧，我们要朝前看，不要回头。”

“对，米香说得对，我们要朝前看，不要回头。”简凡搂着米香，看着盖克明，露出挑战的样子，令盖克明的心里产生了极大的自卑感。

盖克明的心里的伤感是米香感受不到的，他知道米香是个渴望完美的女子，别看她外表温和、偶尔孩子气，但是米香的内心却有狂野的一面，唯一的不好之处是米香经常容易陷入自己的想象世界不能自拔。她对于自己在意的东西有高度的细腻敏感，对于不入眼的东西却有着一种高度的冷漠绝情。这就是米香，情感强烈而绵长，最可怕的习惯是虐人虐己。和米香恋爱的男子一定要有超强的忍耐力。

盖克明拉着米香说道：“晚上我们一起去唱歌吧，很久没有放松了，去吗？”简凡搂住米香的手并没有放松，米香尴尬地看着这两个男子，不知道该怎么办才好，沉默了一会儿，米香挣脱了简凡的双手，站到了他们的对面，忧伤地说道：“我很累，我想早点回去了。明天还有很多的事情要做。”

“我送你回去吧。”盖克明拉着米香往外走，不等简凡反应过来，两个人已经来到了车子边上。“你喝了酒还能开车吗？”

“当然能，”盖克明说：“我看到他就觉得烦，你以后能少跟他接触吗？我要去了北京，你咋办？”米香笑着说：“我又不是三岁小孩，我会自己照顾好自己的，不过我不明白简凡把你调到北京的目的是什么呢？”

“目的！”盖克明苦笑着说：“不是因为公司就是因为你，因为我们之间的关系吧，你以后最好少跟他接触，他这个人阴险得很。”

## 【118】

米香无奈地说：“我没有那么多时间啊。你看啊，我每天8小时工作、2小时公交、7小时睡眠，每天吃着三流的餐饮，呼吸着二流的空气，却承受着各种一流的价格，没时间也没精力互相温存，更没心情去搞文艺。周末了，本想到处逛逛感受下魔都的繁华与精彩，早上醒来却发现已过中午，半天已去……”

“你呀，哈哈。”盖克明被米香的这段话给逗乐了，“你呀，总是自我保护意识特别强，感性而且无比怀旧。我可以让你过上悠闲而又富足的日子，你愿意吗？”

“是二奶还是小三？”米香转过头去看着脸色红红的盖克明，心里不是滋味。李月楼说的一点都没错，两个男人都是不可靠的，一个有老婆、一个有三任妻子，他们都曾是心有所属的男人，在外面需要的只是偶尔的红尘慰藉，自己是太自作多情了。

盖克明尴尬地说：“我们之间不应该是这种关系，我相信这个世界上有第四种感情，区别于亲情，也不是爱情，更不是红颜知己的暧昧之情。”

米香好奇地问：“这个世界上还有这种感情吗？不是爱情，也不是亲情，更不是红颜之爱。我并不觉得那是情。”

“应该不单单是情，更是一种爱，是一种深入骨髓的替换，是一种抛弃一切过后的纯粹。”盖克明说：“你就看这夜色，它虽然被城市渲染成了七彩，但是褪去这一切繁华还是一样的透彻心扉。米香，我们能在一起吗？你的内心是否有我？”

“你到底要我怎样？”

“我要你抚慰我。”

“怎么抚慰？”

“说你需要我，说你只爱我。”

“那你听好了。我爱你。我需要你。”

堆积在米香内心深处的那种委屈、纠结、痛苦、憋屈就在这一刻释放了，米香的眼泪像河水一样决堤而出，盖克明被渲染了，他一把抱住米香，只听到他内心的期许在沉默中爆发了，捧起她的脸蛋，捧起那张内心渴望许久的寂寞，盖克明此刻只明白一个道理：一个人的特质，最开始是吸引你的利器，但最终也是伤害你的利器。

米香的心却总是在这两个男人之间徘徊，略带发力的紧张，不松懈，所以，米香的爱一次又一次地趋向消亡，也趋向不死，终结是新的开始，沉默是扩展。

周一的清晨，米香来到公司，她换了新的办公室，一个人一间，紧靠愚园路，能看到对面正在建造的久光百货，离静安寺只有咫尺，米香知道这里是自己一个崭新的开始了。她真的要感谢陈远，没有陈远的15%的股份，哪怕她再努力，也不会有今天这样的待遇。

盖克明一早就拿着一大堆的文件，往米香的桌子上面一扔。“你看，这是湖州世福化工项目要做的尽职调查，你去吧。”

米香抬头看着盖克明一副不高兴的样子，可能是自己昨天后来没有答应让他去自己家里，他因此而生气了。米香看了看盖克明憔悴的样子，笑着说：“我说盖总，昨晚你没睡好吗？看你眼睛耷拉着，没了神气啊，这个项目我觉得应该你去，我这几天要弄公司的‘三个钱包’，哪有空啊！”

“什么三个钱包啊？”盖克明惊讶地问，他或许压根就忘记了昨天会议的主题了。

“就是前程远的CIS计划啊，你难道忘记了昨天我们开会的主题吗？这么重大的事项你都不记得，等下我把会议记录给你发一份。”

“这个有尽职调查项目重要吗？”盖克明说：“什么都没有赚钱重要，你赶紧去，我要回一趟金陵。”

“你要回南京，是不是你家老婆叫你回去啊？记得代我向她问好哦。”米香酸溜溜地说。

“你吃醋了？”盖克明凑近米香坏坏地笑了。“我保证我回去不碰她，怎么样？你就让我住你家吧，你别忘记了你昨晚对我说过的话。”

米香赌气地说：“她是你明媒正娶的，你碰她也是合法的，我算什么？”

“你算我的心肝宝贝啊，难道你以为我是随便说说的吗？我可不是那种人哦。我走了啊，三天后回来，这个项目要么你去，要么你叫别人去，我真的去不了了。”

米香说：“行行行，你走吧。我自己会弄的。最好走了别再回来哦。”“怎么说话的呢？”盖克明一脸的不高兴，他强行抱住米香，在她的脸上死命地亲了一口，然后转身离开，米香大声骂道：“你是个流氓。”

只看到盖克明右手一挥，“我是流氓我怕谁”。

## 【119】

米香知道盖克明这个时候回金陵的目的是为了躲避简凡，他是怕简凡让他去北京。高正奇留在上海正是为了把盖克明弄到北京去，跟盖克明交接上海的业务，盖克明此时回南京，正是一个特别好的借口。

简凡一下子没有好办法了，只好让高正奇回北京。为了魔石与金弈的项目，李月楼是万万不能回北京的，再说陈远已经回到魔石，如果此时让李月楼回到北京，陈远可能会反击，前程远就会陷入危机。

米香告诉简凡："我还是觉得把合适的人放在合适的岗位上，这样才能发挥他们最大的用处，我认为你把盖克明弄到北京绝对是个错误。"

简凡唏嘘地说："你知道啥啊，他就对你没安好心。"米香调侃道："在工作上面你能否不把私人感情放进来呢？工作归工作，生活归生活，不要掺和在一起，行不？"

简凡轻松地表示："可以，但我希望你也是，不要掺和在一起，可以不？这样对你、我、他都有好处。你能保证做到吗？"

米香天真地举起右手说："我发誓，我绝对把这两者分开，而且分得彻底、清楚。""米香，我觉得你有时候太要强了，是你的内心太要强了，虽然你的外表看起来温和、软弱，但是你的心底谁都不服，你只认为你自己是对的，是不是？"

米香看向窗外魔都的天空中展翅而过的一群白鸽。"你看它们现在多自由啊！可是它们夜晚还是会回到自己的窝的。在这么一个污浊的世间，我是多么疼惜这样的洁白啊。简凡，我选择向你屈服，其实是向我的内心服输。我知道我不可能永远试图战胜自己，这代价太危险，我不再要求时时战胜自己，有时我必须允许自己败给这个世界不可预测的脆弱和威严。"

"米香，我明白你的意思，但是你和盖克明真的不合适，他是个有家室的人，你们难道永远这样生活？他随时可以离开，你随时要忍受寂寞。"

"无论你的精神如何流浪，身却始终需要一个能安全地让皮毛变干、舔去寒冷的地方。当每次推开属于你的家门，心底升起'宝贝，我回家了'的甜蜜，那么你将不再害怕世界上的任何伤害。"

"那你呢？我在你眼里又算什么？"米香的双眼满足委屈的泪水，"你可以给我家，给我幸福吗？"

简凡无奈地说："我不知道，就如我自己都不知道什么才是幸福。""所以，我们之间也是没有将来的，你又何必管我呢？"米香的眼泪情不自禁地流了下来。

简凡看不得女人流泪。"好了，不哭了，我答应你，过一段时间，咱们结婚，可以了吧。"米香扑哧一笑。"你看，你又把工作与生活扯在一起了吧。"

"还不都是被你逼的啊！"简凡生气地说："你总是搞得我一团糊涂。我总觉得你有时候离我很近，有时候又离我很远，后来就感觉不到你了。我实在是搞不懂你，太不可捉摸了，一个神秘的女子。”

米香端起桌子上面那杯浓郁的咖啡，一股浓浓的奶香扑鼻而来。“你看，就如这杯咖啡一样，它散发出来的味道也是有一个过程的，刚开始的时候浓郁，然后谈谈的余香，最后只剩下甜甜的味道。其实人的感情也是这样的。爱一个人总有一个固定的过程，起先表现得很热烈，往后就平淡，再往后几乎就看不出了。很多人都认为我的爱情是一时新鲜，其实不是，越往后，越爱，于是越沉默。”

简凡品了品手中还发烫的咖啡，那丝香味深入自己的鼻子，进入了肺部，想着米香刚才对自己的话，觉得很有道理。“米香，那么你对于我们公司的CIS系统有何高见。”

米香放下手中的咖啡说：“其实我觉得CIS不能流于形式，现在大部分的公司都只运用了VI部分，对于其他两个部分都不会很关注，所以很多企业的品牌形象无法深入到消费者和社会当中去。我认为CIS是基于公司的几个部分业务的发展而一起融合的，不单纯是个简单的VI设计，简总，你觉得呢？”

“我觉得你说得有道理，但是具体从哪些方面来着手呢？”简凡还是有些迷惑。米香把电脑的屏幕转过来，简凡的眼前顿时一亮，一张非常清晰的结构图出现在简凡的眼前。米香指着电脑上面的图片说：“首先是前程远的经营理念、业务结构、品牌力，还有就是ZGCISC投融资平台的这个理念和架构，这些不仅需要VI，更需要CI等，我们需要一个网站来搞这个平台，这样更有利于传播和业务方面的接洽。”

## 【120】

简凡皱了眉头说：“你说的这个好是好，会不会太过复杂了。”米香笑了笑说：“未来这几年是互联网最最疯狂的时候，我们这个行业是比较特殊的，我认为利用互联网进行传播是一个非常适合的。”

简凡问道：“那你这个需要多少的资金和人力来做这个面子工程啊？”米香一听，觉得简凡对自己的想法不是很支持，跟他再多说也是白搭了。

看着简凡盯着自己，米香笑了笑说：“简大律师，这个还是我来弄吧，我相信我会把这些事情处理好的。”简凡笑了笑说：“可这是公司的大事，我们任何人都不能做出单独的决策，你明白吗？”米香听闻这句话，心里刚升起来的那股暖意顿时透凉了。

“明白！”米香爽快地回答：“我不能陪你聊天了，我今天还要出差去湖州，那里有个化工项目要做尽职调查，你不是也要回北京吗？什么时候走？”米香看着简凡有些舍不得的样子。

“你要去湖州，今天？”简凡惊讶地问：“那不是该盖克明去吗？”“因为盖克明回南京了啊，所以我要去湖州出差。”

“那我们又要分别很久了。”简凡笑着说：“盖克明回南京多少天？”

“三天吧。”米香无意中说出来，却觉得简凡好像是故意打听的。“那我走了啊，我先去北京啦。”简凡知道盖克明不在上海，所以才这么放心地去了北京。米香心里觉得好笑。李月楼看到简凡准备出发，便对米香说：“米香，我们这段时间赶紧把精力腾出来好好跟一下金弈这个公司的项目，我觉得最近魔石可能又在搞什么名堂了，他们的管理层和魔石在接触的过程中存在着沟通障碍，我认为是陈远故意搞出来的烟幕弹，我们不得不防啊，我怕陈远暗中搞鬼，把我们一把踢开。”

简凡听到李月楼这么说，就退了回来。“李总，你现在还是金弈公司的特别顾问是吧，我觉得你的顾问身份确实可以发挥点探听内部消息的作用，你知道陈远最近在做什么吗？”

米香突然之间想起了什么，便说：“我前几天在静安寺的一家咖啡馆里面看到陈远和周琳在一起喝咖啡，当时我倒是没觉得什么不妥，是不是他们两个在偷偷地密谋什么呢？”

李月楼责怪道：“米香，你怎么才说啊？早点讲啊，周琳本来就是陈远的人。好在周琳目前虽然管理公司的财务，但是最后签字的是盖克明，所以周琳是否背叛不存在关键作用。”

简凡说：“还是找个机会把她弄走吧，不是同一条船上的人，我不希望她存在。”

米香心想自己报仇的时机终于到了，想起周琳曾经对自己的那种侮辱的态度，新仇旧恨就一起育上心头了。

李月楼看着米香脸部微妙的表情变化，他就知道自己不用管这事，米香能搞定。“米香，你手上还有什么其他的事情吗？”米香说：“湖州的项目我要去出差，还有公司的CIS这个系统我也要亲自设计。”

李月楼犹疑了一下说：“湖州项目让周琳去。”米香一听，这绝对是个好主意，可以来个一箭双雕。“好吧，李总，我把湖州的尽职调查单子给周琳吧。其他的事情我下班后弄，目前一切听从李老师的安排。”李月楼笑了笑说：“还是米香懂得全局观。”

在去金弈公司的路上，米香问李月楼：“为何盖克明会在这个时候回南京？”李月楼笑着说：“这就是盖克明的聪明之处，懂得何时进退，不像简凡一个劲地与别人较量，直到把别人逼死。”

“你是说盖克明和简凡做事是两种方式，那哪一种好呢？”米香迷惑地问。李月楼笑着说：“这个不存在那与坏，与人的性格和行业有关。简凡如此逼迫陈远，我觉得未来陈远一定会找准时机出击的，所以简凡给陈远留了一线生机，让陈远有反扑的机会。”

“为何简凡不一开始把陈远置之死地，不让他有机会反击呢？简凡不傻啊，是不是因为当时的局面所迫？”

李月楼笑着说：“米香就是冰雪聪明，现在我们要开始玩魔石，让它彻底无法反击。这世界，反应慢的会被玩死，能力差的会被闲死，胆子小的会被吓死，酒量小的会被灌死，身体差的会被累死。所以，米香，干任何事情不必太认真，不然人在天堂，钱在银行。”

## 【121】

“哈哈，李老师说的可都是人生哲理啊。”米香赞叹不已。“所以啊，米香，我们要顺势而为，这样才能保证生活与事业都会有双丰收。”

“一个人的成就，不是以金钱衡量，而是一生中，你善待过多少人，有多少人怀念你。生意人的账簿，记录收入与支出，两数相减，便是盈利。人生的账簿，记录爱与被爱，两数相加，就是成就。”

李月楼的这段话，深深地刻在了米香的心里，自己走上目前的职位，不是一天两天的事情，是自己一步步走过来的。

“哦，听李老师一席话胜读十年书啊。”米香继续说：“那么此次你觉得简凡会怎么除掉魔石呢？”李月楼想了想，抓着头说：“这个不好说，简凡这个人关键的时候总是心狠手辣，我也很难猜到他会以什么法子对付陈远。”

“现在对付陈远已经没有什么必要了，他成不了什么大气候了。现在是我们自身的发展，上次开会的时候说的‘三个钱包’。你要搞搞清楚，好吧？”

米香笑着说：“还是李老师懂文化，我今天跟简凡讲这个，他好像不是很乐意听，我觉得吧，要把这些理念融入我们的经营业务里，这样才能有更好的发展。”

李月楼说："是的，未来我们的ZGCISC应该把'三个钱包'的理念融进去。哦，对了，米香，你知道不，下个星期上海会有一个投融资的行业论坛，包括美国的TAB、加拿大JCC等外资机构都会来参加，如果我们能拿到主办权，对于我们公司的品牌力会有一个提升哦。"

米香的眼睛一亮。"这绝对是个好机会，能提升我们的品牌力与资源整合力。李老师，这次论坛由谁牵头的？我们好好与之沟通一下，然后由我们来承办，你看好不？"

李月楼说："好啊，等从金弈公司回来后，我们一起来策划和筹备这个投融资的论坛，把我们的ZGCISC投融资机构推向一个更加广阔的舞台。"

米香立刻兴奋起来。"把我们预先设想好的一些CIS系统理论融进去，这样绝对是一次完美的推广。"

"很棒的想法！"李月楼拍了拍米香的肩膀说："米香啊，你是我见过的女人中最最能干的，我们之间的合作绝对是最佳。你要相信我，米香，不管以后发生什么事，我们之间的友谊还是一直存在的，李老师我是个对事不对人的人。"

米香微微笑了笑说："李老师，你永远都是我的老师，这点谁都无法改变。我们还是快点走吧，等下金弈公司的方总要等急了。"

方总在办公室里面等着李月楼的到来，米香看出方总的脸色有些不对劲，李月楼问："方总，目前项目可以进入第二个阶段了，我们签订尽职调查合同，然后正式进行尽职调查，你看行不？"

方总沉默了一下，抬头诚恳地说："李总，我知道你们都是为了这个项目能尽快推进，但是，魔石提出了新的条件，他们要我们重新做可行性报告，还有什么资产审核报告等，说我们不做这个，就不进入第二个阶段。还有啊，这些报告都要我们单方面付费，我现在也是很为难哦。不知道是不是先把可行性报告做完，再进入第二个阶段。"

李月楼骂道："魔石又开始玩新花样了！方总，你让我去跟他们谈判，我保证能帮你搞定这些，你看行不？"

方总迟疑地问："真的可行吗？我是怕万一搞不定，我们就没有后路了。"李月楼哈哈一笑："方总，即使魔石跟你闹翻了，我还有美国TAB这张王牌，你怕什么？"

方总不太相信地看着李月楼说："就是你第一次说的美国TAB那家投资公司？这个公司办事效率那么慢，能信不？"

“当然能相信，他们有很多的成功案例，米香第一次就给你详细讲过了，魔石这是落井下石，我们不能给它好脸色看。”

“这样会不会得罪魔石啊，万一对方告我们，我们咋办呢？”方总犹疑地说。米香看出了方总的顾虑，就说道：“方总，下周我们会主办一个投融资界的主题论坛，到时候美国TAB等投融资机构的主席会出席这次活动，如果你能来参加，可以亲自和TAB的王主席进行洽谈，绝对比这个皮克来得厚道。”

方总看着李月楼说：“这是好事啊，我代表金弈公司先申请一个名额啊，李总，你可一定要给我留着这个名额哦。”米香说：“放心，方总，我一定把邀请函亲自给你送过来，这是一次投融资行业的盛会，到时候会有业界的很多名人来参加的。要不要安排方总你作为乙方代表发言啊？”

## 【122】

方总想了想说：“可以的，这个主意不错，这是民营企业融资的一个缩影，值得我们都去诉说些什么。好的，米香，就这么定了。我可等你的好消息了。”

“李总，关于魔石这里我就派你这个特别顾问跟他们纠缠了。”

“放心，方总，我就陪魔石那帮人玩玩这个游戏。”李月楼笑嘻嘻地说：“这些难不倒我这个老法师的。”

在回来的路上，米香说：“为何今天这么顺利？”方总答应我们接触美国TAB投资机构，是不是他瞒着你跟魔石私下接触过了。

李月楼的脸上露出不易察觉的笑，其实他刚才一进门就知道方总遇到了麻烦，而且肯定是魔石，陈远这次吃了这么大的亏，出来后，肯定会咬住这个项目的，那么最好的办法是为难乙方，然后逼迫对方答应甲方的苛刻条件。可是这个方总不像其他的乙方那样又笨又傻，尽管方总贪婪，想要融资，但是他不同于其他的乙方，李月楼和陈远接触过的其他乙方都属于小型的私企，这样的企业的融资渠道不多，见过的世面也不是很多，而这个方总尽管是民营企业家，但是在当地拥有极大的背景，这也使得他见过很多世面，陈远的这点伎俩根本糊弄不到他。

米香说：“我们遇到了真正的对手了，他不同于一般的尽职调查对象，我们不能把金弈公司当成普通的民营公司来对待。陈远是没看到这一点，所以才会如此对待方总，他可不是真正的外资，他是一只披着外资的狼。米香你还记得我曾经跟你讲过的一段话吗？”

“什么话？李老师跟我讲过的大道理太多了，米香一下子想不到是哪句。”米香打趣道。

“我曾经比喻过，融资就跟泡妞一样，真正的高手讲究围而不追，重在勾引。陈远以为魔石利用这招就能在这个行业指点江山了，殊不知一山还有一山高。金弈绝不是个善茬。”

“那我们能掌控金弈吗？会不会被其灼伤。”米香惊奇地问李月楼。“其实只要把握住对方的心理，我们就能做好这个项目。米香啊，赶紧回去把这个论坛的事情策划起来，方总就会对我们的能力刮目相看的。”

米香回到公司，开始联络相关行业资深人士，策划这次投融资行业的年会。米香特别兴奋，因为这是自己第一次策划如此盛大的论坛，能见到很多投融资行业的大腕。这对于自己来说绝对是一次挑战。米香把上次李月楼开会时候用到的几个字作为这次论坛的主题，米香觉得这几个字太合适不过了：“谋变与智见”中国投融资行业年会。

米香写了一个简洁的策划方案，然后把这个方案交给设计人员，开始设计大舞台背景，联络的事情交给了其他的同事。这个时候，米香觉得人手不够用，时间也不够用了，一想，原来是盖克明不在自己的身边。

让盖克明回来，这次盛会不能让盖克明缺席，说不定会给盖克明带来好运呢。电话里面盖克明显然很想念米香，听到米香的声音，盖克明分外激动，米香很少会主动打电话给他，他非常高兴，答应马上回上海。

盖克明一回上海，米香顿时觉得自己有了力量，在筹备这样的跨行业论坛上，盖克明确实功不可没，他联络了很多投资咨询公司，为这次双向的投融资年会增加了更多的实践案例。

米香把“谋变与智见”中国投融资年会的邀请函送给方总的时候，方总偷偷问米香：“这次年会魔石的人会去吗？”

米香听出了方总的言外之意。“你放心，方总，这次盛会是我们前程远主办的，所有的邀请函都是我们亲自发出，没有邀请魔石的人。”

“哦，这样啊，想得真是周到哦。”方总直夸奖米香，说得米香心里开了花一样开心。“方总，我还有事先回去了，你记得准时参加哦。”

李月楼奇怪地问米香：“为何这次年会没有邀请魔石？”米香说：“你能保证魔石不会向方总乱说话吗？如果不能保证，那么最好不要邀请魔石，省得麻烦。”李月楼一听，拍手大腿说：“对呀，我怎么没有想到这一点。”

## 【123】

“可能是李老师最近太忙了吧，所以才没有想到这一点吧。”米香说：“明天就是盛会了，李老师记得要在会场多多发言哦。”

“发言稿准备好了吗？”李月楼问，米香把昨晚通宵做出的发言稿递给李月楼，李月楼高兴地说：“还是米香想得周到。”

这天阳光格外明媚，仿佛也在预示着一场行业的大变革，在可容纳200多人的大会场，来自美国TAB的王主席、加拿大的石森、澳大利亚的方琼等国际战略投资者，以及金弈的方总为代表的100多家项目公司的企业代表参加了盛会，李月楼做了开场的发言，直接把气氛带进了高潮。

米香接到了一个电话，这个电话是来自湖州的，听完这个电话米香就傻了。怎么办？李月楼正在会场，抽不开身，盖克明正在负责会场的杂务，也不能离开，可是自己一个弱女子怎么去解决这个事情呢？

对，打电话给简凡，简凡一听完米香的电话，非常镇定地说：“你现在到前程远的公司门口等我，千万别先上去，等我到了你再上去。”

米香急急忙忙打车前往百乐门，在门口等着简凡，10分钟后，简凡出现在米香的面前，米香紧张的情绪一下子缓解了很多，仿佛抓住了救命草。

“到底怎么回事？”简凡问：“你跟我说说清楚，到底怎么回事啊？”“周琳去湖州做尽职调查项目时，利用职务之便，收受了对方的贿赂。”米香急切地告诉简凡。

“什么？”简凡生气地说：“不是每次出去都签了尽职调查的宣言了吗？明确规定尽职调查人员不可收受对方财物的，为何周琳还会这么做？”

“收了多少？”简凡突然感觉到了事情的严重性。

“10万。”米香低头说道。米香总觉得周琳这么做可能不是出自本意，而是有其他的原因，不然这么大的数额，以周琳的个性是不可能有这个胆量的。

“好的，现在我们先上去，等下我来应付他们，你不要着急，听到了吗？”简凡嘱咐米香，米香躲在简凡的身后说好。

果然，门口聚集了一帮人，不像是对方公司的，倒像是社会上的那种闲杂人等。简凡亮出了自己的律师身份，告诉对方目前这个事情属于财务纠纷，如果对方执意这样闹，会不会上升到刑事案件，就很难说了。

果然，这几个人悻悻而去，简凡来到周琳的办公室，看到所有的办公用品都被收拾得干干净净，显然周琳是有备而来，简凡说："这就是一只白眼狼啊。"

"其实，我前几天看到周琳和陈远两个人在一家咖啡厅里面谈什么。"米香怯怯地说："当时我以为只是朋友见面，没有什么问题，所以一时之间大意了。"

"让我说你什么好呢？"简凡生气地说："你呀，有什么事情你要跟我讲，不要等到出了事情再去想办法就晚了，知道不？你看，目前这件事，前程远肯定要代替周琳先归还湖州这个项目公司的10万块，本来这是可以避免的。"

米香低着头，仿佛犯了很大错误的小孩一样，委屈得很，简凡继续说道："幸亏他们今天没有去会场大闹，如果陈远借此机会去我们今天主办的会场讨债，你想到后果了吗？商场就如战场，不能给对方留下任何的可乘之机。"

"简大律师，你说陈远这么做，是不是因为我们没有邀请他来参加这次盛会，他怀恨在心。"

"我看不仅仅是这些，你和李月楼是不是让金弈公司重新选择战略合作伙伴！这才是陈远要报复我们的导火线。"

简凡叹了口气说道："其实还有更多的原因，这个社会太浮躁了。失控的不安全感、性或物质的欲望、爱的悲伤与情感的渴望、利益与关系的博弈、精神胜利、超能力的假想、美善的情境等，这些都会导致一个人的思维的变化。"

"简凡，未来我们的日子会不会更不好过。"米香说："一个人如果把你当敌人，会不断地折磨你，直到看到你悲哀，他才会高兴。"

李月楼赶回办公室。"米香，你怎么没留在会场呢？这么早就回来了，今天确实是个好日子，我们主办的这次投融资年会得到了业内很多行业精英的赞誉，美国TAB的王主席与金弈的方总这次是一见如故，两个人当场就达成了战略合作协议。"

## 【124】

李月楼看到米香心不在焉，好像根本没听他说话。"怎么了？简凡，米香这是怎么了？"简凡说："李总，湖州那个项目出事了，周琳收了对方10万贿赂，对方刚才派了几个社会闲杂人上门要账来了。幸亏米香打电话给我，不然后果不堪设想。"

"周琳怎么会有那么大的胆子，10万都敢收。"李月楼疑惑地问。米香说：

“我认为是陈远指使的，我们回来的时候，周琳早就整理好东西离开了。这肯定是事先预谋好的事情。我担心的事情终于发生了，李老师，我们接下来该怎么办？怎样才能避免这样的麻烦，简凡刚才说前程远必须先赔偿对方，10万啊。”

李月楼一下子坐到椅子上面，想了半天都没有什么好主意，简凡在一旁急得前后不停地踱步，搞得李月楼头更加晕了。我说简凡，你不要来来回回地走了，好吗？”

米香无奈地说：“其实一开始我就认为这就是一个灰色的行业，所有的甲方与乙方都是不安好心地欺骗着对方，如今，现在是乙方先跳出来了。你说这叫什么事情呢？”

李月楼笑道：“哈哈，米香说得有道理，灰色地带就有它自身的规则，我们只要能抓住对方的弱点，就能击败对方，不让对方倒打一耙。”

“什么规则啊？”米香问。“灰色其实不仅仅是一种生存的状态，它更多体现的是一种生存之道。周琳这么做是不想在前程远干了，她肯定陈远一定能帮助她。”

李月楼说：“我们要把这个项目的主要责任推到周琳身上，虽然合同是和我们签订的，但是周琳现在不在我们公司了，这确实是一个好的办法。”

“说干就干，现在先报案，然后向媒体发布消息，告诉所有人，周琳是前程远的财务，不仅收受项目公司的贿赂，而且还携款潜逃，这样子湖州那帮人就不会老是缠着我们了，你们说这个方法怎么样？”简凡问道。

“方法是不错，但是不会引火上身吧。”米香看着李月楼问道：“周琳就是利用和陈远的关系才这么做的，难保她没有和陈远商量好。”

前程远发布的消息让陈远措手不及，他没有料到简凡会这么狠毒，如今周琳成了众人追踪的对象，自己的左膀右臂都被简凡一个个生生地砍掉了。陈远在办公室里急得不知道该怎么办才好，把人交出去也不是办法，不交出去也不是办法，这一切实在让陈远为难，到底要不要保住周琳？这个时候皮克进来了，看到陈远如此烦躁，就知道魔石遇到了麻烦。

皮克问：“陈总是不是遇到了麻烦了？”陈远把周琳的事情告诉了皮克。皮克说：“你们中国不是有个什么潜规则吗？”

陈远问：“什么潜规则？”皮克比喻道：“如果用一语概之，灰色生存就是游离在合法与非法边缘的一种状态，它利用传统的熟人社会，游走于法律边缘，使社会规则模糊混沌，以便从中取利。”

皮克的办法是让魔石出面和湖州那家公司谈判，出点钱把对方搞定，不要声张就是，说是公司内部矛盾，这样周琳或许能避免这次牢狱之灾。

陈远无奈之中答应了皮克所提出的办法。湖州的公司答应了魔石提出的条件，前程远没能借此机会除掉陈远。

陈远是偷鸡不着蚀把米，李月楼笑着对米香说："这叫活该。"

米香说："我们现在是见招拆招啊。我看魔石还能发什么招过来，我说李老师，如果现在魔石不理我们了，我反而觉得有些寂寞了。"

李月楼说："你呀，要记住一句话，人脉的最高境界并非单方面的游说，而是互利。"

"你说的每句话我都拿笔记下来了，以后有机会，我要给李老师出一本语录，哈哈，一定会有很多人来买的。"

"就叫投融资界的老法师语录。绝对精彩哦。"米香笑得眉飞色舞。"你呀，别高兴得太早了，陈远一定会反击的，而且这次的反击绝对是摧毁性的。"

米香不解地问："为何不能共同生存呢？共赢，平等竞争，不是很好的事情吗？为何一定要争得你死我活呢？"

李月楼说："你呀，不知道市场总的容量是不变的，这就是大鱼吃小鱼、小鱼吃虾米的社会。当一个人的生存空间遭挤压、排挤、威慑时，人就会自然而然地退守到本就无法逃遁的中性区域，这个区域通常是我们道德的灰色地带。而深陷其中的人也由此陷入了阴阳交错、善恶纠缠、人格分裂的无奈挣扎之中。"

## 【125】

"没关系，李老师，陈远来什么招我就应什么招，俗称见招拆招。"李月楼说："你个小丫头不要以为人家好对付。"你的CIS理论系统还没弄好啊，我们都等不及了啊，前天的论坛一结束，就有好几个项目公司要求我们牵线搭桥啊，你快点把ZGCISC投融资的这个网络平台建立起来，这样我们的投资公司的加盟队伍可以快速扩大。"

"啊呀，李老师，你不说我还把这档子事情给忘记了呢！网络平台是个大事啊，我保证这周内提出方案，并在一个月内完成这个任务。"米香听到李月楼主动要求自己来做这个事情，心里还是非常高兴的。盖克明回来后，为米香分担了很多的忧愁与苦难，这个时候，盖克明把从楼下星巴克买的咖啡和甜点给米香送过来。米香非常感激地望着眼前这个男人，心里不知道是感激还是爱。

米香想起了杜拉斯曾经说过：爱之于我，不是一蔬一饭、肌肤之亲，而是一种不死的欲望，是颓败生活里的英雄梦想。

米香心中的欲望，不是简凡也不是盖克明，而是属于“米总”的这个称呼所体现出来的价值。这个位置是她用自己的实力来取得的，这一切都是辛苦得来的，米香分外珍惜。

盖克明把买来的糕点细心地打开，拿起小勺子挖了一勺，送到米香的嘴边，米香正认真地整理着方案，被盖克明突然的举动吓了一跳。米香既惊讶又惊喜地看着盖克明，接过了盖克明手中的小勺子。“怎么今天对我这么好，是不是有啥事要求我啊！”

“没有，就是想对你好，你不知道我在南京的时候，有多么想你，想得我把黑夜中的月亮背面的那个影子当成了白天的你，还好，三天时间并不是很长，我只能恨光阴飞逝，喜物是人依在。”

“你还喜物啊，不是有句话叫作不以物喜，不以己悲吗？为何你的想法总是倒过来的呢？”米香接过盖克明手上递过来的星巴克咖啡，喝了一口。“今天的咖啡也是分外浓郁啊！”

“那要看是谁买的了。我买的当然好喝了。”盖克明娇宠地说：“其实，现今社会喜物也是一种境界，物的缘，人的缘。甚是奇妙！若不喜物是人非，就请活在当下，只争朝夕。”

盖克明就这么痴痴地看着米香，张开的小嘴巴，优雅的坐姿，眼神专注，神态自然清新，米香真是世间少有的女子，要是每个清晨或者黄昏都能与之相守，那多美好，多奢侈。

“米香，我发现了你的不同之处，与世间其他女子的不同之处。”盖克明说：“我看你于东去春来中轻嗅阳光雨露，于似水流年中熏香衣食住行，喜物方能喜心，喜己才能不慌不忙的坚强，优雅着品味酸甜苦辣。”

米香问：“我真有你说的那么好吗？为何你不想娶我呢？”

米香的问话让盖克明一下子尴尬起来了。“米香我觉得吧，有时候你还挺情绪化的，人小鬼大、疑心很重，还具有攻击性，思想非常复杂，不过是个冰雪聪明、极其敏感的神秘女子。”

米香对于盖克明的评价有些诧异。“你是不是对我深入了解过，才能分析得如此透彻，我就是这样一个人，你还真是说对了。”

“米香，你现在构建的这个网络平台，我提点建议，可以吧。”盖克明拉过一张椅子，跟米香讨论起来。“我认为这个架构缺了一个东西。”米香看了半天，问道：“到底缺的是什么？”

“你只是把我们现实中已经操作过的ZGCISC投融资服务平台放在了网络上面，我认为这不是最完整的，投融资行业的电商除了我们说的监管、投入和产出的一个双向出口，还需要人流，这个是高端创新产业，人流很重要。”

米香仔细回味盖克明的话。“是不是对于这个网络平台的本身形象包装很重要，需要一个重量级别的幕后推手。”

盖克明说：“物以类聚，人以群分，如果这个平台在国内有三分之一的大融资机构都用，那么那些小机构都会自动送上门来。所以一开始我们要先找大鱼，小鱼们就会自动游过来，明白不？”

“还真是有道理！”米香说：“把我们公司的资源整合一下，应该没有问题吧？”米香问道。盖克明说：“还有一点，如果你的这个网络平台真的有如此天的号召力，那么魔石也会不攻自破。”

## 【126】

“魔石会因为我这个网络平台的建立不攻自破？盖总，你也太自信了吧。魔石是有外资背景的，和众多的投资机构一样，还是有些实力的，别看陈远目前好像萎靡不振，李月楼说一旦魔石发力，我们还是会受伤的。”

“我们会受伤？为何？”盖克明不解。米香说：“你要知道前程远是金融行业的服务机构，只是一个中介，魔石是直接引入资金的投资机构，两者本身就不在一个级别上面，只是前程远利用了自身的资源优势，把这个行业的产业链上面的那么多只蚂蚱整合在一条绳子上面，所以前程远显得强大。”

“米香，这个网络的商业模式不仅是简单的资金找项目、项目找资金了，它需要一个核心的竞争力，那就是聚人，人流很重要。”盖克明滔滔不绝：“这个平台的核心作用是聚集人气，只有把人聚合过来，我们才可以发挥我们线下平台的实际操作作用。”

米香越听越有兴致。“那么关于线下，你有什么好的模式呢？”盖克明想了想说：“线下的模式有直接签约、论坛、行业报告等，反正很多，要慢慢想。”

“你的这个提议实在是太好了。”米香微笑地看着盖克明。“拓宽了我的很多思路，原来我只是局限在一个点上，现在我看到了一条很长的线，而且这条线两端都没有尽头，可以延展到很远的地方。”

“尽职调查这块业务我们还做吗？”米香反问道。“如果把公司的架构扩展到那么大，尽职调查业务模式是不是也要调整呢？”

盖克明笑着说：“你咋变傻了啊，尽职调查完全可以成为我们的重头戏啊，我们有这么完美的资源和团队，两边线头接起来，尽职调查的业务量会比我们现在多10倍以上。”

“你觉得简凡和李月楼会不会同意我们的这个计划，建个网站虽然花不了多少钱，但是如果定期举办论坛和活动，会消耗掉我们的很多精力与金钱。”米香的担忧也是不无道理的，“你知道上次我们办的那个谋变与智见的投融资年会一共花了多少钱吗？”

“多少？”盖克明问道。“应该不会很多，我认为20万元差不多了。”米香说：“哪有那么便宜啊，100万啊。我们请了很多的媒体，准备了很多的礼物，寻找了很多的行业专家来参加，他们的出场费很贵的。”

“米香，你的这个办论坛的思路要好好地改变一下，不能让那么些专家给你弄砸了。有些所谓的专家根本不用请，不给出场费他们都愿意来，你要注意方式，观念要改变啊。”

“不过我认为李月楼可能会赞同我们的计划，因为李月楼很喜欢这样出风头的节目，至于简凡，我觉得很难改变他的想法。只要简凡不反对，我觉得一切都可以好办。我最怕简凡反对了，这样我做起来也会遇到很多的阻力的。”米香看着盖克明说道。

“你还怕简凡。”盖克明笑话米香。“他有啥好怕的，不就是个律师吗？”

“我绝对相信我们的这个商业模式升级为前程远带来的不仅仅是经济利益，更可观的是社会美誉度。这些正是我们目前迫切需要的，我记得李月楼上次开会的时候也提到过股东、银行和江湖信用。”

“陈远这个股东被我们踢出去，银行方面和我们拥有良好的关系，这些高正奇和李月楼都维护着，那么我们要把前程远的江湖信用发挥得更棒，这样即使过了多少年，江湖还会依然有我们的传说。”

“盖总，你说的有道理，可是江湖信用不是一日就能建立的，需要的是日积月累。前程远这段时间名誉上面的损失在短时间内是很难挽回的。”

“所以，我们才更需要正面的力量啊，这样才可以把负面消息变成我们正面的力量，要知道一个品牌的推广，危机公关是很重要的。就如我做生意，诚信第一，人脉第二，你有了诚信，人脉自然会广阔。”

“你说得很有道理，人脉第二，诚信第一，这样才更有销售力。”米香看着窗外的白云缥缈地掠过每一扇窗口，可是不是前程远的每个员工感受得到的。“就如这些窗户，每个人从自己的角度看问题，所以每个窗口的风景都是不一样的。”

米香不负李月楼的嘱托，一周之内就把投融资网站建立好了，之后是各方协调与推广了。令米香没有料到的是简凡强烈反对，并且把原来投入网站建设的资金给全部撤掉了。

## 【127】

简凡从北京赶回了上海，因为米香的这个推广计划需要20万的资金来运作，简凡觉得米香疯了，前程远只是一个投融资行业的中介服务机构，完全不需要做什么品牌推广与网站，完全是多此一举。

简凡回到上海的第一件事情就是召开前程远的高层会议，重新商讨这次米香提出来的方案是否有执行的必要。

会议室里面的气氛非常紧张，李月楼知道这次的会议会让前程远的内部产生重大分歧，用什么方法才能使这样的矛盾不再出现呢？

“米香，你觉得你做的这些有什么用呢？”简凡嚣张跋扈的样子让很不舒服。她站起来，把事先准备好的网站架构因放在白板上面，指着白板上面的图说：“我要做的这个东西，所有的战略、利益、未来效益都在上面了，你们自己看。”简凡没等米香说完，就站起来说：“现在公司谁是老板，米香，你要搞清楚。”米香一听转过身来说：“简总，不管谁的股份多，谁的股份少，我们现在的出发点就是为了前程远的将来着想。”

简凡说：“不要总想着那些遥不可及的将来，想象的世界毕竟是想象，不可靠，我们要活在当下，当下要做好的事情是尽职调查与目标购并两个板块的业务，跟你搞的这些什么品牌推广、营销策略、网络拓展、论坛演讲根本不搭界。”

“为什么不搭界呢？我认为很有必要啊，未来的营销模式不仅仅是现有的这些，网络这一块的推广很有必要。”米香辩解说：“你有没有见到上次论坛大家的热闹劲，这个行业也是要聚人气的，前程远现在打的是气场，不仅是气势。”

简凡说：“前程远需要的是专业度、专业能力的提升，而不是玩着这些花花的、表面的东西来糊弄投资者。”

盖克明站起来说：“简律师，你说的这句话我就不爱听了，怎么能说这些东西是表面的东西呢，你没看到项目方都要经过包装吗？投资商也会看他们包装的东西，投资商就是要看未来，他们收购一家企业，其实就是收购的未来的东西，这些都是需要包装的。”

简凡说：“那为何要进行尽职调查呢？就是为了要揭露项目公司那种乱包装、虚构的东西，要去掉虚假的外表，露出真实的东西，这些才是投资者们愿意看到的。”

“你们不要吵了！”李月楼看不下去了。“我认为你们说的是两个东西，一个是我们业务方面的专业度上面的提升，我认为简凡说的是对的。另一个是我们公司自身的包装和品牌的提升，这个也是需要的，但是我们目前迫切需要的是专业度方面的提升，第二个提升需要时间与积累。所以我建议米香可以分期进行，不要一次性投入这么多，我们可以分成几个阶段，这样不会占用很多时间与金钱，又能把事情做好，米香、简凡，你们看怎么样？”

米香一看是李老师发言，而且说的也是很有道理，就没有必要再让自己和对方难堪了，顺势而为吧。

“好吧，我同意李老师的意见。”简凡一想也不错。只有盖克明的心里很不舒服。“我觉得米香说的完全没有错，我不明白你们为何反对，我全力支持米香执行这个计划。”

“如果你有资金来帮助米香完成这个计划，我并不反对，可是公司最近的资金很紧张，你不是不知道，北京那边需要更多的资金来进行公关，金弈公司这个项目还没到签约收钱的时候，这个时候你来个大规模的品牌与架构提升，你这不是笑话吗？”简凡对着盖克明大声叫着，一旁的李月楼担心他们二人又要吵起来了。

盖克明没等简凡说完，就大怒了。“这公司也不是你一家独大啊，你凭什么说米香做的这个东西没用了，凭什么啊？你有本事自己搞定北京的事情，动不动就来上海这边划钱，算什么啊？”

简凡一拳打在了盖克明的右眼上，只听到“啊”的一声，盖克明捂着右眼倒在桌子上面呻吟起来，李月楼一把拉住了简凡，盖克明反应过来想要上前打简凡，简凡早已经被李月楼拉着到了外面，米香看到盖克明的右眼肿了起来，赶紧扶着盖克明说："去医院。"盖克明起初还不肯，但是眼睛越来越睁不开了，只好跟着米香来到了医院。

## 【128】

米香不清楚为何今天这两个人火气都那么大，但是，一旁的李月楼知道，简凡之所有和盖克明在米香的工作问题上面产生严重分歧，是因为简凡感觉到了米香和盖克明再次坠入了爱河，简凡妒忌，羡慕，更多的是恨。

被简凡这么一搞，米香的所有计划陷入了严重的被动局面。

看着被打得眼睛都睁不开的盖克明，米香的心里分外难受，这个男人虽然从前伤害过自己，但是，现在却一直在自己的身边支持着自己，米香的心里心疼他了。

盖克明眼睛被蒙着白色的绷带，心里却透亮。"米香，我这个样子生活无法自理了，你要对我负责的。我要住到你家里面，好不好？"望着眼前这个高大的男子奇怪的模样，米香想笑却笑不出来。

当着街上众人的面，盖克明一把搂住米香，亲吻她柔软无比的小嘴巴，米香无法反抗，时间仿佛就在此刻停止。

米香和盖克明都觉得，此刻人世间的那纷纷扰扰都与他们无关，行走匆忙的人群也因他们变得缥缈虚无，唯有彼此停留眼里，达至心里。

米香无法拒绝盖克明的要求，就把盖克明送到了自己的家里，接到李月楼的电话，米香让盖克明先卧床休息，自己重新回到公司。

简凡人不在，李月楼招呼米香说："你知道不知道简凡今天为何动手？"

米香直愣愣地看着李月楼，摇摇头，有些夸张地说："是不是北京出事了，他心情不好呢？"

李月楼无可奈何地摇头说："当然不是，是因为他看到你和盖克明如此暧昧，他吃醋了。"

"吃醋？不可能吧，简凡并不是真的喜欢我，他何必为我吃醋呢？"米香迷惑，米香确实体会不到简凡给自己带来的爱，如果简凡这种表现是爱的话，那么，爱一个人，最终不过是爱上自己。爱是一种幻觉、妄想，还是一种成全或毁坏，抑或是终结还是拯救？

李月楼说："这是爱屋及乌啊，简凡对于你的爱我不好妄加判断，但是他希望你不要再受到伤害，特别是盖克明，他有家庭，你们两个在一起会有什么好结果呢？”

米香赌气道：“不管我们未来的路怎么样，简凡都不该打人啊。打人就是不对的。再说了我的事跟他没有什么关系。”李月楼诚恳地说道：“你先不用管简凡说的话，你所设想的计划我赞同，至于资金的事情，上海的分公司我还是有做主的权利的，我来给你安排，不过不要太铺张了。我们上次的论坛效果确实不错，就是传播力度太小了，需要扩大，我觉得你的设想很符合这个行业的发展方向。”

“李老师，你也赞同我的执行方案吗？是否觉得我方案的想法太天真了，我只是整合了这个行业的许多特点与资源，不过有李老师的支持，我一定充满信心，保证尽快让这个网站平台上线。”

“我并不觉得你的想法天真，相反我认为你的这个策划方案一旦执行就能给前程远带来无可比拟的双重效益。”李月楼的话让米香更加肯定了自己的看法，虽然简凡让米香觉得压力非常大，但是，如果有李月楼的支持，就一定能够实现。

“还有一点，米香，你也要体谅简凡，他目前主要的精力是对付陈远，魔石并不是我们想象的那么容易对付，陈远这个人攀关系非常快速，听说最近又搭上了一个很有背景的人物，我们都怕他绝地反弹，到时候无法对付。”

“陈远现在还能东山再起吗？”米香好奇地问。“我觉得经过这几次较量，魔石早已元气大伤，短时间内无法东山再起，我们应该趁着他们缓慢前进的时候，快速地扩张或者提升，这样才能让前程远更好的发展。”

“米香，简凡肯定会收拾魔石、收拾陈远的，这点我们都要相信，至于我们现在所能做的就是让前程远能更加平稳地发展。我给你讲的三个钱包理论，一定要融合进去，这样才会显得我们背后更有力量。”

米香回到家里，看到盖克明正躺在沙发上面看电视，非常颓废的样子，米香的心里也很不是滋味，盖克明是为自己受伤的。米香在厨房准备饭菜，盖克明从后面抱住她，米香觉得浑身上下有一种温馨的感觉，这就是家里有一个男人所呈现出来的不一样的感觉。事业或者工作再成功的女性，都希望自己是被宠爱的公主。可现实毕竟就是现实啊，那么多无法实现的爱与不能释怀的恨，都变成了诗篇……

## 【129】

“为什么会对我这么好？”盖克明咬着米香的耳朵，痒痒的。米香想要躲开。米香“是为了表示我的歉意。”

“仅仅是歉意吗？没有别的吗？”盖克明扳过米香的肩膀，看着米香清澈的眼睛。“为何我们之间没有我想要的爱情呢？难道是我自作多情了？”

米香推开盖克明，一本正经地说：“都说男人喜欢自作多情。但多数情况下男人的自作多情指的是性。往往性完了，情也没了。因此女人的自作多情要严重得多，她们常常误以为性只是感情的开始。这就是为什么男人多情，而受伤的总是女人了。”

“你这都是哪里学来的歪理？”盖克明有些不高兴了。

米香笑着说：“在没有婚姻为载体的爱情中，女人扮演的只能是情妇的角色。”

盖克明不以为然地说：“我们两个现在的状态不是很好吗？相守在一起比什么都重要，难道你还不满足吗？”

“我没有什么不满足，我只是觉得我们两个并不长久，今天李月楼跟我说，我现在应把精力放在事业上，不能乱谈感情。”

“他的话，你也信。”盖克明不高兴地说：“他和简凡的话你都不要信，这个世界上只有我对你最好，你明白吗？”

“不是很明白，我也不想弄明白，就这样顺其自然吧。何必在乎那些事情呢？”米香走进房间拉上了厚厚的窗帘，用厚窗帘遮挡住阳光，却遮不住时间流逝的慌张。米香颓废的情绪让盖克明觉得很是不安。

简凡回到北京后，与美国TAB与加拿大JCC联合起来，对魔石进行了新一轮的左右夹击，由于魔石是新成立不久的投资公司，所以在这个行业还没有站稳脚跟，虽然陈远利用了很多关系，但是在简凡等人的攻击下，还是显得那么不堪一击。

周琳开会的时候问陈远：“魔石的业务已经两个月都是零了，照这样下去，魔石很快无法在这个行业立足了，陈总，简凡这样做是不是太不顾行业准则了。我们不能这么坐以待毙，需要立刻反击啊。”

陈远萎靡地坐在办公室里，抽着浓烈的烟，看着窗外刚升起的霞光，狠狠地说：“魔石不会就此完蛋的，要死我也要拉个垫背的！”陈远现在唯一的希望就是魔石，让魔石创造出更多的财富才是他所有的梦想，其他所谓的一切都是浮云。

不过有这么一个道理，男人不见得会明白。倘若一个男人的人生理念完全被财富二字左右了，那么凡女人，皆应藐视他。男人可以拥有自己的财富与权力，但如果眼中只有财富两个字，那么他的人生就会失去更有价值的东西。

与此同时，在上海的一个五星级酒店里，前程远与金弈的目标购并项目进入了前所未有的大跃进阶段，金弈与美国TAB签订了战略合作协议，并且与前程远签订了尽职调查合同，项目进入了执行阶段，为此三方公司进行了一次庆贺晚宴。

晚宴开幕没有多久，米香看到一个熟悉的身影从大门口进来，竟然是简凡，为何他本来说不来参加宴会的，反而临时赶来了呢？米香今天穿的是一件白色的印有百合、马蹄莲的拖地纱裙，没有一个女人能抗拒白色的魅力，白色总是留给女人太多的幻想。

简凡从门口就看到了米香这身纯美的装束，无论是利落的线条，还是大片蕾丝，这样场合的白色出场，米香仿佛顷刻间得到上帝的馈赠，化身最纯美的天使。简凡的心里有一丝嫉妒与恨，看着米香边上盖克明殷勤地服侍，简凡的心就更加狂躁。

他来到长长的桌子边，拿起桌上面的酒杯，一口气喝了三杯，喝完他找到李月楼，李月楼正在与方总聊，看到简凡红着脸过来，非常惊讶地问：“简总，你不是还在北京吗？什么时候回的上海啊！”简凡看出李月楼的惊讶之色，淡淡地笑着说：“别紧张，我安排好了北京的事情才回来的。主要是想看看你们这次合作到底进展到什么样的程度了，是不是顺利。我听说已经开始尽职调查了，看样子未来上市之路很顺畅了。”简凡假装问着李月楼，但是目光瞟向米香的身上，米香纯白的身影不停地在他眼前晃动，让他无法仰止住自己内心的那种冲动。

简凡刚想过去，就看到美国TAB集团的王主席在不停地向米香劝酒，米香无奈，被他灌了很多杯，盖克明的伤还没有好，米香傻乎乎地也替盖克明喝了，一下子喝得小脸红晕晕的，非常好看。

## 【130】

李月楼跟简凡一边说公司的事情，一眼看到米香真的是不胜酒力，急忙走过去，拉住王主席非要和对方喝个几杯，米香这个时候才脱身。

盖克明见米香不陪王主席喝了，急忙把米香拉到方总的面前，方总一看米香来了，赶忙举起酒杯来劝酒，米香不好意思拒绝，又被方总灌了好几杯酒。

这个时候的米香顿时觉得头昏脑涨，脸颊发烧，四肢无力，整个酒店的天花板都在转动。米香感觉一阵恶心，对盖克明说：“你先陪着方总，我去一下洗手间就来。米香摇摇晃晃地走过每一桌，没有人来扶她，来到洗手间，米香想吐却吐不出来。米香对着自己看着镜子中的自己，纯美的白，脸上露出了丰富的表情，今天是这么长时间以来最最开心的时刻，自己终于在这个城市找到了属于自己的位置，未来还要有一个属于自己的小窝。

隐隐约约中米香感觉到有个人从镜子里面隐现出来。这是谁？轮廓好熟悉，眼神好迷离，还没等米香反应过来，那个人已经一把抓住米香朝着外面走去，米香想要反抗，可是对方力气太大了，

米香被塞进汽车，她闻到一股话梅糖的香味，好熟悉的气味，像是有一种催眠的效果，悠远地直入心脾，无法抗拒又无法放手，米香安心地睡着了。

简凡一边开车，一边看着一旁醉酒的米香，心里有一种说不出来的感觉，她纯白色的衣服里透露出闪亮而又诱人的肌肤，一股纯净的女子香味，奶油香，淡淡的，凑近了又很浓烈，非常吸引人，这不是香水的气味，是属于一个女子特殊的体香，跟平时的饮食习惯有关。

在简凡把米香抱进屋子的时候，米香的神智有些清醒了，但只是短暂的清醒，错乱的时候，很多理不清的思绪，也许该剪断。米香的爱就是这样，爱的明明是一个人，却不在乎这个人究竟是谁，究竟是个什么样的人。博大而又盲目，深邃而又肤浅。一个睿智的女子，一个单纯的女子。生活有时候像做梦，尤其是醉酒后，睁开眼，好像发生过许许多多，却又好像什么都没有发生过。

米香被简凡的吻惊醒了，她这一次是彻底地醒了，虽然说曾经多少次想要这样的感觉，可是真的来临的时候，米香特别惊慌，她拼命地在那张大床上面挣扎，双手乱抓，可是简凡有力的双手抓住她的两只无力的小手，米香动弹不得。米香使出了吃奶的劲，用双脚踢回简凡，简凡被米香突如其来的力道给摔倒到床的一边。但是，此刻的米香毕竟还是处于酒后似醒未醒的状态，还未等米香坐起来，简凡又把她摁倒在大床上面，床的柔软一下子让米香又陷入了迷蒙的梦幻中一样，无力自拔了。

# 九卷：惊天大逆转的背后

ZGCISC机构曾被誉为国内投融资界的“跨界霓虹桥”，其在巅峰时刻却霍然倒戈，莫非是金钱的深度诱惑？难道是所谓的红颜祸水？抑或是权力背后的擅改？它的商业模式背后到底隐藏着什么天大的阴谋？树欲静而风不止，这棵参天大树是如何倒下的呢？

儒家素有“穷则独善其身，达则兼济天下”的追求，入仕途，从商道，皆为达济天下的途径。然商者本无道，心之所至即为疆。筚路蓝缕，纵横捭阖，成败得失，笑看风云，常怀进取之心，常怀感恩之情；谈笑间，樯橹灰飞烟灭，是为大拿也。

——银泰置地营销中心总经理 阙东岳

## 【131】

简凡以为这种沉默或许是默许，是认可，是配合，但是他错了，世间的女子，你可以让她受委屈，但不要让她沉默，因为无言是一种最深的伤痛，是一个女人最悲的哭声。你要知道，女人最爱倾诉，不管有多苦多难，无论她有没有心事，她都想和你讲述关于她的一切，这是她爱你的最好方式。如果有一天，她突然安静了，你也走到了后悔的边缘。

这是一场激烈、纠缠、仇恨、爱恋的搏斗，两个人都筋疲力尽，湿透了衣服，简凡趴在米香的身上，犹疑地伸出手，轻轻抚摸她的发丝，米香听到他竭力屏住呼吸，胸口发出气息如潮水般的波动，米香被这样的气场所包围，又也许是被酒精退潮后的作用使得米香非常镇静。米香闭上眼睛，渐渐坠入睡眠的洞穴，在即将失去意识之前，米香感觉到简凡的手臂小心翼翼地搂住她的脖子，把她拥进了怀里。

睡眠是绵长的，她醒来，他还在睡梦中，黑夜依然如此漫长。

春望无涯，春天是柔软的，米香梦见一个人回来，安坐在魔都之顶，在风中想念一个人。米香再也没有力气奏鸣，问之安好，只喜欢这样静静地听着，魔都之音，沉郁或轻盈，但米香却梦见了一大片的花红，松软了这个梦。

可是米香醒来，却再也睡不着了，她轻轻地起床，穿上那件纯白色的衣服，宛如夜色中被袭击的精灵一样，落荒而逃。

深夜的街上只有等候的出租车还在亮着顶灯，米香招手，一辆出租车从不远处驶过来，仿佛专为等候夜归的女子，米香拉开车门，丝毫不觉得有什么异常，因为刚才的情景，因为拼命地挣扎，米香此刻觉得没有一点力气。

出租车并没有去米香想要去的方向，等到发现的时候，米香看到窗外是一个陌生的郊区，她一时之间觉得整个天要塌下来了。今晚到底遇到了什么，这是抢劫还是要干吗？

车子停下来的时候，米香反而更加镇定了，这个时候不能乱嚷嚷，不然吃亏的是自己，要看清楚对方的目的到底是什么。米香想起了拉菲也曾经被绑架，被强奸，不知道自己这次会有什么厄运。

在被带到另一辆私家车里面的时候，米香终于看清楚那个人的脸，是陈远，一下子米香突然觉得这一切仿佛早就该发生了一样。她不说话，看着陈远，陈远猥琐地笑道："知道今天请你来的目的是什么吗？"

米香摇摇头，又点点头，好奇地看着陈远，陈远狠狠地把香烟头向窗外扔去，"你想知道你在前程远公司值多少钱吗？"

米香微笑着说："我在前程远公司一文不值，陈总，我的股份还是你送给我的，如果你需要，我可以随时还给你，但是我在那个公司真的不值钱。"

"如果你需要，我现在就可以写一个证明，把股份让给你，这些都不是我需要的。"米香可怜巴巴地说。眼神里面露出了真诚，让陈远不得不相信米香并没有说谎。

"我要的不仅是你手上的股份，我想要拿你换简凡手上的现金，你觉得他会出多少钱？"陈远邪恶地哈哈大笑，"米香，不要把我当成十恶不赦的坏人，不要把简凡当成一个好人，这个世界根本就没有绝对的好人，你知道当初简凡是怎么对付我和拉菲的。"

"拉菲犯下的罪孽使她进了监狱，但是简凡却能逍遥法外。他才是主谋，所以，米香，不要以为你看到的世界都是真实的、美好的、一尘不染的，其实世界是灰色的，我们只不过是灰色里面那群想要生存的小蚂蚁罢了。在这个社会里生存，你只有同流合污，否则就没有办法活下去。”

米香听着陈远的话，心里有了些许的感慨。“陈总，你曾经确实帮助过我，这一点我真的是很感激你。”

陈远笑得非常勉强，他的心里其实清楚，当时只是迫不得已，如果当时不赠予股份，那么很有可能被消灭。与其这样，还不如留下一点点希望给自己。现在是自己翻身的时候了，只要把握住米香，就能要挟简凡，重新夺回前程远。这是陈远想了很久以后才设的局，这一次只准成功不准失败。

陈远赞叹地说：“米香，你确实是一位我见过的很有才华的女子，低调、睿智、懂得如何隐忍，只是你跟的人不对。”

## 【132】

米香无奈地说：“陈总，那么接下来我要如何配合你呢？”

陈远说：“你是我见过最淡定的被绑架者，你竟然一点都不害怕，难道你就不怕我吗？还是你觉得我不会伤害你？”

“我相信我对于你还有一点用处的。”米香镇定地回答。“对于可被利用的人，还是先不要动她，不然就会失去利用的价值。”

“还是你聪明，你放心，我不会伤害你，但是前程远里那两个喜欢你的男人，就说不定了。我们来打个赌怎么样？”说着陈远走到米香的跟前，那纯白色透露出来的眩晕在夜色里面更加诱惑。

“我们打赌简凡和盖克明最后谁会牺牲前程远来救你，怎么样？敢不敢跟我打赌。”米香的心一下子被陈远的话给震动了，这两个男人到底谁会救自己呢？经过刚才自己与简凡的风月之事，米香更加迷茫了。

简凡对于自己的欲望绝对比盖克明来得强烈，这也是一种爱的强大的反应，如果只有欲望，简凡不可能这么久了才对自己那样，尽管自己当时并不愿意，但最后还是被征服了，米香不知道这是爱，还是爱情。

第二天，米香没有上班，简凡没有在意，盖克明也没有在意，只有李月楼问：“为何米香没有来？”简凡的脸色有些不太自然，嘀咕道：“可能是昨晚喝多了吧。估计晚点肯定会来。”

“昨晚，米香什么时候离开的？”盖克明问，我怎么没有发现她啥时候离开的，后来打电话，她也不接。”李月楼拿起电话，拨给米香，电话里面传来的却是“你拨打的手机已经关机，请稍后再拨”。

李月楼放下电话，无奈地说：“关机，不知道出什么事情了。”简凡说：“不会的，可能是喝多了。”简凡想起今天早上起床的时候，米香却不在自己的身边，不知道是半夜离开了，还是今天一早离开的，只能怪自己睡得太熟了，米香什么时候走自己竟然没有发觉。

几个人在办公室里面一筹莫展的时候，电话响起来了。李月楼首先拿起电话，迫不及待地问：“是米香吗？是不是昨晚喝多了。”

“李总，我的声音你听不出来吗？最近可好啊！”李月楼一听是陈远，就知道事情不好了。

他示意其他人不要出声。“陈总，托你的福，我们都好，陈总今天打电话有何贵干？”

“贵干没有。”陈远客气地说，“米香在我手上，不过你们不要报警，不然我就对她不客气了。限你们明天把1 000万准备好，再把属于我的股份给我签好委托书，到时候通知你们地点。”

“我想听听米香的声音。”李月楼赶紧说。陈远说：“可以。”电话里，米香的声音并没有李月楼想象的那样惊恐，李月楼就清楚了陈远并没有把她怎么样。

不过李月楼的心里也隐隐露出一丝的恐惧，他想起了拉菲，那次绑架事件过后，拉菲整个人都变了。李月楼想，这样的事情绝对不能发生在米香的身上。

李月楼看着眼前这两个男人，他的心里还是有疑问的，到底谁会舍弃一切来救米香呢？简凡还是盖克明。

李月楼镇定地说：“米香被陈远绑架了。不过从米香的声音可以听出陈远暂时没有为难她。”

盖克明立刻跳了起来。“什么，绑架，他要什么条件，我们赶紧准备。”而简凡的第一反应是赶紧报警，不能让陈远得逞。

李月楼按住简凡的电话，说：“不行，先把办法想一想，不要急。”盖克明着急地说：“还想什么啊，就一天的时间，赶紧准备钱。陈远要什么？钱还是股份？”

李月楼说：“陈远要1 000万现金和米香手上的股份。让我们把现金和米香手上的股份签订好委托书。”

“我们的公司账户上面有这么多现金吗？我去查一查。”盖克明问道。李月楼说：“不用查了，账户上面还有1 200万流动资金，是我刚从金弈公司的目标并购项目上面收回来的业务款项。”

“那不是够了吗？”盖克明说：“你们还等什么？赶紧啊！”

简凡突然之间对盖克明吼了一声：“你着急什么？这是公司的钱，你拿公司的钱去救米香，公司怎么办？”

盖克明被简凡一吼，一下子就愣住了。李月楼说：“简凡，虽然这是公司的钱，但是陈远绑架米香显然就是冲着前程远来的。钱可以再赚，但是米香只有一个。”

“我并不赞同你们用公司的钱来救米香，我认为应该报警，让法律来制裁陈远。”简凡转身，眼里充满了对李月楼与盖克明的不满。

## 【133】

李月楼无奈地说：“这件事情说大不大，说小不小，毕竟米香是前程远公司的员工，我认为前程远公司应该要有一定的社会责任，不应该不管。”

简凡笑着说：“李老师，你说得对，企业要有社会责任，但是这事情涉及刑事了，绑架勒索啊，很严重的，你说我们能私了吗？”

盖克明激动地说：“不能私了，但是一定要保证米香的安全，我们可以先答应陈远的要求，再想办法救出米香，这样岂不是更好。”

简凡显然觉得盖克明是在说笑话，虽然他也非常在乎米香，那夜和米香销魂的场景再次浮现在自己的眼前，这个女子是简凡这辈子都无法琢磨透的，那么深邃而神秘，不知道她在想些什么，但仿佛又能掌控她，想要忘记或者远离，却在不经意间总会想起她，无法忘记，对于简凡来说，米香有一种让他思念的魔力。

而这一次，简凡觉得自己与米香之间可能会改变，因为，在简凡的内心深处，总是清醒地知道，什么时候是开始，什么时候是结束，而时间也会以它的方式提示着自己。如此看来，过程中的种种波折起伏，如不可逃避的幻梦一场。现在，只需训练自己知道，什么时候是在做梦。梦终究会醒，因此其中的困惑或迷茫并不值得畏惧，这样或许就已足够。

对于盖克明来说，1 000万并不是一个小数目，可是面对米香与金钱，盖克明宁愿选择米香，他不想再对简凡多说任何话，因为他知道再多说一句也是废话。

此刻的米香，坐在一个阴暗的屋子里面，黑乎乎的墙上，满是斑驳的岁月留下的痕迹，窗口有一抹粉红色的光透射进来，那是又一天夕阳西下，月亮升起来之前，总会留下的痕迹。米香渴望那一抹残存的阳光影射出来的希望，她的内心其实明镜似的。

两个男人，其中一个会来，但米香不确定是其中哪一个。这个世界上有趣的男人实在是太少了，大部分的男人都是这个社会里的商业动物，他们有着光滑鲜亮的外表、激昂慷慨的陈词，享受着成功带来的奢靡生活。

而米香确实也能真切地感受到，这个世界中，如鱼得水的都是男人，即使是平庸或者猥琐的男子，稍微有些小权势、小口才，都能换上几轮伴侣，这导致城市里的男人普遍浮躁和懒慵。是的，可选的那么多，彼此都差不多，又何必为你赴汤蹈火。

而米香却是那个他们心底精灵似的小宝贝，她将自己埋藏得很深的时候，却最是真情流露时。其实她并不是想埋藏自己，她只是在某个角落里面洞察整个世界的沧桑变迁而已。米香属于那种自恋的女子，都说自恋的人是不会觉得别人好的，但米香也会深刻地迷恋着某个人，这应该是一种内省和洞察吧，是所谓的某种平衡状态的追求。

琥珀色的夜，为此刻的每个人垂下，剔透的玻璃幕墙，做生命的面纱。让全城的艳羡目光，聚焦在我们的脚下。简凡的内心矛盾到了极点，但是他最初的决定，始终没有改变。

夜上海的璀璨，镶嵌在我们的脚下，盖克明望着窗外，却无法与寂冷秋夜中的桂花香调情，弥漫了一季的照见，且行且远，米香清丽的容颜，再次浮现在眼前，“米香，”盖克明喃喃自语，“我要找寻你，势必要经历整个春天……”

## 【134】

陈远的电话首先是打给盖克明的，盖克明听完，仿佛从天堂落到了地狱，整个人都惊呆了，他手上提着钱，一时之间不知道该如何是好，陈远刚才的那几句话令盖克明的心里充满了痛苦与悲哀，他跌坐在一棵树下，遥望着天空，不知道是悲伤还是惊喜过度。

陈远在电话中说道：“今天晚上12点拿1 000万来交换，如果不来，米香就没了。”陈远想要告诉盖克明的是，简凡那晚与米香在一起的场景，陈远为何要告诉盖克明这些，这又意味着什么？难道是为了报复简凡吗？是为了折磨这两个男人吗？

其实陈远最终的目的是让简凡与盖克明为了米香而内斗，这招灵不灵要看盖克明与简凡谁是真正爱米香的，陈远设这个局已经很久了，如今这么做的最终目的不是要夺回前程远，他是想要真正毁灭前程远，只有让他一手创建的前程远走向毁灭的深渊，他的魔石才有可能获得新生。

盖克明是否上钩，陈远心里是有底的，但是陈远得等到米香与简凡之间关系更进一步的时候才能下手。这个时间点，陈远等待了很久。那晚，终于被陈远等到了，等到了简凡与米香最终突破了底线，等到了盖克明与简凡之间最后决裂的那个时机，这就是陈远想要的机会，也是魔石的最后机会，魔石的最后出手是富有惊人效果的，也是投融资界一场激情的“内心戏”。

盖克明在某个时刻想要放弃了，他在树下呆呆地坐了一个多小时，终于，他抬头看着车流如芒的街头，仿佛想起了什么，站了起来，朝着陈远电话中的指定地点走去，路途还很遥远，希望还是会有的。

上帝创造指纹给每个人，让我们记得除了个性外，每个人都会有伤痕。

米香和盖克明都给对方留下了生命的伤痕，就如有人曾经对他们说过，一直都在等你。这个“你”往往就是伤我们最深的人，让我们的世界处处都有着他的影子，无论以后我们会不会爱上别人，这个“你”对我们而言都是一段无法言说、不可剥离的伤。

盖克明对于米香是这样，米香对于盖克明也是这样，彼此之间经历了爱与被爱的折磨，都无法解开内心的那个结。

此刻的米香除了孤独，剩下的只有寂寞了，可是米香的心底是清楚的，在孤独中接受洗礼的人，知道自己在承受什么。特别是此时此刻，米香真正懂得，繁华只为过眼烟云，只要死不了就没事。可她的眼泪还是夺眶而出，内心不知道是一种悸动还是共鸣。

黑夜与白昼，一个是华丽而短暂的梦，一个是无奈而现实的世界。

此刻人世间的那纷纷扰扰都与简凡无关，行走匆忙的人群也因这夜变得缥缈虚无，唯有米香这个名字停留在他的眼里，看到这个名字，简凡的心里就特别纠结，这个世界上竟然有如此特别的名字，如此让他牵肠挂肚的女子，真是太可爱了。

李月楼的心里却是非常清楚，陈远此次绝对是孤注一掷了，押上了他的全部身家性命，可是，李月楼不明白，为何陈远愿意这么干，魔石绝对不是偶尔的成功，他佩服的是陈远的谋略，但是他不认同陈远的经营模式，陈远何以敢如此这么干，其实，这全部都是人性使然。

生命中每一次的必然，都由一个个偶然的机缘造就，在我们寻找必然的路上，却常常把一个个偶然错失。人的命运就在这看似偶然的瞬间，开始转变……敏感中的冷静和谦逊中的执拗会帮助你，渐渐丰满。

## 【135】

陈远费尽心机，隐匿在魔石的幕后，就是为了等待一个最佳良机，夺回前程远的一切，即使无法夺回，也要彻底毁灭自己一手创立的这个联盟帝国。当陈远发现简凡接手前程远后，已经在米香的帮助下，逐步走向光明，获得新生。这个时候的陈远就更加害怕了，他害怕前程远一旦强大起来，他辛苦创立的魔石就再也没有机会翻身了。

当思前想后，陈远只能孤注一掷了，押上前程远的前世今生，赌魔石的未来，陈远赌的是人性。

恐惧、贪婪、权欲源于分离，后者才是一切罪恶的本质因。其中最隐蔽的一种分离是试图成为一个好人。

陈远赌的是简凡、盖克明和米香三者之间的人性，简凡一直试图成为一个好人，不管是面向外界还是面对米香，他生命中的现阶段，就是想要洗脱过去的一切。盖克明对于米香是不是真爱，这一次也能试探出来。都说只有永远失去的和最终得不到的，才是最好的。米香对于盖克明来说就是这样，得不到，才是最美的。

米香望着窗沿的那抹夕阳余晖渐渐落幕，不远处一束小草在墙头不断地摇曳，米香觉得在这个现实世界里面，多数人都只是墙头草。从尔用“野火烧不尽，春风吹又生”来形容小草的生命力，它能根据环境改变自己，适应环境能力最强。但这草若留恋高高的墙头，就成了世人讨厌的两边倒的“墙头草”，只是在如今，墙头草已然是一种生存哲学。

墙头草的生存哲学，左右、里外，都能顺势而为，根底虽浅，却能高人一头。

李月楼在华灯初放的时候，回到了前程远，他看到简凡面对着静安寺庙，知道他的内心在祈祷，祈祷这一切会尽快结束，祈祷米香能够平安回来。李月楼也清楚，简凡不会拿公司去跟陈远交换，因为简凡已经深知陈远的阴谋，魔石想要和前程远决斗。俗话说，光脚的不怕穿鞋的。“简大律师。”听到李月楼的声音，简凡转身，摇摇手，他其实知道李月楼想要说什么，他的心里何尝好受。一个已经委身于他的女子，他却无法保护她，简凡的心里有多难受，别人是无法体会到的。这么多年遇到过这么多的事情，简凡把每一件事情都安排得好好的，所有的事情都控制在他的手掌之内，如今的这件事，令他烦恼不已。

“老法师，你觉得我该怎么办？”简凡的心里也是七上八下。李月楼冷静地说了四个字，“静观其变”。

简凡深深叹了口气：“我现在才知道米香曾经跟我们说过的那句话的真实含义。”李月楼的身子往前探了探问：“哪句啊？这小丫头说过很多深奥的哲理呢。”

“她说，现代企业竞争的最高形态是德与智；企业公民旨在为中国企业启德，商业模式旨在为中国企业启智；两者相辅相成，缺一不可。”简凡深深地吸了一口烟，“如果我们早点这么做，今天也不会是现在这个局面。”

李月楼说：“最难收拾的是残局，置之死地而后生，确实很难，简大律师，你打算怎么做？”

李月楼抬头看到简凡的眼睛里布满了血丝，那眼神仿佛是他多年前看到的某个人，充满了残酷的杀机，这是现代社会商业动物特有的眼神，人一旦进入这种商业游戏，就会情不自禁地露出这种赤裸的原始本性。

## 【136】

这个夜晚月色如画，米香在这个小屋子里，看窗外的月亮如何变白，一夜无眠。当暮色初升，人间那炊烟的香味，盖克明没有时间享受这田园间炊烟袅袅的人间，在暮色初升之际，赶到了陈远指定的地点，把手上的现金全部交给了陈远。陈远得意扬扬地说简凡够义气啊，竟然为这个小女子出手这么大方。”盖克明看着陈远脸上阴险的笑，隐忍着内心极端的愤怒，没有说什么。

“米香呢？你把她怎么了？”盖克明期待，能早一秒看到米香。陈远指着不远处的一间小屋说：“她就在那里面，你自己去吧。”

盖克明透过那间阴暗的小屋，看到米香正靠着一根柱子，眼睛闭着，经历一夜的恐惧与不安，米香最终还是困了，她梦见一个又一个不同的场景，在她的人生之旅上不停地切换，有时候激荡，有时候悲凉，有时候喧闹，有时候寂寥……

一个女子在有限的时光幻彩中寻找命运的落脚点，纯白的部分有阴影的痕迹，阴影的部分有透明的记忆，敏感在生活中慢慢平和了下来，人生已然过半。

盖克明在决定救米香的那个时刻，心底的原谅是不是真的，无人知道。有时候，我们愿意原谅一个人，并不是我们真的愿意原谅她，而是我们不想失去她。

不想失去她，唯有假装原谅她。

“米香，米香。”盖克明小声叫唤着她，轻轻地推了推米香，米香仿佛从梦中醒来，走了一段非常非常长的旅程，途中风景时而悠荡，时而激扬，仿佛昨夜自己真的在与爱人一起夜游一般。

“你，你，我不是在做梦吧？”米香微微睁开的失去明媚的眼神里面充满了新生的希望，望着前面的盖克明，米香的心底终于呼出一口缓缓的气。“陈远呢？他人呢？你是怎么找到我的？还有其他人吗？”

米香一连串的提问，让盖克明无所适从。“我们先回去好吗？”盖克明扶着米香来到自己的车上，递给她一瓶水，经过一天一夜的折腾，米香再也没有力气看窗外的风景了。

她累得几乎喘不过气来，可是米香还是想知道这一切到底是怎么回事？告诉我，事情最后的结局是什么？”米香冷静地看着前面的车子驶去，头也不转地问盖克明。

盖克明内心清楚得很，这所有的一切都无法隐瞒冰雪聪明的米香。“我把南京的公司里面的流动资金全部抽调出来了，一共1 000万，全部给了陈远，陈远这才答应放了你。简凡的意思是报警，李月楼举棋不定，但是我认为报警的话，陈远很有可能会狗急跳墙的，所以，我觉得现在先稳住陈远，后续的问题我们再找警察，最最重要的是你的安全，你明白吗？”

米香觉得盖克明说得够清楚了，可是她的内心还是很不舒服，自己把一切都给了简凡，为何生死关头，简凡却能如此冷血，见死不救？这对于此刻的米香来说，是绝对无法接受这个事实的。

米香喜欢那种安静的人，通常很多人会有多种借口与托词，但是那种真正知道自己想要什么的人，是不会拖泥带水的，他一向都是简洁而坦白地对任何人说话，并低调得有点嚣张，不故意露出锋芒，却能在瞬间去除一切纠缠。

这一瞬间，盖克明的话，斩断了米香与简凡最后的一丝情谊。都说父母只能依赖，但不能依靠，因为父母都会老，他们要依靠你，所以只能依赖，不能依靠。爱人不能依靠，此一时彼一时。现在人类不太相信持久的爱情，所以爱人不能依靠。朋友只能锦上添花，却不敢雪中送炭。太多的苦难，需要自己慢慢承受。

## 【137】

米香的底突然一阵悲凉，她内心想问简凡！“你的冷眼相看，失色了谁的眸？”人们多多少少都会因为被期许，把人际关系摆在首位，反倒把自己放在其次。米香发觉这想法是错的，其实应该把自己看作是最重要的。而最重要的事就是找回掩埋的自我，呈现出心中脆弱的部分，保有自己的本色，并且更加去相信直觉。一种内心的正能量提醒着她，曾经，我搜遍了世界的每一个角落，寻找与我相似的人，现在我要把自己重新还原成原先完整的样子，去找回自己！

米香被盖克明送到了医院，简凡来到的时候，已经是夜色璀璨、灯火阑珊。看着睡梦中的米香，简凡的心底又泛起了涟漪。他不知道自己应该怎么解释，他的不作为置米香于如此危难的境地，这都是他无法原谅的。

米香睁开眼睛看到的就是那张熟悉的脸。“你来干吗？”米香冷静的声音里面透露出冰凉的味道，“我不想看到你，你走吧。”

简凡靠近她，“对不起，宝贝，我不知道该说什么好，可是我的心一直是有你的，你要知道我当时的处境，我没有办法这么做。宝贝，难道我们曾经在一起的日子，不快乐吗？还记得那晚吗？”

不提那晚，米香的情绪还是很稳定的，但是简凡偏偏这个时候提起了那晚，噩梦般的夜晚。米香激动地从床上跳了起来，眼睛里面都是血丝，盯着简凡，步步紧逼，手指戳着简凡的胸口，怨恨而又忧伤地说：“我途经你的地方，每个感官都在叫嚣，悲伤从不曾远离，快乐何来！”

简凡并没有躲藏，他先是被米香的举动吓到了，他以为米香受到了强烈的刺激，变得精神错乱了，谁知道，不是这样子的。

简凡紧张地抓住了米香的双臂，不让她动弹，米香拼命地挣扎，两个人纠缠在了一起。一股强大的力量拉开了他们，米香跌入了一个温暖的怀抱，抬头，眼里面饱含泪水，是盖克明。他推开了简凡，把米香拥入怀中。

简凡怨恨的眼神里面透露出不一样的光芒。“米香，你不是一个爱计较的女子，你何以变成这样？”

“我，计较？”米香愤怒地说道：“你给我滚，给我出去，我不想看到你。”米香内心的伤痕被再次撕开了。

一个计较的女子未必可爱，一个不聪明的女子却是可爱，但可爱的女子未必能让人深爱。

简凡走出医院，却有些后悔刚才自己对米香的举动，他觉得米香应该扑在自己的怀里，像只吓坏了的小猫一样，自己哄哄她就该没事了。可现实不是，这个世界的女子并不是他想象的那样，她有自己独特的世界，她会自我保护与防御，并不是某个男子可以完全掌控的。

而闯进了男人世界的米香，更是会用男人的思维模式来思考问题，所以人们看到的米香，或许只是外表柔软，但是，米香的内心世界是怎么样的，谁也不会懂得。

简凡深深吸了一口空气，灯光炫耀了自己的双眼，可是简凡的心底却是矛盾至极。每一朵花开都有不同的风姿，每一个女子都有不同的个性，每一本书都有它自身的独特气质，这个世界上繁花似锦，你却找不到属于自己的那朵花，而那个女子却在用一朵花开的时间，想要遇见你……

## 【138】

陈远以为只要让前程远的资金链出现危机，自己的魔石就有可能全面击败它，可是，他绝对没有料到，这次是盖克明掏出了自己的全部家当，对于前程远，对于简凡，没有丝毫的损失。

陈远这一步棋没有把前程远击败，简凡肯定已经有了防备心理，要想再次发力，就需要更狠的招数了，然而什么才是前程远的命脉呢？夜色里，陈远抬头仰望天空，这个城市的夜，天空是没有星星的，因为人间的雾霾如此深邃，遮掩了我们迷蒙的双眼。

陈远的眼睛一亮，无非是人与钱，如果让前程远的人互相怀疑，让前程远的客户不再信任它，就是灭掉前程远最好的方法，陈远邪恶地笑着。

陈远的阴谋正在积极筹划着，而此刻简凡刚从医院里面出来，情绪处于极端的复杂期，米香的这次意外绝对是自己的失策，陈远不会就此善罢甘休的，他已经处于疯狂的边缘，如何保护米香、如何对付陈远、如何让盖克明知难而退、如何稳住李月楼，所有的这一切，简凡都要事先考虑清楚。

简凡回到家，灯光与外面的霓虹互相辉映着，分不出是白天还是黑夜，可是，任时间与朋友如何充溢，还是感觉内心是如此孤独。这种孤独不是逃避尘世，不是形单影只，也不是流离失所。

陈远的阴谋与简凡的计谋都是在同一个时间出现的，这也是现代商业世界帝国中男人之间的真正较量，两个亦正亦邪的人物，出现在同一盘棋局中，互不相容，最后胜利的只能是其中一个，谁胜谁负是无法预料的，但邪不压正。

简凡熬了这么多年，阅历的丰富肯定是陈远不能比的，一个律师，在不同的人面前需要演不同的戏，扮演不同的角色，说不同的话。这样子的简凡，需要更多的思考，两鬓的沧桑充分说明了这一切。

看着窗外的烟火，简凡的心里有了不一样的灵感，每次升起的不一样的烟火，确是现实社会中不一样的自己，但自己还是那个自己。简凡从心里掂量着对手，魔石对自己最大的威胁就是谣言，有时候谣言是恐怖的、可怕的、激烈的、传着传着就会成了真，陈远对付自己的第一招是把前程远的资金链弄断，他的第二步肯定是把前程远建立起来的融资平台搞垮，这样子，魔石就拥有了崭新的局面。

这就是陈远想要的破局，可是破局容易，要想建立信任就难了。简凡想到了将计就计。

简凡是现实世界中的朋友之间的宠儿，他拥有出众的外貌，良好的教养，从来不用为生计发愁，永远潇洒地玩乐人生。这个时候，他想起了他的三任太太和三个孩子，亲情、爱情他全部拥有，周围环绕着各种朋友，但就是这样子的热闹，却无法化解内心的那种荒芜感。

每当米香的影子从他心里浮起来，他就无法平静，太多复杂的人际关系，让简凡觉得一切都是那么不靠谱，除了自己，任何人都是不可信任的，唯有米香，一直让简凡觉得她就像个透明的孩子，看起来纯粹得没有任何杂质，晶莹剔透得入口即化。

米香本身就是一个天使，她不需要整个世界，因为米香本身就是一个世界，多了，就少了；少了，就多了，单纯，或可抵达无限。

## 【139】

这是一个快鱼吃慢鱼的时代，任何人都无法改变世界，唯有适者才能生存。掌握了其中规律的人，才能做到高瞻远瞩、运筹帷幄。简凡为陈远布了一个珍笼棋局，让魔石再无翻身的机会。

第二天，简凡的眼睛布满了血丝，红红的，一夜都没睡好，而这个计划却在他的脑海里完全成熟。简凡早起，才5点多，上海的清晨格外冷清，路上没有了喧嚣与车流，只有树林旁依稀的鸟叫声，以及稀稀落落的早餐点，简凡在一家早餐点上停下，买了一个煎饼果子，很久没有吃这个了，这家煎饼果子在公司门口已经十多年了，还没有搬走，真是奇迹，简凡很久没有去这样子的路边摊买吃的，他作为一个大律师，客户的所有邀约基本都在酒店或者五星级饭店，去得最多的就是四季了。

简凡觉得四季有一种特别的吸引力，给人一种特别舒适的感觉，简凡不在办公室，就是在四季与人聊天，他享受这种氛围与待遇。一大早，办公室里面静悄悄的，简凡突然觉得漏掉了什么，拿起桌子上面的电话。

“梅董，我们见个面吧。我现在上海，中午12点到北京与你共进午餐。”放下电话，简凡匆匆离开，在电梯口焦急地等着，门开了，米香走了出来，简凡一下子不知所措。

米香还是那样落落大方，只是眼神有刻意的躲避。“你要出去？”简凡嗯了一声，随即电梯门关闭，简凡舒了一口气，心里有一种说不出来的犹豫，这次，这个局，是简凡这辈子最大的一个挑战，能否搞垮魔石，就看这次北京之行了，但愿一切顺利。

简凡一向是守时的人，律师的严谨、一丝不苟的精神一直影响着他。他与梅正浩是多年未见的老友，简凡的第一个爱人就怀着自己的孩子嫁给了梅正浩，这里面的爱恨情仇足以用“血色浪漫”来形容了。

只是，后来这两个男人却成了生死之交，梅正浩知道不是重要的事情，简凡是不会随便给他打电话的，更何况亲自来北京面谈，一定是简凡遇到了棘手的事情，梅氏集团是京城有名的大企业，有着很深的背景与人脉关系。

简凡走进梅氏茶庄，立刻闻到一种人生悠远的清香，烦恼瞬间抛到了九霄云外。

看着走进来的简凡，梅正浩感觉他老了，两鬓都已白了，但是那双眼睛依旧透露出男人该有的坚定。简凡看到梅正浩的瞬间，感觉也异样了很久，他心里的那个梅正浩是个心狠手辣的家伙，可现在坐在对面的那个中年男子，满面透露出来的只有祥和。

“梅兄，如何这些年淡定了，难道日子真的如此好过啊。”简凡打趣道。“我看你满身透着佛性，是否已经得道啊。”

梅正浩爽朗地笑了：“曾经那些海枯石烂的誓言、身心长存的理想、名垂千古的憧憬，常让我心动不已。可是慢慢地，终于发现，水流的时候，香飘的时候，一切的一切都在慢慢地圆融。如品茶中的杯底留香，无尽心香。”

梅正浩递过茶，简凡慢慢品尝，确实能尝出岁月的味道。“简凡，你这次来京，一定是有大事吧，愿我能助你一臂之力。”

简凡笑着说：“想让你和我一起演出一场戏，戏很精彩，但也很难演，不过我相信你能演得真实。”

“人生如戏，戏如人生。”梅正浩说：“可惜，我已经很久没有出山了。这次也该踏进红尘中，得逍遥一番了。”

## 【140】

简凡没有料到梅正浩如此爽快，他以为梅正浩已然隐世。梅正浩仿佛看出了简凡心底的迷惑，脸上露出不经意的一丝笑容。“其实我和你都是有缺陷的人，所以我们彼此需要，我懂得你的难处。我也到了这种年纪了，是要做些事情了，不然人生就这样子过去了，相当没有意思啊。不过这个局光我们两个肯定玩不转，你公司内部的人得可靠，美国TAB和金弈能否跟我们顺利合作，也是关键。我们的局一定要设计得天衣无缝，所以内部人员不能出纰漏，不然会前功尽弃。

简凡把举到唇边的茶杯又放了下来。“前程远虽然有内部矛盾，但不至于会出卖我，这点你放心，他们懂得什么该做、什么不该做。”

梅正浩知道此时提醒简凡也没有什么用了，只有到时候见招拆招了。“那我以什么身份介入比较合适呢？”

简凡想了想说：“你就挂一个北大的某某主任，这样比较具有学术地位，或者某某国际投资公司。”

梅正浩说：“你说的不靠谱，要想套住狼，必须舍得孩子。”

简凡说：“那样会暴露你自己，很危险的，我觉得不是很安全。”梅正浩辩解道：“任何投资都是有风险的，何况这只是一个局而已，你放心好了，玩了这么多年，我有自己的分寸。”

简凡吸了一口冷气，感觉当年的那个VC杀手又回来了。想当年，梅正浩在投资界可是风云人物，自从金盆洗手后，就过着隐世的生活，每天与朋友们喝茶聊天，不务正业。

“我现在最担心的就是米香了，自从上次被陈远绑架后，她与我仿佛远了很多，我都不知道怎么与她相处，以前她是个很懂事的女子，可是最近特别不可理喻。”

梅正浩笑着说：“女人在爱中都是任性的。要知道，能无比隐忍、全心全意爱你的女人，只有你妈。”

简凡听到梅正浩这句话，笑了起来，不过确实很有道理，女人都是任性与不可理喻的。怎么可能！之前不是有个爱人盖克明吗?

“浩哥，那我先回上海安排一下，再通知。我先与美国TAB的王主席和金弈的方总谈一谈这个事情，如果他们觉得可行，我再通知你来，布好全部的局，再让魔石自动跳进来。”

“可行，”梅正浩爽朗地笑着，“就看我们的联手好戏吧，这次保证叫陈远吃不了兜着走。”

简凡与梅正浩谈完就去了机场，刚进入大厅，他看到一个分外熟悉的背影，长长的、齐腰的乌黑长发，白色飘逸的雪纺裙，手上拎着一只大大的包，除了她还有谁，那个他日思夜想的初恋情人，他们曾经多少个日夜在一起听春天小草苏醒的声着，听夏日虫鸣鸟叫，听秋日落叶萧瑟，听冬日狂风催眠，听彼此的心跳。无数次月圆月缺，无数次云飞云散，在四季的天空下拥抱、亲吻，无休无止贪婪着彼此生命的交融与快乐。

可是最终换来的却是背叛与别离，她选择了梅正浩，选择了这个能给她所有物质享受的梅正浩，他最好的哥们，她甚至怀着自己的孩子嫁给了他，如今他们的孩子应该已经会打酱油了吧。而他继续过着漂泊流浪的日子，之后的两段婚姻也都是以失败告终，没有了最初，后面的爱几乎可以忽略不计。

生命不过是一缕路过光阴的青烟，一边模糊、一边绚烂，一边消隐、一边撕咬，有时尚不及一丛草木的安详枯荣。

## 【141】

简凡逃也似的离开了候机大厅，他知道自己这辈子是无法再见她的，不管他与她之间是否有那十年之约，都说人间别久不成悲，难道已浑然没有这么一回事吗？不，绝不！初别的时候总难免万千心绪起伏着，构成一个光怪陆离的悲哀。当一个人的悲哀变成灰色时，他整个人融进悲哀里面去了，惆怅的情绪既为他日常心境，他当然不会再有什么悲从中来了。

简凡回上海后，并没有到公司，而是直接私会了王主席和方总，三方达成了一个战略协议，准备与梅氏集团进行进一步洽谈。简凡高兴地把这个消息告诉了梅正浩，梅正浩第三天就赶到了上海。

“我们约在四季酒店吧。”简凡说：“那个地方真的不错。”梅正浩笑着说：“我就住在四季呢，你赶紧过来吧。”在高楼林立的陆家嘴，四季却拥有这样一个流水环绕的露天平台，梅正浩觉得这实在是惊人，踏上青石板，坐在藤椅沙发中，听清风摇曳中竹叶发出的沙沙声，再来一杯下午茶，顿时给旅途的疲劳画上了一个句号。

简凡从车水马龙的大街走进四季，一墙之隔的两个空间犹如两个世界，在这两个空间里不停地穿越，去感受这种情绪的交换，热情之后的冷静，情绪冰冻之后又被融化，看似简单而又不大的空间因为有了这样的对比而让人迷恋。

在四季酒店内，梅正浩作为这次大戏的主角，开始了一个崭新的大并购代。“为何约在四季酒店？”简凡问梅正浩，“上海好的地方很多，可以谈事的地方也很多。”

梅正浩环顾四周说：“因为这里给人带来一种不一样的磁场。”

简凡说:“也对，确实不一样，我觉得四季应该改为五季，加入人性的元素哈。”

他们首先约见的是美国TAB的王主席，梅正浩用的是梅氏投资策略，说未来的竞争不再是个体公司之间的竞赛，而是商业生态系统之间的对抗。王主席很赞同梅正浩的这个观点，两人对金弈项目产生了共同的投资价值观。

简凡在一旁听了，心底里确实佩服梅正浩，这就是传说中的“VC教父”，招招中标，没有一个竞争对手能够逃脱他的掌控。

王主席走后，简凡问：“浩哥，为何你先找美国TAB呢，这也是一种战略吗？”

梅正浩端起手上的茶，轻轻抿了一口。“这不是战略，这是策略，要有大局观，这个局里面最关键的不是金弈公司，而是掌握金弈公司未来命运的投资者。所以我们要从大局出发，首先让我们达成共识。”

简凡迷惑地问道：“为何王主席就能答应我们呢，难道由他们独家投资不好吗？好处不怕被别人分享？”

梅正浩放下茶杯说：“这就是为何我要先说我的价值观，只有他觉得我分析的现实环境是真实的，才有可能答应我们提出的要求，不管是以大搏小还是空手套白狼，那都是需要包装的，要有一个完美的外壳。”

“那么金弈会认同我们的投资方式吗？”简凡还是不太相信梅正浩。梅正浩说：“你不要担心，你约方总来，我来跟他谈，保证可行，而且他还会站在我们这一边。”

第二天，果然不出梅正浩所料，方总非常准时地出现在四季酒店，简凡与梅正浩在酒店的咖啡吧里面候着，方总急急忙忙地赶来，满头大汗，简凡与梅正浩互相交换了一下眼神。

【142】

“方总，我对金弈公司做了一个简单的调查，你们公司的资金缺口非常大，即便梅氏投三个亿、美国TAB投一个亿也不能完全解决你们的资金问题，所以我们为金弈定制了一个完整的方案，这个方案既能解决你们的资金问题，又能解决你们的资源整合问题，可谓一举多赢。”

梅正浩把手中薄薄的几页纸递给方总，方总如获至宝，看完后眼睛亮亮的，身子往前探了探，眼睛盯着梅正浩说：“梅总，你就是我们的再生父母啊！”

简凡在一旁看得有些摸不着头脑，只见梅正浩爽朗地笑道：“方总，以目前的商业环境来讲，人是最重要的，但人脉的最高境界，不是单方面游说，而是互利。”

方总握住梅正浩的双手，赞叹道：“梅总，我佩服你，你绝对是高手，江湖上传闻你是VC教父，今日一见，果然不凡。”

梅正浩谦虚地说：“那么我希望这个消息尽快放出去，下月初，我们举办一个签约盛会，来宣布我们进行正式合作，你看可以不？”

方总谄媚地说：“我们真是求之不得啊。”方总是带着满意的笑容离开的。简凡好奇地问：“浩哥，你那几张纸上写的是啥，为何方总看了非常赞同呢？”

梅正浩故意卖关子说：“你在这行混了这么久，怎么没学到一点道道，你知道这行的关键是什么？”

简凡摸了摸头说：“我毕竟是个律师，很多行业也不见得全部精通，快说呀，浩哥。”

“其实，最简单的是告诉方总我们的背景、梅氏的背景，我们有小道消息和政策。在中国投资，最主要的是要有政策与人脉，掌握这两点，投资任何项目都是百战百赢。”

“你要懂得金弈是个民营企业，如今遇到了困难，并不是资金能解决的，需要的更多是政策支持，我们梅氏能整合各方资源，拥有强大的背景，是那些外资投资机构所不具备的。所以，我的介入正合他们双方的心愿。我现在已经把这两方完全搞定了，至于你接下来怎么玩魔石，怎么和陈远捉迷藏，你要好好思考一下，最后的收官，我来替你做。”

简凡竖起大拇指。“浩哥，我真是太佩服你了。真的够哥儿们！不管我怎么玩，你最后都能替我搞定，是吗？”

梅正浩笑着说：“在目前这个现实社会里，背影是斗不过背景的。你可以把这个小道消息放出去了，下个月他们会邀请我们开正式的战略合作新闻发布会。你现在要回去跟你的员工商量一下，这个发布会怎么搞，让陈远更容易相信我们的合作是天衣无缝的。”

梅氏集团用三个亿、美国TAB用一个亿联合投资金弈公司的煤矿资源项目的消息一放出去，陈远立刻坐立不安了。之前金弈的方总答应了陈远与魔石合作，可是在如此短的时间内，简凡就抢先了一步，让陈远很惊讶。

陈远和财务经理周琳商量了一下，决定先不告诉皮克，还是先和方总谈一谈，如果前面两家公司真的投入如此大的额度，自己不妨也参与。

简凡听说陈远很着急，心里特别高兴，老奸巨猾的陈远这次终于上当了。只要鱼上钩，后面的事情就会容易很多。

## 【143】

陈远约见了方总，金弈的资金缺口很大，所以陈远想要掺一脚是完全有可能的，但是这次投资显然掌控在梅氏手里，所以陈远并未摸清楚对方的底细。在和方总的谈话中，陈远完全忘记了自己是干什么的，一味想要掺和进去。这给了简凡时机，让简凡有更多的理由相信，这一次一定能让陈远身败名裂。

简凡回到前程远的时候，办公室内米香和李月楼都在，高正奇不在，盖克明回南京去了。简凡失踪了几天回来，令大家感觉到很惊讶。

看到米香的瞬间，简凡觉得这个女子突然之间有一种隐秘的陌生，眼神是飘忽的、游离的，动作简单，有些不知所措，仿佛他们之间隔了很多个世纪。

简凡来到会议室，通知大家开会，这次会议的主题就是下个月的战略合作发布会，当然深沉次的意思简凡是不会告诉大家的。

李月楼心里有些不舒服，自己好不容易打拼到现在，被简凡一下子打乱了步骤。他首先提出了疑问：“简大律师，我认为方总对于美国TAB是认可的，你为何要另外拉入其他的合作伙伴呢？这样反而把事情给搞复杂了。我认为没有让多方参与的必要。”

简凡看出了李月楼的不屑与不满，他心里清楚，李月楼能从中捞到不少的好处，只是这次的简凡已经做好了充分的准备，他绝对不会让公司内部的人员与他作对的。这是简凡一贯的做事风格。

“李老师，我知道你在这个金弈这个项目上投入了那么多的时间与精力，但是金弈这个项目并不是简单地解决资金问题，就能让它起死回生，它需要的支持很多，而且只有梅氏才有足够的实力来掌控这个局，所以我们这么做是为了让这个项目起死回生，而不是只是在延续它的生命而已。”

“我的另一个目的，我可以现在透露给大家，就是以这次机会给魔石一个下马威，让陈远清楚，前程远也是有后台和实力的。难道你们不想报仇了吗？”

听到这里，米香冷冷地说：“我完全赞同简凡的方式，我认为可行。”李月楼和简凡同时看着米香，仿佛不认识她一样，这和从前的米香绝对是两个人，也许经历了太多的事情，阅历是会让一个人成长的。从前的她清纯欲滴、丰盛可人，如今骨子里还是那个执拗的人，有傲气，有霸气，但情绪却化为深潭，眼神里看得到灰烬。

简凡的心里有些许的不安，他始终摸不透米香内心所想，无法与米香“精神同居”！这是令简凡所痛苦和悲哀的。“那就散会吧，大家为这次盛会做好一切准备，只准成功，不准失败。”

李月楼心里不服，但是嘴上还是答应，他也有自知之明，以他目前的身份是斗不过简凡的，而简凡心里也非常清楚，经历了那么多的事情之后，每个人的心里都有自己的打算，内忧外患，简凡深知这次有浩哥相助，对自己的事业与人生绝对是一次征服。

再成功的人生，都无法掩饰简凡内心对爱的那种渴望，他希望这个世界上有这样一个女子，与他心心相印，能知根知底，能在彼此的心底让天使和魔鬼相依，同居在一起。简凡以为米香就是那样的女子，可现实中米香给他忽冷忽热，人到中年的简凡已经没有精力再去谈一场轰轰烈烈的恋爱。

## 【144】

陈远好不容易联系到方总，他迫不及待地与方总见面，谈合作的事情，这充分暴露了陈远的野心。

“方总，我想开门见山地说了，金弈此次的合作伙伴是不是美国TAB和北京的梅氏？除了这两家之外，有没有考虑其他的合作伙伴？”陈远这种直接的探问，方总觉得没有任何问题，也不会有什么误会。

方总想了想，该如何回答陈远呢？他内心深处是希望陈远能够参与金弈，这样对于金弈公司来说只有好处，没有坏处。

方总说道：“美国TAB提供未来的上市路径，梅氏给我们政策与背景支持，有它们两家与我们合作，我觉得达到了预期，如果要缺的话，我认为是缺少资讯与技术方面的合作，如果魔石能加入，我们这次上市指日可待。”

陈远的眼神立刻露出了光亮。“魔石给予金弈的正是这个模式，我们会提供客户价值、企业资源、能力盈利方式说构成的三位立体模式，方总，我非常渴望与你们合作。”陈远的内心露出了难以言表的自信。

陈远深知这次与金弈的合作将是魔石成立至今的最大一个单子，这个单子意义重大，对于魔石，对于团队，对于皮克，都是一次绝对的机遇与挑战，陈远打算把全部资产压在这个项目上。“方总，如果你们觉得可行，我现在就表个态，我们的魔石打算投一个亿，和美国TAB一样，你看怎么样？”

方总立刻露出可亲的笑容。“这样子想太好了，我们这次合作一定能让金弈起死回生，并在纳斯达克上市，在国际舞台上崭露锋芒。”

陈远与方总达成共识后，回到魔石与皮克进行了会谈，皮克听完陈远的描述，还是沉思良久，问他有没有调查清楚梅氏的背景，需要对这个公司进行前期的摸底，要了解对手才能在这个游戏中掌握主动权。

此时的陈远，已经没有了当初缜密的思考，他只想成功，只想辉煌，只想搞垮前程远，让魔石成为行业老大。殊不知，木秀于林，风必摧之的道理是千古不变的。

他完全漠视皮克给予他的提醒，让周琳急急忙忙做了一个评估报告交给皮克，就开始运作金弈投资案。

简凡听到方总给予他的消息，心里暗暗窃喜，一切都在自己的掌控之中，所有的一切顺利推进，就等着下个月的战略投资发布会了。米香正在办公室里打印邀请函名单，简凡推门进来，看到米香今天穿了一条复古的波西米亚长裙，在红色的衬托下，增添一种格外的休闲感。上身是一件浅咖啡色的短袖绸质大圆领外套，气宇不凡，搭配不同色系的挂饰，在胸前多了一些灵动的气息，更能平衡下身的视觉冲击力。简凡被米香的样子迷住了，呆呆地看着她。

米香抬头，与简凡的四目相交，瞬间就有一种爱恨情仇涌现，那一夜至今已经过去了好几个星期，可是简凡从来没有说过一句安慰的话，哪怕对不起，米香无法原谅他。

## 【145】

“晚上一起吃饭吧。”简凡靠过来，米香低下头，心里有一种说不出来的感觉，突然之间，她觉得一阵恶心，想吐，可是又吐不出来。简凡想要伸手，可是又缩了回来，他不知道如何安慰她，他们之间早已经不是当初的那种关系。都说男人与女人之间最好的方式是精神同居，肉体的体验虽然深刻，但是两条线相交后的距离会越来越远，直到彼此的眼里都没有了对方。

“米香，你怎么了？”看到米香趴在桌子边呕吐的样子，刚从南京回来的盖克明看到了这一幕，让一旁的简凡更加不知所措。

“我们去医院吧。”盖克明搀扶起米香，与她一起离开办公室。望着消失在门口的米香，简凡的心里有一种说不出来的痛苦。有一种深爱，只能够用别离来表达，或早或晚的相遇都只会错过，或许这辈子，自己就是那种没有伴侣陪伴的人，每个女人都是他生命中的过路客，留下一段记忆就离开，而他的生命里只剩下看似一笑而过的爱，却早已刻骨铭心。

简凡沉浸在他过去辉煌的历史征程中，在那一个个狼奔豕突的日日夜夜，他和几个女子的爱情，渐渐被他用坚硬的外壳包裹起来，深深地埋在外人无法察觉的心底。每一次灯红酒绿之中就想到了她们，每一次飞机旅行中思念着她们，而她们总是会出现在他毫无防备的生活瞬间，吞噬着他仅剩的那丝柔情，击碎了他每次与各种女人调情时候的心情。

爱的最高境界到底是什么？是欢愉？是悲伤？是牺牲？还是平淡？

简凡琢磨着这句话的深意，电话响起来了。“浩哥，我正好要向你汇报呢！我这里一切顺利，陈远已经上钩，投资会下月初正式召开。”

梅正浩在电话里顿了良久，才说：“我想问的是你公司内部有无反对意见。如有，你得预先防范，有时候坏事的反而是自己人，你知道吗？”

简凡自信地说：“这个，浩哥放心好了，他们还是拎得清，除非是为了金钱才会去做出格的事情。”

“人心即江湖啊！我的大律师，你又不是没栽过跟头，特别是女人，这个世界上唯女人与小人难养也。”梅正浩说。“关键时刻要狠，不能心软，你懂了不。我看你一到关键时刻，怜香惜玉的臭毛病又犯了。”

简凡哈哈一笑：“这应该算是我的优点了吧，做大事的男人都应该拥有这个本领。事业的成功与红颜的爱，这是一个男人最想要的两样东西。”

梅正浩说：“那一切都等待下月初见分晓了。这段时间你做好准备，特别是方总和王主席那里，不能让他们有所察觉，陈远那里你要放出各种消息，让他知道我们确实是大手笔投资金弈，让金弈尽快上市，这个假象一定要做得完美。”

此刻，盖克明送米香来到医院，等待米香的是如此意外的结果——她怀孕了。米香看到这个结果，心里有一种说不出来的痛苦，她的初恋与初夜给了盖克明，一个有妇之夫，还为他堕胎；她的再次所爱，给了简凡，一个结了三次婚，离了三次婚的男人，可是他们并不真正需要她。她突然觉得自己很悲哀，就是一个天大的笑话。

# 十卷：一杯沧海里独饮悲欢离合

每个人都是一只杯子，但里面盛的东西确实不一样。有的杯子盛的是激情与梦想，有的杯子盛的是小肚鸡肠。战略与细节两者有机结合，才堪称完美。然而在现实中，这种对完美的期许往往是镜花水月。

商者，市场中的玩家，胜者为王，败者退场。市场有时会被人操纵，但终归会回归逻辑；商者可以利用规则走捷径，也可以是只做好自己；市场有时会给出错误的判断，但最终会修正。找不到自己的结局只能是出局。

——佰仕会发起人，佰仕信基金创始合伙人　陈方勇

## 【146】

在男人的事业、家庭、朋友之中，红颜知己算什么呢？附属品还是奢侈品？盖克明手上拿着化验单，有些不知所措，他知道孩子是简凡的，也知道这对自己是一种深刻的打击。他以为米香还爱着他，不会远离，所以这么多年一直守候着，可是如今看来，这种等待是可耻的。

米香根本没有把他当回事，她和简凡之间有着不清不楚的爱，自己算什么呢？

盖克明痛苦地看着米香："我们之间真的不能再重新开始了吗？"米香的眼里满是泪水，晶莹剔透，那往事宛如开闸的洪水，一泻千里，米香颤抖着抬起手，指着盖克明的鼻子说："当你决定杀死我的孩子的那一瞬间，我们之间就结束了，你所谓的爱，都是你的一厢情愿罢了。"

"难道我们之间真的没有真爱了吗？我当时只是迫不得已，没有办法。"盖克明还在为自己辩解。

"其实当你决定跟你现在的老婆结婚的时候，我的心就已经埋葬了，这么多

年，我的心里只有证明自己事业的成功，没有任何其他的期待，如有，也是简凡让我懂得什么才是爱，我恨你，但我不恨他。”

“米香，你对我太残忍了，你不能这么就抹煞我们美好的过去。”盖克明的心里隐隐灼痛。米香独自上了出租车，盖克明望着远去的米香，知道一切都太晚了。

米香回到那个独自租来的小房子，打开门，窗外是凄凉的背景，两棵白玉兰已经谢了，唯有内心寂寞而又悲怜的梦想，还可以慰藉自己那颗寂寞的心。

时光如沙，到底是谁染上谁的忧伤，是不是到最后这城市剩下的只是自己一个人的兵荒马乱。

米香捂着肚子，在床沿上坐下，看着窗外天空变黑，霓虹出现，她知道自己的不甘心，她懂得寂寞的守候有时候不值得，她懂得这个世界没有假如，也没有后悔药可以吃。男人都是靠不住的，那所有的一切只有靠自己了。米香做了一个重要的决定，要让这次事件成为她人生中的一个重要的节点。

盖克明仿佛有意躲避着米香，从他知道米香怀孕的事情开始。

投资战略盛宴如期召开，美国TAB、金弈、梅氏和魔石四家签订了战略合作协议。在那场会议上，米香第一次见到了传说中的梅正浩，沉着、冷静，透着一股清冷的气息，这是一个久经商场的男人，估计背后有很深的背景。米香记得有一句话正好可以形容梅正浩：越有故事的人越沉静简单，越肤浅单薄的人越浮躁不安。

协议签订后的一个月之内，三方开始把资金打入金弈的账户，一切都是那么顺利，梅氏集团三个亿，美国TAB一个亿，魔石一个亿，双方开始对金弈的管理架构、企业资源、商业模式等进行重新的梳理与建构。

## 【147】

这次并购中，获益最丰厚的要属方总了，作为这次改革的主导者，他成为了关注的焦点。米香衡量了一下她的对手们，她无法确定梅正浩是个怎么样的人。因此她只能用智取的方式。米香买了一张手机卡，编辑了一则惊人的黑幕，并把这则消息发给了陈远身边的财务经理周琳。

当周琳一大早打开手机的时候，她惊呆了，她跌跌撞撞地给陈远打电话，这个时候的陈远还沉浸在上市圈钱的美梦中。

“陈总，出事了，我们都被金弈给骗了。我今天收到一则消息说金弈掏空国有资产，虚增收入欲上市圈钱。金弈其实是某电化招商设立的公司，里面的国企高官们像变戏法一样，把国有资产一点点吞蚀。最具戏剧色彩的是，免费用着电化的厂房、办公楼。从这家大国企身上切下来的肉，却开始作为逐利资本市场的本钱。我不晓得梅氏和美国TAB知不知道内幕，如果它们两家也不知道，那么我们都被骗了。”

陈远终于意识到问题的严重性了，他瘫坐在床沿下，冷汗冒了出来。如果问题真的如周琳所讲，那么魔石所投入的一个亿将血本无归，而远在美国的皮克还完全不清楚。这是魔石的所有资金了，周琳和高正奇都是有份的，他们两个不会饶了自己。

陈远做了一个最坏的决定，就是把这个消息曝光给媒体。第二天，媒体报道了这个消息，一下子把风风光光进入上市路径的金弈推到了风口浪尖。最气急败坏的不是方总，而是简凡。梅正浩听到这个消息的时候，反而镇定了。只有简凡，他知道这或许是陈远的阴谋，可是他始终不明白陈远这么做对于魔石有什么好处。说什么魔石也投了一个亿，估计是魔石的全部家当了。

周琳匆匆忙忙走出公司，给高正奇打电话，与高正奇约在了一个咖啡馆里见面，把事情的原委全部告诉了高正奇。高正奇听完差点暴跳如雷。

“我要杀了陈远！”高正奇气愤地站起来，周琳劝他再等一等，看最终这个消息是否正确。高正奇气馁地坐在沙发上一言不发，他把自己的全部家当押在了魔石上，可是如今，可能会血本无归，这一切都是陈远害的。

只有米香内心暗暗高兴，她摸了摸肚子，兴奋地说：“宝贝，我们来一起看戏吧，看他们怎么把这出戏演好了。”

前程远的办公室内，李月楼与简凡两个人，面对面坐着，一支烟接着一支烟。首先开口的是李月楼：“简凡，我们可否让梅氏撤回投资款项，这样损失就会减少。”

简凡抬头看着李月楼，又摇摇头说：“来不及了。我们只有看戏的份了，除非有更厉害的人出来，不然我们谁也搞不定。”“梅正浩会不会找你麻烦？”李月楼看着简凡，担心地问。

简凡苦笑着说：“这个难说，虽然说是哥儿们，但是毕竟是做生意，我怕这次他不会饶了我。”

## 【148】

这个时候的方总简直如热锅上的蚂蚁一样，无处可躲。原本一切顺利的，突然之间出了岔子，方总有些后怕，这个项目牵扯了太多的人物，一旦被查很多人都会受到牵连，必须把这件事情压制在萌芽阶段。可是要怎么做自己才能功成身退呢？方总的心里没底。他只好打电话给简凡，简凡安慰道："明天我们在四季酒店，王主席和梅正浩都会来，这个事情我问过媒体了，媒体说可能是陈远干的，可是我始终觉得陈远不会这么做，也有可能是陈远的手下做的。"

四季还是一如从前，波光流离的氛围，鲜花盛放的青春，展现出服务的人性美。方总早早赶到，没有心情欣赏四季的美景，见到梅正浩和王主席从四季顶层谈笑风生地出来，有些不知所措。

看到方总紧张的神情，梅正浩心里有底了。"媒体上面说的这些是不是都属实？梅正浩盯着方总问，方总不敢撒谎，如实回答了梅正浩的问题。

"像金弈这种国有企业转型上市的案例，我们遇到过很多，当然，你的这个问题我觉得还是比较严重的，如果处理不好，说不定要坐牢。"方总听完一哆嗦。

梅正浩见已经达到了预期的效果，接着说："当然也不是没有办法，我认为这是有小人故意这么搞有两个目的，一个是搅局的，他有好处费；另一个是报仇，他能解恨。当然我觉得两种情况都有可能，我们在这条道上混的，难免有仇家，但是对方在暗处，我们现在明处，所以，我认为先查清楚这个李鬼比较重要。"

梅正浩等王主席和方总离开后，单独跟简凡说了这件事。他觉得陈远是不太可能这样做，虽然消息都是陈远那里流向媒体的，但陈远根本没有必要这么做，因为陈远只会做一本万利的事，这种亏本买卖他是绝对不会碰的。

"浩哥，听你这么一分析，我觉得这个内奸很有可能来自前程远内部，到底是谁？李月楼？米香？盖克明？"

梅正浩说："这三个人都有可能。"简凡立马反驳道："李月楼和盖克明有可能，但是我相信米香。"

"你越是相信的人越有可能背叛你。"梅正浩说："米香的嫌疑是最大的，女人的心思是很难摸清楚的。"

简凡摇了摇头说："我还是不相信米香会出卖我，她是如此单纯的一个女子，你可以看她的眼睛，眼睛是最不会欺骗人的，米香的眼睛里面透着一股淡淡的纯净，看到那双眼睛我的心就安静下来了，什么商场争斗都会化为平淡，你还能从她的眼睛里面看到盛开的繁花，灿烂若心，仿佛是我绽放过的人生。”

梅正浩打断了简凡的想象：“你以为你还是20多岁的小伙子啊，都年过半百了，你结过三次婚了，是三个孩子的爸了，你怎么能对这样的一个女子动情呢，这是很危险的。要想查出李鬼很简单，但是我们接下来要怎样把魔石投入的一个亿给吞了，这才是真本事。”

简凡有些不知所措，他有些把控不了整个战局，接下来，美国TAB会不会撤资、魔石会不会毁约，这些在金弈公司曝出黑幕的时候，简凡是没有预料到的。他觉得很有可能是李月楼或者盖克明干的。

可是，这段时间盖克明一直在南京，没有回过上海，对于这次投资盛会根本不了解内情，那么除了李月楼还能有谁呢？简凡想要找到李月楼，跟他聊一聊，看能否套出自己想要的答案。

李月楼正要出门，在门口遇到了简凡，两个人随便找了一家咖啡馆，开门见山地聊起来。

“你觉得会是谁？”简凡直接问道。

李月楼说：“你问的是消息是谁放出来的？我觉得是有人故意放给陈远的，目的是搅乱战局，当然他能从中得利或者解恨。但是我分析了一下我们周边的人与资源，我觉得我们的竞争对手没有这个实力来这么做，即使他们搅乱了局，也无法接盘。我认为是有人看我们不顺眼，是为了解恨，才这么干的。

“会是谁呢？”简凡觉得李月楼分析得也是相当正确的。李月楼深思了一会儿说：“我觉得是米香。”这两个字是简凡最不愿意听到的，可是已经有两个人同时提到她的名字，简凡的心里一阵阵抽泣，他还是希望这是真的，反问道：“米香为什么要这么做？她这么做的目的是什么？”

李月楼说：“让一个女人这么干的原因无非就是爱恨情仇。”

此刻，米香没有在办公室，而是在一家会所内，她是应约而来。

这是上海富人圈里风头正劲的私人会所，藏身在偏僻的永福路上，两旁古木参天。曾经遗失的奢侈的、浪漫的、神秘的、传说中的东方情调在这里一一展现，中西合璧、古典时尚、天人合一，它是盛开在上海租界文化土壤深处的一朵妖艳的奇葩。米香仿佛置身于一个古老的大家族宅院。在岁月的积累和会所主人的精心安排后，这里的一草一木均渗透着文化气息，仿佛浑然天成的一件令人游目骋怀的艺术品。

米香正陶醉在一个大家族的历史之中，梅正浩走过来，看着米香说："你觉得这里怎么样？"

米香轻笑："美得一塌糊涂，贵得一塌糊涂。"

梅正浩自言自语道："看不出来，你说话还是挺有功力的，我最擅长的是听别人的话外音，也就是传说中人心底的秘密。"

米香说："我跟你一样，也是这样的人。不过我觉得我更想学的一门学问是沉默学。世有声学、语言学、音韵学、广告学、大众传播学、公共关系学等，唯独没有沉默学。"

梅正浩已经领略了米香的功力，这个小女子看似天真无邪，其实心思相当缜密，不容易对付啊，难怪简凡会如此喜欢她，她不仅聪明，而且爱计较。

梅正浩说："这里和京城那些著名俱乐部截然不同，后者是你置身其中必须遵循其中规则，而这里却像你沉思时的背景、底色，随你而喜，随你而悲。而那种咄咄逼人的气势、严谨庄重的气氛、井然有序和富贵迫人在这里荡然无存。这里勾起的可能是一段旧戏文里的词曲、可能是一个大家族瞬间转身去的热闹、可能是一个浪荡子的回过头来的从容、也可能是褪了色的古老中国的记忆……"

米香与梅正浩一起穿过一段玻璃回廊，步入这个中国式庭院，距"六艺堂"不远处矗立着一座石碑，源源不断的水流沿石碑表面缓缓滑入碑下的小潭里，潭边正对石碑摆着一个形状古朴的大缸，想来该是旧时灭火所用。最妙的是石碑正面上方凹形深处摆放着数盏烛台，水帘正从烛台外面飘飘而下。烛光透过水纹荧荧跳跃，本来"水火不容"，在这里却偏偏喻指"水能容火"。

梅正浩说："天大的事情也要冷静，我们坐下来慢慢谈。"紧挨着这个别致的"喷泉"，就放着几张闲散的桌椅，供客人们闲坐交流。

米香缓缓落座。这里的主人真的是费尽心机啊，来这里的都是些非富即贵的客人，不论何时到来，让他们心情放懒，享受其中，你看那边的冬青没有修剪成笔直的线条，它们自然随意甚至透出一种萧索。

"给我们来一瓶2009年的马尔白克。"服务员仿佛与梅正浩很熟，梅正浩接过服务员递过来的红酒，看着米香说："2005年马尔白克就像大家闺秀，是很成熟、很理智的女人，但是成熟的女人往往容易只有理性没有感性，对你有感情的时候温情脉脉，感情失去了的时候就绝情寡义，绝不拖泥带水，好像这酒，开始就是这样，在杯中久了还是这样，一副我就是我的样子。"

"我们这瓶是2009年的，这是新酒，新酒却像懵懂的少女，刚开始很轻、很奔放，像这酒开始时的口感，香气也是毫无顾忌地散发，让人觉得她除了年轻就没有其他内涵，但是如果你愿意等，等她知道，等她学会什么叫收敛，你会觉得她其实很好，有很多优点，也很容易让人接受，收敛一下、轻飘之后她可以变得更好。”

米香接过酒杯，说：“红酒是灵物。养在杯中，是生灵；留在口中，便能幻化出另一个天使的面貌。”

梅正浩望望左手，摇摇右手。“马尔白克是性感还是放荡，只有亲尝过才能知道。”

米香放下酒杯，直视梅正浩：“对不起，我不能喝酒，因为我怀孕了。”说完拿起手袋，穿过回廊，消失在了门口。

留下梅正浩一个人，执酒望着这个娇小、执着的背影，有些不知所措。

电话声打断了梅正浩的遐想，是简凡的“你在哪里？浩哥，我刚跟李月楼聊过，他也觉得这次是米香泄露的消息，只是他不知道米香这么做的真正原因是什么。”梅正浩在电话里笑了：“我刚刚会过她，她确实是一个有魅力的女子，只是还嫩了点。”

“你把她怎么样了？”简凡急促的语气让梅正浩很不满。“你心疼她了，我告诉你，她怀孕了，这个孩子是谁的，你知道不？”

## 【149】

简凡听到这个消息，心里有一种说不出来的感觉，他不确定这个孩子是自己的，还是盖克明的，总之心里有一种说不出来的感觉，他无暇顾及太多。

“浩哥，既然我们知道谁是李鬼了，那么我们接下来该怎么办？”

“怎么办？继续玩下去，直到魔石完蛋。”梅正浩生气地说：“我投了三个亿，难道你想现在就退出？那是绝对不可能的，我们的目的不仅要玩死魔石，还要把金弈活剥。”简凡听到这里有些毛骨悚然，属于浩哥的本性展露出来了。

“这个玩得有点大了，浩哥，我就是想让陈远滚出这行，他现在整天打着美国魔石的背景，到处拆我的台。陈远如果不找茬，绝对能够和平共处，可是陈远太嚣张了，想要搞垮前程远，浩哥，我这也是没有办法的办法。”

梅正浩说：“你来我这里吧，我现在在雍福会，来这里我们再谈。”

简凡笑着说：“你现在可真是会享受啊，那里太奢华了，我从来没有去过，权贵富人们究竟是怎样的一种生活，我还真的是想象不出来啊。听说那里的封缸鸭、蟹黄油扒官燕和松鼠桂鱼都是地道的上海古典菜啊。”

梅正浩说：“看你就是吃货，赶紧过来吧，让你体验下。”简凡把李月楼的话说给了梅正浩听，梅正浩听完，问简凡：“如果真的是米香，你打算怎么办？这个女人心机很深啊，刚才在这里，我跟她会过面，她表现得倒是滴水不漏。”

简凡哈哈一笑道：“你们都认为米香心机很深，哈哈，我不觉得，我只是觉得她有些精神缺钙而已，这个年龄的女子都有这个毛病，不是什么大毛病，好好调教一下就行。”

“精神缺钙的人需要三种药，才能治愈。”梅正浩说道：“康德说有三样东西有助于缓解生命的疲劳，希望、睡眠和笑。”

“她怀孕了，你知道不？”梅正浩正色道：“你不觉得她怀孕的时间点很不正常吗？是你的吗？”

简凡有些不好意思。“我觉得不一定是我的，她和盖克明前段时间也是一直在一起，说不定是他的呢。”说到盖克明，简凡恨得牙痒痒，这个臭小子一直纠缠着米香，不知道何时才会放手。

两个人在雍福会欣赏着历史与现实交织的美景，品着马尔白克，简凡说：“米香就好似这杯2009年的马尔白克，收敛一下，变得更有味道。”

梅正浩说：“只有女人才能驾驭红酒，因为女人的感觉是最敏感，最直接的。”

梅正浩接了一个电话，神色立刻凝重起来，简凡问：“怎么了？到底出了什么大事？”

“金弈出事了。上面已经开始调查金弈了，看样子这个小道消息不是空穴来风，简凡，我先回北京，去上面打个招呼，争取把这件事情平复下来，你现在也回公司，要特别注意金弈和魔石的动向，随时和我保持联络，在他们有动作的时候，我们要抢先一步，让金弈快速路演。”

简凡起身，与梅正浩道别，走出雍福会，简凡还能感觉到那马尔白克轻轻滑过舌尖，不拘束你，不刺激你，不恼你，不揉你。它不挽留你，但招逗的指尖永远在你心里晃着，让你迷恋流连，相信在酒与爱酒人士之间是存在羁绊的，这羁绊不像根绳子，而似温存的臂膀。

## 【150】

等到梅正浩回到北京的时候，金弈公司的方总已经被拘留了，这个时候的陈远如热锅上的蚂蚁，上蹿下跳，他没有经过皮克的同意，把魔石所有的资金押在这个项目上，包括高正奇和周琳的私募资金，想要在短期内拿回这笔投资是不太可能了。

陈远把情况跟周琳和高正奇坦白了，首先跳出来的就是高正奇，这可是他的全部家当，虽然不多，可是如今很难收回。高正奇痛苦地看着陈远，知道自己又一次失败了，而且这次是他人生的终点。1000万啊，自己所有的资本、所有的心血，人啊，只有当面临绝境的时候，才会懂得反省，不然永远认为自己是对的，听不进忠告。

一旁的周琳默不作声，她知道魔石的账上也就只剩下500万的流动资金了，自己无论如何要把这笔资金弄到手，其他的事情她也管不了这么多了。第二天，趁着陈远不在公司，周琳偷盖了公司的公章和陈远的法人章，来到银行，把那最后的500万取了出来，带着500万，周琳消失了。

夜色里，陈远抽着烟，想着自己走过的路程，自己一手创建了前程远，却拱手让给了简凡，魔石在瞬间的辉煌让他得意忘形，还有他无法保护的女人。陈远老泪纵横，可是，现实毕竟就是现实，这一切是不是都晚了，这次还能像上次一样，东山再起吗?

陈远想到魔石的账上还剩下最后的500万，或许还能起死回生，于是第三天，陈远来到公司，发现高正奇也跟在他的身后。

当陈远发现的时候，已经晚了，高正奇找到陈远，想要最后的散伙费，陈远才发现魔石账上最后的一笔钱于两天前被取走了。当陈远把这个消息告诉高正奇的时候，高正奇感觉天都要塌下来了。

陈远安慰道："你我这么多年的兄弟，我不会骗你的，我现在就去找周琳，让她把那500万吐出来。"高正奇凄凉地笑着说："我可是投了1000万啊，500万只是其中的一半，更何况现在周琳人都不见了，你去哪里找她。"

陈远捶着桌子发誓："我一定要找到她，哪怕挖地三尺，也要把这个女人找出来。"两天后，陈远在郊区的一个小别墅里面发现了周琳，她一个人住在那里，陈远知道白天人多，不好下手，所以等到了天黑，郊区人烟稀少。

当周琳看到陈远出现在自己面前的时候，她傻了，她知道一切都晚了，陈远狠狠地说道："把钱拿出来吧。"周琳知道陈远的手段是非常凶狠的，于是她从柜子里面把从公司账户上取得500万元一分不少地捧到了陈远的面前。

陈远拎起包，把钱装进了口袋，给了周琳脑袋一拳，周琳顿时晕了过去。望着周围漆黑的夜色，陈远悄悄拎起包，消失在了夜色之中。而这一切却被另一双眼睛全部看到了，他一路尾随着陈远，看到了陈远所做的一切。

## 【151】

米香知道自己所做的一切会产生的后果：整个项目陷入僵局，魔石破产的可能性是99%。也许只有简凡他们知道，会不会把这一切错误都推到自己的头上来。米香内心非常矛盾，她打了一个电话给盖克明："你来南京吧。"盖克明还是一如往常。

米香收拾了自己随身的几件衣服，她感觉肚子正在发生异样的变化，她的宝贝在慢慢长大。内心的母爱被激起，米香决定要把这个孩子生下来，把他抚养长大，或许会像简凡一样帅气。

米香坐上高铁，心里在想，此身未来，或许远行，在路上，听自己，与某些人不期而遇，与内心最隐秘的情绪相得益彰，孤独要趁好时光。一路的阳光灿烂无暇欣赏，米香感觉整个南京的重量压在了身上，头疼得好像要爆炸。一个平时如云雀般欢愉的女子，被爱情深深折磨着，两个说爱她的男人，在她需要帮助的时候，都不在她的身边。米香觉得自己的身体被尖锐的刀戳破，眼泪止也止不住。

哭完，米香觉得一切都好多了，高铁穿过一座又一座城市，山脉渐渐清晰又隐退，那些生命中的不期而遇，不告而别，彼岸花式的喟叹，全在一种未知的迷雾里，被米香一一打理出清晰可爱的纹理。是的，南京，对于米香来说，如电影里文艺斑斓的镜头，那些夏日光线，渐次分明，层次叠加，和生活对话，和金陵对话，和各种人物对话，在森林中徒步。有时候，那些米香在金陵的生活变成了絮语，散落在时空中，且听风吟，往往被记忆起来，内心湿润。

自然，这些经历，镌刻在了米香的生命里，以至于米香在不同的场合会偶然想起它们，觉得绵远酣畅。魔都与金陵再度被重新整合，以一种更加细腻的方式呈现。

当米香沉寂在金陵若干年后，不一样的景色之中，一个人的意外出现瞬间打乱了米香所有的想法，也让米香进入了两难的选择。

魔石的法律顾问从上海来到了金陵，他找了很久，终于找到了米香。他告诉米香，陈远已经成为植物人，周琳潜逃，高正奇已经坐牢。这一切仿佛都在昨天，那么活生生地出现她面前，如今让米香觉得人其实是一个多么卑微的动物。

米香想了很久，她现在等于是一无所有，她能回去吗？魔石一个亿的资金交给她来管理，这是一个多么大的诱惑，也是一只有毒的圣杯，握住了可以走向天堂，握不住未来米香很有可能走进地狱。可是肚子里的孩子怎么办？他不能跟着自己没有未来，自己的希望不要紧，可是孩子的未来必须要有，米香决定回上海，再一次奋斗。

## 【152】

“如果你答应回上海掌管魔石，那么要尽快，因为我打听到，梅正浩正准备召开金弈这个项目的股东大会，如果我们晚了，会很被动的。”法律顾问的催促让米香没有考虑太多后续的问题，也许一切都是天注定。

米香的暂时离开，让一切事情变得有些迷局了，梅正浩终于搞定了上面的关系，除了金弈的方总被拘留外，这个项目并没有受到什么影响。令简凡和梅正浩高兴的是，这件事情的导致了魔石的内讧，简凡听说魔石的财务经理携款潜逃，陈远好不容易找到了那500万，却和尾随而来的高正奇发生了正面冲突，两个人打了起来，结果陈远被高正奇打中了头部，高正奇抢走了那500万，陈远至今还在昏迷中，可能会成为植物人。

简凡因为米香的不告而别，心里正不舒服，听到这个好消息，所有的不快烟消云散了。

“浩哥，我们是不是可以放手大干一场了。魔石这块绊脚石已经自动拆除，金弈绝对是一块肥肉，我们和美国TAB联手搞定金弈，这样子前程远就可以威震江湖了。”梅正浩拿起茶杯，看了看简凡说：“联手美国TAB可以，但是想要人不知鬼不觉地把投入的五个亿，变成十个亿，是需要很多技巧的。”

“我觉得你已经打通了上层渠道，只要这次空降到金弈的人选是我们的人，这件事情就不难了。”简凡的脸上露出了不经意的笑容，心里对着陈远说，你也有今天，真的就是因果报应。

“下周我们还要金弈和美国TAB一起开一场会，看看接下来的事情我们怎么办。”梅正浩的心里清楚，照目前这个情况来看，魔石基本没有人来掌控局面了，陈远躺在医院里不省人事，周琳携款潜逃自身难保，高正奇涉嫌杀人已经坐牢，魔石已然没有人能与自己对抗了。

接下来，就是让魔石自动破产，进入解散程序，这样就剩下梅氏和美国TAB了，从投入的资金所占的股份来看，TAB是没有实力与自己竞争的。梅正浩信心满满地想到未来自己将不费吹灰之力地捞回几十个亿，一下子飘到天上去了。

## 【153】

李月楼叹气道：“人为财死，鸟为食亡，在财富面前，人都是贪得无厌的。你们知道米香离开了，看样子这个项目只有我们几个玩了。”

“我们要不先提前庆贺下。”梅正浩从柜子里拿出了一瓶红酒。简凡说：“你这里还藏着这么好的东西。”李月楼凑上前去一看，“这是木桐，这个比拉菲还贵，听说没有五位数是喝不到嘴的。梅总你真是会享受啊。”

梅正浩拿出醒酒器，将酒倒入，说：“其实这葡萄酒，你要从一月份开始，慢慢陪着它，它是天地间的生命，也是人与自然身心交汇的结晶，没有自然的无私给予，没有葡萄农的用心劳作，没有酿酒师的妙手与爱心，便不会有我们现在手上这杯葡萄酒。”

梅正浩说：“人与人也是一样，用外表去获得情感，用身体去获得情感，还是用心灵去获得情感？我想，还是心灵的相惜来得更真实而长久一些。我们接近葡萄酒，也是一样。”

此刻的简凡突然觉得他心底的那个浩哥有些陌生，深不可测，他始终不明白这些年浩哥身上发生了什么，他娶了自己的初恋，那个简凡一辈子都无法忘怀的女人。对于梅正浩来说，这到底是幸运还是不幸。梅正浩不能生育，因为曾经他是一个军人，那个时候梅正浩因为一次任务负了重伤，从此不能生育了。因为双方父母的反对，简凡的初恋带着肚子里还不到一个月的孩子，嫁给了梅正浩。简凡从此对于爱情失去了希望，觉得娶任何一个女人都无所谓。

简凡看到如今的梅正浩做任何事情都是那么淡定自若，不动声色，心里真的有些不确定，前程远未来要怎么走，怎么把这个ZGCISC投融资服务中心做大，说不定还真的离不开梅正浩。

## 【154】

一周的股东大会开始了，梅正浩俨然把自己当成了老大来看待，没有把金弈公司人当作一盘菜，加上美国TAB是外资投资机构，梅氏已经成为这个局的主控人。

梅正浩说："在金弈还没有派代表下来之前，这里的所有事情必须经过我的审核。"金弈的人面面相觑，美国TAB的王主席问："那么，梅总，魔石这块的人呢，魔石毕竟也投了一个亿，如今他们到底会派谁来主持大局。"

梅正浩哈哈大笑："魔石？陈远现在是个废人，高正奇已经坐牢，周琳携款潜逃，你们觉得魔石还有人来吗？"

"如果金弈没有什么反对意见，我也觉得可行，或者魔石如有法律顾问也可以派来参加股东大会。"王主席接着说。

李月楼看着大家争论魔石的人员问题，就对着金弈的人说："如果大家一定要魔石的人来参加，前程远可以先吃掉魔石，这样就没有什么问题了。"

简凡说："不管魔石是否派人来，从投资额度上说，梅氏永远是大股东，当然肯定是我们说了算。"话音刚落，只听一个清纯的声音从门外传过来："谁说了算，还不一定，不要不把别人当回事。"

这个时候，会议室的大门被推开了。一个正装的白衣女子推门而进，后面跟着一个男子，大家知道这个男子正是魔石的法律顾问。而令大家都意想不到的是，这个女子就是米香。米香微笑着放下文件："你们想吃掉魔石，没有那么容易吧。"

简凡看到米香竟然惊呆了，就连梅正浩也感到不知所措，米香举着手上的文件说："现在我以魔石董事长的身份来参加这个股东大会，以后金弈公司的所有股东大会，都必须通知魔石，否则魔石认为你们的会议没有法律效应。

简凡站起身，走到米香面前，拉住米香的手臂想要把她拉出门，一旁的法律顾问连忙阻止："简大律师，米董现在是魔石的董事长，我这里有授权书，是去公证过的，具有法律效力，米董有权利也有义务来参加金弈所有的会议，行使她的股东权益。"

简凡狠狠地盯着那个法律顾问。"你有什么资格跟我说话？"米香抬头，眼神里面透露出寻常女子没有的坚毅与冷静。

"简大律师，我现在代表的是魔石，在魔石还没有搞清楚一亿的走向之外，我想你也没有任何权力来阻止我吧。"说完瞪着简凡，让简凡觉得米香判若两人，他最害怕女人变成这样，变得不再可爱，变得如此有心机。

梅正浩感到如果场面一直这样下去，那么这个股东会议就无法再开下去了，赶紧说：“简凡，我们还是继续吧，既然米董能代表魔石，那么我们还是一起吧。”

“首先，我还是先宣布一下吧，上层准备下月初派一个首席总裁到金弈，方总肯定是要退下来了。所以在金弈的老大还没有来之前，金弈的上市路演计划暂时搁浅，各位看如何？”

“米董，你觉得呢？”梅正浩微笑着看着这位20出头的女子，他从来没有看到过一个女子可以如此厉害，扮演着不同的角色，在投融资圈这个鱼龙混杂的江湖里，做到游刃有余、临危不惧。他的由衷地佩服米香，眼神里露出爱惜的光芒。他不禁有了一个神奇的想法，当然他不会马上说出来，因为他还要考验一下这个女子，看她到底有多少能耐。

## 【155】

米香微笑着望着梅正浩，她觉得那个在雍福会跟她聊红酒人生的大叔确实是个有故事的男人，她释然说：“可以，我这里没有问题，只要下次记得提前通知我开会，就一切都好。”

梅正浩温柔地说：“我一定会在第一时间通知你，下次我们不喝红酒，我们可以吃饭，你觉得行不？米董事长。”

米香眼眉一横，挑衅地说：“不好意思，我最近比较忙，没有空，除了公事外，我想我们之间没有什么好聊的吧。”

这是梅正浩第一次近距离地看米香，她真的如此清澈，让男人非常渴望去保护她，有一种想要接近的欲望。

米香再次回到两棵白玉兰树旁的小屋内，心情一下子难以平静，当魔石的法律顾问从上海赶到南京，出现在她面前的时候，她真的吓坏了，她以为陈远因为那个小道消息而找她麻烦了。

可是，当听完那位法律顾问的请求时，她的心里产生了非常微妙的变化：魔石的董事长，这是米香这个年龄所不敢想象的。米香反反复复地问自己，这是自己内心想要的吗？奋斗了这么多年，还是一无所有，原因是自己太懦弱，不敢承担，自己顶多算一个理性人物，应属一半有名，一半无名；懒惰中带用功，在用功中带偷懒；不至于穷到付不出房租，也不至于富到可以完全不工作，或是可以称心如意地资助朋友。这种现状真的是自己想要的吗？

肚子里的孩子怎么办？简凡不会要，没有孩子的爸爸最起码生活要有保障吧，米香狠一狠心，最后一搏吧，如果这次不成，那自己只有带着孩子再次离开了。望着上海繁华的夜景，米香觉得如果没有一个依靠，即使住在这个城市最繁华的地方，也会觉得孤独的。

想到接下来如何让金弈上市路演、如何把魔石投入的一个亿顺利收回、如何与周遭的这些男人周旋，米香有些害怕，原本一个人是无所谓的，可是现在是两个人，更难的是自己还在对手的公司里。她不明白为何陈远最后会选自己，难道他真的不知道他们之间是敌人吗？还是陈远能够做到敌我不分，还是他最后无奈的选择，但是授权书是陈远在还没遭遇不测时亲笔写下来的，米香百思不得其解，一个自己的敌人，最后把市值一个亿的公司交给了她，一个20出头的毛丫头。老是把这一切说给她身边的朋友听，他们肯定会认为是天方夜谭，他们会觉得，米香应该享受鸟的歌声、花的颜色、蓝的花瓣、肌肉的肌理，这些才是米香应该关心的东西，而不是在男人堆里面拼杀，与各种盛名居高位的人一较高下。

## 【156】

在梅正浩的计划里面，本来是没有魔石的，陈远、周琳、高正奇都已经是废人了，不会构成威胁，可是，魔石却派出这么一个掌门人，确实令梅正浩有些吃惊，想要独吞金弈的想法又被魔石打乱了。

梅正浩心里有些不安，虽然说以目前魔石的实力根本无法和他抗衡，但是毕竟魔石并没有什么错误和把柄在他手上，如果私吞一个亿，会引起社会公愤的，况且米香这样的女子肯定也是不好惹的。

此刻简凡的心也和梅正浩一样，七上八下，今天的股东大会本来应该顺利进行，可是米香的再次出现，完全打乱了前程远的脚步。陈远真是个狡猾的人，自己成植物人了，还来这么一手，太绝了。

米香被陈远授权掌控魔石，这本来就在整个局之外。简凡和梅正浩一样头疼这件事情，梅正浩联合美国TAB，吞并掉金弈，让魔石破产的大计划又一次落空了。

简凡在酒吧落寞地自我陶醉，自我解放。这个时候，或许上海的夜色是喧嚣的，但他的心里是寂寞的。寂寞如海，有一种相思始觉海的感觉，真的是一念求全，万绪纷起，接下来要怎么让米香放弃魔石，回到前程远帮自己呢。

酒有时候是一杯解苦的毒药，简凡正要一口干掉的时候，酒杯被人一把夺了过去，是梅正浩来了。“如果酒能解决事情，大家每天都把它当水来喝了。你知不知道米香怀孕了，她怀的可是你的孩子。你知道一个女人在怀孕的时候，最需要的是什么吗?

简凡抬起朦胧的双眼，问：“是什么？”

“是爱和安全。”梅正浩一本正经地说：“你这辈子已经辜负了三个女子了，你不能再负了米香。”

简凡叹了口气，一仰脖子，趁着梅正浩不注意把一杯酒灌下肚子，世间安得双全法，不负如来不负卿。

“错过了，即使再回到从前，那也不是同样子的风景了。”梅正浩说：“生命的精彩别等到繁华落尽。”

“浩哥，我想知道你接下来会怎么做，我想你有自己的原则，虽然我俩是兄弟，但是，我们现在是合作关系，工作是工作，不适合亲密关系。做上司的做事更切忌双重准则，别干对自己有利就使市场原则，对自己不利就使用兄弟原则的事情。”

梅正浩听完简凡的话，笑着说：“有大智慧、见过世面的人往往都扮演小白兔，那些浅薄的、抖机灵的、要小聪明的人，都在装个性、玩深沉。一些人擅长讨巧，甚至巧连巧。运气好的时候往往忽略了这是不符合逻辑和常识的，前面必有大坑。讨巧的事越多，坑越深，摔得也越惨。所以，我们接下来要做的，并不针对米香，我认为米香并不是一个难缠的人，她有自己的原则和底线，只要不对她太过分，米香绝对是一个能笼络的人，或许还是一个最佳的合作伙伴，你说呢？简凡，你们一起工作了那么长时间，难道彼此还陌生吗？”

## 【157】

“有时候彼此真的很熟悉，但是分开一段时间后再相遇，又觉得很陌生，就是那种从陌生到熟悉再到陌生的感觉。”也许是自己一个人孤独惯了，生活中出现一个女人，晃来晃去的很是不习惯，所以米香几乎从来没有出现在简凡的生活里。

梅正浩说：“她是没有与你一起生活，但是她却实实在在、真真切切地出现在你的生命里，刻画着你人生轨迹里面不为人知的忧伤。”

“也许吧。”简凡喝完杯中的最后一滴酒，仿佛想要终结这段维系了很久的关系。对于事业来说女人根本不算什么，怎么可能比兄弟情谊和事业长青重要呢？简凡内心反问自己，露出宽慰的笑容。

对于梅正浩想要独吞掉金弈的想法，米香一清二楚，可是怎么对付他们呢？简凡、李月楼都不是好惹的主，现在又出来一个梅正浩，可惜敌我力量悬殊，魔石的人一个都没了，自己一个外来董事长能不能挑起这副大梁，夜深人静的时候，米香独自思考，后悔回来吗？另一个声音告诉自己，如果没有那种好奇心，自己不可能有激情做这件事情，既然回来了，就要投入百分之百的激情。

米香突然想起了一个人，那就是盖克明，对于前程远来说，盖克明是股东，让盖克明回到前程远是再好不过的，盖克明是绝对不会出卖米香的。

“我想你了。”盖克明在电话里面暧昧的声音，让米香觉得仿佛还是在昨天。“你想我吗？你上次回金陵也没待几天就走了，我还想带你去看看回忆一下我们的初恋。”初恋？米香笑得有些不自然，可是那段青春岁月慢慢浮上记忆，有人说：人生就是为了找寻爱的过程，每个人的人生都要找四个人。第一个是自己，第二个是你最爱的人，第三个是最爱你的人，第四个是共度一生的人。可往往这四个人并非同一个人，米香觉得她找到了前面三个人，最后一个却始终寻寻觅觅，一直无法出现。

“你回来吧，回前程远吧，我需要你，他们人太多，而且都是老江湖，我应付不过来。”米香诚恳地邀请盖克明。“其实我一开始也不想回来的，我想要过那种隐世的生活，可现实却太残酷了，我肚子里的孩子怎么办？我不想让他一出生什么都没有，过那种流离失所的日子，我想要给他一个安稳的家，给他一个安定幸福的童年，即使他不知道他的父亲是谁，也没有关系，他有我，有妈妈就足够了。”米香说着，不停地哽咽，说到最后有些泣不成声。

盖克明在电话里焦急地说：“别哭，宝贝，我答应你，马上回来。好不好，你先别哭，别把孩子哭坏了。万一以后小孩子生出来也一直哭就不好了。”米香破涕为笑，心里暖洋洋的，如果盖克明是孩子的父亲就好了。这一切真的都是梦而已了。

## 【158】

第二天一大早，梅正浩邀请米香共进午餐，米香懂得梅正浩是想试探她，米香爽快地答应了。在餐桌上，梅正浩看到米香身体渐渐圆润，他突然觉得这么一个二十出头的女子，何以有如此强大的生命力，在这么多男人的圈里面混，如果内心不够强大，她怎么能走到今天。

“我觉得米董你的脑袋里面有男性的思维魔力。”梅正浩盯着米香说：“魔石接下来会不会跟我们继续结成联盟？”

米香说：“你倒是很直言不讳，联盟与否，要看梅氏和美国TAB是否有足够的诚意，在金弈这个项目上，魔石在任何一方面都是做到位的，没有给大家出过难题，你说对吗？我觉得梅董应该不是我想象的那类人。”

在这世上享盛名、居高位的人，能够保持本性的少之又少，也只有这一种人自知是在做戏，他们不会被权势、名号、资产、财富等人造的幻象所欺蒙。当这些东西跑来时，他们只用宽容的微笑去接受，他们并不相信他们如此便变成特殊，便和常人不同。这一类的人物是精神上的富足，也只有这些人的个人生活始终是简朴的。

梅正浩笑得很开心，也许这种直接的、反讽的夸奖，让梅正浩第一次觉得不一样，他的身边全部是恭维，尖锐的批评对于梅正浩来说，只能从外界那些不相干的人口里听到。人到了一定的高位，能听到的真话实在是太少了。“米香，其实到了我这个年纪，要说没有梦想，那太假，但也并不是你想的那种，我现在有一个梦想，就是在山清水秀、空气甘甜的某个地方，建造一个小镇，安顿我和我周围有相同梦想的人的生活与心灵，承载梅氏人的事业与追求，从此，中国有了一个远离喧嚣而拥潮流、及静穆而满峥嵘的小镇，我想叫它梅氏小镇，这个小镇以及小镇的居民生活，成为知识精英天人合一生命状态的终极向往。”

米香说：“这是每个成功人士内心的理想状态，当世江湖林泉俱为国有，隐逸的客观条件已然无存。然则内心像幽人一样生存于此俗世的人，其实尚未绝迹。”

“米香，人生贵得适志，你现在还年轻，阅历尚浅，我记得庄子说过，山林里只有一种散材，既不因其高大挺拔而被伐去廊庙做栋梁，也不会因其蓬杂一无所处，而被砍去当柴薪。这样的树木，方能苟全于乱世，得以颐养天年。古代称为散人的散，便是从这里来。”

谁不想退隐世外？可为亲朋，又怎敢苟且半日……澄怀观道，遁世修行，红尘中，自有更多人生领悟……悉达多中最后还不是推崇人于俗世界的修炼方得正果。米香摸了摸自己的肚子，她突然觉得梅正浩是在对自己说教，这一切对于米香这个年纪的女子来说，说教是没有用的，因为喧嚣的世界是需要激情来闯荡的，爱与恨，激情与落寞，失败与成功，不经历过何以能明白其中的真味。

## 【159】

“其实你说了那么多，梅董，我知道你既想让魔石自动退出，又不想让魔石收回那一个亿的资金，你觉得天底下有这么好的事情吗？”米香冷笑。

梅正浩饶了半天，还是没有说服米香，他其实是想让米香为他工作，可此刻的米香绝不是当初的她，智慧、聪敏、没有心机。如今的米香懂得进退，早已褪去青涩的外衣，学会了看透人间。

“我们之间不用绕弯子了，人脉的最高境界不是单方面游说，而是互利，我想你与简凡之间可以称兄道弟，那是你们有情谊的基础，我们之间没有吧，在路上，我们完全都是陌生人，互相不认识，所以并不存在利用关系，我们各为其主，我首先能做到的是无愧于内心。”

梅正浩并不理会米香的咄咄逼人。“你肚子里面的孩子是简凡的吧，如果我和简凡之间存在兄弟情谊，那么我就是这个孩子的干爹，你觉得我会忍心让孩子的干妈受苦吗？我这样做就是想要你懂得，这是个男权社会，我们没有必要争得你死我活，陈远、高正奇、周琳都已经不构成威胁了，你何必再回魔石，蹚这次浑水呢？你安心在家保胎、养孩子多好，我想简凡也愿意看到你在家做个家庭主妇，虽然简凡已经有三个孩子了，但是他真正喜欢的人是你，他不会不管你的，你要懂得立场，女人关键时候可不能做糊涂的事情。”

“太可笑了。如果简凡在乎我和孩子，就不会至今对我不闻不问，我想你绝对猜错了他的意思。一个自私的人是不配当孩子爹的，孩子是我一个人的，魔石从现在开始也是我的，你们谁也别想从我这里夺走。”

梅正浩说：“我不想从你这里夺走什么，因为这些原本不属于你。魔石是个内心充满欲望的魔鬼，它贪婪、嫉妒、仇恨，它与你的纯粹的心不吻合。你们不同路，所以你掌控不了魔石，即使你一时适应了，也只是侥幸，时间久了你会走火入魔，被它控制心智、言行，你会堕入万劫不复的深渊。陈远就是最好的例子，他们的现在就是你的未来，你放手吧。”

“我会放手，但不是现在。”米香骄傲地说。梅正浩看到了米香骨子里的那股傲气，这也支撑了米香独特的气质。

盖克明真的回来了，米香见到他时，他正在魔石的办公室等她回来。米香刚还沉浸在和梅正浩的唇枪舌剑中，见到盖克明立马有一种欢喜雀跃的感受，米香一下子扑到了盖克明的怀里，仿佛找到了失散多年的亲人。

“我还以为你还要很久才能回来，没想到你这么快就到了。”米香的脸上露出了微笑，一个女人欣慰的微笑，这种微笑盖克明很久没有看到了。盖克明知道米香已经恢复了，她可以战胜未来所发生的一切，即使遇到困难，她也不会退却，她之所有要他回来，纯粹是内心需要安慰。

## 【160】

“你回前程远吧，这样我就能及时了解简凡他们的动向了，如今李月楼、简凡、梅正浩几个都是一条绳上的蚂蚱，我觉得也只有王主席可以试探下。但我还是没有把握，我可以让皮克先联系下美国的TAB总部，希望他们能和我们站在同一条战线上，这样梅氏吞并金弈的时候，我们的利益才不会被牺牲掉。”

“我既然回来上海，肯定是要回前程远的，不过我觉得我这次回去，简凡肯定会提防我，毕竟他会认为我和你现在是一路的，他的很多内幕消息是不会透露给的，所以我可能不会带给你什么有用的消息。”

米香说：“没有关系，我不怕，只要有你在就好，一切都不会太糟糕，其实我最害怕的人是简凡，他是一个狠心的人，如果他狠下心来做一件事情，这件事情就不会失败。你看他曾经是怎么对付陈远的，他就会怎么对付我。”

盖克明说：“难道他不知道你肚子里怀着他的孩子吗？我想他再怎么不念旧情，也会念着骨肉情分，虎毒还不食子呢。”

## 【161】

米香通过魔石的海外关系，联系到了在美国的皮克，皮克答应与美国TAB的王主席商讨一下，尽快给米香一个满意的答复。

转眼即将到了第二次股东大会，米香知道这次股东大会非常关键，因为自从方总离开后，金弈公司还没有接班人，投资项目的开展很不顺。听说这次股东大会金弈的接班人会来，米香没有通过盖克明打听到这位老总的背景资料，这一切都被梅正浩做了很好的保密工作。

在金弈的办公室内，当米香见到金弈的老总的时候，她惊呆了，她无法相信眼前这个女人竟然是她的大学同学。盖克明看到颜青的时候，也错愕了。这下好了，事业、爱情、商战所有的事情都搅合在了一起，情敌宛如仇人，见面分外眼红。

梅正浩是怎么把这个女人搬出来的？米香和盖克明的心顿时落入了无底的深渊，如何在这个重重深渊的陷阱里重新挣脱，米香一下子有些无措。显然梅正浩做了足够的功课，颜青是盖克明和米香的大学同学，那时颜青主动追求盖克明，而盖克明追求米香。那个时候三人之间就是明争暗斗，如今的见面还是分外眼红，只是颜青的背景和地位都不一样了。

梅正浩看了米香一眼，笑着说："我来介绍下，这位就是来自北京的颜青，颜总以后是金弈的老板，这是上面的意思，我们希望共同把金弈的上市路演给弄完美了。我们所有的投资人都能功成身退，我想这是在座各位都希望看到的结局吧。"

李月楼高兴地说："是的，梅董，我们前程远鼎力支持，一定在上市路演中做好各项工作，服务好每一个环节。"米香知道李月楼是站在简凡一边的，这一下盖克明和米香有些孤掌难鸣了。

现在唯一有点希望的就是皮克那里了，希望美国TAB能从大局出发，不要让魔石陷入孤立，这样不仅魔石被动，也会让梅氏一家独大，整个局就会偏向梅正浩。米香焦急地等待着。会议结束后，米香急急忙忙赶到了魔石的办公室，等待皮克的越洋电话。

皮克是个很守时的人，做事效率特别高，也给了米香想要的答案，美国TAB和美国魔石是有业务合作的，所以会支持魔石，王主席已经答应魔石的要求。米香听完皮克的话，对魔石充满了信心。

## 【162】

盖克明面对旧情人有些无措，颜青的眼里还是依然充满了柔情，虽然米香和颜青最后都没有和盖克明在一起，但是过去的种种情景依然在眼前，宛如昨日。最初的爱情，用以慰藉尘世记忆的三分凄凉。

夜色里望着盖克明逐渐苍老的身影，颜青的眼泪不仅流了下来。没有爱情的灵魂，是不是破碎的灵魂呢？像破碎的水晶，散步在荒野的枯草丛中，痴痴仰望天穹中完满的星光，流霞破碎的眼泪，消泯在时间的荒野里。

"你还好吗？"颜青哽咽，一句"你还好吗"胜过千万句的问候。所有之前的不快，爱恨都是可以释怀的，因为时间可以包容一切。

时间是犀利而无形的刻刀，所有的玲珑与不悔，都是精致而刻骨的疼痛。这一切都不能太靠近也无须远离，盖克明懂得自己与这两个女人之间的爱情。太近太远都只能错过。

在微妙的感情世界里有一种关爱需要距离，换而言之，更需要一种朦胧与含蓄，有了这个默契关爱才会犹如一缕暗香，一丝清风或是幽寂中的一念感动。一旦将其距离缩短为零，戳透了含蓄与朦胧与之俱来的很可能是一种失望的尴尬。

恰似故人来，盖克明运用这个正好，令颜青觉得她爱的这个男人没有错，因为永远得不到的才是最好的。

梅正浩一下子觉得自己和米香的力量一下子变得势均力敌了，美国TAB的王主席明确表达了他中立的态度，如果颜青是盖克明的旧情人，事情就不怎么好办了，女人在情感上容易惹是非，这个时候，只能用简凡这张黄牌了，也只有简凡能让米香改变主意。

米香虽然拥有睿智，但是毕竟是个女子，简凡狠下心来的时候，米香绝对不是他的对手，再加上米香怀上了简凡的孩子，女人内心的矛盾很是犹豫。

简凡首先要对付的就是盖克明，这一天总会来临，也终将来临，简凡让盖克明退出前程远，永远退出，盖克明无奈地选择了退出，因为自己却是只是名义上的股东，盖克明收回了投资款，李月楼看到简凡对盖克明所做的一切，心里有一丝丝不如意，看样子自己即使站在简凡这一边，对付盖克明和米香，最终的结果也许也好不到哪里去。李月楼萌生退意，希望自己在有生之年，能有自己想要的生活方式。

第二天，李月楼找到了简凡，说出了自己的真正想法：古人有两种积极的人生，激进者去学游侠，保守者去当幕僚。游侠近乎要改造社会，虽也快意恩仇，然而风险成本太高；幕僚大抵是维护现实，尽管衣食无忧，却要俯仰随人。也就是说，不想轻生死，又想存骨气的人，以上两者皆非生命正途。

简凡抽着烟，并递了一根给李月楼。“李老师，我们合作也这么久了，难道你还不了解我吗？”

“其实，我们相处这么久了，我还真的不了解你。但我了解我自己，我上面说的两者皆非我想要的，于是古人又为我这样的人，在侠与僚之外，设计了第三条道路——隐。我的年纪，阅历都到了隐的这个阶段，所以我已经没有办法跟你混了，未来确实是年轻人的天下了。你们放手干吧，希望名利场上有你们的丰功伟绩。”

## 【163】

李月楼的离开，让简凡有些措手不及，想要对方走的人他却还没走。盖克明其实是应该离开，即使是李月楼主动退位，简凡还是想让盖克明离开，这天盖克明来到公司，看到简凡一个人在办公室，就问："李老师呢？"简凡笑着说："李老师隐退了。"盖克明听完很生气，"是不是你让李老师走的，李老师在前程远这么久了，难道你就没有挽留一下吗？"简凡点燃一支烟，抽了一口吐出长长的烟圈，"其实我并没有让他离开的意思，人家想回家抱孙子颐养天年，我有什么办法？"简凡摊开两手，做出一副无奈的样子。

盖克明真的很想揍他，看到简凡一副欠揍的模样，"如果你真的觉得李老师的离开无所谓，那我和李老师共同进退，我也退股，我也不干了。"

简凡一听，刚开始愣住了，转而哈哈大笑，他笑盖克明其实是个大傻瓜，自己正在想怎么让他滚蛋，正好他自己提出来。"你自己提出来的，我可没有逼你。"简凡说："没有问题，你们以为前程远没有你们，就没法运营下去了吗？错了。我照样活得很好。"简凡狠狠地把烟头扔在地上，用脚狠狠地踩着，仿佛要捏死盖克明一样，他的心里仿佛再说这一切都是无所谓的，有浩哥帮忙怕什么！

李月楼、盖克明以及米香的相继离开，让ZGCISC这棵原本根基不牢的大树，开始摇摇欲坠。随着国家对投融资市场的调整，简凡明显觉得自己的压力越来越大了。

"浩哥，你一定要帮我把魔石搞定，李月楼和盖克明都离开前程远了，我现在是一点办法也没有了，全部的希望都压在了金弈这个项目上了。"

梅正浩看着简凡，内心不知道在琢磨着什么。"要想搞定魔石你只有一条路可以走，打爱情牌，女人的心里面所想我懂的，对于米香，她最希望的是能让自己的孩子生出来有父亲，她有被爱和安全感。这也是你唯一能赢得魔石的机会。"

"让我用这个来做交易，我做不到。"简凡说："这不是我的风格。"简凡不耐烦地说："我跟米香那都是过去了，况且她肚子里的孩子不见得就是我的。"

梅正浩说："这句话你千万不能说，你可以等孩子出来再做亲子鉴定，但是对于米香你绝对不能这么说，毕竟你们相爱过，两个人最忌讳的相互伤害。还有一个星期金弈公司就要整合完毕，进行上市路演了，简凡，要么我们和魔石瓜分这个项目带来的利润，要么我们吃掉魔石，你自己看着办吧。"

简凡内心非常痛苦，他不想让自己在米香的心里变得如此卑鄙不堪，可是不这么做浩哥所有的努力就变得白费了。

必须找到米香做最后的努力，吞并掉魔石是最好的选择，简凡想了整整一夜，他把所有的细节都琢磨了一边，他知道要想说服米香最后只能用他的爱，给予女人的爱与安全，才能使在商场上的女人放下所有的包袱。

## 【164】

在魔石的办公室内，米香望着坐在对面的这个男人，这个从最初相见，到共患难，再相爱，如今却显得如此陌生的男人，她突然觉得自己是如此可悲，仿佛根本不认识简凡一样。

“米香，我说的这些你都明白吗？你现在需要的不是魔石，是我和我们的孩子，我希望你能回到我的身边，希望前程远能和魔石合并，我希望我们是一家人，我们再回到从前。”

米香内心从来没有过的平静。“你想先吞并掉魔石，只要答应我提出的条件，你就可以得到魔石。”简凡咽下一口水，迫切地说：“什么条件，你说。”

“1000万，你给我1000万，我就把魔石的股权全部给你。”米香紧张地说。她其实是害怕简凡不答应，因为这个1000万对于米香来说是救命的钱。

简凡一拍桌子说：“1000万，不就是1000万吗？你干吗不早说呢。我马上给你1000万，你立马退出魔石。”

看着简凡卑劣的嘴脸，米香觉得那是一张多么可怕的嘴脸，简凡拿出一张现金支票，亲手签了1000万给米香，然后扬长而去。“我希望明天魔石的办公室内不再看到你。”

钱有时候能砸碎一个人的自尊心，有时候却能挽救很多人的生命，钱是一种诱惑的魔力。米香拿到了现在，来到医院看望陈远，她把陈远的医药费全部缴清了，又来到监狱看望高正奇和拉菲，她看到他们如此地憔悴与煎熬，米香仿佛看到了人生未来的路程。

简凡在得到魔石后，立马有了骄傲的资本，与梅正浩一起在随后的一个月内把金弈在美国纳斯达克顺利上市。

在飞往上海的飞机上，梅正浩问简凡：“你就不想跟她一起生活吗？一个多么好的女子啊，她多么了解你。”

简凡哼了一声道："她如果真的了解我，就不会在我最需要帮助的时候，问我要那1000万了。"

"浩哥，我觉得女人就是为了我的钱，其他一切都是假的，我算是看透了。"简凡生气地说。

梅正浩无奈地说："你是一个不适合恋爱的男人，你应该孤独地一个人过完下半辈子。哪个女人爱上你是她倒霉。"

"好吧，我承认，我不是一个好人。可是她们都要勾引我，我有什么办法。浩哥，接下来怎么弄，魔石和前程远合并了，金弈也上市了，所有我们周边的路障已经清除干净，接下来我们是不是需要大干一场。ZGCISC机构可以作为一个联盟扩展开来，这些关系网米香在的时候已经全部弄好。"

梅正浩可惜地说："米香确实是一个难得的人才啊，是一个神奇的女子，你呀，真的是身在福中不知福，错过了，就永远也回不去了。"

回来后的梅正浩想要联系米香，可惜米香早已经换了手机号码。令简凡没有想到的时候，在美国上市的那天，米香生下了他们的孩子，而这一切简凡都不知道。

所谓知己，就是一个人的灵魂住在了两个身体里。而米香看着眼前这个孩子，是米香和简凡两个人的灵魂住进了他的生命里。为了他，米香打算放弃现在所有的一切，过属于自己的生活。

只有在这种环境之下，名字半隐半显，经济适度宽裕，生活逍遥自在，而不完全无忧无虑的那个时候，人类的精神才是最为快乐的，才是最成功的。我们必须在这尘世上活下去，所以我们须把哲学由天堂带到地上来。

## 【165】

梅正浩接到上级红头文件的时候，他知道所有的游戏都应该结束了。他打了一个电话给简凡。

"我现在手上拿着的是上面发下来的一个红头文件，你听好了，这个文件明早会发，关于投融资市场受到国家的宏观调控，市场进行整顿，针对的是外资投资、融资等机构。"

"你应该知道怎么做了，简凡。"梅正浩心里露出了笑容，这一场战争自己赢得实在是太棒了。简凡挂掉电话，陷入了沉思。

第二天，简凡结束了公司所有的业务，ZGCISC机构从此消失，前程远公司从此注销了。一周后，JCC、AFC、TAB等外资机构纷纷撤离中国市场，国家开始整顿投融资市场，并对投资行业进行宏观调控。许多投资项目纷纷搁浅，那些前期投入巨额资金的公司损失惨重。

米香曾经如此地喜欢着简凡，以为遇到了生命中最完美的爱情、完美无缺的男子，可是如今他变得四分五裂，变得让自己无法承受，米香用掌心小心翼翼地托起这个孩子，他像极了简凡，像极了，像极了，那眼神，那笑容，她要把他保存起来，她要确认自己爱的这个人的真正属性，而不仅仅是简凡的面具和形式，她要把他抚养长大，或许这种知解和原谅，是爱的能力的一种。

只是，米香再也无法包容简凡了，一旦被伤到最深，米香是那种绝不回头的人，但是对方往往到最后才会懂得她的好，才知道自己寻找了那么久，其实只有她是真心的，那个时候才想要挽回，已经晚了，就算再怎么爱，米香也不会再相信简凡说的话，因为他所说的一切对她来说都是花言巧语。

此刻的米香终于真正懂得什么是时光，什么是真正的平静。时光就是我们穿上衣服再也脱不下来。从知道到懂得，需要多少个十年。米香从痛苦中发现了什么是美，在苦难中发现了什么是真正的平静。我们都是女人，生下来就是注定要离开家的。米香拉上拉链，提起箱子，看窗外光影随形的夜色。那一场不知所终的旅行，未竟的事业，迷离的召唤。她仿佛看到了醉生梦死的密语，连绵不绝的句点。何以轻霜飞不过千山，却在你肋骨之间凝结。

雨滴答下着，正如米香此刻绵延忧伤的心情。这个在七夕早上七点诞生的孩子带来有了难免的情愫，刚刚消化又生生不息，这种克制和自我驯化成了修行路上极大的战果。

简凡，永别了。

没有被伤过，如何让人爱你如初？能理解这句话的往往都是高手。

对美的向往中，包含着多少爱。搜遍了世界的每一个角落，寻找与我相似的人。

到底是谁染上了谁的忧伤，是不是，到最后，这个城市，剩下的只是我一个人的兵荒马乱。

# 跋

每个人对商道的理解是不一样的，但是，成功的商道都有一种自己的独创模式，你看得到它的成功，却不一定能全部复制或者模仿。《商道大拿》本身就是一部商业模式故事小说，更加特别的是《商道大拿》的运作过程，更是中国出版界的一次颠覆性的创新行动。

众筹出版并不新鲜，但是众筹出版的过程可以有很多创新的玩法，单纯的玩股权众筹或者产品众筹，并不能解决书的销售问题，单纯的产品众筹也不能解决这本书的资金问题，只有两者之间的比例达到一定的合理分配，才能走向成功，在我运作这本书的时候，我就反复计算，精心设计了两者之间的配比。最终的方案是2 000册书众筹，3 000册书线上铺货，这样的比例是经过反复测算的。

《商道大拿》独创的产品众筹加股权众筹两种方式相互结合，特别是以比喻性的玩法，把《商道大拿》这本书的产品进行组合变化后，变成了“卖面包”的过程，变身为卖面包的“花婆婆”，组合了“缺爱面包，牛角面包，法棍面包，咖啡面包，橙意满满面包”。这种有趣的抢面包游戏，让诸多的地产基金总裁、房地产公司老总、互联网精英们乐此不疲，甚至连农民兄弟们也加入这个行列，短短5天不到的时间，众筹总额突破10万，6只咖啡面包被抢空，28只法棍面包下单神速。牛角面包得到很多朋友的支持，特别是浙地控股总裁蓝翔先生独创的“蓝翔面包”接龙玩法，一夜之间，200只蓝翔面包被一抢而空，由于没有买到面包的人太多，“花婆婆”不得不又加推了4只“蓝翔面包”。这是一种有趣的参与感的消费者权益分红，得到了来自3号咖啡馆、新农联公社、名甲天下等众多微信圈朋友们的支持。

在这里，花婆婆要特别感谢浙地控股总裁蓝翔先生对此次活动的鼎力支持，感谢6只咖啡面包，感谢大将先生、蚂蚁先生的封面设计，感谢封面上的6位重量级推荐嘉宾，感谢12位朋友对商道的独特理解，感谢购买牛角面包和法棍面包的朋友，感谢亨通堂的创始人陆新之先生对本书的强烈支持。这是面包树上女子自《3号地产商》之后的又一部力作。希望每位拿到书的朋友认真阅读，提出宝贵的意见。另外，众筹《商道大拿》卖面包的花婆婆微信群已经突破400多位成员了，欢迎加入我们独特的出版大家庭。

卖面包的花婆婆

2015.6.18